우동, 건축 그리고 일본

건축사 남택의 일본, 일본인, 음식 이야기

우동, 건축 그리고 일본

南沢
남택 지음

기파랑

'을'이 돼서 배워 보니

처음엔 살기 위해 정말 여러 가지 일을 해 봤다. 백화점 철거, 김치 공장, 목욕탕, 사출 공장을 거쳐 꿈에 그리던 설계사무실까지. 바닥을 봤기 때문에, 그리고 취직하기 위해 나를 팔러 다녔기 때문에, 일본인에게 돈을 받아 봤기 때문에 일본인의 마음을 잘 이해할 수 있다고 생각했다.

그리고 한국에 돌아와서는 일본을 잊지 않으려고 일부러 일본 회사와 지속적인 관계가 있는 회사에 들어가 한동안 그쪽 업무를 맴돌았다. 독립해서는 어떻게든 일본 회사와 교류나 거래를 트고, 최종적으로 외식업을 할 때는 일식을 했고, 일본에 체류하며 직접 가서 배우고, 일본에서 투자 받고, 결국 일본인 스승을 모시게 됐다.

나의 우동 스승 히로타 상은 외식업뿐 아니라 제조업에서도 성공한 분이라, 한국인이 접하거나 이해하기 어려운 일본의 상류사회에 대한 마인드나 지식을 내게 많이 알려 주었다.

그리고 무엇보다도 가장 중요한 한 가지가 있다.

일본에 대해 '을'로 접했다는 것이다.

일본인에게 돈 주고 갑 행세를 할 때와 을로서 일본을 접할 때 일본은 완전히 다르다. 내가 돈 쓸 때 일본은 세계에서 가장 친절하고 쉽고 무른 존재다. 뭐든 이해해 주고, 안 되는 것 없고, 반드시 해 주고, 착하다. 그러던 일본이 갑이 되면 180도 달라진다. 그들은 지독하고 어렵고 엄하고 가혹하고 무섭다. 우습게 대할 수 있는 일본인은 있을지 몰라도 일본이라는 나라는 그렇지 않다. 세상에서 갑과 을의 위상 차이가 이렇게 큰 나라는 없을 것이다. 그래서 선진국이고 강대국이고 튼튼한 나라인지도 모르겠다.

그런 일본에 들어가 계속 을로 적응하고 그 후로도 일본에서 돈을 받아야 하는 을의 입장에서 일해 봤고, 때로는 갑으로도 거래를 해 봤다. 시급 천 엔을 위해 발발이 뛰었고, 취직하기 위해 수도 없이 면접을 다녔고, 월급봉투를 두 손으로 받았고, 칼질 하나라도 더 배우러 고개를 90도로 숙였고, 투자를 받기 위해 영혼도 팔았다. 그래서 그들에 대해서 나름대로 할 수 있는 말이 있다고 자부한다.

나라 대 나라에서 한국은 유사 이래 단 한 번도 남에게 갑의 입장이 돼 본 적 없고, 을이면서 주제넘게 갑질을 할 때는 어김없이 불행한 역사가 되풀이됐다.

지난 정권이 빚어낸 한일 대결 국면에서 많은 국민들이 일본에 대해 막말을 퍼붓고, 일본을 왜 무서워하냐고 하고, 이기고 꺾으려 하고 심지어 개무시하는 상황을 보면 심히 우려스럽다. 일본을 모르는 자들이, 일본도가 칼집 안에 있다고 과도를 휘두르며 으름장을 놓는다. 왜 무서워하냐고.

그런 사람들이 일본에 대해 무지한 게 더 무섭다. 모를수록 더 용감하게 일본을 비난한다. 좀 안다는 사람도 들여다보면 유학했어도 식당에서 변변히 주문도 못하는 문화 거지부터, 일본에서 일했다고 하지만 일본에 갑질 할 수 있는 회사 직원이거나 월급을 한국에서 받는 주재원이 대부분이다. 이들은 일본의 한쪽 면만을 아는 것이다. 사자 꼬리를 보고 붓처럼 생겼으니 지성적이고 귀엽고 착하다고 생각하는 격이니, 대가리가 아가리 속에 들어가서 포효를 들어도 정신 못 차릴 부류다.

나는 일본이 무섭다. ×나 무섭다. 약속을 지키지 않는 상대, 의리를 저버리고 배신한 상대, 무례한 상대에 대해 어떻게 대하는지 조금은 알기 때문이다.

일본이라는 사무라이가 칼을 잡고 칼집에서 10cm를 뺐다 하자. 저러다 만약 칼을 끝까지 뺐을 때, 휘두를지 말지는 오롯이 저쪽에 달렸고 이젠 이쪽에서 아무리 애써 봐야 소용없다. 뭘 어찌하려거든 칼을 다 뽑기 전에 했어야 한다.

조선은 이러면 안 된다. 칼날을 마빡에 맞기 전에 맨손으로라도 칼날을 막고 싶은 심정을 위정자들은 알까?

그래서 일본 관료들의 출근이 무서운 것이다.

대한민국에서 태어나 성인이 되도록 살면서도 근대화되지 못한 조선인이었던 내가 길지 않은 기간이었지만 일본에서 바닥의 '을'로 생활해 보고 또 한국에서 건축 관련업과 외식업을 사업으로 하며 점점 근대 한국인이 된 것은 자본주의에 대한 근본적인 깨달음 덕분이다.

자영업을 하며 스스로 깨달은 것도 있지만, 30대 초반에 일본이라는 사회를 몸으로 겪으며 우리와 같으면서도 많이 다른 부분에서 배운 게 큰데, 그중 가장 큰 것은 우리에 비해 그들은 욕망에 대해 사회가 솔직하게 인정하고, 사회 내 격차 또는 양극화를 질시나 배아픔으로 받아들이지 않는 것이었다.

누구나 잘 알고 있을 것 같은 자본주의. 일화 위주로 내 경험을 풀어 봤다.

차례

Ⅱ. 와라쿠 이야기

Ⅲ. 일본, 일본인

우동, 건축 그리고 일본

조선인 일본에 가다

Ⅰ

남이 버린 대파

대학 졸업하고 월 26만 원으로 들어간 설계사무소 4년에 손에 남은 돈은 고작 1천만 원.

무작정 일본 설계사무소에 취직하기로 결심하고 일본어 전문학교 등록금을 내고 나니, 나리타에 도착했을 때 수중에 남은 돈은 24만 엔이 전부였다.

출발 전 몇 달간 인테리어 현장소장을 하며, 공사비 정산이 되면 일한 돈을 받기로 선배와 얘기가 돼 있었기 때문에 그 돈을 기대하고 있었다.

두 달여가 지났지만 돈은 오지 않았다. 이리저리 알아봐도 바로 보내 준다는 돈은 오지 않았다. 지금은 알바보다 일본어가 급선무라는 생각에 한동안 알바도 하지 않고 지내던 터였다. 진작 포기했더라면 무슨 수라도 썼을 것을, 바로 준다기에 설마 하며 손 안 쓰고 기다리다가 정말 돈이 똑떨어져 버렸다. 마지막 남은 돈으로 선배에게 전화하니, 도쿄의 지인을 소개해 줄 테니 당장 몇만 엔 빌려서 생활해 보란다. 전화를 끊었을 땐 정말 한 푼도 없었다.

이미 아침 점심은 굶었다. 숙소에 돌아오는데 정말 배가 고팠다.

굶은 건 처음이었다. 자책했다. 이런 상황까지 오게 만든 건 나다…
굶어도 싸다… 어찌어찌 되겠지….

이윽고 어두워졌고, 도쿄엔 아는 사람 하나 없었다. 터덜터덜 집을
향해 걸으며 집에 뭐가 있나 생각해 봤지만 아무것도 없었다.

어느 식당 앞을 지나치는데, 마감한 식당 앞 길 한편에 대파 잎의
파란 부분을 잘라 내버린 것이 눈에 띄었다.

'저런 걸 일본에서는 버리는구나…'

터덜터덜….

집을 향해 한참을 더 걷다가,

'아… 한국에서는 먹는 건데…'

대파는 아니고 쪽파를 데쳐서 돌돌 말아 초장에 찍어 먹게 해 주
시던 엄마가 생각났다.

'엄마…'

터덜터덜….

'아냐! 집에 가 봤자 아무것도 없어. 저거라도 데쳐 먹어야지!'

발걸음을 돌렸다.

성큼성큼. 이미 가게 불은 꺼졌고, 버린 대파는 가로등 불빛 아래
더 먹음직스럽게 파랬다. 집으려는 순간,

'아냐, 이건 쓰레기야. 안 돼!'

다시 집으로.

터덜터덜….

한참을 걸어 집에 다 거의 다 와 간다.

'뭐가 쓰레기야? 한국 설렁탕집에선 다 저런 거 줘. 먹자! 먹고 죽
은 귀신이…'

다시 가게를 향했다.

성큼성큼.

가게가 가까워 오자 다시 갈등이 생겼다.

'내가 쓰레기나 주워 먹으려고 여기까지 왔나? 이 머저리야! 다 관 둬!'

다시 집 방향으로.

터덜터덜….

'오늘은 주린 배 움켜쥐고 잔다고 치자. 내일 아침은? 저거라도 먹 어 둬야 내일 무슨 짓이든 하지!'

발길을 돌린다.

성큼성큼.

버린 파 가까이 가니 고양이 한 마리가 푸다닥 도망간다. 젠장, 도 둑고양이 신세군. 관두자, 관둬.

터덜터덜….

윽! 배고파!

성큼성큼.

안 돼!

터덜터덜….

자!

성큼성큼.

너 미쳤니?

터덜터덜….

일단 먹자!

성큼성큼.

파를 향한 길은 가까웠고 집을 향한 길은 한없이 멀었다. 그 길을 가다 돌이키다를 얼마나 했는지 모른다. 횟수는 모르겠고 두 시간은 오다가다를 했다. 결국 집으로 왔고, 손에 파는 들려 있지 않았다. 그리고 결심했다. 그냥 순진하게 열심히 사는 게 다가 아니고, 정말 잘~ 살아야겠다고 마음먹었다.

다음 날 센토(錢湯, 대중목욕탕)에 청소 알바로 취직했고, 그 뒤로 굶은 적은 없다. 어린 시절 부잣집 아들은 그날 굶어 죽어 미라가 되었다.

지금 우리 가게에서는 대파의 파란 부분은 무조건 다 버린다. 아까워 말고 버리는 게 맞다고 생각한다. 미워서가 아니라.

일본이라고 대파의 파란 부분을 다 버리는 건 아니다. 다만, 파란 부분은 고기 국물을 내거나 할 때나 쓰는 것이고, 음식에 파란 부분이 든 채 나오면 그건 좀 저렴한 집이라고 보면 된다.

대파의 파란 부분은 파의 향은 있으나 속에서 흘러나오는 진액이 맛을 버린다. 끓이면 쓴맛이 나는데 이 쓴맛을 잡을 방법은 조미료 밖에 없다. 즉, 파의 파란 부분을 막 쓰는 집은 조미료를 듬뿍 쓰는 집이라고 생각하면 쉽다.

일본의 슈퍼에서는 대파가 파란 부분은 아예 모두 잘라져 나오는 경우도 많다. 그리고 대파 생산 농가에서는 광합성을 덜 하도록 흙을 돋워 줄기의 흰 부분이 길고 깨끗한 대파를 생산한다.

무작정 일본으로

굶을지도 모르면서 무작정 일본으로 건너간 계기는 20대 말에 왔다.

동양엘리베이터 천안공장(지금 티센크루프)의 설계 파트 프로젝트 매니저로 직원 두 명 데리고 8,500평의 자동화 공장 설계를 8개월 정도 맡아서 하고 있었다.

발주사의 공장 설립 TF팀에선 10여 명의 상주 직원이 일하는데 건축 설계는 3명이 맡아 하며, 인허가까지 진행하려니 낮엔 하루 종일 전화 받고 브리핑 가고 천안시청으로 출장 다니고 저녁에야 설계 제도판에 앉게 되어 퇴근 새벽 1~2시, 출근 9~10시의 생활이 계속되었다. 힘에 벅차 내 위로 실장님을 뽑아 달라 해서 두 번을 내가 면접 봐서 뽑았는데, 나와 회의 두 번 들어가더니 혼비백산 두 번 다 도망가더라.

죽을 듯이 힘들었어도 이 일은 나만이 할 수 있다는 생각에 끝까지 하고 나니 보람도 있었지만, 한마디로 지쳤다.

일을 잘 끝내니 발주사의 회장이 자신의 주택 부지에 빌라를 짓겠다며, 일본의 새로 분양하는 맨션을 견학하고 오라며 담당인 나를 보내 줬다. 그때 처음으로 일본에 간 것이었는데, 도쿄의 다카다노

바바(高田の馬場)라는 역 근처의 위클리 맨션에서 일주일 정도 기거하며 자료 수집과 도쿄 건축 순례를 했다.

그때는 내가 대학 때부터 여러 해 동안 무라카미 하루키에 빠져 모든 책을 몇 번씩 읽고 친구들과도 술만 마시면 어느 책 어느 구절의 표현은 이 상황과 맞네 틀리네 하며 밤을 새우던 때였다. 또 구와타 게이스케(桑田佳祐)의 음악에도 심취해 워크맨과 납작한 휴대용 CD 플레이어를 몸에 붙이고 다닐 때였다. 그런 내가 다카다노바바의 뒷골목을 다니며 두부집을 들여다보고 이자카야에 불쑥 들어가고, 프리츠커상에 빛나는 건축가 마키 후미히코(槇文彦)의 랜드마크가 있는 다이칸야마(代官山)를 보고 다니니 일본에 홀딱 빠질 수밖에. 마치 이미 내 영혼의 한 조각은 도쿄의 뒷골목 생활에 익숙해져 살고 있고, 내가 도쿄에 온 사이 서울에서는 여전히 밤을 새우고 있는 내가 따로 있는 것 같은 착각이 들 정도였다.

나는 처음 와 본 일본이 너무 마음에 드는데, 내 출장에 일정을 맞춰 함께 와 같은 룸에서 숙식하는 건축과 3년 후배는 "일본은 좋아도 일본 사람은 나쁘다"며 매사에 반감을 보였다. 급기야 어느 날 숙소에서 콘비니(편의점)에서 사 온 안주로 방바닥 회식을 하다가, "네가 직접 피해 본 것도 아닌데 수십 년 지난 역사로 왜 일본에 개인적인 감정을 갖냐"며 큰소리까지 내게 되고, 그날로 서로 일정을 달리하게 되고 말았다. 첫 일본 여행에서 친일·반일·지일이라는 주제가 나의 인생 여정에 큰 줄거리가 될 줄 그때는 아직 몰랐다.

서울에 돌아와 그 프로젝트의 기본설계를 넘겼는데 그 뒤로 진행도 지지부진하기도 했고, 내가 설계한 공장이 공사 발주 단계에서 시공자와 분쟁이 생겼다. 현장에 상주하지 않는 상주 감리자를 맡으라고 해서, 잘못하면 부실 공사 책임을 홀딱 뒤집어써야 하는 상황이 생길 수 있다 싶어 회사를 그만두기로 했다.

그래서 다른 회사를 알아보다가 당시 괜찮은 설계를 하고 있던 사무실에 면접을 가게 됐다. 사무실에 들어가니 과연 오페라가 흘러나오고 높은 천장에는 커다란 모형 비행기가 매달려 있고 한눈에도 비싸 보이는 커피 머신에서 커피를 내주는데 이런 데서 일하면 작품 좀 하겠구나 하는 생각을 했다.

그런데 실장님이 무슨 잡지를 보면서 설계 디테일을 그리는데, 뭔가 봤더니 일본 잡지 〈디테일〉을 베끼고 있는 게 아닌가!

'여기서 저 사람한테 배우느니 저 잡지에 나오는 디테일을 그린 사람을 찾아가는 게 맞는 것 아닌가?'

면접 며칠 후 그 회사에서 오라는 통보를 받고 집에 들어와 자려는데, 심란한 마음에 잠이 오지 않았다.

'그래, 가자! 그 잡지에 나오는 회사에 들어가자. 만일 취직을 못해도 취직될 만큼 노력하다 보면 하루키 소설을 일어로 읽고 구와타의 노래를 알아들을 수 있고 〈아사히신문〉을 볼 수 있게만 된다면 여기 있는 것보다는 낫겠다.'

벌떡!

다음 날 아침 바로 일본으로 가기 위한 준비를 시작했다. 스물아홉 살의 마지막 날 마지막 밤이었다.

셰프와 스폰서

그렇게 무작정 날아와 도쿄 생활 한 지 몇 달째.

어느 날 친구의 여동생으로부터 전화가 왔다.

워낙 어릴 때부터 동네에서 같이 지낸 친동생 같은 사이다. 선배 만나러 도쿄에 오는데, 공항에서 디즈니랜드의 무슨 호텔까지 안내해 줄 수 있냐는 것이다.

나리타에서 디즈니까지는 멀지 않지만 도쿄에서 나리타까지 갔다가 다시 디즈니를 데려다주는 건 좀 부적절해 보이긴 했지만, 그러마고 했다.

공항에서 만나 호텔까지 같이 가서 라운지에서 혼자 기다리는데, 동생이 다시 로비로 내려올 땐 30대 초반의 범상치 않은 미모의 여성과 함께 나타났다. 자기 대학 선배라며 소개하는데, 이야기하며 들으니 당시 KBS 아나운서였다.

언니 동생 하는 수다를 반 시간이나 들어 보니, 그 둘이 도쿄에 초대받은 것은 도쿄 스미다가와(隅田川) 아즈마바시(吾妻橋)에서 일 년에 한 번 있는 일본 최대의 하나비(花火, 불꽃축제)를 VVIP석에서 감상하기 위해서란다.

그런 특별한 초대를 누가 했을까 궁금해 물어 보려는 순간, 40대 중반의 다부진 남자가 우리 쪽으로 다가왔다. 한눈에 아나운서의 '가레시(彼氏; 애인 또는 남편)'라는 걸 알 수 있었다.

남자는 젊어서 운수업과 유통으로 큰돈을 벌었고 당시 잘나가던 축구 선수 지코의 상표권을 얻어 마케팅 회사를 하고 있다고 했다. 버블 때 벌 돈 충분히 벌어 놓고 가볍고 즐거운 사업으로 돌려 편한 장사를 시작한 부자의 모습이었다. 돈 많은 부자가 한국의 미모의 아나운서를 스폰서해 주며 한 달에 한두 번씩 한일 간을 오가는 관계라니, 입이 삐쭉 나올 일이면서도 한편 부러운 성공한 모습이기도 했다.

귀를 기울이며 달리는 일본어로 대화에도 끼려 했지만 그들의 은밀한 사이에 난 이방인이라서 어쩔 수 없이 대화의 벽 같은 걸 느낄 즈음, 호텔 라운지 천장에 드린 글라스 차단벽이 화제가 됐다. 들어 보니 둘 다 모르는 소리를 하기에,

"아, 그건 소방법 상 화재 시 연기 확산을 막고 감지기가 제때 작동하도록 도와주는 방연(防煙) 커튼입니다."

아는 척을 좀 했더니 더는 무식한 유학생으로 보지 않게 됐는지, 비로소 벽을 걷고 대화에 끼워 주었다. 그렇게 한동안 떠들다가,

"후배 데려오느라 수고도 하셨는데, 같이 저녁 하시면 어때요?"

"방해만 되지 않는다면야…."

말은 그렇게 했지만 내심은 처음 보는 일본인 부자가 자기 애인 후배에게 잘 보이려고 사 주는 저녁이란 어느 정도일까 궁금하기도 했다.

예상에 걸맞게 우유색 토요타 크라운을 타고 온 그는 우리를 이케부쿠로(池袋)의 어느 이탈리안 레스토랑으로 데려갔다. 이탈리안

이래야 당시 잘나가던 남산의 라쿠치나에 두어 번 가 본 게 전부였던 나로서는 꽤 기대되는 식당 방문이 됐다.

푸와예에 들어서니 점장과 주방장이 나와 있다. 옷을 건네고 큰 방에 들어가 앉으니, 주방장이 나와서 오늘 재료를 설명하고, 호스트가 원하는 요리를 듣고, 앞으로 나올 요리들의 조리 방법을 그와 상의했다. 역시 범상치 않은 모습이라서 놀라웠으나, 부자니까 그런 대접을 받으려니 했다.

요리는 셰프가 손수 내오고 요리를 설명하고, 호스트가 그 요리를 손수 모두에게 나눠 주었다. 모두가 첫 맛을 볼 때까지 셰프는 기다렸다가, 품평을 하나하나 듣고 주방으로 돌아가 다음 요리를 준비하고, 점장은 거의 달라붙다시피 해 와인을 따르는 분위기.

전채라고 하기엔 화려한 다섯 가지쯤의 일품요리가 차례로 나오고, 세 종류의 파스타가 나오고, 메인 디시와 디저트와 차로 이어지는 코스였다. 요리는 단연 최고였고, 와인은 가격을 묻지 않았다.

이쯤 되면 비정상이다. 얼마나 단골이라야 이 정도 접대가 가능한지 물어보았다.

"십 년 전에 어떤 레스토랑에 갔었는데, 요리 하나가 아주 마음에 들어 셰프에게 특별히 팁을 주려 했더니, 셰프가 어린 사원 한 명을 소개해 주었습니다. 그 뒤로 그 가게에 가면 으레 그 직원이 저의 요리를 전담해 주었는데, 재능이 아까워 보여서 제가 제안을 하나 했지요. '이탈리아에 유학을 보내 줄 테니, 가서 좋은 식당에 취직해서 열심히 배워라. 음식을 잘하려면 잘 먹는 법도 배워야 하는데, 그건 매달 내가 이탈리아에 갈 테니 자네가 좋은 식당을 물색해서 안내하고 같이 먹어 가면서 공부하자. 충분히 배웠다고 생각할 때 도쿄에 식당을 차려 주마. 나를 위하고 자네를 위한 식당을.'"

그렇게 만들어진 식당이었고, 그는 바로 오너 셰프의 스폰서였던 것이다.

　놀랍고 정말로 부러웠다. 손님과 주방 막내가 서로에게 꿈을 품고, 약속을 지켜 꿈을 실행에 옮기고, 그리고 의리를 지키는 것. 그건 개인의 약속만으로 이뤄지는 시나리오가 아니다. 그때부터 일본 사회에 존경심이 생겼다.

　나의 멋진 식당의 꿈의 씨앗은 그때 싹튼 것이다. 나에게도 언젠가 누구에게 들려줄 감동 스토리가 만들어질 날을 간절히 기대해 봤다. 내가 부자 역할은 될 수 없으니 내가 지지고 볶고 차리고 있지만.

　부러우면 이루어진다던데 하며 살다가 18년 후, 히로타(廣田) 상이라는 스승을 만나게 된다. 그때 도쿄의 이탈리안 레스토랑과 완전히 역전된 조건의 인물이었다.

　1952년생 전후(戰後) 세대인 히로타 상은 고등학교를 다니다가 음식을 하겠다며 도쿄 아사쿠사(淺草)에서 가이세키(懷石, 일본의 연회 요리)를 하는 노포에서 일을 배우기 시작해 긴자(銀座)의 유명한 집에서 일하고 있었다. 어느 날 어떤 손님이 이 음식을 만든 주방장을 한국의 특급호텔에 스카우트하고 싶다고 하자 주인장이 이 음식은 저희 집의 막내가 한 것이라고 하니 그럼 그를 한국에 데려가게 해 달라 해서, 20대 중반에 당시 특급 호텔이던 마포 가든호텔의 회장에 이끌려 한국으로 오게 된다. 그곳 일식 주방장을 거쳐 레스토랑 총주방장을 하게 되고 계약 기간이 끝나자 당시 호텔 외식으로 유명하던 장충동 앰배서더호텔의 총주방장을 하며 한국과 인연을 이어 가게 된다.

　30대 초반에 한국 생활을 접고 일본에 돌아가 일하던 어느 날, 최고의 요리라며 자부하며 정성껏 만든 자신의 요리를 테이블에 앉은 손님은 자기 돈으로 먹는 것이 아닌 접대 음식이기에 말로만 감탄을 하지 정작 가치를 알아주지도 않고 남겨서 모두 버리는 데 회의를 느껴 요식업을 홀연히 떠나 본가의 가업인 금속가공업을 잇게 되었다. 그 후 일본의 고도성장기에 사업을 크게 성공시키면서 한편 고향이자 사업지인 군마(群馬)현의 오타(太田)시에서 크고 작은 식당을 직영하기도 하고, 많은 사람들에게 자신의 요리 지식과 감각을 전하며 손에서 칼을 놓지 않으며 자신의 세계를 지켜 온 분이다.

우연인지 필연인지 건축과 외식업이라는 인생의 두 축 중에 하나인 나의 극장에 마치 예정이라도 한 듯이 그가 들어왔다.

지갑을 주우면

2만 엔이 필요했다.

빌릴 데도 없고 카드는 언감생심. 도쿄 온 지 얼마 안 되고 아직 알바로 그날그날 연명하는 취업 지망생이었고, 다음 월급날까지 먹고 살기 위한 최소한의 돈이 필요했다.

그날은 토요일. 주말에 마땅히 나갈 알바도 없었기 때문에 돈을 덜 쓰려면 집에 처박혀 있어야 한다.

그런데 서울 옛 직장의 소장으로부터 연락이 왔다. 직원 두 명을 도쿄에 보내는데, 안내도 해 주고 관광도 시켜 달라는 것이다. 나도 같이 일했던 아는 직원이라 안 나갈 수도 없고, 곤란했지만 일단 나갔다. 같이 여기저기 다니며 이틀간 구경시키고 안내하는데, 내가 아무리 어려워도 내 차비는 내가 내야 하고, 전 직장의 내 아래 직원이니 그들이 밥을 사면 내가 커피라도 내야 하니 돈이 좀 까졌다. 한 푼이 아쉬운데 난데없이 더 쓸 일이 생겼으니, 웃고 떠들어도 속마음은 편치 않았다.

당시 한국은 신도시 개발 붐이 일 때다. 일행이 일본의 신도시 사례를 보고 싶다고 해서, 다마(多摩)시를 보여 주려고 미나미오사와(南

大澤)역 쪽으로 안내했다. 지역 한 바퀴 둘러보고 아웃렛 몰까지 돌아보다 다리가 아파, 일행더러는 마저 둘러보라고 하고 나 혼자 벤치에 앉았다.

맞은편 벤치에서 한 커플이 웃고 떠들다 자리를 떴는데, 보니까 작은 가방을 놓고 갔다. 얼른 집어 들고 뛰어가 주려 했는데, 커플은 이미 눈에 보이지 않았다. 궁금한 마음에 가방 속을 살짝 들여다보니 현금이 들어 있었다. 2만 엔!

'흐음… 이만 엔…'

'조선인의 마음'이 스멀스멀 올라오는 걸 누르려고, 가방을 도로 그 자리에 놔두고 우리 일행을 찾으러 나섰다.

만나서 다른 데를 마저 같이 둘러보고 돌아가는 역 쪽으로 가는데, 아까 그 벤치가 보였다.

"저기 벤치에 핸드백 보여? 저거 아까 누가 놓고 간 거야."

"누가 안 가져가요?"

"일본은 안 가져가. 그대로 두면 찾으러 올 거야."

"일본에 일본 사람만 있는 게 아니잖아요. 다른 사람이 가져가기 전에 경찰서에라도 갖다줘야 하는 거 아녜요?"

"그런가?"

본 김에 다시 그 가방을 열어 보았다. 그사이 누가 현금만 슬쩍하지는 않았을까, 진심으로 궁금했다.

2만 엔 그대로였다. 왜 내가 안도감이 들었는지 모르겠다.

"자 자, 그냥 두는 게 맞겠어. 가자고들."

100m쯤 걸었을까, 다시 2만 엔이 떠올랐다.

'저 돈만 있으면 고민 안 해도 되는데. 나는 당장 내일부터가 곤란한데. 저대로 두면 중국 놈들이 가져갈지도 모르는데. 놓고 간 놈 잘

못 아냐? 이건 분명히 하늘이 나에게 주는 행운이야!'

그때만 해도 난 아직 조선인이었다.

"어이, 나 잠깐 화장실 다녀올게."

아까 그 벤치를 향하며 빌었다. 그놈의 가방 없어졌어라, 없어졌어라, 없어졌어라!

가방은 그대로 있었다. 현금은 없겠지, 현금은 없겠지, 현금은 없겠지!

열어 보니 그대로였다. 난 2만 엔이 필요했다.

가방을 집어 든 순간, 이따위 2만 엔 슬쩍하려고 도쿄까지 와서 이짓을 하나 하는 자괴감이 확 몰려왔다. 가방을 있던 자리에 내던지듯 내려놓고 뒤돌아 걸어왔다.

아쉬움이었는지, 나도 모르게 뒤를 돌아다보았다. 아까 그 커플이 이제야 돌아와서 가방을 찾아들고 팔짝팔짝 뛰고 있었다. 내 눈은 울고 있었지만 입은 웃고 있었다.

일행과 전철을 타고 서둘러 식사 장소로 이동했다. 식사 후, 공항까지 배웅 못 해 미안하다고 하고 공항 터미널인 하코자키(箱崎)까지만 바래다주었다. 잘 가라, 잘 지내세요, 인사 나누고 돌아서려는데 한 직원이,

"소장님이 경비 주셨어요. 같이 쓰고 남으면 과장님 드리고 오랬어요."

2만 엔이었다. **나를 조선인으로 퇴화시킬 뻔한 그놈의 2만 엔!**

4년 전 얘기다. 다녀가신 지 한 달 된 우동 스승 히로타 상으로부터 전화가 왔다. 일본 돌아가는 길에 김포 가려고 탄 택시 안에서 지갑을 주웠는데, 공항에서 누군가에게 전달하려 했지만 시간이 여의

치 않아 그냥 가지고 귀국했다는 것이다. 어찌하면 좋겠냐고.

나는 안다. 그가 한국인을 못 믿어서 누구에게도 주지 못하고 고민하다 가지고 간 것을. 아니, 한반도에는 한국인만 사는 게 아니라 조선인도 산다는 것을 그가 안다는 걸. 어쨌든,

"안에 뭐가 들었는데요?"

"못 봤다."

"왜 안 봤는데요?"

"그걸 왜 보냐?"

"궁금하지도 않으세요?"

"아니. 그게 왜 궁금하냐?"

"그럼 한번 열어 보세요."

"싫다. 열긴 싫고, 언뜻 보니 구찌인데 안에 현금도 좀 든 것 같다."

"그럼 다음에 오실 때 가지고 오세요."

"한동안 한국에 못 갈 것 같아서 그런다. 그래서 말인데, EMS로 보낼 테니 남 상이 알아서 처리해 주라."

그 양반 참…. 여하튼 이렇게 되었는데 —

며칠 후 페친 몇 분이 우리 가게를 찾아 함께 즐거운 만찬을 하고 있는데 마침 그 우편이 도착해서 함께 열어 보게 됐다. 정성껏 꽁꽁 싼 포장을 푸니 깨끗한 구찌 반지갑 안에 여러 장의 신용카드와 그놈의 현금 20만 원과 면허증, 학생증, 주민등록증이 다 들어 있었다. 깊숙한 곳에 마침 명함도 있어서 보니 연락처도 박혔더라. 모임 중 강 교수가 점잖게 연락을 하니 주인이 마침 멀지 않은 곳에 있어서 가지러 오기로 했다. 그동안 이야기꽃을 피우면서도 함께 있는 사람들은 알 턱이 없는 '미나미오사와의 2만 엔'을 혼자 속으로 떠올리고 있는데, 30분 만에 도착한 주인공은 30대 초반의 능력 있고 잘생

기고 예의 바른 직장인이었다. 그 자리에서 전달식을 갖고 그이는 크게 감사를 표하고, 분위기도 좋아서 같이 한잔하고 마침 모임도 거의 끝나 갈 때여서 함께 자리를 파하고 헤어졌다.

그날 가게에 함께 있던 분들이 그에게 전한 메시지는 이것이었다.

"당신이 잃어버린 지갑을 주운 한 일본인이 당신의 곤란함을 헤아려 이걸 도쿄에서 항공우편으로 보내 주었다. 남들 말만 듣고 일본 미워 말고, 당신이 경험한 대로만 일본을 이해해 줬으면 좋겠다. 당신의 미래에 행운이 ─ "

예상치 못한 이벤트에 모두 즐거워해 준 참석자들과 보이지 않는 주연 히로타 상, 지갑 분실한 분, 모두에게 감사한 저녁이었다.

무릎 아래 세상

없는 돈에 술을 마셨다. 일본 생활에 적응도 웬만큼 돼서 선후배들이랑 어울려 가메이도(龜戶)의 싸구려 술집 몇 군데를 돌며 취하게 마시다 그만 슈덴(終電, 막차)을 놓치고 말았다. 다른 이들은 집이 멀지 않아 어찌어찌들 갔지만, 내가 사는 료코쿠(兩國)까지는 술 취한 채 걸어가기는 무리다. 택시를 탈 여유 같은 건 생각도 할 수 없었다. 어디 로열 호스트라도 들어가 맥주 시켜 놓고 졸다가 첫차를 탈까도 생각했지만, 돈도 아깝거니와 술도 더 마시기 어려웠다.

차 끊긴 전철역 기둥에 기대 한참을 망설였다. 다리가 아파 왔다. 눈앞의 다카라쿠지(寶くじ, 복권 가게)가 원망스러웠다. 얼마 전 내 생돈 천엔을 삼킨 놈이었다. 그 돈을 안 썼더라면 오늘 집에 편히 갔을 텐데.

주변을 보니 도보가 깨끗하기에 그 자리에 주저앉았다. 몸이 좀 편해지니 아침까지 이렇게 기다리다 전철을 타는 것도 나쁘지 않을 것 같았다.

아키하바라(秋葉原) 반대 방향인 지바(千葉) 쪽 전철은 아직 남아 있는지, 많은 사람들이 분주히 내 앞을 오가고 있었다. 앉으니 좀 편하긴 한데 주변이 무척 부산하고 시끄러웠다. 홈리스들은 어떻게 이렇게 시끄러운 데서 잠을 잘까 평소 궁금했는데, 과연 견디기 힘들 만큼 시끄러웠다. 다들 힐끔거리며 나를 쳐다보는 것 같은 기분도 더럽고.

쪼그리고 앉아 있으니 이내 엉덩이도 아파지고 술기운이 올라와 졸렸다. 스르르 몸이 낮아지는 느낌과 함께 눈앞에 사람들의 구두와 정강이들이 스쳐 갔다.

그러던 어느 순간—

갑자기 시간이 멈추고 아무 소리도 들리지 않았다. 사람들은 분주히 지나가지만 고요한 적막뿐, 이제 아무도 나를 의식하지 않는 느낌이었다. 이대로 잠들어도 될 것만 같았다.

번쩍!

그제야 정신이 들었다. 쇼크에 가까운 공포가 엄습했다. 이 고요에 적응하게 된다는 것 — 그건 세상과 떨어지는 것, 사람들과 관계없어지는 것, 아무도 나를 신경 쓰지 않고 나도 아무에게도 신경 쓰지 않는 것 아닌가. 나를 둘러싼 환경이 바뀐 것이 아니라, 내가 세상과 연을 끊고 안 듣고 안 보고, 그렇게 나락으로 떨어지는 입구로 기어들어 가는 것 아닌가!

사람들 무릎 아래의 세상이란 그런 것이었다. 인생의 바닥이란 게 말 그대로 세상의 끝에 있는 게 아니라 내가 주저앉은 바로 그 자리, 사람들 무릎 아래 있었다.

그 세상은 조용했다. 왜 거지들은 시끄러운 데서도 잘 자고 더러움도 잘 참고 멸시의 눈초리 따위 피하지도 않는지 그제서야 알게 됐다.

자리에서 일어났다. 탁탁 털고 한 시간을 걸어 기어코 집으로 돌아왔다. 깨끗이 씻고 자리에 누우며 다짐했다.

'다시는 그 고요 속으로 들어가서는 안 된다.'

목욕탕 청소

밥 굶은 다음 날, 선배의 지인을 찾아가 2만 엔을 꾸어 새로운 삶이 시작되었다.

'어제의 나와 오늘의 나는 다른 사람이다!'

전에 언뜻 듣기를 동네 센토에서 청소 알바를 구한다는 얘기를 떠올리고 면접에 갔다. 아직 일본말도 서투른데 종일 하는 알바를 해서는 먹고나 살 뿐 미래가 없다는 생각에서다. 하루 한 시간 반 정도 일하고 2천 엔을 받는데 시급으로도 나쁘지 않고 그것만 받아도 굶지는 않으니 나쁠 게 없었다. 매일 따뜻한 샤워를 할 수 있는 혜택은 덤이었다.

그날로 합격하고, 청소 시간인 12시보다 10분 일찍 출근했다. 여든쯤 된 할아버지가 남탕과 여탕의 청소법을 알려 주는데, 그대로 따라 하니 한 시간 반이 꼬박 걸렸고 내 몸까지 씻고 나오니 두 시간이 걸렸다. 그래도 괜찮다고 했다. 처음이니까.

열심히 청소하고 씻고 나오니 할아버지가 기다리고 있다가 흰 병우유를 따 주며 마시라고 주는 게 아닌가. 눈물 나게 고마웠다. 어릴 적 생각도 났다. 앞으로 매일 청소 후에는 알아서 한 병씩 마시라는 얘기에 하마터면 엎드려 절할 뻔했다. 어제까지 밥 굶던 나 아니던가!

보름쯤 청소를 하니 이제 길이 나서 청소가 빨라졌다. 쓱쓱 싹싹 막 문지르고 물 뿌리고 하고 나니 한 시간도 안 걸렸다.

'어차피 야리끼리(할당량을 채우면 업무 종료를 일컫는 공사판 은어)니까!'

그러면서 나도 빨리 씻고 나오니 한 시가 좀 넘었다.

'후후, 역시 난 일을 잘해~'

나오는데 할아버지가 불호령을 내린다.

"벌써 다 했어?"

"시킨 대로 다 했습니다."

"이리 와 봐. … 여기, 여기, 닦았어? 여기도? 여기도?"

"아뇨, 거긴 안 더러워서…. 아뇨, 거긴 어제 닦아서…"

"이봐, 난 이 목욕탕을 열다섯 살부터 닦았어. 수십 년을 닦았는데 내가 아무리 빨리 해도 시킨 대로 하면 꼬박 한 시간이 걸린다고. 자네가 하는 청소는 매일 하는 한 시간 청소이고, 자네가 쉬는 일요일엔 내가 대청소 세 시간을 해야 매일 이 센토가 깨끗하게 유지되는 거라고. 자네가 매일 할 일을 게을리하면 내가 일요일날 밤을 새워도 깨끗이 못 해!"

"… 면목 없습니다. 죄송합니다."

그날 청소를 처음부터 다시 하고, 미안한 마음에 우유를 따 먹지 못했다.

정말, 다시 시킨 대로 하니 절대로 한 시간에 끝나지 않았다. 대를 이은 센토의 '평일 한 시간 청소'의 전통을 가볍게 여긴 걸 반성하며 한없이 창피했다.

꾀부리는 조선인은 일본 할아버지 덕에 한국인에 한 발짝 다가갈 수 있었다.

며칠 후 청소를 하는데, 금요일이라 선지 손님들이 좀 늦게 나갔다. 남탕 끝내고 여탕을 들어가려는데, 여탕 청소 문에 조그만 구멍이 있어 자세히는 안 보여도 인기척은 보인다. 아직 손님이 다 안 나갔다. 문 앞에서 기다리고 있는데, 할배가 문을 박차고 들어왔다.

"야 인마! 너 뭐 하고 있는 거야!(何やってんだ!)"

"엣? 저… 여자 손님이 안 나간 것 같은데요…."

"야 인마, 내가 널 남자로 뽑은 줄 알아? 넌 여기서는 남자가 아니라 청소부야, 청소부! 기다리다 늦어지면 청소 대충 하게 된다고! 당장 들어가!"

여탕 문을 뻥 걷어차고서 나를 발로 차 넣는다. 홀딱 벗은 여자들 사이에서 때밀이 빤쓰 입고 긴 솔 들고 있는 우스운 모양새가 되었다.

그런데… 일본 여자들은 비명을 지르기는커녕 몸만 살짝 돌리고 나머지 몸을 씻었지, 갑자기 뛰어들어 온 서른 살 건장한 남자를 전혀 의식하지 않았다. 놀란 건 여자들이 아니라 나였다.

그렇다. 난 여기서 남자가 아니었다. 인간도 아니고 한낱 청소부일 뿐이었다. 열심히 거품 내고 욕조에 여자 기름 닦는 일꾼일 뿐이었다. 솔이나 세제 같은 그냥 청소에 필요한 물건 같은 존재.

젊고 잘 빠진 여인의 몸에 눈이 가지 않게 되기까지는 그 후로도 여러 달 걸렸다. 그 여자가 무슨 요일에 늦게 오는지도 알게 되었다. 그녀를 보러 일부러 그 문을 박차고 들어가는 일은 없었지만, 극적으로 설계사무실에 취직이 된 후에도 한동안 그 알바는 그만두지 않았다(흰우유 때문이라 믿어 달라).

일본인의 직업의식은 출발부터 우리와 달랐다. 감성 노동? 말도 안 되는 조선인 감성이다. 직업에 귀천이 없으려면 오히려 자신의 성별마저도 잊는 철저하고 완벽한 직업 정신이 필요하다. 사람이 먼저라고? 그래, 그렇게 살아 봐라, 사람대접 받게 되나. 인간보다 직업이 먼저인 정신을 배우지 않고서는 일본을 절대로 이길 수 없다. "일이 먼저입니다!"를 복창해야 그 직장에서 사람대접 받는다.

꿈꾸던 대로 일본 설계사무실에서 일하게 되고, 경력 쌓은 후 한국에 돌아와 좋은 회사 다니고 건축사 따고 결혼과 창업도 하게 됐다.

어느 날 아내와 아이를 데리고 오미아게를 들고 10년 만에 그 센토에 가 봤다. 할머니가 카운터를 보고 있길래 인사를 하니 알아보고 반갑게 맞으며 2층에 살던 아들 며느리를 데리고 내려왔다. 할아버지는 몇 년 전에 돌아가셨다고. 지금도 평일은 한국인 알바가 청소하고 주말엔 회사 다니는 아들이 청소한다고 한다.

탕에 들어가 청소 상태를 보니 10년 전과 다를 바 없는 게, 알바와 아들 모두 그때와 다름없이 일하고 있는 게 확연했다. 저 아들도 언젠가 은퇴하면 죽는 날까지 센토의 가운데 매표소를 지키겠지.

손님으로 가 느긋이 씻고 나와서 흰우유를 따 마시며 돌아가신 할아버지를 기렸다. 일본의 직업 정신을 가르쳐 주신 오야지… 감사합니다~

나리타 공장

센토 알바로 입에 풀칠은 하게 됐지만 마냥 이렇게만 살 수는 없었다.

그러던 중 일본어 전문학교의 방학이 왔다. 한 달간 무슨 짓이든 해서 생활비를 더 벌어야 했다. 되도록 한국말 안 해도 되는 일을 부탁했더니 연락이 왔다. 나리타공항 근처의 공장인데, 저녁 7시 시작, 아침 7시 끝, 시급 1,200엔, 기숙사 석식 야간 간식 제공, 점심 하러 나갈 차량 제공. 단, 대졸자.

공돌이로 한 달 빡세게 일하면 서너 달 생활비가 되는, 게다가 일본의 시골에서 차량을 제공받으며 한 달을 살아 보는 경험이라니, 딱 내가 바라던 조건이었다.

그런데 공장 단순노동에 대졸자? 그 이유는 나중에 알게 되었다.

일단 한국에서 대학을 졸업한 네 명이 선발되어, 우에노(上野)에서 공장 사장을 만나 함께 공장으로 이동하기로 했다.

사장 이토(伊藤) 상은 예순쯤 된 분으로, 까만 서류가방을 옆구리에 끼고 나타났다. 사무실이 근처인데 비좁아 몇 사람 앉을 데도 없으니 그냥 바로 가자고 한다. 사장님 차로 이동할 줄 알았는데 전철

로 가자길래,

"여러 명이면 차량이 싸지 않습니까?"

"저는 차가 없습니다."

"그런데 저희에겐 점심 나갈 차를 제공한다고 하지 않았습니까?"

"그건 업무용 차량이고, 나의 업무는 전철이면 충분하기 때문에 차가 필요 없습니다."

별것 아니지만 문화 쇼크를 느꼈다. 큰 공장의 사장이 시급 직원에 겐 차를 제공하면서 자기는 차 없이 전철로 다닌다니….

오후에 공장에 도착해 그날 밤부터 바로 현장에 투입되어 일했다. 밤낮이 바뀐 채 열두 시간 내내 서서 일하는 생활이 처음엔 힘들었지만 색다른 경험이라서 좋았다. 밤새 일하고 점심때까지 잔 후 차 몰고 시골 슈퍼에 가서 먹을 것 사다가 해 먹고 농촌 길을 여기저기 쏘다니는 생활을 이럴 때아니면 언제 해 보나 싶었다. 게다가 지바의 태평양 바닷가 99리를 주말마다 가 볼 수 있다니.

공장은 식품 용기 사출 공장인데, 아이스크림 투명 컵을 사출 기계가 찍어 내면 몇 명이 그 컵을 모아 박스에 포장하는 단순한 일이었다.

같이 일한 세 사람은 전자과, 전산과, 화공과를 나왔다. 우리를 라인에 투입하며 이토 사장이 말했다.

"여기는 시골 공장입니다. 여기엔 일본인들만 근무하는데, 공부를 많이 한 사람은 이 공장에 오지 않습니다. 여러분은 일본인과 똑같은 시급을 줄 테니, 한 달간 일하고 난 뒤에 한국 대학과 사회에서 배운 경험을 살려 이 공장에게 조언하고 싶은 말을 리포트로 제출해 주면 됩니다."

대졸자를 모집한 이유는 거기 있었다.

12시간씩 맞교대로 돌아가는 공장의 밤일 첫날은 생각보다 어려웠다. 중간 휴식이 있었지만 밤새워 일하는 데 익숙하지 않아 아침 7시에 일이 끝나고 나니 녹초가 되었다. 얼른 씻고 잠이나 자야겠다 하고 숙소로 가려는데, 공장 입구에서 이토 사장이 기다리고 있었다. 고생했다, 힘들지 않았냐는 인사 후, 배고플 텐데 힘들어 아침도 못할 테니 오늘 아침은 자기가 사겠다며 앞장을 섰다. 속으론 '아이고! 차라리 빨리 자는 게 좋겠구먼…' 하면서도, 사장이 일부러 끌고 가는 식당은 얼마나 대단할까 호기심도 들어 군말 없이 따라나섰다.

10분 정도 시골길을 달려 도착한 조그만 밥집. 원래 아침 식사는 안 하는 곳인데 사장이 특별히 아침을 부탁했단다. 불 다 꺼진 식당 카운터에 5인분 식사를 준비한, 썰렁한 분위기였다.

이윽고 딱~ 하고 나온 식사는 밥, 미소국, 조그만 생선구이, 계란말이, 절임 두 개가 다였다. 조금은 실망하며 밥상을 받았지만 맛이 생각보다 좋아서 아주 잘 먹었다. "잘 먹었습니다" 인사하고 숙소로 돌아왔지만, 사실은 '조금' 고마웠다. 난 그때까지 조선인이었기 때문이다(지금은 한국인 9에 조선인 1 혼혈). 일 시키려면 먹여 가며 시키는 게 당연한 줄 알았고, 밥값은 사장이 내는 게 당연할 줄 알았고, 사주려면 거하게 고기라도 사 줘야지 아침 한 끼 사 주는 게 뭐 대수냐고 생각하는.

네 사람이 한 조로 일하는 사출 기계 앞에 한국인 네 명이 배치받았다. 가벼운 폴리컵이 5~10초마다 한 번에 20개 정도씩 펑펑 찍혀 나온다. 세 사람이 불량품을 걸러 내고 가지런히 정리해 한 사람에게 전달하면 그 사람은 100개씩 50줄을 한 박스에 담고 일련번호 라벨을 붙이고 포장하면 5천 개들이 제품이 된다.

처음엔 잘 세어 가며 했다. 그런데 며칠 하고 나니, 컵을 한 줄 척! 잡으면 대략 100개가 딱! 잡히는 거다. 역쉬! 난 천재라니깐~

척! 잡으면 100개. 착! 잡아도 101개. 쓱! 잡으면 102개. 휙! 잡으면 99개. 촥! 잡으면 다시 딱 100개! 척하면 척이었다. 으쓱!

다른 팀은 정리가 늦어 기계 속도를 늦춰 달라는데 우리 팀은 며칠 만에 적응해 속도를 좀 올려 달라 할 정도가 되었다. 중간에 식사하러 가면 옆 기계 아줌마들이 "스고이!"를 연발하며 칭찬이 자자했다. 역시 한국인의 우수한 자질을 알아보는구만. 우쭐!

그러던 어느 날, 낮에 공장장이 사무실로 나를 불렀다. 납품한 회사에서 문제가 생겼다는 것이다.

"뭐가 문제랍니까?"

"자네들이 납품한 박스는 오천 개들이인데, 컵 숫자가 약간씩 오버한다네."

"얼마나요?"

"우리가 어제 종일 자네 팀 박스를 전수 조사했는데, 평균 오천 백개가 나왔네. 어떻게 된 거지?"

깨갱 꽁지를 내리고, 빨리 정리하느라 숫자를 하나하나 세지 않았고, 적으면 문제 생길까 봐 다소 많이 넣었다고 실토했다. 그러면서 마음속으로는 여전이 '일, 이 프로잖아. 많이 줘도 불만이래?' 하고 생각했다.

"우리 회사의 그 제품 수익률은 5, 6%에 불과해. 회사로 보면 자네들이 수익의 반을 날려 먹었고, 상대 회사는 기계에 컵을 걸 때마다 숫자가 조금씩 달라서 손이 더 간다며 문제 삼아서 우리 신뢰가 떨어졌어."

"대신, 우리 팀이 더 많이 만들지 않았나요?"

"자네들이 더 만든 건 하루에 겨우 몇 박스야. 그나마도 불량 아닌가?"

뜨아악~ 우린 조선인도 아니고 그냥 개새끼들이었다. 누구 하나 "이렇게 하면 안 돼" 소리 않고 똘똘 뭉쳐 적당히 편하게, 그 결과 불량을 양산해 회사 이익을 날려 먹고 신뢰까지 떨어뜨린 죄인들이었다. 진심으로 반성하고 사과하고 사죄하고 빌었다. 일자리가 아까워서가 아니라, 정말 면목이 없었다. 지금도 그 생각만 하면 얼굴이 달아오르고 가슴이 답답해진다. 일본인에게 죄를 지었다는 느낌은 그때가 처음이었다.

우린 용서받았고, 나는 이후 진짜 열심히 일했다. 그 일로 조선인에서 한국인으로 조금 더 바뀌어 갔다.

나리타 공장 일은 몸은 힘들었지만 마음은 편했다. 단순노동으로 몸이 반복적으로 움직이는 동안 머리는 오히려 창조적으로 돌아가며 더 많은 생각을 하게 된다는 걸 처음 알았다. 무엇인가 주제를 정해 생각하기 시작하면 그날 일이 끝날 때는 보람스러울 만큼 좋은 결론이 나오곤 했다.

아침에 퇴근해 자고 낮에 일어나 일본의 농촌을 쏘다니는 일은 정말 낭만적이었다. 애니메이션 〈토토로〉에서 메이가 쏘다니던, 쓰레기 하나 없이 까맣게 잘 다듬어진 포장도로 옆 정겨운 논밭길 개울가, 들어갈 수 없을 정도로 빽빽한 숲과 10층 높이는 될 듯한 거대한 나무들…. 잘 다듬어진 일본의 농촌은 안락한 풍요의 이미지였다. 농촌의 커다란 슈퍼의 싱싱한 야채들은 구경하는 것만으로도 즐거움이었고, 밥해 먹기 귀찮을 땐 숲길을 걸어 나가 고속도로 휴게소 뒤로 넘어가면 언제든 먹을 수 있는 우동과 카레가 있었다.

하지만 공장에 취직하러 여기 온 것도 아니고, 일하고 쏘다니는 것으로 만족하고 살 수는 없었다. 학교에서 배운 일본어 교과서로는 일본 취직의 꿈을 이룰 수 없었다. 생활 용어 외에 전문 용어가 턱없이 부족해, 막상 취직한다 한들 일을 잘하지 못할 게 뻔했다. 그래서 건축 주제 대담집 단행본을 하나 샀다. 요시무라 준조(吉村順三)라는 원로 건축가가 제자와 대담한 것을 책으로 낸 것이었다. 다른 전문 도서와 달리 구어체로 쓰였기 때문에 전문 용어와 함께 듣기 말하기를 연습할 수 있다고 생각했다.

일주일쯤 일하며 같이 일하던 일본인 중에서 표준말을 쓰는 똑똑해 보이는 어린 여자를 찍었다. 지도세(千歳)라는 그 여자에게 책을 주며 부탁했다.

"일본말을 잘하고 싶은데, 이 책을 읽어서 녹음해 줄 수 있을까? 유명한 분이고 좋은 책이니까 읽는 것만으로 당신한테도 도움이 될 책이야. 읽다가 좀 틀려도 좋으니까, 천천히 읽어서 녹음만 해 줘. 3만 엔 줄게."

3만 엔은 밤새워 이틀 꼬박 일해야 받을 수 있는 큰돈이었지만, 나에게 그런 투자를 하지 않으면 내게 미래는 없었다. 그녀는 흔쾌히 오케이 했고, 남자친구와 둘이 나눠 정성껏 녹음해 주었다. 일요일 하루면 다 할 줄 알았는데 막상 녹음하며 읽으려니 거의 일주일은 걸렸다면 조금 툴툴대긴 했는데, 녹음 상태를 보니 발음과 억양을 꽤 신경 써서 해 줬음을 알 수 있었다.

그 테이프를 수백 번은 듣고 따라 했다. 내가 '만든' 그 교재는 나중에 취직했을 때 실제로 많은 도움이 되었다. 유학으로 간 것도 아니고 일본에 있던 기간이 그리 길지도 않은 내가 그럭저럭 먹고 살 만하게 일본어를 할 수 있는 건 그때 그런 노력 덕분이다.

그리고 한 가지 준비를 더 했다.

당시는 아직 건축 도면이 캐드(CAD, 컴퓨터 지원 설계)화 되지 않았을 때였다. 일본인이라도 설계사무실에서 모형 만드는 정도 알바는 가능하지만 도면은 아무나 그릴 수 없었다. 건축 지식이 짧은 것도 있지만, 무엇보다 제도 글씨를 도면 안에 잘 써넣는 게 쉬운 일이 아니었다. 당시 일본은 워드 보급률이 높아 일본 친구들은 악필이 많아서 제도 글씨를 배우는 데 고전들을 했다. 나는 한국에서 몇 년간 제도 글씨를 써 봤어도 그건 한글 제도이고, 한자 공부를 제대로 한 적도 없는 내가 한자와 가타카나로 된 일본 제도 글씨를 잘 쓸 수 없을 건 당연했다. 그렇다면 나의 4년 경력은 여기서는 다 헛것이 된다.

그래서 그때부터 일본어 공부를 하며 한자와 일본 글씨를 샤프로 꾹꾹 눌러 써 가며 제도체 글씨를 매일 연습했다. 연습장에 막 써 보고, 외울 단어를 납품 도면에 글씨 쓰듯이 수백 시간 연습했다. 덕분에 지금도 한글보다 일본어와 한자를 더 예쁘게 쓴다.

일본어와 제도 글씨, 두 가지 연습이 나중에 큰 역할을 했음은 두말할 필요가 없다. 기회는 준비한 자에게 온다.

공장에서 우린 한 달간 특별한 대우를 받으며 열심히 일했고, 마치는 날 약속대로 리포트를 제출했다. 난 공장 설계를 해 본 경험을 살려, 정전기 때문에 제품에 먼지 등 오염물이 붙는 일이 없도록 공장 바닥에 전도성 도료를 도포할 것 등을 제안했다. 우리의 리포트가 얼마나 도움이 됐을지 모르지만, 외국인 노동자를 지식 경영의 일환으로 받아들이려고 노력한 그분을 마음 깊이 존경하게 되었고 나도 언젠가는 그와 같은 특별한 경영자가 돼야겠다고 다짐했다.

6년 뒤 창업을 했다 우리나라에서는 차 없는 사장을 우습게 보고 심지어 계약금도 안 주려는 '갑'도 많았지만, 스스로 다짐한 대로 사장 차 없는 회사, 소파 없는 회사를 2년간 유지했다.

　일본을 차츰 더 알게 되고, 사업을 하며 사장이 뭔지 알게 되고, 외식업을 하며 식당이 무엇인지 알게 되고, 그렇게 점차 조선인을 벗어나 한국인이 되어 갈 무렵.

　도쿄 출장 간 길에 그랜드하얏트에서 비싼 아침 정식 받아들고, 꽝! 하는 충격을 받았다.

　일본의 아침은 아무리 비싸고 고급이라도 밥에 된장국에 생선에 계란에 절임, 등으로 이루어진 이찌쥬산사이(一汁三菜, 국 하나에 찬 셋의 기본 상차림)라는 잘 다듬어진 하나의 형식이라는 것을 알게 된 것이다. 고급이래야 사바(鯖, 고등어)가 아까무스(赤鯥, 눈볼대)가 된다든지, 날계란 대신 송이가 들어간 자완무시(茶碗蒸し, 계란찜)을 낸다든지, 흰쌀밥 대신 쇠 냄비에 바로 한 가마메시(釜飯, 솥밥)라든지, 신슈(信州) 직송의 절임이 나온다든지로 고급화될 수는 있어도, 아침부터 묵직한 고기에 신선로가 나오는 연회 요리 가이세키를 내지는 않는 법이었다. 물론 예외적으로 화려한 조식 코스도 있기야 하겠지.

　호텔 조식을 맛있게 먹으며, 옛날 나리타 공장에서 밤일 한 첫날 사장이 사 준 아침이 떠올랐다. 그때 그 아침이 맛만 있었던 게 아니라 얼마나 값지고 정성스러운 것이었는지 18년 만에 깨달았다. 그깟 외국인 노동자 아침 식사, 콘비니에서 빵 한 줄이나 삼각김밥 몇 개 사다 줘도 될 것을, 그 시골 한바닥에서 아침 식사하지도 않는 아는 식당에 일부러 부탁해 마련해 준, 방금 지은 그 밥이야말로 지금의 호텔 조식을 능가하든 최고의 아침 밥상이었구나! 그것은 우리를 위해 특별히 마련한, 소고기뭇국을 대신한 일본판 '엄마의 아침 밥상'이었다. 그때는 몰라서 제대로 된 감사 인사도 드리지 못했지.

　이토 상, 아리가토고자이마시타!

노가다로 대성할 뻔

센토와 나리타 공장 알바 전, 굶어 보기 전에 알바를 전혀 안 해 본 건 아니었다.

아직 현실의 냉혹함을 미처 깨닫지 못한 탓에 한국에서 살던 타성대로 주말에는 미술관을 가거나 천변이나 공원에 가서 그림을 그리면서 일본을 만끽만 하고 있던 어느 날.

일본을 잘 안다는 사기꾼 목사가 주말에 야간 알바를 하겠느냐고 물어 왔다. 저녁 9시부터 아침 7시까지 백화점에 들어가 철거하는 일이란다.

'설계사무소 경력 4년에 알바로나마 인테리어 현장소장까지 몇 번 해 본 몸이 철거 생노가다를?'

억하심정이 일었지만, 어차피 건축 배우러 온 길이니 경험 상 나쁠 것도 없겠다 싶었다. 게다가 험한 일이고 밤일이라 시급도 두 배가 넘어 하룻밤에 2만 엔 가까이 벌 수 있는, 한마디로 귀가 솔깃한 일이기도 했다.

일러 준 모임 장소에 가 보니, 어디서 조선인 루저들만 모아 놨는지 어두운 인간들은 죄다 모여 있는 듯했다. 인력사무소에서 나온 누군가가 우리를 일본인 철거 오야지에게 인계하고, 오야지가 우리를 봉고차에 태웠다. 노예 시장에 내놓인 기분이 이런 걸까? 이대로 새우잡이 배로 직행하는 건 아닐까? 전쟁 나면 이런 식으로 얼레벌레 끌려가 영문도 모르고 총 잡겠구나…. 일제 때 유학 온 사람들이 이렇게 총알받이 학도병으로 끌려갔겠지…. 그냥 돌아갈까….

오만 생각을 하는 동안 도착한 곳은 다이에라는 대형 마트의 리모델링 현장이었다(백화점이나 대형 마트의 리모델링 공사는 최단 시간에 진행해야 해서 거의 24시간 돌아간다). 리모델링의 맨 처음 공정이 철거인데, 본 공사를 야간에 하면 인건비가 따따블로 들어가니, 단가 낮고 소음과 먼지도 많은 철거를 흔히 심야에 전격적으로 한다.

내 손에 10kg쯤 되는 자루 긴 '오함마(해머)'가 주어졌다. 여~기부터 저~기까지 눈에 보이는 것은 다 뽀개고, 누군가는 마대에 주워 담아 한데 모으는 단순한 작업이었다. 말도 필요 없고, 머리는 중심 잡으라고 몸 위에 붙은 것뿐이고, 그냥 몸만 쓰면 되는 일이다.

오함마를 한 열 번 휘두르니 손바닥에 매를 맞은 느낌이다. 그래도 배운 놈이라고, 한때 물리학도를 꿈꿨던 머리를 굴려 본다.

'충격량은 질량과 속도에 비례한다($ft=mv$). 오함마의 질량은 충분하니, 그냥 휘두를 게 아니라 가속도를 붙여서 충격 순간 최고의 속력이 나도록 스윙을 하면….'

해 봤더니 잘 부서지긴 하는데, 문제는 '작용과 반작용의 법칙'도 있어서 해머의 충격량이 똑같이 내 손에도 전달된다는 것이었다. 한 시간쯤 지나니 손바닥이 염증이 난 것처럼 아파서 이러다 손을 영영 못 쓰게 되는 건 아닐까 걱정까지 됐다.

한편, 벽을 깨다 보니 어디부터 어디까지 부숴야 하는지 애매한 데가 있었다.

건식 벽은 하지(下地)에 스터드가 지나가는데, 부수라고 미리 표시해 둔 래커 표시선에는 하지가 없었다. 마감할 걸 생각하면 막 부술 게 아니라 하지 스터드 라인에서 깨끗이 철거해 줘야 다음 공정에 도움이 되겠다는 생각이 들었다.

잠깐 일손을 멈추고, 일본 오야지 십장에게 가서 되지도 않는 일어로 상황 설명을 했다. 오야지는 날 아래위로 훑어보더니, 내 손에서 오함마를 뺏고 대신 빠루(노루발)를 쥐여 주었다. 한 시간 만에 전격 '승진'한 것이다!

빠루 일은 건식 벽 등을 쳐서 뽀개거나 지레의 원리로 뜯어내는 일이었다. 오함마보다 몸이 조금 편하니 머리를 쓸 여유도 있었다. 마감의 경계나 애매한 부분만 다니며 뜯고 정리해 주니, 우리 팀 나머지 사람들은 더욱 머리 안 쓰고 몸만 쓰면 됐다. 우리 팀이 다른 팀보다 능률이 높은 게 눈에 보였다.

보람찬 밤노가다를 끝내고 정리를 하는데, 아까 그 오야지가 다가온다.

"다른 다이에 현장도 있는데, 따라올래?"

"엥? 나만요?"

우물쭈물하니, 그럼 같이 온 팀 다 같이 오란다. 오케!

우린 '스카우트'를 당한 것이었다. 내일 토요일인데 하룻밤 더 하지 뭐~

퇴근해 자고 오후에야 일어나 보니 생각보다 몸이 괴로웠다. 노가다 아무나 하는 게 아니구나 싶었다. 그래도 손에 쥔 뿌듯한 현금이여! 고기덮밥집인 요시노야에 가서 제일 큰 도쿠모리(特盛)에 날계란과 미소시루로 '900엔의 사치'를 누리고 나니 힘이 솟아 다시 노예 시장으로 나갔다.

새 현장에 도착해 마찬가지로 빠루를 들고 벽을 뽀개며 다니다 보니, 이번엔 철거한 폐기물을 마구 갖다 버리는 게 눈에 들어왔다.

뜯어낸 폐기물 중에는 돈이 되는 철과 비철금속도 있다. 그걸 따로 모으면 쓰레기도 줄고, 철과 비철은 돈 받고 팔 수 있다. 일본인들이 이걸 모를 리가 없는데, 아마 말 안 통하는 철거 현장이라 알고 관리할 사람이 없어 마구 갖다 버리는 게 분명했다.

그래서 오야지에게 말했다.

"고래와 오카네니 나루요네(이건 돈이 되는데요)."

그는 또 말없이 내 손에서 빠루를 뺏고 빨간색 래커통을 쥐어 주었다. 하루 만에 또 승진이었다. 오야지가 나를 믿어 준 거다.

이제 뽀개는 일은 안 하고, 돌아다니며 여기까지 뜯어라, 이건 부수지 마라, 이건 이쪽으로 따로 모아라, 너는 여기 붙어라 하고 말로 하는 일이 되었다. 다들 부러워했지만, 내 덕에 하루 더 일하게 된 거라서인지 군말 없이 잘 따라 주었다.

두 밤 동안 승진 두 번에 스카우트 한 번 — 하지만 그날을 마지막으로 더 이상 이 일을 하지 않았다. 이 길로 들어서면 돈이야 벌겠지만, 내 꿈과는 멀어지는 일이었기 때문이다. 철거 노가다 십장 하려고 현해탄을 건넌 것은 아니잖은가(물론 난생처음 굶어 보기 전 얘기다. 굶어 본 다음이었다면 얘기가 달라졌을지 모른다).

하지만 철거 노가다 경험은 좌충우돌 일본 생활에 일말의 자신감을 가져다주었다. 열심히 하면 기회는 있겠구나, 나만 잘하면 되겠구나 하는.

돌이켜보면, 그때 철거 현장에 눌러앉았더라면 인생이 지금보다 더 좋아졌을 수도 있겠다 싶다. 대학 나오고 건축 실무 경력 4년인 사람이 그런 현장에는 없을 테니 남보다 뭐 한 가지라도 더 나았을 테고, 그러다 보면 그 오야지를 뛰어넘어 '반장'이 돼서 철거 현장에 헌신하며 공적을 쌓았을지 누가 알겠는가.

내세울 것 없는 스펙을 가진 젊은 후배 엔지니어라면, 몸으로 일하는 현장에 한 번쯤 뛰어들어 보기 권한다. 몸 쓰는 현장에서 머리를 쓰면 '머리'가 될 수 있다. '그러다가 영영 몸만 쓰게 되지 않을까?' 하는 두려움은 진짜 머리를 써 본 적이 없기 때문에 생기는 것이다.

오디오와 웅변대회

물가 비싸기로 악명 높은 도쿄에서 닥치는 대로 알바로 먹고살다
가 약간의 여유가 생겼을 때 일이다.

처음엔 공동생활하는 료(寮, 기숙사), 다음엔 난방이 안 되고 쥐가
들끓는 목조주택 숙소를 거쳐 다섯 첩(畳, 2.5평)의 작은 원룸으로 거
처를 옮기고 나니, 문화생활의 욕구가 스멀스멀 올라왔다.

지금은 낭만과 동떨어진 생활을 하고 있지만 30대 초까지만 해도
음악 없는 생활은 생각할 수 없었는데, 휴대용 CD 플레이어 하나
달랑 갖고 와 일본에 살아야 하는 처지라니. 한국에서 쓰던 오디오
를 가져오는 건 언감생심이라도, 명색이 일본에 사는데 아키하바라
(秋葉原)에 산처럼 쌓인 오디오 중 하나쯤 장만해 살아야 하는 것 아
닌가. 하지만 삼시 세 때 끼니 걱정하는 처지에 고급 오디오라니, 훔
칠 수도 없고 공돈이라도 생겨야 가능하지만 어디 하늘에서 돈이 뚝
떨어질 리 없다.

그러던 어느 날, 어학 학교에 가니 자판기 옆에 유학생 웅변대회
공고가 붙어 있다. 손짓 발짓 섞어 겨우 의사소통하는 나하고는 아
무 상관없어 지나치려는데, 사람들이 하는 얘기가 귀에 들어왔다.

"상금도 있네? 일등 한 학기 등록금, 이등 십만 엔."

10만 엔! 딱 내가 바라는 오디오 가격이었다. 한국에서라면 200만 원쯤 하는 오디오를 살 수 있을 돈이다. 하지만 어릴 때부터 제일 싫어한 게 우스꽝스러운 웅변대회였고, 학교의 상급반(대학, 대학원 재수생들)은 쟁쟁한 일본어 실력자들이었다. 겨우 초급반 6개월째 다니는 주제에 지원하는 것조차 웃음거리가 될 게 뻔했다.

하지만 눈 감으면 어른거리는 오디오 환각에 이틀쯤 시달리고 나니, 구와타가 이어폰 속에서 내게 속삭인다.

"이쓰카 도코카데(I FEEL THE ECHO). 나쓰와 마타쿠루…."

그렇다. 내게 그 여름은 다시 올 것 같지 않았다.

다음 날, 담임인 무토(武藤) 센세에게 말했다.

"웅변대회 나가게 도와주세요."

센세는 웃었다.

"서른 넘은 오야지가 애들이나 나가는 웅변대회에? 그런데 왜?"

"전자제품의 나라에 와서 오디오 하나 못 사는 생활이라면 관두는 게 나을 것 같아서, 그 비참한 마음을 잊어 보려고요."

솔직히 말했다.

센세는 작문, 어휘, 발음 모두 엉망인 나를 열성으로 도와줬다. 우선, 내가 다른 애들보다 나을 것 한 가지는 스토리 테마라고 생각했다. 그래서 제목을 '당신의 기둥(あなたの柱)'으로 잡았다. 당시 한국 건축계 거장이던 김중업 선생의, "당신은 정말로 슬플 때 끌어안고 울 수 있는 기둥 하나를 가졌는가"라는 명언에서 가져온 것이다.

'당신의 인생을 위로해 줄 가족, 친구, 선배가 없다 해도, 무엇인가 끌어안고 스스로를 위로할 수 있는 대상을 가지고 있는가? 기둥이든, 답답하면 찾아가는 바닷가든, 교회의 문짝이든, 엎드려 울 책상

이든 말이다. 건축의 진정한 목표점이기는 하지만, 우리 인생에는 고비마다 그런 기둥이 필요하다.'

대략 이런 스토리로 원고를 준비했다. 내가 생각해도 좀 황당한 주제였지만 센세는 흡족해했고, 이상한 문장을 고쳐 주고 발음을 교정해 주며 연습을 많이 시켰다.

같은 반 아이들 앞에서 연습할 때, 뭐 좀 지적해 보라고 하니 "이 연사, 힘차게 외칩니다!" 하는 액션 하나쯤 넣는 게 어떠냐고 해서, 마지막 클라이맥스(사실은 클라이맥스라고 할 내용도 없지만)쯤에 넣어 해 봤더니 어색하기 그지없었다.

어느덧 대회 날. 나보다 먼저 나선 일본인, 중국인, 한국인 연사들은 과연 상급자들답게 가미카제에 오르는 병사들 같은 기개로 원어민 못지않은 실력들을 뽐냈다.

이윽고 내 차례가 됐다. 생각보다 긴장되어 앞이 캄캄해 아무것도 안 보였지만 연습한 대로 원고를 읽어 나갔다. 마지막 부분에서 연습한 대로 두 손을 쳐들고 목소리를 높였는데… 박수 소리는 나오지 않고 같은 반 동기생들의 폭소가 쏟아졌다.

'아 쒸… 망신이다.'

어떻게 마무리했는지도 모르게 단상에서 내려왔다.

잠시 후 시상식.

내가 2등에 뽑혔고, 10만 엔을 손에 쥐었다! 스피치보다 글의 내용이 먹힌 덕이었으리라.

마침내 그 주말. 평소 열 번도 더 가 본 오디오 가게에 가서 마란츠 인티앰프와 티악 CD 플레이어, 그리고 야마하 북셸 스피커를 사서 지고 3km를 걸어서 집에 왔다. 하나도 무겁지 않았다.

그때 산 오디오는 나의 30대를 함께했고, 힘들 때면 기둥 대신 이 오디오를 가슴에 안고 울고 싶었다. 신사동 가로수길에 첫 식당을 열었을 때 업소용으로 5년간 활약한 오디어는 몇 년 전 스무 살 삶을 장렬히 마감했다.

구류 건축설계사무소

간절함의 힘

일본어를 전혀 못하는 상태로 일본에 건너가 1년 가까이 여러 가지 경험을 했지만, 결국은 원하는 설계사무소에 취직을 하는 게 목표였기에 다른 알바를 하면서도 주위에 알음알음 부탁해 면접을 보러 다녔다. 일본은 보증 사회이고, 소개가 바탕이 되지 않으면 근본을 알 수 없는 한국인 따위는 기술직으로 써 주지 않는다. 선생이든 누구든 찾아가, 나는 설계사무소 취직을 목표로 왔으니 어디든 면접을 보게 해 달라고 조르고 다녔다. 사람을 뽑지 않는다 해도 억지로 들이밀고 면접을 본 것은, 언젠가 마음에 드는 회사의 면접을 볼 때에 대비해 경험이라도 쌓아야겠다는 생각에서였다.

일본 사람들은 속내를 내보이지 않기 때문에, 면접 볼 때도 "당신의 커리어로는 곤란하다" 같이 솔직한 얘기는 하지 않는다. 더구나 소개해 준 사람이 있을 때는 더더욱 그렇다. 그렇게 무의미한 면접만 계속 보던 어느 날, 이탈리아에서 공부하고 지금은 유명 건축가가 된 최욱 선배가 동창이라며 이케부쿠로의 디자인 기업 건축실장 인나미(印南) 상(지금은 시가滋賀현립대 교수)에게 면접을 갔다. 그러나 인나미 상은 업계 얘기를 친절하게 솔직히 해 주며, 자기 사무실은 직원은커녕 알바도 뽑을 상황이 아니라고 했다.

"이렇게 와서 사무실 구경만 해도 저는 행복합니다."

웃으며 말하고 일어서려는데 그가 머뭇머뭇하더니, 아는 사무실이 하나 있는데 최근에 '도시박람회 파빌리온'이라는 큰 프로젝트를 수주해서 바쁜 것 같더라고, 거기 한번 물어보겠다며 내 앞에서 전화를 했다.

"직원은 안 뽑지만 알바는 좀 쓰니, 한번 와 보라는군요."

그렇게 소개를 해 주어서, 다음 날 오차노미즈(御茶ノ水)에 있는 사무실로 면접을 갔다. 금요일 저녁이었다.

그동안 쌓인 면접 경험 상, 형식적인 면접이라는 생각이 바로 들었다. 알바를 쓰기는 하는데, 사무소 대표인 구류 아키라(栗生明) 상이 교수라서 주로 대학원생들을 교육 목적으로 쓰고 있다며, 기회 닿으면 연락 주겠다고 했다. 하지만 사무실의 지명도며 분위기, 그리고 수주했다는 그 프로젝트 하며, 딱 내가 바라던 그 직장이었다. 나는 최대한 시간을 끌며 이것저것 계속 물어봤다. 취직이 안 돼도 설계사무소의 조각 정보라도 듣고 싶었고, 제도판과 모형 옆에 10분이라도 더 앉아 있고 싶을 정도로 나는 간절했다.

더 이상 못 버티고 이제 일어나야 할 시간이 됐다. 절망감으로 실장인 도나이(東内) 씨에게 마지막으로 물었다.

"청소 알바라도 없나요?"

놀라는 그에게 신들린 듯 계속 떠들었다.

"저는 일본에 먹고살려고 온 게 아닙니다. 청소 같은 알바야 지금도 하고 있어요. 내가 일본에서 할 수 있는 일이 어차피 청소뿐이라면, 같은 쓰레기라도 설계사무소 쓰레기 버리는 일을 하고 싶습니다.

그 쓰레기라도 주워 읽고, 만들어 놓은 모형들을 매일 보는 것만으로도 내 인생에는 의미 있는 일입니다. 일주일에 하루 이틀, 단 한 시간씩이라도 부르면 올 테니 기회라도 주시면 안 될까요?"

갑자기 심각 모드가 되며 불편해진 도나이 상은 좀 생각에 잠기더니, 자기가 결정할 문제가 아니니 나중에 연락 주겠다며 돌아가라고 했다.

성과 없이 돌아가는 발길이 무겁고 심란해, 전철 탈 생각도 차마 못 하고 한 시간을 걸어 숙소가 있는 가메이도로 돌아왔다.

밤 열한 시쯤 됐을까? 숙소 전화가 울렸다. 내 전화라고는 생각도 못 했다.

"내일 토요일 알바 학생 한 명이 갑자기 못 나온다는데, 하루만 나와 줄 수 있습니까? 대신, 단 하루입니다."

뛸 듯이 기뻤다. 단 하루라도 건축사무소 일자리라니!

다음 날 오전 사무실에 나갔더니, 만들다 만 모형이 나에게 주어졌다. 오후 여섯 시 전까지 이만큼 정도만 하고 가면 되니, 도면을 보고 만들라고 지시받았다.

열심히 만들었다. 하루 만들라고 한 양을 일찍 끝내고, 다음 주에 만들 다른 모형을 달라고 해서 더 만들었다. 밤새라도 더 만들고 싶었지만, 토요일이라서 모두 퇴근해야 하는 때가 됐다. 도나이 상이 나를 불렀다.

"오늘 남 상이 다른 학생 알바의 두 배를 만든 데다가, 다음 주 것까지 만들기 시작한 바람에 그 나머지가 주도한파(中途半端, 애매하게) 됐군요."

"죄송합니다. 일할 날이 오늘 하루뿐이라 많이 만들고 싶었습니다."

"… 내일 내가 나올 테니, 하루만 더 마저 만들어 줄래요?"

그리고 도나이 씨가 나를 위해 이튿날 일요일에 사무실에 나와 주었다. 그렇게 토요일 하루 알바가 주말 알바가 되었다.

그리고 일요일 저녁에, "다음 주말까지만 더 일해 달라"는 말을 들었다. 다음 주말엔 한 주만 더, 그다음엔 이달 말까지만, 그다음엔 몇 월까지만…. 그러는 동안에 몇 가지 '계기'가 있었고, 결국 나는 그 회사의 스태프의 일원으로 들어갈 수 있었다.

한국인 알바, 일본인 알바

설계사무실이 맡은 박람회 마스터플랜과 몇 동의 파빌리온은 공공시설이어서, 단계별로 발주처마다 브리핑을 위해 모형이 많이 필요했다. 그러다 박람회 프로젝트가 아닌 다른 시설의 모형 만드는 일이 나에게 주어졌다. 초급 직원 한 명과 함께 급한 스케줄로 진행해야 하는 일이었다. 바로 다음 날 보고인데 하루 만에 도저히 다 만들 수 없어서, 디테일은 나중에 보완하기로 하고 전체 공간과 매스 정도를 알 수 있을 정도로 만들 수 있는 데까지만 만들어 들고나가기로 했다.

전차 막차를 지나 새벽까지 만들고 있었는데, 새벽이 되자 담당 직원은 브리핑을 위해 옷 갈아입고 준비하고 온다며 집에 돌아갔다. 혼자 남아 최대한까지 모형을 만들다가 불현듯,

'잠깐… 이 모형, 어디로 브리핑 가는 거지?'

프로젝트명을 보니 오카야마(岡山)현이다. 비행기 타고 가야겠네?

큰일이다. 비행기로 가져갈 일은 생각도 하지 않고 있었다. 하던 일을 멈추고 그때부터 보드로 모형장(케이스)을 만들기 시작했다. 서

둘러 다 만들고 나니 실장이 출근했다.

"모형장은 누구 지시로 만들었습니까?"

뭘 잘못했나 걱정이 됐지만 솔직히 자초지종을 털어놓았다.

"직원의 지시는 없었고, 비행기로 운송이 걱정돼서 갓테니(勝手に, 마음대로) 만들었습니다. 죄송합니다."

그리고 남은 시간은 입 닥치고 나머지 모형을 최대한 완성해서 브리핑에 거의 지장 없을 수준까지는 되게 했다.

출발 예정 시각이 다 되어 브리핑할 사장과 부사장이 도착했다. 실장이 사장에게 설명했다.

"오늘 브리핑 스케줄을 알바인 남 상에게 미처 설명 못 했는데, 남 상이 모형을 진행하고 비행기에 태울 모형장까지 알아서 미리 잘 준비해서, 오늘 준비가 잘되었습니다."

그다음 날로 난 알바장이 되었다. 일머리를 안다고 생각해 준 것이다. 그리고 내 밑에 일본인 대학원생 네 명이 배정되었다. 비록 알바지만 승진이었고, 일본인을 부릴 수 있다는 사실에 뿌듯했다.

얼마 뒤, 일본인 학생 네 명 중 두 명을 대신해서 한국 출신 도쿄대 대학원생 두 명이 배정되었다. 내가 일본어가 달리니 혹시 소통 문제가 없을까 해서 배려로 한국인을 붙여 준 것이었다. 일단 한국인이니 반갑고, 도쿄대 석사 다닌다니 부러웠다.

디자인된 파고라의 모형을 네 명이 똑같으면 만들고 내가 취합해서 마스터플랜에 앉히기로 하고, 각자 자리에서 맡은 모형을 만들도록 시켰다.

두 일본인은 바로 일에 착수했다.

시작하고 얼마 안 돼 두 한국인이 내게 왔다. 그런 식으로 만들면 시간이 더 걸리고 비합리적이니 다른 방법으로 만들면 안 되냐는 것이었다.

"그 말도 일리는 있는데, 우리 미션은 네 명이 같은 결과를 만드는 일이니 이번엔 일단 같은 방법으로 만들고, 다음 모형 때 한번 개선해 볼까요?"

두 한국인은 자리로 돌아가서도 고개를 갸우뚱거리고 둘이 쑥덕거리며 좀처럼 일을 손에 붙들지 못했다. 일본 대학도 못 나온 조선인 알바한테 지시받는 데 자존심 상한 듯했다.

정해진 시각이 되어 만든 모형을 가져오라 했다. 일본인 두 명은 약속한 대로 모형들을 다 만들어 왔지만, 예상한 대로 두 한국인은 방법이 잘못되어 다 못 만들었다며 볼멘소리를 했다. 그래서 두 한국인이 제시한 방법으로 만들면 어떻겠냐고 일본인들에게 물었다.

"듣고 보니 그 방법도 좋지만, 지금까지 해 온 방법이 이미 손에 익었으니 이제는 이게 더 빠를 것 같은데요."

두 그룹의 생각과 결과가 이렇게 달랐다. 그 뒤로도 한국인 알바와 일할 기회가 몇 번 있었지만 매번 같았다. 함께 만드는 것을 생각하지 않고 자신의 생각과 존재감만을 내세우려 하고 그것이 받아들여지지 않을 땐 보복성 태업을 반복했는데, 모든 한국인이 다 똑같았다.

그 후 실장에게 말했다.

"제게 한국인 알바를 붙여 주신 배려는 정말 고맙습니다. 하지만 회사를 위해서는 일본인 알바가 더 나을 것 같으니, 제가 좀 불편해도 한국인 알바는 안 뽑았으면 좋겠습니다."

조선인 일자리가 이렇게 해서 줄어들었다. 일제시대 조선총독부 건축부에서 일했더라면 나는 조선인을 억압한 친일파 기술자로 기록되었을 것이다.

스미다가와의 하나비

어렵게 잡은 설계직은 파트타이머로 시작했지만 내겐 소중한 일자리였고, 함께 도와 일하는 직원들도 소중한 동료들이었다. 가진 재능을 어필은 해야겠고, 일어가 아무래도 모자라니 이해를 구해야 했고 협조도 필요했다.

같은 설계분실의 직원 중 야노(矢野)라는 파트너(담당)가 있었고, 경험 많은 알바 시노자키(篠崎)가 주로 함께 일했다. 둘은 내 입장을 잘 이해해 주고 도와주어 항상 고맙게 생각하며 일했다. 그 당시에도 본능적으로 깨달은 내 인간관계 원칙, '즐거움을 주거나 도움이 되거나'를 따르면서, 그 직원들과 좋은 관계를 유지해 나가려면 어떻게 해야 할까 늘 생각했다.

그러나 도움은 내가 받을 것만 많고 줄 것은 별로 없어 보였다. 외국인 노동자인 내가 그들의 생활에 끼어들어 즐거움을 나누는 일도 쉽지 않을 터였다.

한번은 다른 파트너 나카지마(中島)에게 내가 만든 카레를 한 병 싸서 갖다 주었다.

"한국인이 만든 카레라서 죽도록 매울 줄 알았더니 그렇지도 않데요?"

"한국인도 하우스카레 써요."

다들 재미있어하는 것을 보고, 역시 먹고 마시는 즐거움은 국적을 초월하는구나 생각했다.

그래서 어느 날, 야노와 시노자키를 좁아터진 총각 원룸에 초대하기로 했다.

알다시피 멀쩡한 사생활 있는 성인이 휴일에 남의 집에 놀러 간다는 것은 일본 사회에서 쉬운 일이 아니다. 피차에 부담스러워, 서로를 많이 알고 난 다음에나 가능한 일이다. 섣불리 초대했다가 꺼리기라도 하면 서로 뻘쭘해질 우려도 있고, 둘 중 한 명만 난색을 보여도 실패다. 게다가 둘 다 태생이 도쿄 깍쟁이였다.

그래서 한국인들은 새로 이사하면 집에 초대를 하는 '집들이'라는 것을 한다고 설명하고, 7월 말에 집 근처 스미다가와 아즈마바시에서 열리는 하나비를 함께 보러 가자, 내가 집에 간단한 식사를 준비하겠다고 초대했다.

둘은 흔쾌히 집에 와 주었다. 야노가 좋아하는 CD를 준비하고, 냄비 하나에 프라이팬 하나가 전부인 살림으로 전을 부치고 된장찌개를 끓였다. 볼품없는 식사였지만 함께 맥주를 마시며 즐거웠고, 강가 다리 난간에 매달려 하나비를 함께 구경했다. 지금 생각하면 그들은 하나비를 더 가까이서 더 값지게 즐길 수 있는 백한 가지 방법을 알고 있었겠지만, 내가 끄는 대로 군말 없이 나를 따라와 즐거워해 준 것이었다.

그렇게 가까워진 두 사람과는 이후로도 좋은 사이를 유지했고, 몇 년 뒤 내가 귀국할 때까지 그들에게서 많은 도움을 받았다.

떠나며 그들에게 말했다.

"내가 장가 갈 때 꼭 와 줘야 해!"

그리고 4년 뒤, 나는 결혼을 하게 되었다.

여유 없는 결혼이라 저렴한 식을 준비해야 하는 가운데도 그때 야노와 시노자키와 한 약속을 떠올렸다.

당시 처가 사정이 있기도 했지만, 양가가 하객 수로 세 대결을 하는 상황은 생각하기도 싫었다. 하루 입을 드레스와 턱시도에 많은 돈을 주기 아까웠고, 일본에 있을 때 나의 가장 귀한 친구 두 사람에게 즐거움이 될 결혼식만 생각했다.

결혼식은 운현궁 안마당에 모두 둘러 모여 하는 전통 혼례로 기획했다. 비용은 예식비로 혼례복과 집사, 폐백까지 총 110만 원에, 일본 친구 둘을 부르는 데 항공권과 숙박비 130만 원을 썼다. 한 달 월급으로 두 가지를 해결한 것이다.

도쿄의 회사도 허락해 야노와 시노자키는 다른 동료들의 축하 메시지까지 들고 와 주었다. 무척 뜻깊고 값진 결혼식이 되었음은 물론이다.

다시 세월이 흘러 2년 뒤.

두 친구 중 하나인 시노자키가 교토에서 결혼식을 올리며 우리 부부를 초대했다. 뱃속의 아기까지 데리고 참석했는데, 2년 전 내 초대는 싸구려였지만 시노자키의 초대는 럭셔리였다.

결혼식 도중에 갑자기 찍사가 카메라를 들이대고 "멀리서 참석한 귀한 손님이 신혼부부에게 인사 한마디!"를 요청했다. 나는 오늘로 지키게 된 4년 전 우리의 작은 약속을 얘기했다.

다시 친구들과 하나비를 보러 가고 싶다.

알바 신분으로 공모전 입상

매일 모형이나 만드는 알바라도 행복하게 하루하루를 열심히 일하던 어느 날.

초급 직원 중 한 명인 A양이 뭔가를 보여 주며 말을 걸어 왔다. 이번에 어느 잡지사에서 하는 설계 공모가 있는데 거기 출품하려는 거라며 반자랑질을 했다.

'흥! 뭐 내가 물어봤냐고~'

"여기서 맨날 모형이나 만들어서 어디 건축가 되겠어?"

이 마지막 말에 한마디로 빡이 돌았다.

'어라, 요년 봐라?'

건축 전문지 〈신켄치쿠(新建築)〉는 일본에서 가장 많이 팔리는 권위지이다. 이 잡지에 도쿄가스라는 돈 많은 회사가 환경 디자인을 테마로 매년 건축 디자인 공모를 한다. 상금도 많지만 입상하면 좋은 이력으로 인정받을 수 있다.

나는 알바였고 비자 신분은 일본어학교 학생이었지만, 학생 부문이 아니라 프로 부문에 출품해 실력을 인정받고 싶었다. 한국에서 경력이 만 4년 넘었고 지금 하는 일도 프로들의 일이라고 자부하고 있던 터라서였다.

공모 테마는 재해에 대응할 공공 커뮤니티 시설을 환경 재생 아이디어와 결합해 제출하는 것이었다.

'태평양 상에 설치된 조력 발전기의 전력을 이용해 압축공기를 생산하고 파이프라인을 연결해 육지에 공급한다. 지상 전철 라인 위에 커뮤니티 공공시설을 짓고 태평양 상의 깨끗한 압축 공기의 기화열을 이용해 냉방 에너지원으로 사용한다.'

이런 아이디어를 고안했다.

문제는, 결과물을 만들어 제출하려면 작업실도 필요하고 도와줄 사람도 필요하다는 것. 도쿄 한바닥에서 방법이 없었다.

당장 밥값이 부족해도 할 일은 해야 하는 성격이다. 그다음 주 골든 위크에 싼 비행기를 타고 서울로 날아가서, 설계사무실에 다니는 후배를 설득했다.

"신켄치쿠에 네 이름 올려 줄게, 삼 일만 내 조수 해라."

작업할 선배 사무실에는 다 얘기해 놨다. 일사천리로 삼 일 만에 작업을 끝내 패널로 만들고 도쿄로 돌아와 〈신켄치쿠〉에 접수했다.

접수 원서에 프로 부문은 직장명을 쓰게 되어 있었다. 딱 1분 고민했다. 후배는 한국 회사 이름을 쓰고, 난 다니고 있는 '구류종합계획(栗生總合計劃)'이라고 썼다. 정직원은 아니지만 돈 받고 다니고 있고, 입상이 안 될 수도 있으니까 하고 생각했다.

한참 뒤 연락이 왔다. 선외(選外) 가작에 뽑혔으니 시상식에 오라는 것이었다. 엄청 기뻤지만 바로 걱정이 몰려왔다. 건축인 누구나 보는 잡지에 이름이 실리는 것인데, 회사명은 허락 없이 도용한 것이다. 부사장에게 가서 자초지종을 털어놓았다.

"… 프로 부문이라 회사명을 써야 했습니다. 변명이지만 설마 입상하리라고는 생각지 못했습니다. 그리고 비록 알바지만 이 회사에 다니는 게 자랑스러웠습니다."

부사장은 노발대발 화를 내고 심한 말까지 해 대며, 당장 〈신켄치쿠〉에다가 회사 이름 대신 프리터라고 쓰든지 수상을 자진 취소하라며 펄펄 뛰었다.

"회사에 나쁜 일도 아니잖습니까."

"그건 회사가 판단할 일이지, 거짓으로 서류를 쓴 남 상이 할 말은 아니잖나."

그러면서 또 마구 혼냈다. 일본인에게 이렇게 혼나 보기는 처음이었다. 깨끗이 사과하고, 처분대로 하겠다고 했다.

"알바도 그만 시키셔도 불만 품지 않겠습니다. 다만, 〈신켄치쿠〉에 아는 사람이 없으니, 내 이름을 지우도록 부사장님께서 대신 전화해 주시면 안 되겠습니까?"

이미 인쇄에 들어갔을 수도 있고, 〈신켄치쿠〉에 매년 작품을 올리는 회사라서 인맥이 있는 것도 알고 있었기 때문에 원만하게 처리하길 바란 것이다. 부사장은 더 불같이 화를 냈다.

"당신이 저지른 일이니 당신이 해결해!"

만약 잡지를 이미 인쇄했다면 내가 전량 구입해도 해결되지 않을 수도 있는 문제였다. 다음 날 바로 〈신켄치쿠〉에 달려가 상황을 설명했더니 과연 이미 인쇄에 넘겼다며 거기도 난색이었다.

"남 상이 돌아가 회사를 설득하는 게 차라리 쉽지 않을까요."

나는 난생 처음 일본인 편집자 앞에 무릎을 꿇었다.

"제가 회사의 이름을 도용해 누를 끼칠 상황입니다. 저의 불찰로 회사에 절대로 폐를 끼치고 싶지 않으니, 부디 제 이름을 지워 주십시오. 수상을 취소하셔도 괜찮습니다."

확약을 못 듣고 돌아와 며칠 동안은 마음이 무거워서 일도 공부도 손에 잡히지 않았다. 무엇보다, 내가 한 짓이 너무나 조선인스러워 내 스스로가 창피했다. 그러면서도 알바는 계속 나가고 있었는데, 어느 날 직원이 부사장 전갈이라며

"〈신켄치쿠〉에서 연락이 왔는데, 잡지에 소속이 프리터로 변경됐답니다."

그 뒤로 부사장과는 내내 불편했지만, 그는 나에게 불이익을 주지는 않았다. 여전히 직원 행사에 빠짐없이 함께 넣어 주었고, 정직원만이 할 수 있는 지방 현장 감리 업무에 장기 투입해 주는 등 좋은 경험을 할 수 있게 계속 배려해 주었다.

기회는 준비된 사람에게만

어렵게 얻은 설계사무소 알바에 안주하지 않고 어떻게 해서든 더 좋은 경험을 갖기 위해 열심히 일했다. 중간에 〈신켄치쿠〉 같은 사건도 있었으나 잘 수습된 후로 특별히 불이익이나 이지메는 없었다.

프로젝트의 모형 만드는 일이 끝이 보이기 시작하면서 관리하던 알바들의 숫자가 줄어드니, 내 일자리도 불안해지는 걸 본능적으로 느꼈다.

작품을 하는 설계사무소의 특성상 직원들이 기본설계에는 능하지만 실시설계에는 약한 점 때문에 외부에서 경험 많은 다카하시(高橋) 소장이 일주일에 며칠씩 와서 도와주고 있었다.

어느 날 그에게 말을 걸었다.

"도면 그릴 일 있으면 시켜 주세요."

"네? 아, 그러고 보니 남 상은 한국에서 실시설계 경력이 있었지요? 그럼… 이 도면, 글씨만 빼고 부탁해도 될까요?"

"도면의 제도 글씨도 한번 써 보겠습니다."

당시 일본에 캐드 프로그램이 막 보급되기 시작했지만, 도면이라는 것은 단지 그림이 아니라 계약에 필요한 문서의 일종이라는 사고가 깊이 박혀 실시설계용 납품 도면만은 손도면을 선호할 때다. 대학 건축과를 졸업한 인재들도 워드에 익숙해져 악필이 많아 경력 2~3년이 돼도 도면에 제도 글씨를 제대로 써넣지 못하는 경우가 많았다. 나도 한국에서 설계사무실에 다닐 때는 한글 도면 글씨가 예쁘지 않아 장차 건축사 시험을 걱정할 정도였지만, 나리타 공장에서 알바를 하며 시작해 거의 1년 동안 매일 익힌 일본어 제도 글씨를 처음으로 시험받을 때가 왔다.

다카하시 소장은 도면에 써넣은 내 제도 글씨를 보고 매우 만족스러워 했다.

"요즘 친구들의 힘없는 도면만 봐서 실망스러웠는데, 남 상 글씨를 보니까 마치 우리가 십여 년 전 한창 일할 때 도면을 다시 만난 듯하군요. 그동안 설계분실에서는 기본설계만 했는데, 이제 실시설계 가져와도 되겠습니다."

그렇게 내게 힘을 실어 주었다. 나도 이제 모형 알바가 없는 날은 도면 그리는 일을 하니까 비로소 제대로 설계 경험을 하게 됐다.

얼마 후, 도쿄도지사 선거에서 세계도시박람회에 반대하는 아오지마(靑島) 씨가 당선되면서, 그동안 준비가 절반 넘게 진행된 도시박람회는 수천억 엔의 손해를 남기고 백지화됐다. 발표가 나자마자 설계분실은 폐지됐고 알바들은 더 이상 사무실에 나오지 못하게 됐다. 난 사무실의 유일한 알바가 됐다. 생존이 우선인 세계에서 준비된 사람과 준비되지 않은 사람의 운명은 이렇게 갈릴 수도 있다는 것을 몸으로 절감하는 계기가 됐다.

일본에서 익힌 제도 글씨가 나중에 국내 건축사 시험에서도 많은 도움이 된 것은 물론이다.

아쓰이! 에스카르고!

제도 글씨 덕에 살아남았다고 했지만, 사실은 계기가 하나 더 있었다.

프로젝트가 중간에 없어지며 설계분실을 폐지하게 되자, 회사에서는 아쉬움에 쫑파티를 해 주었다. 경리 여직원이 내게도 참가를 권해 왔다. 기뻤다. 그깟 회식 참석이 뭐 대단하냐 하겠지만, 일본 사회에서 그들의 '나카마(동아리)' 테두리 안에 들어가고 안 들어가고의 경계선에 있던 사람에겐 중요한 문제였다. 나를 시급 알바로만 보지 않는구나 하는 생각에서이기도 했다.

전 직원이 모인 회식 자리에서 직원들은 내 자리를 당시 유명한 건축가이던 사장 구류 상의 옆자리로 배정해 주었다. 식사 중에 대화도 하고 잠깐이라도 배움의 시간을 가지라는 배려라는 걸 직감했다.

그렇다고 사장에게 내가 먼저 말을 걸기는 어려운 상황에서 식사가 시작됐다. 코스 요리 중에 프랑스식 달팽이 요리 '에스카르고'를 처음 봤다. 식용 민달팽이를 담근 버터와 올리브유가 부글부글 끓으며 앞에 나왔다. 나는 샐러드와 빵을 먹으며 구류 상에게 말 걸 기회만 엿보던 참이었다. 어느덧 달팽이가 나온 지도 한참 됐기 때문에 무심코 하나를 포크로 찍어 입에 넣으려는 순간, 하필이면 구류 상이 말을 걸어왔다.

"남 상은 한국 설계사무실에서 어떤 일을 했었나?"

이미 입에 들어가기 시작한 달팽이를 구류 상 보는 앞에서 다시 뱉을 수 없어 일단 삼키려고 입에 문 순간—

치~익! 읍! 읍! 으으읍—

눈 딱 감고 꿀떡 삼키니 눈물이 꽉 쏟아질 듯한 2초 정도가 지났다. 어찌어찌 대답을 하고 나서야 뭐가 잘못됐는지 알았다. 무쇠팬 속 180도 끓는 기름은 시간이 지나며 김은 더 나지 않아도 아직 120도였던 것이다. 앞에 앉았던 직원은 아마 내가 구류 상과 대화를 한 게 너무 감격스러워 눈이 빨개진 줄 알았을 것이다.

우물우물 겨우 대답을 하고 얼른 찬물을 마시고 나서 보니 입천장에 동전 크기만 한 두꺼운 물집이 생겼다. 다음 날부터 입천장의 상처 때문에 거의 일주일 동안 아무것도 먹지 못했다.

하지만 설계분실이 없어져도 일은 계속할 수 있게 됐고, 오히려 분실에서 본실로 가니 구류상과 일할 기회도 많아졌고, 달팽이 사건쯤

이야 지나고 나니 이렇게 웃으며 말할 수 있는 해프닝이 됐다.

그렇게 다음 해까지 많은 일을 하며 경험을 쌓은 후, 일본에서 건축가로 크는 것은 불가능하겠다는 현실적인 판단을 했다. 그곳에서 얻은 경험만 소중히 간직하기로 하고, 한국에 돌아오기로 결심하고 사장인 구류 아키라 상에게 면담을 청했다.

"그간 신세 많이 지고 많이 배웠습니다. 알바에 불과한 저를 받아 키워 주셔서 정말 고마웠습니다."

구류 상은 내게 서류 한 장을 내밀었다. '경력증명서'였다. 한국에 가면 필요하지 않겠냐며, 프로젝트에 공헌한 걸 치하하고 훌륭한 건축가가 되라고 격려해 주었다. 일본이라는 사회에서 한 조선인이 한국인이 되도록 지도해 준 사장과 부사장에게 느낀 존경과 감사를 지금도 잊지 못한다.

다시 세월은 흐르고, 그로부터 20년이 지나 열세 살 딸을 데리고 파리에 가게 됐다. 소르본 대학교 앞 어느 레스토랑에서 와인과 에스카르고를 시켰다. 한참을 먹지 않고 달팽이를 들여다보며 생각에 잠겨 있는 나에게 딸이 묻는다.

"아빠, 무슨 생각을 그렇게 해?"

후기 1.

아침 일찍 반가운 메일을 받았다. 그 옛날 일본에서 다니던 설계사무실의 존경하는 건축가 구류 아키라 센세이었다. 그분의 석사과정 제자였던 직장 동료가 내 페북에 접속해서 나와 연결되어 있었는데, OB 모임에 갔다가 내 소식을 전하며 연락처를 드렸다고 한다.

"소식 들었다, 한번 만나고 싶다"는 짤막한 인사지만 요즘의 내게는 큰 힘이 되는 메일이다. 내가 존경하고 무게 있는 분이다. 일할 때는 가까이서 뵈며 일했지만 귀국하고부터는 부사장이나 동료 또는 사모님과만 이따금 연락했지, 그분의 연락을 직접 받기는 처음이다. 한동안 건축계와 떨어져 있은 탓에 10년 넘도록 안부 한 번 못 여쭌 게 늘 마음의 짐이었는데, 그쪽에서 연락을 주신 것이다. 한일관계가 냉랭하다 보니 위로 겸해 먼저 손을 내밀어 주신 게 아닐까.

어서 뵙고 싶은 구류 센세이. 하지만 제대로 이뤄 논 게 없어 마음이 무겁다.

살다 보면 인연을 이어 가고 다시 잇고 하는 게 얼마나 소중한 것인지, 그러기 위해 평소 얼마나 열심히 살아야 하는지, 많은 생각을 하게 되는 아침이었다.

후기 2.

나에게 일본이라는 '기회'를 열어 주신 건축가 구류 아키라 님과, 나의 첫 일본인 친구가 되어 준 시노자키 상을 정말 여러 해 만에 만났다. 건축계에서 분발하기를 바라 주던 두 분의 기대에 그동안 부응하지 못한 부끄러움에 격조했는데, 페북이 인연이 되어 용기 내어 다시 뵙게 되었다. 오래전 짧은 기간의 일인데도 작은 것까지 기억해 주는 두 선생에게 고마움을 느낀다. 만남과 인연의 소중함을 다시 되새기며, 마음속에 두었던 보물 상자를 속에서 꺼내 보고 다시 집어 넣는다.

오랜만에 두 분을 뵙고 인상적인 것은, 그쪽 건축계도 지난 20여 년간 그리 녹녹하지 않았는데도 일 얘기를 할 때는 화사하고 밝은 모습이 되더라는 것이었다. 그들은 힘들고 어려운 가운데도 문화계에 대한 넓고 깊은 공감대와 창작 활동에 대한 교감을 나누고 있었다. 많이 반성했고, 나도 더 늦기 전에 '제자리'를 찾아야 한다는 결심을 새롭게 했다. 그동안 잊고 지낸 '존경'을 바다 건너에서 다시 찾아 기쁘다.

건축과 음식

건축가들의 마카로니전(展)

설계사무소 알바로 보람찬 하루하루를 보내고 있던 어느 날.

알바 중에 와세다전문 설계과를 나온 이자와 나오코(伊澤直子)라는 '언니'가 있었다. 나이는 나와 비슷했고, 전문학교를 나왔기 때문에 경력은 한참 되었어도 디자인 욕심 없이 알바에 만족하며 해맑게 다니던 직원이었다. 집도 가마쿠라(鎌倉)였는데, 출근에만 거의 두 시간이 걸리는데도 5시간짜리 알바 자리를 마다하지 않았다. 일은 썩 잘하는 편은 아니었는데 알바임에도 마치 설계소장의 안주인처럼 직원들 뒷바라지를 열심히 했다. 청소 잘하고, 식사 후 오차(お茶, 착착들이고, 알바 스케줄 관리며 틈틈이 싸 오는 홈메이드 쿠키며, 야근한 직원들 어깨 토닥토닥까지, 하여간 아주 특이한 캐릭터였다. 분위기 메이커인 데다가 그런 소소한 일을 잘 챙겨서, 설계실에서는 가마쿠라의 대갓집 막내딸이라는 소문까지 돌아서 '가마쿠라의 영애님(鎌倉のお嬢様)'이라고 불렸다.

항상 일본 여성의 미소만을 보이던 나오코가 어느 날 나에게 심각하게 말을 걸었다.

"남 상은 저랑 달라서 이런 시급 알바로 모형이나 만드는 걸로 만족하고 살 것 같지 않은데, 좀 다른 경험을 많이 해 보는 게 좋지 않겠어요? 유학할 계획도 아니면 강좌라도 듣는 건 어때요?”

그러면서 유료 컨퍼런스 프로그램을 하나 소개해 줬다.

'Japan Inter-design Forum.'

건축가들이 중심이 된 협회인데, 많은 유명한 지식인과 기업들이 참여해 매년 포럼을 열고 지속적으로 강좌를 열고 있었다. 석 달짜리를 추천받았는데, 일주일에 한 번 아자부(麻布)의 멋진 시설에서 간단한 식사와 함께 유명인의 강의를 듣는 것이었다.

그때까지만 해도 그런 강좌를 돈 주고 듣는다는 것도 상상도 못 했던 조선인이었던 나는 갈등이 생겼다.

'알바 주제에 몇만 엔을 그런 지적 호사에?'

그러나 나오코의 조언을 생각했다.

'내가 여기까지 와서 이 고생을 하는데, 뭐라도 배워 가야 한다!'

큰맘 먹고 지른 강연은 뜻밖에 디자인보다는 정책과 미래에 대한 것이 많았고, TV 등 매체에서는 들을 수 없는 훌륭한 내용들이었다. 구로가와 기쇼(黑川紀章)를 필두로, 범접하기 힘든 유명 연사들이 나왔다.

특히 기억에 남는 것은 당시 볼펜형 핸드폰을 내놓은 소니의 정책을 비판한, 'IT의 미래'에 관한 강연이었다.

“소비자는 작다는 이유만으로 핸드폰을 사용하지 않는다. 핸드폰은 100g이 정답이다. 뒷주머니에 넣은 지갑 무게만큼은 사람이 감당할 수 있고, 거기에 최대한의 기능, 일상의 모든 것을 집어넣으면 된다. 볼펜 핸드폰은 망할 것이다.”

그 밖에도 귀에 쏙쏙 들어오는 알찬 내용이 많았다.

"일본 사회의 가장 큰 문제는 교육이다. 뭘 잘하는 방법을 가르치는 게 아니라 무조건 열심히 하라고만 하고, 실수를 통한 향상을 못 하도록 기를 죽여 놓는다. 교육은 북돋는 것(譽める事)부터 시작해야 하는데, 미래를 이끌 교육 정책이 없다. 이지메를 무서워하는 정책이 10대 교육을 포기하게 만든다. 건질 것은 대학뿐."

"일본은 사회의 발전을 막는 규제가 심각하다. 규제 철폐가 일본 사회의 미래를 좌우하게 될 것이다. 규제를 놔두면 정부는 비대해지고, 돌이킬 수 없는 나라가 될 것이다."

"인구 문제를 이민 정책과 같이 풀지 않으면 일본 사회는 미래가 없다."

"일본 디자인은 '전통'의 문제는 이미 넘어서 있다. 전통의 무엇을 테마로 내놓는다는 자체가 이미 촌스럽다. 전통은 사상의 바탕으로 쓸 뿐, 디자인 모티프가 된다는 것은 시대착오적이다."

이런 주옥같은 강의를 들으며 느낀 지적 만족은 마치 매주 최고의 정찬에 초대받아 풀코스 요리를 즐기는 기분이었다. 거금 낸 게 아까워 강의 한 시간 전부터 가서 사람들을 부러움으로 쳐다보고, 강연 끝에는 못하는 일본말로 꼭 질문을 한 번씩 해 보고, 강사의 저서들은 주말에 기노쿠니야(紀伊國屋)서점에 가서 훔쳐보곤 했다.

"남 상이 존경한다는 건축가 마키 후미히코 씨가 설계한 오모테산도(表参道)의 스파이럴(Spiral)서점에서 재미있는 전시회가 있어요. 시간 내서 꼭 가 보세요. 남 상이 정말 좋아할 전시예요."

'가마쿠라의 영애님' 나오코가 내게 봉투를 하나 건네며 말했다. 초대장과 카탈로그, 그리고 나오코가 정성스럽게 꼼꼼히 쓴 엽서가 들어 있었다.

마카로니를 비롯한 파스타는 공업화된 식재료로서 생산성과 레시피라는 두 마리 토끼를 다 잡아야 하는 복잡한 요구가 있다. 이 요구를 건축가들이 디자인 개념으로 잡아 기획을 시작했다. 맛있고, 보기 좋고, 입안에서 재미있고, 싸게 생산 가능하고…. 이런 유니크한 요구를 디자인으로 해결하는 것이야말로 건축가들의 도전 영역이다. 이벤트성 전시로 건축가들의 문화 수준을 알리고, 건축이 콘크리트나 만지는 따분한 일이 아니라는 걸 홍보하려는 게 딱 느껴졌다.

(사)신일본건축가협회 주최인데, 돌려 알아보니 도쿄예대 출신들이 중심이 되어 만들어진 단체였다. 우에노에 있는 도쿄예대는 예술계의 유서 깊은 초(超)명문 학교다. 미술과 음악에서 독보적이지만 건축과도 테크니컬한 건축보다 예술적 건축을 지향하는, 나름대로 독특한 학풍을 지닌 학교다(고 김수근 씨가 이 학교 출신이다). 신일본건축가협회는 도쿄대와 와세다대 중심의 '나카마(仲間, 인사이더)' 기득권 세계에 말하자면 대항마로 만들어진 새로운 협회로서, 좀 더 창조적이고 유연한 건축가 활동을 펼치는 조직이라 할 수 있다.

전시장에 가 보니 20~30명의 건축가들이 커다란 전시 패널에 파스타를 디자인해 놓고, 큰 모형을 만들어 전시하고, 업체들과 푸드코디들이 그 파스타를 실제 시제품으로 만들어 내고 있다. 어떤 파스타는 젓꼭지나 입술 모양, 어떤 것은 기하학적인 직선 모양, 그리고 어떤 것은 넓적한 벽 모양…. 파스타 모형 옆에는 그것을 디자인한 건축가의 작업도 같이 전시해 자신의 디자인 아이덴티티가 음식에도 통한다는 것을 과시했다. 요리에 재능 있는 몇몇 건축가는 이벤트 시간에 자신이 디자인한 파스타를 거기 어울리는 소스로 실제로 조리해 와인을 곁들여 클라이언트와 일반 관람객과 함께 먹고 마시며 즐겼다. 나는 커다란 문화 충격을 받았다.

'그래, 이거야! 건축가의 창조란 이런 멋진 일인 거야! 구청 건축과에서 벌받듯 두 손을 모으고 조아리고, 시공자에게 협박 받으며 디자인 구현하려 악쓰고 그런 게 다가 아닌 거야!'

나도 저 건축가처럼 내가 디자인한 파스타와 그에 어울리는 소스와 와인을 자랑할 수 있는 건축가가 되고 싶었다. 그들이 부럽고 존경스러웠다. 그날 이후 음식을 보면 먹기보다 만지기 시작했다. 그게 내 인생의 갈림길이 될 거라는 걸 그때는 몰랐다.

나오코, 아리가토!

시멘트든 밀가루든 물을 만나야

처음 가 본 일본에서 가와이(河合) 상의 설계사무소에서도 일해 본 것은 내가 외식업에 뛰어들게 된 하나의 작은 씨앗이었다. 딱히 음식의 무엇을 그분이 물려준 건 아니지만, 건축 설계와 요리라는 서로 다른 세계의 두 세계의 교차점 같은 것을 만나는 계기가 됐다.

하나는 요요기(代々木)역에서 가와이 상의 사무실을 향해 걸어가며 늘상 보던, 한창 점심 준비 중인 야키도리 이자카야들이다. 힐끗 들여다보고 '이따가 일찍 끝나면 한번 들러 봐야지' 하며 발길을 재촉하지만 늘 늦게 끝나 막차를 타기 일쑤여서 매번 가게 되지는 않았다. 그러다 한번 들른 주점에서, 직장 다니는 남자 도쿄진(東京人)의 간장내 나는 낭만을 느낄 수 있었다.

또 하나는 회식이다. 가와이 상은 비슷한 성향의 건축가, 디자이너, 작가들과 꽤 폭넓은 교류를 했다. 한 달에 두 번쯤 사무실에 여러 사람이 모여 노미카이(飲み會, 회식)을 했다. 6~7시쯤 일을 정리하고 함께 사무실 앞 와인 샵에 가서 적당한 와인을 한두 병 사 가지고 돌아와, 음식을 조금씩 가지고 모인 지인들과 술판이 벌어진다. 홋카이도의 목장 집 딸인 부인 무쓰코(睦子) 상은 슈퍼에서 생물 생선을 사와 부엌칼로 숭덩숭덩 사시미로 썰어 냈다. 나도 뭔가 일조해야 될 것 같아서 대파와 밀가루를 입혀 프라이팬에 바삭하게 지져서 파전을 냈는데, '네기지지미(ネギじじみ)'라며 다들 좋아했다.

"그때 남 상이 만든 파전을 보고 쉬워 보여서 집에 가서 해 보면 그 맛이 안 나요."

"아, 간단해요. 반죽에 수분은 텐푸라 고로모(튀김옷) 수준으로 잡고, 반죽할 때 밀가루에 스트레스를 주지 않고 식용유를 넉넉히 하면 돼요. 결국 텐뿌라 잘하는 법이랑 같은 건가요? 한식과 일식은 이렇게 서로 배울 점이 많아요."

그렇게 좋은 분위기가 이루어졌었다.

손수 만들어 내놓은 뭔가가 사람들에게서 호평받고 칭찬받는 일은 단 한 번이라도 인생을 바꾸는 전환점이 되기도 한다. 따지고 보면 건축의 시멘트나 파전이나 우동의 밀가루나 다 물과 섞여야 뭐가 돼도 되지 않는가. 그 물과 같은 역할을 해 준 가와이 상의 사무실 회식 문화에 감사한다.

염치와 분수

존경하는 가와이 상 얘기를 마저 안 할 수 없다.

가와이 상은 아주 보통의 일본인이다. 나는 그분을 직업인으로서보다 인간적으로 존경한다. 누구라도 내가 갖지 못한 것을 가진 분에게 존경심이 드는 것은 당연하다. 나는 그분을 통해 일본인들을 존경한다. 아주 평범한 얘깃거리 하나 없을 인생에도 들여다보면 존경할 만한 구석을 찾을 수 있는 것이 일본인이기 때문이다.

그는 와세다대 건축과를 나온 재사이고, 이름 있는 설계사무소를 거치며 국내외 크고 작은 디자인 경력을 갖추었지만, 자신이 잘할 수 있는 건축만을 수주한다. 자기 능력 밖의 일을 맡는 건 민폐라며 절대 맡지 않는다. 그래서 일이 점점 줄어든다. 일러스트레이터인 부인 무쓰코 상도 그런 태도에 혀를 찬다. 하지만 바로 그런 점 때문에 부인과 주변으로부터 작은 존경이라도 받는 것인지 모른다.

심지어 이 부부는 아이도 없다. 젊을 적 자신들을 도와준 주변 사람들에게 미안해서 자식 두기가 염치없었다고 한다.

이해가 안 갔는데, 어떤 계기로 그 이유를 알게 됐다.

와라쿠 1호점을 만들 때 일이다. 디자인을 놓고 고민을 많이 했다. 국적불명의 지저분한 소품으로 가득한 한국의 이자카야 스타일은 질색이었다.

'내부 인테리어에 어떤 포인트를 줘야 이 가게를 가장 일본스럽게 만들 수 있을까? 자연스럽게 시부야(澁谷)의 어느 골목 안 야키도리 이자카야스럽게 하려면?'

망해 가는 오래된 가게 하나를 그대로 뜯어 오고도 싶었지만 그건 현실성이 없었다. 그러다 생각한 것이, 가장 일본스러우려면 '일본인의 손'이 해야 한다는 것이었다. 내가 아무리 날고 기어 봤자 조선인 아닌가. 그래서 내가 잘할 수 있는 부분까지만 내가 하고, 넓은 벽하나를 그냥 남겨 둔 채 가와이 부부를 초대했다. 그 벽에 '일본스러움'을 구현해 달라고.

단 사흘 시간을 주었는데 내외는 밥 먹는 시간을 제외하고 모든 시간을 들여 벽에 그림을 그려 주었다. 결과는 기대 이상으로 만족스러웠다.

벽화 작업이 끝나고 어느 날 우리 집으로 저녁 식사 초대를 했다. 밥을 먹으며, 가게에서 팔 일본 사케를 여러 병 갖다 놓고 시음을 부탁했다. 흔쾌히 하나하나 맛을 보고 품평해 주던 가와이 상이 사케 중 고급에 속하는 고시노간파이(越乃寒梅)는 시음을 사양했다.

"왜요?"

"제 수준보다 높아서 평가해 드릴 수도 없고, 맛보는 게 의미도 없으니 따지 말았으면 좋겠습니다. 꼭 평가가 필요하면 다음 주에 에노모토(榎本) 상이 온 길에 시음을 부탁하면 될 것 같습니다."

"그땐 그때고, 어차피 팔 술인데 그냥 편하게 같이 드시죠."

그래도 가와이 상이 한사코 사양하는 바람에 그 술은 결국 따지 못했다.

고시노간파이가 좀 비싸기는 해도, 고급 축에 드는 웬만한 집엔 다 있는 법한 술이다. 그런데도 자기 수준보다 고급이라며 사양하는 모습에 놀랐다.

1호점을 성공적으로 론칭하고 2년 후 2호점을 내게 되어 다시 가와이 부부를 초청했다. 이번엔 부인만 날아와 그림을 그려 주었다. 왜 함께 오지 않았는지 몇 번을 물어도 답이 없더니, 그림을 다 그려 주고 돌아가는 길에야 비로소 귀띔을 해 주었다.

"주인(남편)은 고향인 기후(岐阜)현에 연로하신 모친이 계세요. 저희가 성공하기 위해 도쿄에 살며 자유롭게 생활하는 동안 노모는 고향에 계신 누님이 모시고 있고요. 누님은 노모를 모시느라 젊음을 바치고 그렇게 사는데, 남 상 일이니 저희가 한번 도와드리러 왔지만 두 번째는 남 상 핑계 대고 놀러 오는 것 같아서 도저히 염치가 없어 같이 못 오고 그림 그릴 저만 오게 됐어요. 모처럼 초청해 주셨는데 죄송하게 됐지만, 저희가 해외여행 다닐 처지가 못 되는 걸 남 상께서 너무 마음 쓰지 않으셨으면 합니다."

"… 혹시 그래서 자녀도 안 두신 겁니까?"

부인은 고개만 끄덕였다.

하….

무거웠다. 무슨 인생을 이렇게 무겁게 사냐 싶었다. 그까짓 것 슬쩍 몰래 와도 되고, 알린다 한들 다녀가는 길에 좋은 선물 안기면 되고, 노모 돌아가시면 누님껜 보답으로 나중에 여행이라도 보내 드리면 되는 것 아닌가? 그들은 그게 안 되는 사람들이었다. 면목 없는 짓을 눈 딱 감고 할 수 있는 사람들이 아닌 것이다.

내가 그랬듯 답답하다는 사람이 있을지 모르지만, 내가 갖고 있지 못한 것을 갖고 있는 그분들을 나는 정말 존경한다.

우리 가게에 예쁜 벽화를 그려 준 무쓰코 상. 오랜만에 만나 그때 얘기를 한참 했는데, 그 일로 부부가 단 한 번 한국 여행 다녀간 일을 수없이 떠올리고 곱씹으며 행복해한다고. 10년도 더 전에 밥 한 끼 대접한 것까지 기억해 내며 얼굴에 거짓 없는 행복을 보였다.

가와이 부부보다 훨씬 여러 번 일본으로, 다른 나라로 다녀 본 내가 그분들보다 행복하다고는 생각되지 않았다. 행복은 삶의 자세일 뿐이라는 말은 빈말이 아니다. 아름다운 분들이다.

우동, 건축 그리고 일본

와라쿠 이야기

우동과의 첫 만남

처음 일본에 무작정 갔을 때, 집을 구할 수 없어 일본어 학교에서 싸게 제공하는 료(寮)라는 곳에 살았다. 일종의 합숙소인데, 다다미 방을 네 명이 쓰며 잠만 자는 곳이다.

먹는 데 돈을 아끼려니 뭔가 해 먹어야 했다. 부루스타 하나, 냄비 하나 달랑 가지고 밥을 해 먹는데, 나만 먹을 수 없으니 4인분을 만들었다. 밥해 먹을 줄 아는 사람도 없었지만, 나는 학생 때 작업실에서 살다시피 해서 간단한 식사는 할 줄 알다 보니 내가 도맡아 밥을 했다. 학교에서 가까워 점심에도 와서 밥 먹고 다시 학교 가고, 저녁에도 밥을 해 먹었다. 음식에 약간의 재능이 있기도 하고 평생 뭔가 손으로 만드는 일을 멈춘 적이 없다가 환경이 바뀌고 나니 나도 모르게 손이 불안하게 되어 밥하는 것에 점점 몰두하게 되다시피 했다.

4인의 식사를 매일 두 끼 마련하는 것은 생각보다 큰일이다. 그래도 이왕 하는 것 맛있게 하려고 노력했더니 다른 방 학생들에게도 소문이 나서 슬금슬금 게스트가 하나둘 붙기 시작했다. 처음엔 찌개나 끓이던 수준에서 점점 카레도 하고 부대찌개도 하고 닭도리탕도….

그러던 어느 날, 음식을 열심히 만들다 문득 뒤를 돌아보니 열몇 명의 학생들이 수저만 들고 나를 말똥말똥 쳐다보고 있는 거다.

'뭐지, 이 풍경은? 내가 애들 밥이나 해 먹이려고 여기 온 게 아니 잖나. 나 지금 뭐 하는 짓이지? 미쳤군 미쳤어….'

더 이상 밥을 하지 않기로 결심했다. 그즈음 학생들 사이의 불화로 사고도 생기고 해서 결심은 굳어졌다. 그 시간 아껴서 공부 더 하고 알바를 하자.

하지만 사 먹으려면 돈이 든다. 돈을 아끼려면 해 먹어야 하는데 혼자만 살짝 해 먹을 수도 없고…. 그래서 동네에서 제일 싼 한 끼 170엔짜리 서서 먹는 다치쿠이(立食い) 우동을 점심 저녁으로 사 먹기로 했다.

사실 일본인들은 저녁에 국수 먹는 것을 꺼리지 않는다. 퇴근길에 가볍게 우동 한 그릇, 질리면 소바, 또 유행하는 라면으로, 이런 식으로 저녁을 국수로 때우는 사람들이 꽤 있다. 하지만 우리는 "힘은 밥심"이라는 고정관념이 강하다. 나에게 벌을 주는 의미 겸 자학 겸 한동안 그렇게 먹었다.

한 달쯤 기본 가케우동만 먹었더니 아닌 게 아니라 좀 물리는 듯도 하던 어느 날.

여느 때처럼 우동집의 노렌(暖簾, 천으로 만든 간판 대용 발)을 열고 들어갔다.

"이랏샤이!"

매일 두 번 보는 주인이 변함없이 날 반긴다.

"우동 구다사이."

금방 나온 우동을 한 입 먹고 고개를 드는데 우동 그릇 위에 무언가가 턱 하고 떨어진다. 가키아게(갖은 야채를 잘게 썰어 튀긴 것)다. 다른 손님이 주문한 덴푸라 우동에 고명으로 들어가는 가키아게 덴푸라

블록을 튀기며 한 개를 더 튀겨 나한테 얹어 준 것이다. 일본 사회에 무작정 호의란 없다.

"덴푸라 우동 안 시켰는데요?"

"어, 됐어. 그냥 먹어~"

고맙게 맛있게 먹고는 기본 우동 값을 내고 나왔다. 생각지도 못한 횡재를 한 기분이었다.

그리고 다음 날, 또 우동을 시켰는데 계란이 하나 얹어 나왔다. 다음 날은 미역, 또 다음 날은 쑥갓튀김…. 매일매일 바뀌는 여러 가지 우동을 항상 170엔에 먹게 됐다. 가난한 나이 든 학생이 측은했는지, 매일 자기 우동만 먹다 쓰러질까 걱정했는지, 매일 찾아 주어 고마운 건지, 어쨌든 일본에서 보기 드문 호의 덕에 난 더욱 우동을 좋아하게 됐고, 일본 사회에 대해 더 너그러워지고, 우리 사회에 대해서도 희망을 품게 됐다.

두 달쯤 그렇게 우동을 먹다가 알바 일을 찾게 되고 결국 취직도 하게 되어 '우동만 먹기'는 그렇게 끝났지만, 건강이 나빠지기는커녕 오히려 몸과 마음이 더 건강해졌다.

"우동야산노 오지이짱 아리가토오~"

그렇게 우동을 처음 만났다.

신사들의 그릴

건축 관련 일을 여전히 하면서 식당을 운영하니까 '병업(竝業)'이지만, 주업종이 식당처럼 돼 있다 보니 '전업(轉業)'의 계기에 대해 질문을 종종 받는다.

사실 대답은 그때그때 다르다. 계기라는 것이 딱 한 가지가 아니라 108가지를 만들어 대라고 해도 만들어 낼 수 있을 만큼 많은 사건들이 전업의 계기가 됐기 때문이다. 그중 대표적인 세 가지만 들춰 본다.

30대 말에 IT 회사를 창업했다가 말아먹었다. 어떻게든 회사를 살리려고, 건설이든 인테리어든 들어오는 일은 닥치는 대로 맡았다. 그렇게 공사 몇 건 해내고서 공사 원가에 대해 자신이 좀 붙었을 때, 청담동에서 신축해 드리고 있는 건물의 건축주가 도움을 청해 왔다. 자기 건물 1층에 식당을 내려는데, 따로 설계를 의뢰했더니 공사 견적이 너무 높게 나와 착공이 되지 않는다는 것이었다. 건설(신축) 따로, 인테리어 따로 맡기니 일반관리비 등이 중복돼 예산이 더 드는 건 당연했다.

그래서 식당 인테리어까지 맡아, 예산을 절감하기 위해 단가가 싼 하도급을 불러 식당 인테리어까지 공사를 끝냈다. 그게 청담동의 호면당이다.

호면당은 벤처 캐피탈을 운영하는 건축주가 투자 목적으로 만든 브랜드였고, 노희영이라는 분이 총괄이사로 있었다. 화제의 레스토랑 '궁'을 시작으로 억대 연봉의 외식업 대표로 이미 유명했던 분인데, 공사를 하며 그분과 디자인뿐만 아니라 외식 전반에 대해 많은 대화를 하며 일을 진행했다.

그렇게 건물도 완공되고 1층 레스토랑도 준비가 끝났을 때, 노 이사가 오픈 준비 중인 테이블에 날 불러 앉혔다. 메뉴의 음식들을 차례로 시켜 내 앞에 내놓으며, 오픈 시식을 해 보라는 것이었다. 현장 소장이나 다를 바 없는 나에게 그런 자리를 만들어 주어 적잖이 놀랐다.

"이 볶음은 고추가 덜 타게 잠깐 뺐다가 토핑하면 안 될까요?"

"호면당은 이름 그대로 면 좋아하는 분들이 오는 데라서 면이 중요할 텐데, 덜 끓은 물에 면을 넣었거나 시식용이라서 적은 물에 삶았는지 면이 나쁘게 익었네요."

생각나는 대로 얘기했을 뿐인데 노 이사는 그 자리에서 주방장을 불러 세우고 "공사하신 남 사장님도 이러시는데 오픈해서 되겠냐!"라며 호통을 치고는 그릇을 다 물렸다. 그러고는 함께 차를 마시며,

"내가 평생에 인테리어 사장이랑 여행사 사장이 돈 버는 거 못 봤어. 남 사장은 언젠가 식당을 하면 어떨까 싶어."

이런 식의 칭찬 섞인 대화가 누군가의 인생을 바꿔 놓기도 한다.

그 노 이사가 하루는 자신의 레스토랑을 하겠다며 나를 불렀다.

"남자는 고기야. 남자들은 비즈니스 하면서 항상 붉은 고기를 상

대와 함께 먹길 원하지. 그래서 그릴을 해야 해. 그런데 슈트 입은 멋쟁이들은 직접 집게 잡기도 싫어하지만 고기 냄새가 옷에 배는 것도 아주 싫어하지. 그 니즈를 충족시킬 식당을 만들어 보자고."

그래서 기획부터 같이 하게 된 브랜드가 마켓오였다.

적당한 임대를 얻지 못해 공전하고, 노 이사가 원 소속이던 호면당과 갈라서며 마켓오는 국숫집으로 바뀌고, 마켓오 브랜드를 노 사장이 오리온에 팔게 되어 '그릴 마켓오'는 결국 세상에 나오지 않게 되었다.

호면당 실적 덕분에 그 뒤로 식당 인테리어 일도 많이 들어왔는데, 인테리어만 맡았지만 디자인을 하면서 메뉴에도 관여하게 되고, 그렇게 프로듀싱한 고기집, 카페, 빵집 등이 모두 대박이 나자 나도 한번 식당을 해 볼까 하는 생각이 들었다.

그래서 전에 노 사장과 얘기했던 '신사들의 그릴'을 한국의 석쇠불고기집으로 구현해 보려고 장소 물색에 들어갔다. 친구 하나가 자기도 식당 하고 싶다며 함께 알아보러 다녔는데, 친구가 말했다.

"너희 어머니가 잘하시던 석쇠불고기를 메뉴로 하는 건 나쁘지 않은데, 너는 일본 경험도 있고 그쪽에 관심이 많은데 일식에는 그런 '신사를 위한 그릴'이 없냐? 그런 걸 찾는 게 낫지 않아?"

"없어~ 그런 건 없어. … 아냐, 그러고 보니 일본의 야키도리집이 그런 것 아닌가? 맞아! 닭꼬치지만 그건 분명 '남자들의 그릴'이야! 닭도 굽고 안창도 굽고 족발도 굽지 뭐."

그렇게 시작하게 된 것이 가로수길의 야키도리 이자카야 와라쿠가 된 것이다.

가와이 상의 설계사무실에 출근하다 힐끔 보던 야키도리집에서 나의 그릴로 연결되기까지 15년이 걸렸다.

히토가라

내가 아이폰을 버리지 못하는 이유는 단 하나—

바탕 백색의 아름다움 때문이다. 페이스북 바탕을 보며 종종 감탄을 할 정도다.

여느 휴대폰에서 보기 힘든, 전자 장치의 디스플레이라고 하기엔 자연스러운 화이트가 렌즈와 조화를 이뤄 아이폰 사진이 고급지게 보이는 근본이 된다. 그래서 아이폰 사진은 아이폰에서 찍고 아이폰에서 볼 때만 의미가 있다.

디자이너가 PC에서 컬러 작업을 할 때 인쇄 컬러와 차이를 줄이기 위해 모니터의 바탕 백색을 보정해 맞추는 이유는 백색이 모든 컬러의 질을 결정하기 때문이다.

음식도 마찬가지다. 스탁, 육수 하나만 잘 준비돼 있으면 어떤 음식도 쉽게 자신 있게 낼 수 있다. 한마디로 소금만 쳐도 맛있으니 뭘 어찌해도 기본은 되는 음식이 된다. 아니, 잘 만든 육수 아니라 멸치한 마리가 헤엄쳐 지나간 육수라도 맹물 넣어 끓인 국물 요리와는 질적으로 차이가 나는 것이다.

히토가라(人柄)라는 말이 있다. 사람의 인격, 인품, 바탕 됨됨이를 말하는데, 어떤 상황에서 무슨 결정을 해도 그 사람의 히토가라를 보고 결정하면 탈이 없다는 식으로 쓴다.

어떤 일본인이 내 후배에게 돈을 꿔 주며 "사업 계획서보다 히토가라를 보고 주는 것"이라 말했다는 얘기를 듣고 고개를 끄덕인 적이 있다. 즉, 사람의 인품이라는 바탕은 컬러의 백색 바탕이나 요리의 바탕 육수와도 같은 것이다.

처음 내 식당을 갖기 위해 강남 여기저기 임대 물건을 오래 보고 다녔다. 입지, 권리금, 임대료, 건물 상태 등 모두가 만족스러운 곳을 찾기 힘들었는데, 거의 결정까지 갔다가 포기한 물건들도 몇 있었다. 그런 물건들은 나중에 보면 나 대신 들어온 가게가 망하지 않은 경우가 없어 임차 결정이 쉬운 게 아니구나 느끼게 됐다.

고민을 거듭하던 중 지인이 가로수길의 건물을 하나 소개해 주었다. 입지, 가격 다 좋은데, 기존 임차인과 분쟁이 있어 싸게 내놓는 것이니 화해 조서를 쓰라는 조건이었다. 즉, 무권리이고 나갈 때도 두말없이 털고 나간다는 조건이었다.

그때 난 괜한 자만심이 있어 '까짓것 3년 만에 본전 뽑고 나가지 뭐' 하는 심정으로 당장 계약하자고 했다. 그 건물 5층에 사는 건물주를 만났는데(위에 건물주가 사는 건물은 대개들 기피한다), 엄청 까다롭고 깐깐해 보이는 부자 할머니였다. 보자마자 대뜸 식당업 아닌 줄 알았다, 복덕방이 자길 속였다며 계약 못 한다고 손사래를 치며 건물로 들어가 버리는 게 아닌가. 관둘까 하다가 자리가 너무 마음에 들어 할머니를 잡았다.

"식당 싫어하시는 건 알겠는데, 왜 식당이 싫으세요?"

그러고서 설득했다. 나는 그냥 식당 주인이 아니다, 건축사이고 대박 식당 기획, 설계, 공사, 입점, 운영 등 실적이 많아서 내가 식당을 하면 이 골목이 살아날 것이다, 그러면 땅값도 오르고 2, 3, 4층 임대료도 올라갈 것이다, 그리고 건축물에 대해 잘 알아서 건물 상하지 않게 쓸 것이며 내가 장사하는 한 이 건물의 문제는 내가 다 해결해 드릴 수 있다….

갖은 설득을 다 했는데도 한번 왼쪽으로 15도 기운 건물주의 고개는 세워질 기색이 없었다. 결국 얘기는 공전되고 할머니는 건물로 들어가 버렸다. 망연자실해 있다가, 옆에 서 있던 건물 관리인을 붙잡았다.

"이 건물은 누가 들어와도 속 썩어요. 식당밖에 안 될 자리인데 건물주 뜻대로 다른 업종을 넣으면 계속 망해서 바뀌고, 그러는 사이에 건물 다 망가지고, 나중에야 깨닫고 식당 넣으려면 나만 한 사람 찾기 힘들 겁니다. 관리소장님 속 안 썩으려면 나를 강력 추천하세요. 건축사를 아랫사람으로 두는 셈 아닙니까. 성사되면 꼭 답례할게요."

관리인의 주선으로 한 번 더 할머니를 만날 수 있었고, 내가 하려는 식당에 대해 마치 투자자에게 브리핑하듯 설득을 했다.

"그래도 식당은…."

이번에도 할머니는 그냥 돌아섰지만, 나는 할머니가 나한테 전화를 할 거라는 촉이 왔다. 그리고 나도 그 건물주가 마음에 들었다. 이분을 만족시킬 수 있다면 내 사업은 성공이라는 확신이 생겼다.

과연 며칠 뒤 전화가 왔다.

"내가 임대를 안 주려고 한 건 업종이 마음에 안 들어서인데… 사람은 마음에 들어요. 그래서 임대 주기로 했어요."

히토가라를 봤다는 얘기였다.

그렇게 시작한 가게는 두 달 만에 줄 서는 가게가 되었다.

첫 가게 임차하던 그때의 히토가라는 내가 가지고 있는 인품만이 아니라, 할머니가 내게 기대하며 깔아 준 내 마음의 백색 바탕이었을 것이다.

그 할머니가 편찮으시다.

지난 십여 년간 하수구도 봐 드리고 못된 임대자도 쫓아내 드리고 전구도 갈아 드리고 명절엔 선물도 올려 드리며 잘 지냈는데, 편찮으신 후로 딸과 사위가 건물 관리를 맡으면서 임대료를 막 올리고 하는 바람에 나도 그 건물에서 마음이 멀어지고 더 나은 사업을 위해 본점도 옮겨 가게 되어 못 뵌 지 한참이다. 얼른 건강을 회복하고 오래오래 사시길 빈다.

우동 스승 히로타 상

지진이 맺어 준 인연

2011년 3월 11일.

일본에 도호쿠대지진(東北大震災)이 일어났다.

뉴스를 통해 지진 소식을 접하고 일본에 있는 지인들이 염려되어 연락을 시도했지만 닿지 않았다. 전화도 메일도 불통이었다.

거의 일주일이 다 되어 메일 연락이 되어, 일부는 안부를 확인됐지만 일부는 여전히 확인 안 되는 상황. 멀리서 도움을 줄 어떤 방법도 없었다. 마음이 불편해, 일단 거래하던 배송 대행 회사에 페이팔로 몇만 엔이나마 가라(쇼) 결제를 하면서 적십자에라도 기부해 달라고 했다.

며칠 후 나는 무작정 도쿄행 비행기에 몸부터 실었다. 도착해서야 지인들에게 연락이 닿기 시작했다. 한 명 한 명 만나면서 무사한 데 안도했다.

그때까지도 도쿄는 여진이 남아 몇 시간 간격으로 도시가 흔들렸다. 외식하기 불안해 하는 사람들은 신주쿠(新宿) 가이엔(外苑)공원 같은 데서 만나 도시락을 먹었고, 괜찮다는 사람들은 퇴근길에 만나 식사하며 안부를 물었다. 무섭고 두려울 때 찾아온 손님을 부담스러워 할 수도 있겠다고 생각했지만, 다행히 다들 무사히 만났다는 사실에만도 즐거워해 줬다.

호텔로 돌아오는 길에 어둑한 시내 모습을 보며, 어딘가 익숙하다는 느낌을 받았다. 재해 탓에 도시마저 그렇게 보이나 했다가, 이내 이유를 알게 되었다. 원전 문제로 인한 제한 송전에 대응하기 위해 가로등을 절반 줄여 켜고 있는 탓에 도시가 어둑해 보인 것인데, 그 모습이 마치 을지로 어딘가에 서 있는 듯한 착각을 불러일으킨 것이다.

도쿄 일정을 끝내고, 히로타 상을 만나러 군마현 오타시에 갔다.

당시만 해도 히로타 상과 특별히 친밀한 사이는 아니었다. 지인을 통해 소개받았고, 서울에 자주 오는 가게 단골이었고, 제조업을 하면서 동시에 고향에서 꽤 유명한 우동집을 하고 있었고 한국에도 우동집을 열고 싶어 하는 분이었다.

내가 오타까지 찾아온 것을 히로타 상은 무척 반가워해 줬다.

"위험할 수도 있는데 어떻게 여기까지….".

"한국인은 걱정되면 와서 들여다보고 같이 밥 먹고 얘기하며 일상을 돌려놓지요."

"잘 왔어요. 마침 저녁에 친구들과 식사 약속이 있는데, 남 상도 와 주겠습니까?"

그래서 예정에 없이 가게 된 어느 식당. 십여 명이 모였는데 척 보기에도 다들 한가락 하는 사람들 같았고 과연 그중엔 '주먹'들도 있었다.

상석에 앉은 히로타 상이 나를 호명해 세우고 소개를 했다.

"이분은 한국인 남 상이다. 도호쿠대지진으로 일본 땅의 모든 외국인이 자기 나라로 도망가고 일본인도 동남아 관광지로 피신을 가는데, 이분은 우리를 위로해 주러 일부러 왔다. 오늘부터 우리의 친구이니, 앞으로 서울 가면 남 상 가게에 들러 꼭 인사부터 하고 난 다음에 관광을 다녀라. 여자애들과 가도 꼭 그리해라. 지진으로 다들 힘들지만 이런 기쁨도 있다. 자, 건배!"

그날 인사 나눈 히로타 씨의 '나카마'들은 그 후로 서울에 올 때마다 우리 가게를 찾아 내가 지칠 때까지 매출을 올려주었다.

불과 석 달도 안 돼 6월 이후 히로타 씨와 연락이 끊겼다. 무슨 일인가 궁금했지만 알아볼 방도 없이 몇 달이 지나고서야 오랜만에 전화가 왔다. 간암 진단을 받고 수술과 투병을 했다는 것이었다. 치료에 전념하느라 연락 못 해 미안하다며, 진단받자마자 바로 수술하고 정상으로 돌아와서 이제 괜찮다고, 곧 서울에 오마고 했다.

다시 몇 달 후 11월에 서울에 온 그의 모습은 정상을 찾은 듯했다. 다만, 그리 좋아하던 술을 한동안 마시지 않는다고 했고, 운영하던 우동집은 타 씨가 차 안에서 내게 물었다.

"남 상은 내 우동 좋아해?(南さんはうちのうどん好きなか?)"

"네! 물론이죠! 최곱니다(はい! 勿論よ! 最高です)."

"우동 장사도 하고 싶어?(うどんの商賣もやる氣なのかい?)"

그러면서 우동에 대한 나의 상식과 관심을 이것저것 묻기에, 왜 그러나 하며 아는 대로 대답했다.

"남 상, 내 우동을 줄게, 가져다 해. 어차피 내 우동집은 투병 때문에 닫기도 했고, 연말에 다시 우동집을 한시적으로 열 테니 그때 와서 배우도록 해."

어떻게든 우동을 하기로 마음먹기는 했어도 막막하던 때, 결심한

지 딱 한 달 만에 생각지도 않은 제안이 내게 온 것이었고, 우동 시작 때 삭발을 하게 된 이유였다.

와라쿠의 우동은 그렇게 시작되었다.

지진은 불행이지만 우애를 다져 주었고, 내게 우동을 남겨 주었다.

인사와 청소

히로타 상은 내게 우동 스승이지만 현재는 제조업 사업가다. 그가 내게 말해 준 자기 회사 사훈은 이렇다.

인사 잘하기(人仁挨拶する事)

청소 잘하기(よく掃除する事)

엥? 소학교 1학년 급훈만도 못하다.

"그것만 갖고 회사가 돌아가요?"

"나는 새로 들어온 직원에게 이것 두 가지만 얘기해. 회사 가서도 직원들이 인사 잘하나 보고, 구석구석 청소 잘했나를 보지. 그것만 잘하면 회사는 문제가 없어. 나에게 인사를 안 하는 직원을 불러서 청소 상태를 봤지. 생각대로 잘 안 했길래 바로 해고시켰어. 며칠 뒤 노동부에서 부르더라. 해고된 직원이 사유를 모른다고. 그래서 가서 얘기했지. 인사 안 하고 청소 안 했다. 그랬더니 담당자가 그러더라. '그럼 뭐 어쩔 수 없군요(それじゃ、しかたがないですね〜).'"

그렇게 지나쳐 간 얘기인데, 시간이 흐르고 내 가게를 경영하는 연륜이 쌓이면서 스승의 말에 무릎을 탁 치게 된다.

인사는 인간관계의 출발점이다. 이게 안 되는 사람에게는 외부 일

(영업, 섭외, 접객 등)을 맡길 수 없고, 내부 일(생산, 관리, 총무 등)도 맡길 수 없다. 사장한테도 인사 잘 못하는 직원이 고객에게 잘할 수 없고, 아랫사람이나 동료와 상하 인간관계가 좋을 리 없다. 인사가 만사라고 모든 일은 사람이 다 풀어 주는데, 예의를 못 갖추고 사람을 대하는 건 무리다. 결국 인사가 시작이다.

그리고 청소. 일을 잘한다는 사람은 보면 정리를 잘하는 사람이다. 자기 스케줄을 잘 정리하고, 서류를 잘 정리하고, 일을 중요한 순서, 급한 순서 따져서 잘 정리하는 사람이다. 일 잘하는 사람은 책상 위 컴퓨터 바탕 화면부터 다르다.

일이란 게 다 헤쳐 보면 정리하는 일이다. 또 달리 생각하면, 공부 잘하는 사람은 자신의 머릿속을 잘 정리하는 사람이고, 그래서 회사들은 어떻게든 학벌 좋은 사람을 뽑으려 한다. 제조업 현장이라도 재료를 잘 정리해 쓰기 쉽게 해 놓고, 부산물을 잘 정리해 재사용하고, 주변을 잘 청소해 제품의 오염과 재해를 방지하는 일 같은 생산성을 높이는 일이 모두 청소에서 나온다. 청소를 못하는 사람에게 효율을 기대하기 어렵고 실수는 세트로 딸려오는데, 그건 잔소리로 고치기 정말 어렵다. 이미 몸에 배어 버린 경우가 많기 때문이다.

인사와 청소. 이것만 잘해도 사회에서 인정받을지 모른다.

하지만 해 보면 이 두 가지를 잘하는 게 쉬운 게 아니고, 남을 둘 다 잘하게 만드는 것은 더더욱 어렵다. 나도 항상 반성하고 잘하려 하지만 허점이 많다. 나도 만약 20대에 히로타공업사에 들어갔다면 잘렸지 싶다.

"한 놈만 많이 줘"

우동 스승 히로타 상은 우동 제법만 알려 준 것이 아니라 우동집 경영에 대해서도 많은 가르침을 주었다. 물론 가르침대로 이 땅에서 제대로 구현되지 않아 맛도 경영도 문제가 생기지만.

"직원 급여는 어떻게 하는 게 좋나요?"

"한 놈만 많이 줘."

"예?"

"점장을 키워서, 그 친구만 많이 주라고. 가게 커지면 그를 대신할 중간을 한 명 더 두고. 그래야 다들 열심히 일해. 공평하게 나눠 주면 아무도 일 안 한다고."

처음엔 그 뜻을 잘 몰랐는데, 몇 년 지나니 그게 무슨 의미인지 몸으로 체득하게 되었다.

신입에게 점장은 꿈이다. 실력뿐만이 아니라 대우도 꿈같아야 존경한다. 그를 배워 나도 그렇게 되어야지 하며 힘든 일을 견디고 실력을 닦아 자기 발전을 이룬다. 신입이나 초보를 월급 10만~20만 원 더 준다고 더 열심히 일하게 만들 수는 없다. 월급 두 배 받는 점장을 봐야 꿈이 생기고 동기가 부여된다.

악덕 사장이 월급 덜 주려고 궤변을 늘어놓는다고?

7~8년 전만 해도 주방 신입은 170만~180만 원으로 시작해 해마다 5만~10만 원씩 올려 줬다. 주방장은 280만 원에 성과급을 얹어 주었다. 그래서 신입과 책임자급의 급여가 기본 100만 원, 어느 달은 두 배도 차이가 났다. 히로타 씨에게 배운 그대로다.

지금은?

나라가 올린 최저임금 탓에 신입도 250만 원 가져가는데 주방장은 여전히 300만 원이다. 최저임금의 하방 압력이 없었다면 지금

쯤 신입은 200만~220만, 점장은 기본 400만쯤에 매출 많은 달은 500만 원도 가져가는 구조가 되었을 것이다(실제로 4년 전까지 그렇게 했다).

하루는 점장이, 자기도 책임 덜 지고 가끔 늦게도 나오고 빠지기도 하고 내 잔소리도 덜 듣고 250만 받으면 안 되겠냐고 하소연을 한다.

20대 총각 신입은 200만쯤 가져가고, 경력 10여 년에 처자식 딸리고 애 학교 보내는 점장은 400만 원 가져가게 하는 사회가 복지 사회고 사회 정의지, 모두들 꿈도 없이 그냥 적당히, 모두들 불만족스러운 월급을 받아 가는 게 더 나은 사회인가?

일본은 실제로 그렇다. 주방 신입은 18만 엔에 하루 15시간을 마다하지 않고, 경력 10년 전에는 점장이 되기 힘들며, 일단 점장이 되면 기업체 과장 부럽지 않은 급여를 받고, 더 열심히 일해 가게의 분점을 받고 대를 잇기도 하는 그런 관계가 이어진다.

어차피 매출에서 최대로 줄 수 있는 인건비는 정해져 있다. 정해진 파이(매출)를 어떻게 나누느냐에 따라 파이를 더 키우는 경영이 되느냐 못 되느냐가 결정되는데, 나라가 나서서 그런 경영적 선택을 못하게 만드니 가게는 더 발전하지 못한다.

젊은이들을 위한다며 도리어 그들의 꿈과 희망을 빼앗는다. 밥숟가락에 설탕을 얹어 주고 슬그머니 메인 디시를 슬그머니 빼앗아 버리는 격이다. 청춘들만 피지도 못하고 시든다.

"직원들이 다 관두겠다고 해서 문 닫게 생기면 어떻게 하나요?"

"주방 앞에 테이블 두 개 내놓고 혼자 열면 돼. 밖에다가 '손님, 오늘은 제 지시대로 음식을 하지 않는 직원들을 내보내서 부득이 이렇게만 합니다. 가게는 계속 열겠습니다' 써 붙이고. 그러면 일본에선 '근성 있는 가게군!' 하고 대박 나. 그러니까, 나가겠다면 다 나가라 그래. 주인이 혼자라도 가게 열겠다고 하면 안 나가."

그 말씀대로 그 자세로 한 후 10여 년, 정말 단 하루도 그런 일로 가게 문 닫는 일 없었고, 아직 안 망했다.

문 닫는 것을 겁내면 가게는 얼마 안 가 진짜 문 닫는다. 우발적 충돌을 겁내는 군대는 이미 군대이길 포기한 군대이다. 평화를 원하면서 전쟁을 겁내면 평화를 지킬 수 없다.

스승도 고민이 있었구나

한국을 다녀간 히로타 상이 보름 만에 다시 서울을 찾았다. 저번에 오셨을 때 마침 내가 가게에 없었는데 그때 들러 보곤 우리 우동이 좀 잘못됐다며 꾸지람을 했었다.

그분이 그럴 수 있는 것은 바로 나에게 자신의 우동을 전수해 준 스승이기 때문이다. 말씀을 듣고 스스로 반성한 바 있어 가게를 다시 좀 추슬렀는데, 그가 보름 만에 다시 온 것이다.

이번에는 우리 우동을 같이 먹으며 술도 곁들여 이런저런 얘기를 하고, 호텔로 돌아가면서

"지난번 들러 보곤 자네 우동이 걱정돼서 잠이 안 오더라고. 그래서 이번에 일부러 온 건데, 이젠 안심이 되네. 오늘은 잘 잘 수 있겠어."

고마웠다. 내 우동을 이렇게 아껴 주는 사람이 있다니.

그리고 다시 묻는다.

"일하면서 뭐가 가장 어렵던가?"

"음… 그게 말이죠, 음식에 대해 잘 안다고 스스로 생각했는데, 어느 순간 뭐가 뭔지 모르게 되는 수가 많더라고요. 아니, 어느 순간 난 애초부터 맛의 기준이라곤 갖고 있지조차 못한 게 아닌가 하는 생각

이 들어요. 자신감과 번민의 양극단을 왔다 갔다 하는 게 힘들어요."

그가 정색을 하며 답했다.

"난 안 그런 줄 아나? 자네가 그러니까 그나마 그만큼 하는 거야. 나도 항상 그런 생각에 고민해."

그렇구나. 스승도 그런 고민을 하는구나. 난 아직도 멀었구나.

"저 이번에 우동집을 하나 더 내게 됐습니다. 조건도 나쁘지 않고 가벼워서 남의 도움 없이 잘할 수 있겠습니다. 하지만 히로타 상을 생각하면 그냥 지나칠 수 없어서, 투자나 지도 같은 아무 조건 없이 매월 매출의 일부나마 아주 조금이라도 갚고 싶습니다."

"뭔 소리야? 왜 내가 그걸 받아? 아니, 그러지 말고 내 돈을 좀 갖다 써, 그래야 뭐 좀 같이 하는 기분이 들지. 자본 안 필요해도 그냥이라도 갖다 써."

"그래도 그게….."

"남 상, 내 인생 칠십 년에 별일 다 겪고 돈도 많이 벌어 보기도 하고 많이 잃어 보기도 했지만, 지난 오 년간 자네랑 우동 함께 하며 지낸 시간들이 내겐 제일 행복했어. 정말이야. 고마워."

난 사실 이런 말을 들을 자격이 없다. 일본 사람 평균만큼도 성실하지 않고, 단지 그의 경험을 빌려다 썼을 뿐이다. 하지만 이런 칭찬도 해 주는 그분이 존경스럽고, 부럽다. 배우고 흉내 내 보고 싶다. 이런 분을 곁에 모시고 있다는 것이 너무 행복하고, 또 하늘에 감사한다.

"자, 더 잘 놀아 보자구. 나 죽은 다음 내 무덤에 로마네 콩티를 부어 준들 소용없어."

이런 그에게 내가 하고 있는 존경심의 표현이라곤 내 손으로 담근 김치를 1년에 한 통 보내고 화혜당 게장을 몇 번 보내는 게 전부다.

그래도 이번엔 그가 좋아하는 생선 한 마리를 잘 구워서 대접했다.

히로타 상에 대한 존경심이 나의 열정의 뿌리다.

약속

수타 우동이라고 밀가루 채치기부터 칼로 썰기까지 전 과정을 모두 손으로 하는 건 아니다. 반죽이든 늘이기든 썰기든 어느 부분을 기계의 힘을 이용하고 어느 부분을 손을 써서 맛을 내는지가 그 집의 기술이고 정성이고 비밀이기도 하다.

지금 한일의 인건비와 우동 가격을 감안하면, 시골 빈집에서 하루 50인분 밀어 혼자 먹고사는 경우가 아니라면 완전 수타는 거의 불가능하다고 할 수도 있다.

하지만 처음 우동을 그렇게 배웠기 때문에, '내 우동이 될 때까지'로 작정하고 가로수길에서 점심 우동은 50인분을 손으로만 밀어 팔고 적자는 저녁 장사로 때우면서 내 우동이 인정받을 때까지 기다렸다.

그 후 더 많은 우동을 팔게 돼서 이제 적당한 기계를 손에 넣어야 할 시기가 왔다.

새 기계 값이 자그마치 4천만 원! 장사가 얼마나 될지도 모르는 데다, 그동안 면판과 봉과 면칼만 있으면 손으로도 할 수 있었는데…. 새 가게를 낼 때 히로타 상이 고맙게도 큰돈을 투자해 주기로 하기는 했지만 그 돈을 기계 값으로 다 쓸 수는 없었고, 애타게도 스승은 몇 번 왔다 가면서도 그때 말은 말뿐, 투자를 차일피일 미루고 있었다.

아는 일본인들을 통해 중고를 알아봐도 반값 이하 물건은 없었다. 그래서 일본 야후옥션을 몇 주간 뒤졌다. 당시 리먼 사태로 일본 경제가 흔들린 후라서 분명 망한 가게가 많을 테니 어딘가 기계가 온라인 경매에 나올 수 있다고 생각한 것이다. 일본 기계는 여간해서 고장이 안 나기 때문에 믿어도 좋을 거라 생각했다.

정말로 떡하니 500만 원짜리가 떴다.

'히익! 역시 난 운이 좋아~'

당장 지를 뻔하다가 아차! 우동 스승의 조언을 받아야 했다. 그래서 급히 문자도 올리고 다음 날 전화도 했는데 계속 불통이었다. 아, 이거 놓치면 안 되는데… 어쩌나….

아닌 게 아니라 누군가 또 노리는 사람이 있는지 가격이 찔끔찔끔 올라가고, 마감은 이제 단 하루를 남기고 있었다. 전기 사양이라도 확인하려고 경매 대행에게 질문을 넣었는데 답도 안 왔다.

속 타는 하루가 지나고 고민하다가 에라 모르겠다, 남들도 쓰는 기계인데 괜찮겠지 하고 냅다 입찰을 질러 버렸다 55만 엔 엔터! 그리고 낙찰 축하 메일을 받았다.

그다음 날, 낙찰된 기계를 우송 받는 데 협조도 받아야 해서 다시 스승에게 연락했다. 이번엔 전화를 받은 히로타 상은 베트남에 며칠 다녀오느라 전화 못 받았다며 미안해 했다. 낙찰받은 우동 기계 말씀을 드렸더니 깜짝 놀라며, 그 기계는 부적합하고 롤러식을 써야 한다는 것이었다. 자기가 알아본바, 값도 신품이 천만 원대라서 그게 더 좋다는 거였다.

젠장… 돈 날리게 생겼네. 하필이면 그때 베트남에 가서서.

낙찰받은 돈을 다음 날까지 넣어야 하는데 난감했다.

야후옥션은 이메일 주소만으로 낙찰받는 구조다. 내 실명은 물론 전화번호조차 입력하지 않는다. 돈을 넣지 않으면 경매자는 기회 손실의 손해를 입지만 낙찰자는 가명 뒤에 숨어 입 싹 씻으려면 씻을 수 있다. 물론 다시는 같은 이메일로 경매에 참여할 수 없다는 불이익이 있지만, 그까이꺼 다른 계정 수백 개라도 만들면 그만이다.

하지만 일본 사회는 그런 사회가 아니다. 익명 뒤에서도 남에게 손해를 끼쳐서는 안 된다는 걸 상식으로 돌아가는 사회다. 돈도 돈이지만, 스승이 추천하지 않는 기계를 떡하니 사서 그것도 스승더러 부쳐 달라 부탁하는 것도 예의가 아니라서 어찌할 바를 모르겠더라.

다른 일본인에게 물었다. 낙찰금 안 부치면 어떨까…. "그건 좀…"이라는 대답이 왔다. 고민 고민하다, 전기 사양을 물었는데 그쪽에서 답해 주지 않은 꼬투리를 잡고 경매자에게 "사용상 문제가 있을 수 있으니 낙찰을 취소할 수 있을까" 메일을 보냈더니, 역시 안 된다는 답이 왔다(내 속에 아직 조선인 심뽀가 41% 남아 있었음을 고백한다). 낙찰금 입금 마감 직전에 히로타 상에게 전화를 했다. 온라인 낙찰받았는데 입금 안 하면 곤란하겠죠, 물으니 역시 "그건 좀…"이라는 답이 왔다.

한 시간쯤 끙끙 고민하다 입금을 했다! 그리고 히로타 상에게 전화를 했다. 내 잘못으로 멋대로 그 기계를 낙찰받아 죄송하고, 버릴 수도 없으니 죄송하지만 대신 받아서 조치해 주십사.

며칠 뒤 연락이 왔다. 기계가 도착해서 열어 봤는데, 이 기계 써도 무방할 것 같으니 한국으로 보내 주겠다, 그리고 전에 결정 못 한 투자비 보낼 테니 계좌 번호 달라고.

내가 익명 뒤에서도 손해를 감수하며 낙찰금을 기어코 부치는 걸 보고, 그동안 미뤄 온 투자를 결심한 것이었다! 그리하여 나는 싸고 좋은 기계와 투자금을 한 번에 받을 수 있었다.

25년 만의 복수(?)

'그'는 홍대 건축과에서 중요한, 이른바 아틀리에(작업실)의 대선배다.

나는 대학 1학년, 그는 대학원 연구실의 대빵으로 석사를 마치고 부설 연구소에서 일하며 작업실 제일 위 선배로 작업실을 이끌었으니 그땐 말도 제대로 못 붙일 선배였다. 그가 나를 작업실 막내로 받아 줘 내가 건축의 길을 가는 데 선도가 되어 주었다.

내가 졸업 후 사회생활을 시작할 때 그는 연구소에 다니면서 인테리어를 수주하고 공사도 하고 있었기에 나는 내 친구가 오픈하는 한양대 앞, 홍대 앞 카페 일거리를 연결해 주고 그를 도와 부업으로 기사로 참여해 설계와 시공을 도왔다.

내가 물어다 준 일이었지만 난 무보수였다. 선배님에게 일 배우는 거니까. 덕분에 초급 시절부터 설계와 시공을 함께 익힐 수 있었다.

무작정 일본에 가기 직전, 두 달 정도 손이 비었다. 그가 서울역 앞 연세재단빌딩 지하 서브웨이 인테리어 일을 따 왔다.

"너 일본 가서 쓸 돈을 마련할 겸, 이 현장소장 일을 하고 가라. 정산하고 남는 건 다 줄게."

그래서 현장소장 일 마치고 떠나면서, 내가 타던 8만km 탄 프레스토의 뒤처리도 그에게 맡겼다. 대신 팔아서 학비에 보태 달라고.

일어 한마디 못 하면서 단돈 24만 엔 들고 무작정 도일한 처지라 형편이 궁했다. 그래도 당장은 공부가 먼저라 알바도 미루고 몇 달은 학업에만 전념했다. 그리고 그에게 그때 내 인건비 정산을 부탁했다. '아름다운 약속'이 있었기 때문이다.

얼마 후 누나한테서 전화가 왔다.

"너의 그 선배 부인이 네 차를 몇 달 타다가 처분하고 자동차세 낸다고 돈 받아 갔다."

두 달여가 지났지만 돈은 오지 않았고 결국 수중의 돈은 완전히 바닥이 났다. 그에게 전화하니 좀 더 기다리라며 돈 빌릴 수 있는 데를 소개해 주었지만 그림의 떡이었다. 난생 처음 밥을 굶었고, 남이 버린 대파를 주워 먹을까 밤새도록 고민했고, 결국 센토 알바를 하고 야간 철거 현장 노가다를 하고, 일본어 학교 첫 방학엔 나리타 시골 공장에서 야간 일을 한 건 제1부에서 쓴 대로다.

방학 공장에서 한 달째쯤 일할 때 그에게서 연락이 왔다. 내외가 일본에 오게 됐으니 만나러 나오라고, 그런데 도쿄 인근이 아니고 오타까지 오라는 것이었다.

지바현 사쿠라(佐倉) 시골에서 군마현 오타까지는 4시간 거리에 왕복 차비도 만 엔 가까이 들고, 거기 갔다 오려면 며칠 일당을 포기해야 했다. 하지만 반드시 돈을 받아야 할 처지라 만사 제치고 갔다. 형수까지 대동하고 오는 걸 보니 공사 후 정산이 잘 되겠거니 생각했고 이제 이 개고생도 끝이구나 기대에 차서.

오랜만에 만나니 아무튼 반갑고, 도쿄에서 고생한 무용담을 안주 삼아 밤새 마셨다. 이튿날, 제정신에 돈 얘기를 해야 하는데 그는 그 다음 날 도쿄에서 만나 얘기하자고 했다. 그래서 도쿄에서 하루를 더 공으로 비웠다.

도쿄 가부키초(歌舞伎町)의 구야쿠쇼토리(區役所通り)에서 만나 밥 얻어먹고 나니 또 그다음 날 하코자키(箱崎)의 공항 터미널로 송영 나오라 해서 또 하루 공치고 나갔다. 그때까지 그는 돈에 대해 아무 말 없었다. 그대로 사요나라~ 헤어지려 하는 그를 출국장 에스컬레이터 앞에서 옷소매를 잡았다.

"형님, 공사 정산 하신 건은 어떻게…?"

"아~ 그 얘기 안 했던가? 돈 남을 줄 알았는데, 정산해 보니까 손해났어. 너한테는 뭐라 안 할게. 말도 마라, 건축주가 지독해서 추가도 못 받아 냈어."

"… 그럼 형수님 제 차 판 돈은요?"

"아휴 도련님, 그 차 세금 내고 나니까 폐차비 더 나온다고 해서 한 푼 못 받고 넘겼어요."

그리고 둘이서 출국장으로 나가 버렸다. 오함마로 뒤통수를 맞은 듯 주저앉을 뻔했지만 한마디 할 겨를이 없었다. 둘이 놀러 올 돈은 있어도 내게 보태 줄 돈은 단돈 천 엔도 없다니.

터덜터덜 돌아가 이를 악물고 일본에 적응해 가며 다음 해에는 원하던 건축사무소 일을 할 수 있게 되었다. 구류 사무실에서 일하고 있을 때 그에게서 다시 연락이 왔다.

"네가 일본에서 적응하고 일하는 거 보고 용기를 얻어, 나도 연구실 교수님 도움을 받아 도쿄공대에 연구원으로 논문 쓰러 일 년간 가게 됐다."

그때는 나도 생활에 어느 정도 여유가 생긴 때라 그의 연구원 숙소를 오가며 몇 달간 우애를 다졌다. 그러다 내가 먼저 한국에 돌아가게 됐는데, 1년 단위로 연장하며 살던 맨션을 1년 더 연장하기 애매해서 한국에 돌아가기 전 석 달간 그의 넓은 숙소에 잠시 신세를 지기로 얘기가 잘 되었다.

직장을 정리하고 다른 설계사무실에서 알바를 하며 선배 숙소로 옮기려고 마지막 정리를 하고 있는데 형수에게서 연락이 왔다.

"도련님, 도련님도 사정 어려운 거 알지만 형님은 공부만 해야 하고 따로 벌이도 없구요. 저희 형편 생각하면 도련님이 거기 그냥 같이 계시는 건 좀 아닌 것 같아요. 집세를 같이 내 주셔야겠어요."

그가 돈이 없다고 툴툴댄 것은 생활비 탓이 아니라 해야 하는 공부는 않고 저녁마다 동네 파친고 구슬에 탕진하고 있기 때문이라고 형수에게 일러바칠 수는 없었다. 귀국을 위해 남겨 놓은 돈을 그렇게 뜯기고 돌아왔다. 돌아올 항공료가 없어 고국의 누나에게 부탁해 티켓을 끊었고, 나리타에서 짐 부치는 추가 비용은 항공사 다니는 선배 신세를 졌다.

나는 돌아오자마자 바라던 좋은 직장에 들어갔고 그다음 해에 건축사 시험이 되어 수월하게 자리를 잡아 갔다. 그 선배는 거기서 박사까지 가진 못했지만 그 1년 이력을 발판 삼아 지방의 한 대학의 교수가 됐다.

15년이 흘렀다. 히로타 상을 소개한 건 그였다. 내가 '신사들의 그릴' 콘셉트로 가로수길에 점포를 열어 대박이 났다는 소문이 돌 때였다. 그는 원래 자기 지인인 히로타 상이 한국에서 우동집을 열고 싶어 하는 것을 알고, 형수를 내세워 할 부업으로 우동집을 열어 주는 걸 도와주길 간절히 바랐다. 이미 히로타 상에게서 얼마의 자금도 융통 받아 놓고 있었다.

하지만 당시 우동은 나의 첫 번째 관심사가 아니었고 그가 낀 일에 간여하고 싶지도 않아서, 히로타 상이 나에게 부탁하는 일만 소극적으로 도와드렸다. 그러다 도후쿠대지진이 났고, 그때 안부를 챙기러 건너간 일이 계기가 되어 내가 히로타 상의 우동을 물려받아 우동집을 열게 됐다. 아마도 그 부부는 죽도록 배가 아팠을 것이다.

물론, 히로타 상께도 다짐은 받았다.

"제가 우동을 받게 돼서 이 선배에게 오해는 없을까요?"

"나, 그 둘한테 돈 떼었어. 그냥 냅둬."

일본인이 하는 "ほっと置いてよ~"하는 말은 꽤 냉정한 말이다. 그렇게 뜻하지 않게 복수 아닌 복수가 이루어졌다. 무려 25년 만에.

다시 10년이 지나 그로부터 연락이 왔다. 나는 코로나로 어려운 시기 다 지나고 적자를 탈출한 직후였다. 1년 전 대학을 정년퇴임한 그는 할 일이 없다며 내 사업 근황을 물어 왔다. 냄새를 맡고 싶어 한다는 냄새가 진하게 나서, 쿨하게 냄새를 풍겨 드렸다.

"아, 지난 일 년간 ×나 힘들어서요, 요즘도 돈 꾸러 다니느라고 정신없네요."

그가 화들짝 놀란 듯 서둘러 전화를 끊었다. 앞으로 한 5년은 전화하지 않을 것이다.

1994년 하코자키에서 그의 멱살을 잡았더라면 지금 내 앞에 우동 반죽은 없다.

맛이 두 배면 값은 열 배

히로타 상과 백화점에 과일을 사러 갔다. 좋은 와인과 프로슈토를 사서 멜론과 함께 먹자고 해서였다.

명동 롯데백화점 본점의 과일 코너에 두 가지 멜론이 있었다. 가운데 매대에는 7천 원짜리, 벽 쪽 매대에는 2만 원짜리. 크기도 별로 다르지 않고, 맛있는 멜론을 고르는 상식대로 표면에 무늬가 굵고 성긴 것으로 고르려고 했지만 두 가지가 별로 다르지 않았다. 그래서 나는 당연히 7천 원짜리를 잡았다. 그러자 히로타 씨가 고개를 저으며, 비싼 멜론을 사자고 했다.

"두 배 맛있는 것도 아닌데 세 배 가격을 내는 건 아깝잖아요."

"두 배 맛있다면 열 배를 내야겠지. 우리가 산 와인에는 이 정도 멜론이 어울려."

그는 자신의 가치에 맞는 지불을 준비하고 있었다.

"직원을 불러서, 2만 원짜리 멜론 중에 제일 맛있는 걸 골라 달라고 하자."

"에이~ 다 똑같아 보이는데 그냥 요걸로 고르면 안 돼요?"

"우리는 비싼 멜론을 택했기 때문에, 골라 달라고 요구할 권리가 있어."

그의 말대로 직원을 불러 제일 맛있는 멜론을 골라 달라고 하자, 그 직원은 가장 손이 안 닿는 곳의 멜론을 집어 우리에게 주었다. 멜론을 받은 히로타 씨는 멜론의 아랫부분을 꾹꾹 눌러 보더니, 이건 가장 맛있는 멜론이 아니라며 다른 멜론 몇 개를 더 만져 보고는 그중 하나를 골랐다. 직원이 웃으며,

"손님, 제가 골라 드린 게 가장 싱싱한 멜론이고, 손님이 고르신 건 가장 오래된 멜론인데요?"

히로타 씨는 정색을 하고 말했다.

"여기 이 고급 멜론 중에 상품 가치가 있는 맛있는 멜론은, 숙성이 이루어져 가장 단맛이 극에 달한 바로 이 멜론입니다. 멜론을 싱싱함만으로 우리에게 골라준 당신은 과일 매장을 담당할 자격이 없어 보입니다."

직원은 동의하기 힘들었는지 '내 그럴 줄 알았다' 하는 얼굴을 하고 돌아갔다.

나는 머리를 망치로 맞은 기분이었다. 상품의 가치는 무엇이며, 소비자의 자세는 무엇인지, 가치관의 혼돈이 왔다.

히로타 씨가 말했다.

"한국 사람들은 물건의 가치가 어떤 것인지 볼 줄 모르고, 지불할 줄도 몰라. 그 이유는 불신 때문이야. 아까 직원이 골라 준 멜론은 좋은 멜론이지만 바로 먹으면 달지 않은 멜론이야. 그 멜론이 아무리 싱싱해도 의미가 없어. 싱싱함이 전부라고 생각하는 건, 오래된 잘 익은 멜론을 골라 주면 재고 상품을 판다고 불신하기 때문이야. 그래서 맛있는 멜론을 고를 수 있는 안목이 생기지 않는 거야. 남 상같이 조금 더 맛있는 멜론을 세 배나 붙여 이만 원에 파는 바가지라고 생각하는 것도 그렇고, 비싸면 무조건 바가지라고 생각하고, 조금 좋은 것에 몇 배의 가격을 지불하는 이유를 몰라."

긴자의 미쓰코시백화점에까지 가서 과일을 고르는 사람은 돈 많은 또라이가 아니라, 그 백화점을 믿고 그곳의 직원을 믿어서 자신에게 최고의 과일을 준비하고 추천해 줄 수 있다고 믿는 사람일 것이다. 그날 최고의 멜론을 위해서 가장 좋은 상태의 멜론을 준비했을 것이고, 그 기준에 벗어나는 멜론은 당연히 폐기했을 것이라는 믿음이 없으면 몇만 엔씩 하는 멜론에 돈을 지불할 바보는 없다. 한국에서 제대로 된 소믈리에를 키우지 못하는 이유이고, 그렇다면 한국에서 세계 최고의 제품은 삼성 갤럭시가 마지막이 되지 않을까?

상대에 대한 믿음이 제품의 가치를 제대로 평가하게 만들고, 그 평가가 더욱 좋은 제품을 만드는 기초가 되며 그 사회를 고도화한다는 쉽고도 어려운 원칙을 보며, 일본을 따라가기 위해 우리가 가야 할 길은 얼마나 먼 길인지를 실감하게 되었다.

냉면과 소바

우동을 배울 초기, 히로타 상이 냉면을 먹고 싶다고 했다.

평소 히로타 상은 한국 소바, 즉 냉면을 그리 좋게 평가하지 않았다. 면의 메밀 함량은 대부분의 냉면집이 50%를 넘지 않을 것이라고 생각했고, 육수에 으레 들어가는 조미료 맛에도 부정적이었다. 그래서 어디를 데려가도 좋은 소리를 듣지 못할 것 같아서, 유명하다느니 내가 제일 좋아하는 집이라느니 하는 설레발을 떨지 않고 함께 갔다.

내가 잘 가는 집은 을지면옥이다. 일본인들이 잘 가는 양미옥 근처라고만 소개하고 쓱 들어갔는데, 들어가는 입구 접객부터 무성의해서 나중에 원망 듣지 않을까 걱정이 되었다. 또 일본인들이 나의 소바 입맛의 안목을 못 믿은 것처럼 나도 히로타 상이 한국 냉면 맛을 잘 모를 거라 생각했다. 아니, 모른다기보다 냉면에 굳이 자기 선호나 감동을 가질 이유가 없다고 생각했다.

이윽고 나온 메뉴는 물냉면에 돼지수육.

면은 딱히 메밀 맛이 진하게 나는 것도 아니고, 육수는 닝닝하고, 차디차게 나온 삼겹살 수육엔 지방이 허옇게 굳어 있었다.

"제가 잘 다니는 집입니다. 입에 안 맞아도 한번 들어 보세요."

말없이 먹던 히로타 씨가 소주를 시켰다.

"이 돼지에 소주가 맞습니다."

그러더니 덧붙이는 말이,

"내가 먹어 본 한국 냉면 중에 최곱니다."

"네? 어떻게요?"

"차갑게 내야 하는 소고기 육수를 이렇게 내는 건 쉬운 게 아닙니다. 한번 돌아가서 육수 내 보세요. 고기 많이 넣는다고 진해지지도 않고, 육수는 향인데 금방 날아가 버립니다. 그래서 다들 적당히 내고 조미료나 넣는데, 이 집은 육수 그대롭니다. 보통 사람은 이 맛을 무맛(無味)이라 생각할 테지만, 이 육수는 정말 솔직한 소고기 육수입니다. 이렇게 육수를 내는 게 얼마나 어려운지는 해 보지 않은 사람은 몰라요. 난 이런 게 좋아요."

"면은요?"

"냉면은 소바하고 달라요. 냉면에서 소바의 풍미를 요구하는 건 무립니다. 이 집은 나름대로 메밀 비율이 높고, 적당히 국물에 어울리는 면을 바로바로 잘 냈군요. 치감(하고타에歯答え)이 좋아요."

"이렇게 굳은 돼지 지방은요?"

"돼지고기를 차게 먹는데 지방이 굳는 건 당연해요. 그 맛을 즐기면 돼요. 오히려 이걸 뜨거운 육수에 휘휘 둘러 억지로 내오지 않아서 있는 그대로 나와서 좋네요. 비계 맛은 일품입니다."

아주 만족하는 스승을 보며 난 생각이 깊어졌다. 선입관을 배제한 절대 미각의 세계가 분명히 존재하는구나. 자신의 맛의 기준도 좋지만, 그 가게가 갖는 특성을 이해하고 그 가게가 내고자 하는 음식을 읽으려 하는 자세야말로 미식가의 자세가 아닐까 하고 말이다.

그래서 나도 나미키 야부소바의 추억을 말씀드렸더니, 그런 일이 있었냐며 그건 당연한 일이라고 대답해 주셨다.

경험의 세계, 선입관을 뛰어넘는 절대선의 맛은 존재한다는 것.

그 을지면옥이 2022년 여름 옛 장소에서 문을 닫고 인근으로 이전했다. 같은 장소에서 수백 년 가게를 이어가는 일본의 전통을 생각하면 부러울 뿐이다. 다음에 히로타상과 다시 갈 땐 같은 맛을 유지해야 할 텐데 하는 우려를 하게 된다.

카운터만 봐도 안다

히로타 상은 한식을 그다지 좋아하지 않는다. 아니, 좀 무시한다. 이해는 하지만 어떤 부분은 좀 인정해 주길 바라기에 한국 식당에도 종종 모시고 가는데, 한국의 해산물은 좋아해도 식당을 무시하니 갈 만한 집이 별로 없다. 폼 잡고 비싼 집이라도 모셔 가면 대로 수준으로 화를 낸다.

그런데 학동에 갈치 고등어나 구워 주고 반(半)한식으로 회나 한 접시 내주는 제주 이름 붙은 식당만은 추천하면 언제나 콜이다. 그래서 한번 물어봤다.

"맛있게 드시는 고등어도 사실은 노르웨이산인 걸 다 알면서, 갈치 조림은 비싸고 맵다며 젓가락도 한두 번 가고 말면서 이 식당을 좋아 하는 이유가 뭡니까? 선호의 기준(스키키라이好き嫌い, 호불호)이 좀 이상하신 것 같아서요."

센세의 대답은 단호했다.

"이 집은 카운터가 깨끗해. 쓸데없는 물건이 눈에 안 띄고 딱 필요한 물건만 배치돼 있어. 이런 집은 주인이 직접 관리한다는 뜻이니, 주방은 들여다볼 것도 없어. 이런 집이 한국엔 별로 없어."

깜짝 놀라 둘러보니 과연 그랬다.

홀에 손님을 위한 물건이 아닌 영업자 자신들을 위한 물건이 구석 구석에 쌓여 있는 가게가 더러 한때 잘 나갈 수는 있지만, 그건 어딘가 문제가 있다. 위생이든 서비스든 아무튼 주인의 관리 수준의 한계가 드러나고야 만다. 홀과 주방의 상태는 예외적인 상황이 좀 있을 수 있다고 해도, 손님을 맞고 보내는 카운터는 예외가 있을 수 없다. 사정에 따라 복잡할 수도 있고 오래된 물건이 있어 깔끔해 보이지는 않을 수는 있지만, 정리가 항상 잘되어 있다면 그건 나름의 기준이 있고 주인의 관리 철학이 있다는 뜻이다.

기업으로 확장해 보면, 물류가 중요하지 않은 일반 회사도 어느 회사나 창고는 항상 꽉 차 있다(가정도 마찬가지). 일반 창고가 관리되지 않는 회사는 어딘가 구멍이 있다. 회사의 성장률보다 창고의 면적이 더 빨리 늘어난다. 관리부 직원이 설쳐도 잘 해결되지 않는다. 이런 회사에서 "창고가 복잡하니 정리해서 반으로 줄이라"고 한다든지 "두 개 창고를 하나로 합치라"고 했을 때 대번에 안 된다는 말부터 하는 직원이 있다면 바로 잘라야 한다. 그것도 못 한다면 신규 사업, 새로운 서비스는 맡기나 마나, 사사건건 쫓아다니며 안 된다는 말만 늘어놓을 게 뻔하다.

어느 직원의 내공을 시험하고 싶다면, 무리스러운 목표로 창고 정리를 맡겨 보길 추천한다.

어느 창고든 반으로 줄이지 못할 창고는 없다.

식당 주방으로 돌아오면, 새 메뉴 하자고 하면 냉장고 걱정부터 하는 직원, 새 들통 먼저 사야 한다는 직원은 인재감이 아니다. 모든 업무에서 정리의 기준을 정하지 못하는 직원은 지금 당장도 필요 없지만 10년 뒤가 더 골칫거리다.

미쳐야 미친다 식당 소나타

칼을 잡다

중국에서 전해 내려오는 얘기다.

옛날, 남자가 돈도 인맥도 근거도 없이 고향을 떠나 단신으로 입신할 수 있는 방법은 단 한 가지밖에 없었다고 한다. 바로 '하모노(刃物)', 칼을 가지고 성공하는 것이다.

하모노도 칼의 종류에 따라 세 가지가 있다.

하나는 칼잡이, 즉 야쿠자가 되는 것이다. 그것이 직업으로 좋으냐는 얘기는 제쳐 놓자.

또 하나는 이발사다.

짐작하겠지만 마지막이 바로 식칼 잡는 일이다. 식당뿐 아니라 도살장도 포함된다.

고래로 근본 없는 남자 하나가 입신하기란 그만큼 어려웠다. 특히나 칼을 잡는 직업은 어느 것이든 위험한 일이고 어려운 일이다. 그러면서 또 상대가 사람이든 머리카락이든 고기든 재주만 좋으면 밑천 없이 내 존재를 부각시켜 입신양명할 수 있는 일이기도 하다.

나도 칼을 잡았다.

이랏샤이마세

2008년 처음 이자카야를 시작할 때, 도마부터 젓가락, 물 잔, 심지어 이쑤시개까지 일본 것을 갖다 쓰며 아이덴티티를 유지하려 애썼다.

하지만 직원이 모두 한국인이고 일본어라곤 나만 조금 하는 가게에서 "이랏샤이마세~" 같은 건 하지 않았다. 당시 이자카야가 붐이던 강남에서는 어디를 가도 돼먹지 않은 일어가 넘쳐났지만, 나는 도저히 오글거려서 그런 접객 매너는 하지 못하게 했다. 가끔 일본인 손님이 오면 그냥 내가 조용히 응대했다.

그랬던 다른 가게들이 2019년 반일 불매 운동 때 보니까 "저희 집은 로열티가 나가지 않는 순수 국산 브랜드입니다", "본 업소는 식자재에 일본 제품을 일절 쓰지 않습니다"를 내걸더라. 그리고 망하더라.

처음 개업했을 땐 직원들이 내 맘같이 움직여 주지 않았다. 장사도 잘 되는데 인건비 아끼려 든다는 뒷얘기가 들리길래 직원들에게 회계 장부를 공개했다. 재료를 아끼지 않는 집이라 수익률이 낮아 원가 줄일 방법은 인건비밖에 없다는 현실을 알려 주기 위해서였다. 그랬더니,

"매출은 알겠는데, 매입은 어떻게 믿어요?"

"다 너네가 아는 사입처 아니냐."

데리고 일할 맛이 딱 떨어졌지만 한마디 더 붙였다.

"난 이 가게 해서 돈 벌어서 집 사고 땅 사는 데 쓰지 않을 거다. 내 생활비 하고 남는 돈은 모두 가게 늘리는 데 쓸 텐데, 가게 늘리면 너희한테도 더 많은 기회가 돌아온다. 믿고 일해 주면 좋겠다."

그때 직원들은 몇 달 안 돼 다 나가 버렸지만, 난 아직 이 약속을 지키고 있다. 직원인 그 사람들에게 했다기보다 내 업에 건 약속이었

기 때문이다.

할아버지도 아버지도 업을 키운다는 '광업(廣業)'이라는 휘호를 걸고 사업을 하셨지만 결국 말년엔 빈털터리 신세가 되었다. 그걸 뻔히 알면서도 그렇게 배우고 자란 탓에 꿈이 재(財)에 있지 않고 업에 있는 팔자를 피하지 못하고 있다. 숙명이다.

잇쇼겐메이

이자카야 2호점을 냈다. 생각만큼 잘되지 않아 고전했다. 매출 흐름을 살펴보니 이젠 사케 붐도 꺼져 가고 일본 생맥주의 희소성도 희박해져 뭐랄까 술장사의 한계가 보였다. 술들을 덜 주문했고, 초저녁에 '룸 새끼들' 대동하고 드나들던 고급 손님도 눈에 띄게 줄었다. 음식 대 주류 매출이 4 대 6에서 6 대 4로 바뀌니 경영에 애로가 왔다. 그게 흐름인 것 같았다.

'음… 이젠 술집은 안 되겠구나. 밥집을 해야겠구나.'

2011년 10월 30일. 매니저와 지방에 다녀오는 차 안에서 말했다.

"아무래도 나, 우동을 해야 할 것 같아."

막연하고 막막했지만, 숙명처럼 느껴졌다. 당장 먹고 죽을 유혹의 사약이라도 그 맛을 보지 않고는 죽을 때까지 후회할 것 같다면 그 자리에서 원샷을 해야 하는 나였다.

여러 해 준비해 온 우동집으로 탈바꿈하려는데, 이리저리 궁리해 봐도 강남 바닥 임대료와 생산성으로는 어떻게 해도 수타 우동집 하나 건사하기 불가능해 보였다. '맛만 좋으면…' 하는 게 환상이란 건 진작 몸으로 겪어 알고 있었기 때문에 무모하게 일부터 벌일 수는 없었다.

당시 가로수길과 로데오 두 군데서 그래도 강남에서 인정받는 야키도리 이자카야를 하고 있었고, 먹고살려면 그대로 살면 됐다. 그러나 '이만하면…' 하고 생각하는 순간 위기는 찾아온다는 걸 본능처럼 알고 있었다. 보잘것없는 자본에 얄팍한 수익이 고작인 식당이란 언제고 길에 나앉을 수 있겠다는 것을 몸으로 알게 될 무렵이다. 일단 결심하고 발을 내딛고 나니 다시 정열이 타오르고 도전심도 생기고, 도와주는 분들도 속속 붙어 줬다.

'지금 하는 이자카야에서 점심만 우동을 해 보자. 돈이 안 돼도 줄만 세울 수 있으면 다른 방도가 나올 거다. 이젠 백화점이나 몰 같은 특수 상권에 들어가지 않으면 안 되는 때가 온다. 그들이 불러 줄 때까지 유명한 집이 돼야 한다!'

이렇게 제2의 창업을 하는 마음으로 새로운 도전을 기치로 내걸고 런치우동 준비에 들어갔는데, 시작도 하기 전부터 직원들의 호응이 좋지 않았다.

"점심만 해서 되겠어요?"

"점심 저녁 다 잘 되는 건 과욕 아닌가요?"

"우리 일만 많아지는데… 그럼 2교대 해야 하나요?"

"우린 우동 배우러 들어온 거 아닌데."

대우도 조정하고, 조건도 바꾸고, 설득도 하고,

"진짜 난 우동에 목숨 걸고 다시 하는 거야!"

아무리 말해도 직원들은 냉랭했다.

사실 내 자신부터 그랬다. 몇 년 전 같은 열정이 내 스스로도 내 안에서 불붙지 않는 느낌이었다. 나부터 다그쳐야 할 뭔가가 나부터 필요했다. 직원들뿐 아니라 나 스스로에게도 '결기'를 보여 줘야 했다. "미치지 않았다면 — 그 승부는 하지 마라." 내 좌우명처럼, 미친 척이라도 해야 했다.

그래서—

우동 가마에 불 붙이는 아침, 머리를 밀고 나갔다. 애견 그루밍으로 일본유학을 했던 마누라에게 특별히 부탁했다. 직원들은 입을 다물지 못했다.

열심히 우동을 밀고, 손님에게도 내 우동을 설득했다. 며칠 뒤, 셰프가 삭발을 하고 나타났다. 보스가 밀었으니 자기도 따른다며. 그렇게 직원들이 하나둘씩 삭발로 나타났다. 그렇게 우린 단체로 미쳐 갔다.

그 후 5년.

어느 주말, 세 개 점포에서 2천 명 넘는 손님이 우동을 들고 가셨고 합 3천만 원의 매상을 올렸다. 이른바 대목 날의 매상이라 계속되리라는 보장은 없지만 포스팅에다 '옳은 우동'이라는 건방진 표현도 한 방 날려 봤다. 투자비 환수는 요원하고 갚을 빚도 걱정이지만 그날만은 세상에 감사하고 싶었다. 미치려면 한 5년은 미쳐야 뭐가 돼도 된다는 걸 새삼 확인하는 날이었다.

첫날 삭발이 아니었더라면 이날은 없었다.

긍정적인 생각

매일 손수 면을 밀며 런치 우동 할 때의 일이다.

점심 장사가 2시 30분에 끝났다. 가스 기기의 불을 끄려다가, 문득 답답함에 가게 문밖으로 나갔다. 시원한 바람… 우동 주방은 너무 덥다.

그때 세 사람이 나를 향해 걸어온다.

"사장님~ 우동 아직 되죠?"

대답도 안 기다리고 나를 밀치고 가게로 들어간다. 어~ 어~ 하는 사이에 상황이 그렇게 되었다.

브레이크 타임은 철저히 지켜 왔었다. 그러지 않으면 주방 직원 통솔이 안 된다. 점심이 늦게 끝난 핑계로 저녁 장사 준비를 소홀히 할 수도 있고, 규정이 없으면 내가 없을 때 오히려 런치를 일찍 마감시켜 버릴 수도 있기 때문이다.

자리에 앉아 버린 그들. 그래도 어쩔 수 없으니 "점심 마감됐습니다" 하고 말하려는데, 가스 불을 끄지 않은 게 생각났다. 즉, 우동을 해 주려면 해 줄 수도 있는 상황이다. 그렇게 잠시 주춤하는 사이 세 사람은 메뉴까지 나에게 말해 버렸다.

'끙… 할 수 없군.'

직원들에게 "저 손님들 내가 칠 테니, 다들 아이스크림 하나씩 사 먹고 와라" 하고 내가 전 과정 손수 삶아 드렸다.

그녀는 직장이 멀지 않다. 이미 마감 시간 지난 줄 알면서도 우동을 먹을 수 있다고 믿고 두 사람을 데리고 왔다. 하필 마침 밖에 서 있는 나를 보고 "아직 우동 되죠?"라고 웃으며 말했다. 보통은 어두운 얼굴로 "우동 끝났어요?"라고 묻는데, 그랬다면 나도 당연히 "네~ 죄송합니다. 다음에 꼭 오세요" 하고 말았을 텐데.

일행은 당연하다는 듯이 밀고 들어가 앉아, 단골임을 과시하듯 메뉴부터 읊었다. 그날따라 우리 가게는 우동 솥 불을 아직 끄지 않고 있었다. 결국 그녀는 우동을 맛있게 먹을 수 있었다. 심지어 직접 다 해 드렸으니 맛도 더 좋았을 것이고 함께 온 일행 앞에 체면도 섰을 것이다.

내가 평소와 달리 불도 끄지 않은 채 밖에 바람 쐬러 나간 건 우연이 아니었지 모른다. 내가 안에 있었더라면 일행이 가게로 올 때 눈을 마주칠 일이 없었을 것이고, 문 들어서는 일행을 직원이 마감됐다고 되돌려보냈을 것이다. 무당 같은 얘기지만, 우동을 먹을 수 있으리라는 그녀의 긍정적인 생각이 미리부터 나를 움직여 불을 끄지 않고 밖으로 나가 그녀를 맞도록 이끈 것인지도 모른다. 그들은 긍정의 손님들이었다.

우동을 다 들고 계산하는 손님께 물어봤다.

"여기 오실 때, 시간 지난 것 아셨죠?"

"네…."

"그래도 먹을 수 있다고 생각하고 오신 거죠?"

"네!"

항상 웃는 얼굴의 그녀의 인생은 성공적일 것이다. 나 자신 그 긍정의 힘을 미신처럼 부여잡고 그 힘으로 버티고 살아왔기 때문에 이런 사례를 무수히 많이 간직하고 있다.

백화점 입점

백화점(몰) 내 식당 오픈은 프로들의 일이다. 나처럼 열정뿐인 아재가 비비기 어려운 데다.

세 번째 백화점 개업이지만, 매번 어렵다.

오픈 날짜가 대못으로 박혀 있다. 내가 준비 덜 됐다고 연기할 수도 없다.

공사는 오픈 이틀 전쯤 끝난다(예외를 못 봤다). 즉, 연습은 없다. 바로 전쟁이다.

첫날부터 사람들이 밀어닥친다. 손님은 이리와 같다. 빈틈 내보였다간 바로 물어뜯긴다.

개점, 폐점 시간도 마음대로 할 수 없다.

백화점을 아는 사람은 직원으로 오지 않고, 백화점에서 일한다고 멋모르고 들어온 직원은 이틀이면 나간다.

오픈 비용은 로드 매장에 비해 3배 정도 들어간다. 백화점 매상으로 본전을 뽑는 매장은 극히 일부다. 백화점 입점 브랜드 이미지를 가지고 다른 데서 벌어야 한다.

시스템 잘 갖춰지고 자금력 있는 큰 회사를 보면 아직도 부럽기만 하다. 사장은 오픈 날 와서 격려나 해 주고 가는.

현장에서 일하는 사장은 죽어난다. 오픈 때는 일주일씩 하루 세 시간씩밖에 못 자며 준비하면서 버티고 있는 직원들을 격려해야 한다.

센트럴 키친이 잘 돼 있는 업소는 물론 그런 무식한 짓 안 한다. 하지만 그런 음식엔 '영혼'이 없다. 그렇다고 내 음식이 대단한 것도 아니니 갈등이 생긴다.

이런 상황을 벗어나기까지 대략 2~3주 걸린다. 그 과정에서 대개는 음식과 타협하기 마련이다. 예를 들어 육수를 매일 내고 소스를 다 만들어 쓰던 집이 일주일쯤 밤새우고 나면 사다 쓰게 되는 식이다. 타협하지 않고 자신의 음식을 고수하는 건 버티고 싸워야만 가능하다. 백화점 고객들이야 맘먹고 와서 혹한 평가도 하고 유세도 떨고 하겠지만, 자신이 먹고 있는 음식이 밤새워 가며 20시간을 일해 만든 건지 알 리가 없다.

누가 그렇게 하래?

그러고 보니 이 시각에 도마 소리 들리는 집은 우리 집뿐이다.

결국 난 실력이 없는 거다.

그러고 보니 사장이 일하는 집도 우리 가게뿐이다.

어쩌겠나. 내 스타일인 것을.

식당 주인들의 꿈은 모두 같다. 칭찬받는 음식 오래 해서 소박하게 먹고사는 것.

하지만 현실은 아득하다. 식당의 평균 수명은 5년으로 짧아졌고, 같은 장소 보장받지 못하고, 유행은 민감해졌다. 한 가게가 된다 싶을 때 그 불이 꺼지기 전에 다른 아이템을 찾거나 다른 장소에 분산 투자하지 않으면 이 직업을 계속하기 어렵다. 그러니 대박 식당, 줄 서는 식당이 아니면 바로 몇 년 뒤가 보이지 않는다. 작은 꿈은 지워지고 말 것이니 둥둥 뜨는 큰 꿈을 수소 풍선처럼 부풀려 놓고, 슬슬 바람이 빠지며 쭈글쭈글해져 바닥을 굴러도 아직 풍선 모양 맞다며 자위하고 사는 수밖에.

시작은 항상 어렵고, 유지도 어렵고 투자비 회수도 힘들고 앞길이 멀지만, 오늘 또 새 길을 간다.

OEM 간장

꼭 전체를 다 봐야만 식당의 정체성이 가늠되는 게 아니다. 주인이 괜한 고집을 부리는 어떤 소재나 서비스 하나 갖고도 알 수 있다. 내가 가장 좋아하는 신사동의 가정식 백반 집은 특이한 반찬을 내기보다는 집에서 먹는 푸짐한 밥상을 내는데, 그 집 주인의 고집은 손으로 발라 구운 김이다. 살짝 탄 부분도 있고 소금이 더 뿌려져 짠 부분도 있고 때로 습한 날은 눅눅한 김을 받기도 하지만, 어릴 적 밥상 떠오르게 하기에는 적격이다. 그 김, 그 고집에서 그 집의 정체성을 느끼게 되는 것이다.

우동을 시작할 때부터 꼭 쓰고 싶었던 일본 간장이 있다. 백간장

(시로쇼유白醬油)인데, 고이구치(진간장)나 우스구치(국간장) 보다 맑아 시원하며 담백한 맛을 낸다. 여느 간장과 달리 콩 대신에 보리와 밀로 만들기 때문이다.

우동 국물은 표고, 다시마, 생선포 등을 우린 '다시'와 간을 하는 '가에시(맛간장)'를 더해 완성된다. 국물을 아무리 잘 내도 가에시가 맛이 없으면 노력이 소용없다. 더구나 우리 우동은 간토식이라서 국물이 진하기 때문에, 맛간장마저 진하고 탁하면 매력이 떨어진다. 당연히 우리 가게는 일본 수입 간장에 일본 미린(味醂), 일본 사케로 국물을 만들어 정체성이 일본에 있는 우동임을 증거한다.

더 잘해 보고 싶은 마음에 백간장을 써 보고 싶지만, 수입이 좀처럼 안 된다. 처음에는 우편으로라도 몇 병씩 받아 써 봤는데, 계속 그러긴 힘들어서 대신 비싼 사케를 넣고 맛을 만들어 썼었다.

그러던 중, 몇 년 전 일이다.

우리 집에서 쓰는 '야마사(ヤマサ)' 간장은 일본의 최대 메이저 간장 회사다. 일반 소비자 사이에는 '깃코만(キッコーマン)'이 잘 알려져 있지만 업소에서는 야마사 간장을 더 많이 쓰고 품질도 좋다.

수입사를 통해 야마사의 본사 직원이 우리 가게를 견학 오겠다고 해서 만나 보았다. 일단 자기들 간장 많이 써 줘 고맙다는 거고, 본사에서 뭐 지원 바라는 것 없냐길래,

"비싼 주세까지 물어 가면서 가에시를 만드는데, 혹시 백간장을 수출해 줄 순 없나요?"

단 한 개 점포가 한 달에 열 통도 안 쓰는 품목 하나 신규 수출은 쉽지 않다. 직원은 본사에 알아보겠다고 하고 돌아갔다.

한 달 뒤, 본사에서는 승락했는데 이쪽 수입사가 통관비, 물류비 이유로 난색을 표한다는 회신이 왔다. 그래서 수입사를 만나 설득해

보았다. 아무래도 물량이 문제라고 해서, 욕심에 1년 내 새 점포라도 내서 수입 물량을 두 배로 늘려 주겠다고 말해 버렸다.

나와서 생각하니, 그깟 간장 하나 받겠다고 억지로 새 점포를 늘려? 미친 거 아냐?

결국 두 달 뒤 수입 절차를 거칠 수 있었는데, 이번엔 세관에서 통관이 안 된다고 연락이 왔다. 우리나라 식품 관계법상 간장은 콩으로 만들어야 하는데, 콩이 안 들어가서 통관 불가란다.

세상에… 밀, 보리로 만드는 간장이라서 일부러 수입하는 건데 콩이 안 들어가서 안 된다니!

여러 경로로 애써 봤지만 한 달을 씨름해도 불가란다. 결국 통관 대기하던 여섯 달 치 백간장은 하수구로 부산 앞바다로.

써 보고 싶은 좋은 간장 내 돈 들여 쓰겠다는데 그것도 마음대로 안 되어 의지가 꺾이니 속상했지만, 아무튼 야마사 간장 쪽엔 인사 메일을 보냈다. 해 준 노력만으로도 감사하고, 본의 아니게 서로 손해를 입게 돼 유감이라고.

며칠 뒤 답신이 왔다.

"서로 잘해 보려고 애썼는데 통관이 안 됐다고 이제까지 아무 일도 없었던 것처럼 돌아가는 건 있을 수 없습니다. 백간장이 통관 안 되면, 와라쿠의 레시피 그대로 백간장을 넣어 만든 가에시를 만들어 보내 드리면 되지 않겠습니까? 비용이 문제이기는 한데, 주세와 술 통관료 다 들어간 일본 사케로 한국에서 가에시 만드는 것을 생각하면 일본에서 사케 넣어 만든 가에시에는 그런 비용이 안 드니까 어느 정도 상쇄가 되지 않겠습니까? 단, 와라쿠의 가에시 레시피는 계약으로 비밀을 보장하고, 같은 상품을 혹시라도 다른 곳에 팔게 되면 로열티 협의를 별도로 하겠습니다."

정말 놀랐다. 세계에서 제일 큰 간장 회사가 한국에 있는 일개 우동집의 레시피를 인정하고, 서초구의 단 하나 점포를 위해 별도의 맛 간장을 만들어 보내 주겠다니!

그 후 야마사가 수급 가능한 백간장, 미린, 사케 등의 샘플을 서울로 보내고, 우리 우동에 맞춘 가에시 레시피가 만들어지고, 그 레시피로 야마사에서 시제품이 만들어졌다. 시제품을 한국과 도쿄의 내 스승들께 보내 승인을 받고 몇 번의 조정을 더 거쳐 최종 시제품이 만들어졌다. 야마사의 국제담당계와 도쿄에서 달려온 스승과 내가 만나 우리 다시랑 배합을 맞춰 최종 승인을 하게 되었다.

스승도 감탄한 레시피였다. 담당자는 이 가에시는 일본에서도 쓰기 어려운 초고급 레시피라며, 이 가격을 감당할 수 있겠냐고 걱정해 줬다. 걱정은 안 고맙고, 싸게나 해 주지….

내가 나에게 묻는다.

'왜 일본 현지 가게에서 쓰는 간장 보다 비싼 간장을 써야 할까?'

아무리 일본을 흉내 내 본들 모든 걸 따라 할 수는 없다. 주요 자재를 다 갖다 써도 밀가루, 신선 야채, 그리고 특히 사람이 문제다. 어차피 지향점은 일본의 최고의 우동이다. 못 따라 하는 게 있다면 더 잘할 수 있는 부분이라도 해야 90점이라도 따라가는 것 아닐까? 영어가 달리면 수학 점수라도 더 잘 받아야 좀 따라가지 않을까, 이런 얘기다.

이렇게 해서 가에시 수입이 결정되었고, 큰소리 친 대로 무리한 일정에도 점포 하나를 늘려 공급자 측의 최소 생산량을 맞출 수 있게 되었다. 이 무리한 실행은 결국 스타필드점의 좋은 매상으로 보답받았다. 두 가게에서 한 달 50통을 사용하게 되어 서로의 이익에 부합하게 돼서 다행이고(코로나 전 얘기다), 내가 그토록 갖고 싶던 '우리 간장'을 넣은 우동을 내놓을 수 있게 된 데 감사한다.

혹 우리 우동을 먹어 보고 "뭐 뻔한 맛있데 간장 하나로 생색은…" 하는 분이 있을지도 모르겠다. 하지만 과도한 조미료나 첨가물 없이 자연 재료로 고개가 끄덕여지는 맛을 내기란 정말 어렵다. 그게 쉽다면 뭐 하러 현해탄에다 대고 돈지랄을 하겠는가?

우리나라 샘표간장이라면, 호치민에서 베트남 사람이 운영하는 한국 식당 하나를 위해 OEM 간장을 만들어 수출해 줄까?

오로지 와라쿠를 위해 제조해 수출해 주던 그 간장 최근 내용물에 일본 사케와 미린이 다량 들어간 탓에 잔류 알코올이 많아 주류로 분류되며 주세를 내야하는 행정심판을 받아야해서 더 이상 수입이 불가능하게 됐다(간장을 술처럼 마실 사람이 있을까?). 그 대신 일본 간장 회사가 대체품을 마련해 줘 전과 같은 맛의 우동을 만드는 데는 지장이 없게 되었다.

아는 손님

페이스북을 통해 알게된 분들이 우리 가게에 대해 묻고 방문까지 해 주시는 경우가 늘어나고 있다. 가슴 깊이 감사한 일이지만 한편으론 가슴이 철렁 내려앉는다.

왜?

홀딱 벗는 느낌이기도 하고, 준비 안 된 시험지를 받는 기분이기도 하기 때문이다.

항상 애쓰는 건 맞지만, 내가 만든 음식이 아는 사람 입에 들어간다는 건 아무래도 어렵고 조심스런 일이다. 내가 손수 다 만드는 게 아니라 항상 야단치는 직원이 만들고, 가게가 몇 군데로 나뉘면서는 매번 자리를 지키고 있지 못해 죄송하다.

프로로서 음식을 잘하려면 두 가지 감정을 잘 다스려야 한다고 생각한다.

조리를 시작할 땐 '이 음식은 내가 만드는 게 최고야!' 하는 감정이 없으면 안 된다. 조리 중에는 '짤까 싱거울까, 다 익었을까 덜됐을까, 클까 작을까' 이런 갈등을 그 잠깐의 시간 동안 수십 번도 더 하면서 내는 음식이 결과적으로 완성도가 높다.

조리는 의외로 강도 높은 정신노동이다. 이런 정신노동 없이 기계적으로 만든 음식은 사료고 짬밥이다. 하지만 매번 이렇게 만드는 사람의 가슴은 그야말로 한 시간 주무른 쮸쮸바다. 하루 300본의 야키도리를 정신없이 구우며, 하나 구울 때마다 짤까 싱거울까, 익었을까 덜 익었을까 노심초사하며 녹초가 되지만, 그렇게 해도 300본 중에서 내 마음에도 들게 나간 건 10~20본에 불과하다. 이게 루틴이 되면 100개쯤까지 올라갈 수는 있겠지.

직원이 구웠을 때, "너 오늘 구운 것 중에 몇 개 맘에 들었어?" 하고 물어본다.

"잘못 나간 거 없어여~"

이런 대답을 들으면 가슴이 꽉 막힌다. 가게 딱 문 닫고 싶은 거다.

"자신의 맛의 기준에 믿음을 가지고, 자신의 조리 과정을 끝없이 의심하라."

항상 스스로에게 말하고 직원에게도 가르치지만, 대부분 거꾸로 한다. 맛에는 확신이 없고, 조리는 기계적으로 해 버리고 마는 것이다. 그러고는 "레시피대로 했는데 왜 그러세요~"

맛이란 설득이다. 자기 신념을 믿고, 이것을 어떻게 말해야 이해시킬까 고민하며 접근해야지, 스스로도 신념이 없으면서 뻔하게 써 온 방식으로 내 뜻을 밀어붙여서 상대가 설득당할 리 없다. 어쩌면 모든 창조의 직업에 종사하는 사람들의 마음가짐이 다 그럴 것이다. 어느 시인이 시집을 내고선 다음 날 출판사에 "혹시 그 시집, 안 팔면 안 되겠소?"라고 물었다던 일화가 이제야 이해가 간다.

그래서 아는 분의 예약은 매번 가슴 졸이는 일이다. 그래서 하느님도 인간을 창조하고는 다시 거둬들이고 싶을 때가 한두 번이 아니었다는 걸까? 창조자의 숙명이다.

돈 되는 가루는?

일본에서 장사꾼들 사이에 전해 내려오는 말 중에 "코나쇼바이와 모우카루(白粉商賣は儲かる)"라는 말이 있다. "흰 가루 장사는 돈이 된다"라는 뜻이다.

우리나라도 마찬가지로 '흰 가루'가 장사가 되던 시절이 있었다.

흰 가루에는 세 가지가 있다.

하나는 약 장사다. 마약도 포함된다. 옛날엔 시장에서 약 장사 판만 깔면 큰돈을 벌었다고 한다. 한창때 시장통이나 역전앞 약국은 큰 돈벌이였다. 의사들도 약을 직접 파는 게 돈이 되었다. 요즘은 진료만 하고 하얀 가루를 못 파니 곡소리 나는 거다.

또 하나는 분가루, 즉 화장품이다. 곱돌을 곱게 간 하얀 가루에 색깔만 좀 넣으면 못살던 시절 아무리 비싸도 예뻐지고 싶은 아낙네나 여심을 훔치고 싶은 신사들은 돈을 아끼지 않았다. 6·25 후에 미군 부대를 통해 들어온 화장품들이 수준을 올려놓고, 이어서 면세품과 밀수품이 대박이 나더니, 이제는 국산 화장품이 중국에서 잘나가는 시대가 됐다.

마지막은 밀가루다. 설탕이나 옥수수전분 등도 포함해서다. 밀가루는 싸다. 미국이 원조해 준 밀가루를 가공해 팔던 시대에는 밀가루 장사가 큰돈을 벌었다.

밀가루 값이 올라 짜장면 파는 중국집이 울상이라는 건 사실은 엄살이다. 밀가루 국수는 1인분 200g으로 계산하면 지금 물가로도 원가가 200원밖에 들지 않는다. 오히려 가공하는 인건비와 부재료비가 훨씬 많이 들기 때문에, 밀가루 값 때문에 죽네 사네 하는 소리는 쇼라는 얘기다.

밀가루 다루는 빵집, 설탕 가루 다루는 디저트 델리도 돈 버는 기세가 옛날만 못하다. 인건비 문제도 있고, 쉽게 유행을 탄다는 사정도 있다.

내가 하는 우동을 보면, 밀가루를 손수 가공하는 수타 우동을 제대로 하려면 제면 인건비만 1인분에 1,500원 이상 든다. 공장 가공면을 쓰면 생면을 써도 완제품 1인분에 원가 500원이면 되는데, 수타로 하면 세 배가 훌쩍 넘는 돈이 드는 것이다.

다싯물 제대로 내는 데도 500원 넘게 든다. 일본 간장을 달여 맛간장을 만들면 간장 값만 500원 이상 들기 때문이다. 그렇게 아직 아무것도 안 넣은 국물에 우동만 말아도 벌써 원가가 2,500원이 넘는다.

여기에 1천 원짜리 새우 한 마리 올리고, 고명 몇 가지 뿌리고, 단무지에 반찬 하나 더 내면 금방 원가 4천 원이 넘어간다. 국내 외식업은 원가를 30% 이내로 맞춰야 살아남으니, 그 원가면 새우튀김우동 한 그릇에 만 원이 홀랑 넘어가는 것이다. 수타 우동집이 TV에 반짝 뜨는가 싶으면 금세 사라지고, 동네 손칼국수집이 잘되다가 어느 날 없어지고, 본고장 일본의 도쿄 시내에서도 정통 수타 우동집을 보기 어려운 것은 그런 이유다.

쌀은 밀가루보다 비싸지만, 가공비가 거의 들지 않고 불어 터지는 일도 없어서 요즘은 밀가루 장사보다 쌀장사가 오히려 낫다. 밀가루가 돈이 된다고 하던 시절은 가공 인건비가 재료비의 절반에 불과하던 시절의 추억이다.

흰 가루가 돈 된다는 옛말 믿고 모든 걸 걸었는데 돈 될 때까지는 갈 길이 멀다.

제당·제분·화섬의 '삼백(三白)'으로 일어선 삼성도 요즘은 가루나 마찬가지인 반도체로 큰돈을 번다. 가루가 돈이 된다는 건 이제 말 그대로 가루가 아니거나, 소재 산업이 기회가 된다는 얘기일지도 모른다(반도체를 '산업의 쌀'이라잖나).

옛말 틀린 게 없다고 믿는다면, 이 시대의 고나쇼바이, 돈 되는 가루 장사가 무엇일지 궁리해 볼 일이다.

통하였느냐

뒷골목에 떡볶이집이 생겼다. 주방장이 기웃거리다 한번 가 보고 오더니,

"음식이 쓰레기야. 인테리어도 요상하고. 발레 아저씨가 그러는데 주인이 패션 하던 사람이래요. 그러니 음식이 돼?"

"음… 아닐 것 같은데? 패션 하는 사람들 무시하지 마. 엔간하면 선수야."

"자리도 안 좋은데요?"

"손님 끌어올 길을 자기가 닦나 보지."

그 가게는 결국 성업했다. 주방장이 이유를 물었다.

"사람이 사는 데 꼭 필요한 것, 의식주라고 초등학생 때부터 배운다. 근데 하나가 빠졌다, 아니, 현대엔 제일 중요한 거다."

통할 통(通) ─

사람이 살아는 있어도 제일 무서워하는 게 감옥이다. 징역은 의식주 모두 공짜로 제공하고 통만 제한하는 형벌이다.

여고생 딸한테서 핸펀'통'을 뺏으면? 집(주) 나간다. 그만큼 통이 중요하다.

사업이 성공하려면 옷(의)만 잘 만들고 밥(식)만 맛있고 집(주)만 잘 지어서 되는 게 아니다. 의식주통 중에 적어도 두 개는 엮어야 성공한다.

주변을 잘 살펴보자.

세상의 모든 호텔들은 주에 식을 엮어 식음료 연회 매출로 먹고산다. 숙박 매출이 60%가 넘어가면 거의 재미없다.

일본의 료칸은 전통적으로 주에 식을 얹어 단가를 높이고 이 비즈니스 모델로 몇백 년을 이어 왔다.

컨벤션 호텔은 주에 소'통'을 엮은 모델이고, 비즈니스 호텔은 교'통' 요충에 지어진다.

조선의 모텔 역시 주에 내'통', 간'통'을 붙여 판다.

어느 사업이나 마찬가지다. 눈만 돌려 보면 예외가 없다. 옷(의)은 유행이라는 통을 붙이지 않으면 재고로 망하고, 병원도 입원시켜(주) 먹이는(식) 걸 잘해야 남는다. 아파트(주)는 역세권(통)이 아니면 투자 가치가 없고, 안 팔리다가도 '통'화가 늘면 제값 받고 탈출할 수 있다. 요즘 돈 되는 사업은 죄다 '통'에 몰려 있다. '통'신이 연관되지 않으면 사업 자체가 되지 않고 모든 혁신은 거기서부터 시작된다.

다시 처음으로 돌아가서, 그 식당은?

그 식당은 패션 하던 사장이 유행이라는 통을 붙였다. 식당에 마네킹을 놓고 특이한 옷을 입히고 의자에 레이스를 달았다. 그리고 아주 유행에 민감하게 떡볶이에 치즈를 잔뜩 올리고 아보카도를 얹어 인스타 페북에 팍팍 올려 사진발 받게 했다. 통에 꽂은 것이다. 목 좋은 가게라는 통 대신에 핸폰'통', 유행의 통 이렇게 통을 두 개 꽂은 형국이니 이른바 코너자리 목이 된 거였다. 맛(식)도 '통'념에 묻히면 날개 달려 팔려 나간다.

우리 가게는 가로수길 한창 뜰 때 사람들 몰리는 통을 잘 잡아 파워 블로거들의 통 덕에 좋은 시작이 됐다. 그 후 그것만으로는 어려워질 것 같아 교'통'의 요지 강남터미널에서 유행(통)하는 물건만 파는 백화점 몰에 넣어 매출을 유지한다. 물론 식을 무시해 맛을 잃으면 안 되지만, 4요 중 두 개를 잡은 덕에 안 망하고 살아남아 있는 거다.

집(주)에서 먹던 밥(식)이 배달이라는 새로운 통을 만났다. 음'식'에 발(통)을 달아 주지 않으면 입이 오질 않는다. 세 가지가 만난 흐름이다. 이 흐름에 못 올라타면 살아남지 못할 거다.

무섭지만 진리다. 사랑도 '통'해야 내것 아닌가.

식당 블루스

국물은 공짜?

이자카야 할 때, 정성 들여 만든 나베 국물이 아까워 유료 정책을
했다가 엄청난 역풍을 샀다. 손님은 밥을 먹고 나는 욕을 먹는 나날
이 한동안 이어졌다.

국물이 공짜라는 생각은 가장 조선스러운 것이다. 그런 생각이 국
물이 메인 메뉴인 경우가 많은 한식을 조미료 범벅으로 만들었다.

하긴, 반찬도 막 시켜 놓고서 먹지도 않고 그대로 나가면서 반찬
재활용하는 것은 의심하는 나라이니 국물 따위 공짜로 생각하는 건
너무나 당연하지 않은가.

지금 우동집에서는 국물이 추가 무료다. 공짜라고들 생각하는 국물
에 원가를 때려 붓는 주인은 제정신이 아닐 것이다. 그래, 나 미쳤다.

서비스

단골, 아는 손님, 많이 시키는 손님 모두 나에게는 특별한 손님들
이다. 계산을 떠나 뭐라도 더 챙겨 드리고 싶은 마음이 생기는 게 인

지상정인데, 입으로만 감사하는 성격이 못 되어 새우 한 마리라도 더 튀기든 유부초밥 한 덩이라도 더 얹어 드리든 하는데, 이런 '덤'이라는 서비스는 한국에서 일상과도 같은 것이다.

그런데 꼭 명심할 것이 있다

이 한반도에서 그런 서비스를 할 때는 옆 테이블이 알아차리도록 요란하게 해서는 곤란하다. 이른바 조선인 3대 특성 중 '질투심'을 건드려, 잘 먹고 있는 위장에 배 아픔을 선사하기 때문이다.

가게가 손님에게 덤으로 서비스를 드리는 것은 사실은 계속 올 다른 손님에게도 좋은 일이다. 오늘은 못 받지만 다음엔 나도 받을 수 있고, 옆 테이블이 받는다면 손님 전체의 이익의 합은 늘어난다. 하지만 나만 못 받는다며 차별이라고 생각하니까 그게 정의에 반하는 나쁜 짓이 되고 만다.

결과는? 평점 테러다.

먼저 왔다는 정의

매출은 회전수가 말한다. 하루 유동 인구 70만 명이라는 데서 운영하는 식당이다 보니, 하루 기본 5회전은 해야 정상 운영이 가능하다. 4인 테이블 열하나, 3인석 둘, 2인석 셋, 1인석 다섯으로 총 58석을 기본 7회전 하는 데 목숨 걸고, 주말엔 10회전까지 할 때도 있다.

정해진 좌석 수 갖고 어떤 메뉴를 팔았느냐도 중요하지만, 두 분 손님을 어느 자리에 배정하느냐에 따라서도 매출이 50만 원까지 차이 나기도 한다. 처음 오픈 때와, 코로나를 겪으면서 손님 구성이 2인 중심으로 바뀐 탓이다.

기본은 '두 분 손님은 2인석으로'다. 하지만 두 분 손님이라도 대부분은 2인석에 앉기 싫어한다. 두 분이 와서 2인석 마다하고 가게에 하나뿐인 4인석을 차지해 버리면 그 뒤에 오는 3~4인 일행은 대기를 시켜야 한다. 그런데 일행이 많을수록 인내심은 적어서, 그 손님들은 십중팔구 다른 가게로 간다.

그렇다고 먼저 온 커플에게 이타심의 선택을 강요할 수 없다. '먼저 온 정의'가 손상되기 때문이다. 좀 더 많은 사람의 만족을 위해 기꺼이 2인석에 앉아 준다면야 최대 여섯 사람의 만족이 달성되겠지만, 그런 마음이 원래 없었다면 2인석에 앉으시라는 안내를 따라도 불만이고, 기어이 4인석에 앉아도 아까의 불쾌감이 남아 있다. 손님도 주인도 불행한 식당이 되고 마는 것이다.

'먼저 온 순서'라는 작은 정의가 손상됐다고 느끼는 순간이 또 있다. 내가 먼저 시켰는데 옆 테이블이 먼저 나왔다며, 다 나온 음식 놔두고 욱 하고 벌떡 일어나 나가 버리는 손님.

고작 2분 차이가 그렇게 억울했을까? 그렇게 음식을 쓰레기 만들고 나가면 그 억울함이 해소되고 복수가 달성될까?

점심과 저녁 집중 시간 세 시간 동안 5회전, 180인분을 내려면 한 메뉴당 1분이다. 주방의 배식대는 그야말로 전쟁터다. 한 가지만 줄곧 퍼 주면 되는 8천 원 국밥집도 아니고, 코스로 내고 두 시간씩 드시는 15만 원짜리 파인 다이닝도 아닌, 객단가 1만 5천 원의 그냥 B급 구르메 밥집이다. 우리 가게 면은 손님이 손수 조리하는 생면부터, 11분을 온전히 삶은 후 얼음물에 헹궈 식혀서 내는 '달인면'까지 세 가지라서, 주문한 순서대로 음식을 준비하기가 불가능하다. 주문받는 메뉴의 절반은 주문과 동시에 조리하는 덴푸라가 곁들인 세트다. 그런데 모든 손님은 일행과 동시에 식사를 시작하기 원하니, 제

각기 주문한 것 중 가장 오래 걸리는 음식을 내는 데 걸리는 시간이 크리티컬 패스가 된다. '주문한 순서'라는 정의를 실현해 드리려면, 먼저 주문받은 음식이 15분 걸리는 달인우동 세트라면 옆 테이블 손님이 시킨 30초짜리 규동이나 1분이면 준비되는 스키야키 라인은 그동안 손 놓고 기다리고 있어야 한다. 주방의 모든 라인은 멈추고, 그다음 나가야 하는 메뉴들은 연속으로 밀려 가게는 엉망진창 아우성판이 되고 만다. '순서의 정의'는 결국 가장 많은 이에게 가장 효율적으로 배식할 기회를 앗아야만 획득할 수 있는 이기적 정의가 된다.

그까이꺼

"그게 얼마나 된다고."

"고까짓것 팔아 떼돈 벌 것도 아니고…."

"그짓 하느니 안 하고 말지."

뭔가를 만들거나 파는 현장에서 자주 듣는 얘기다.

우리나라 사람이나 일본 사람이나, 부지런하고 열심히 일하기로는 서로 뒤지지 않는다. 일본 사람에겐 규칙이 중요하고 우리나라 사람에겐 동기가 중요하다는 차이 정도?

그런데, '그까짓 것'에 대한 인식에는 큰 차이가 있다.

일단 일본 사람들 앞에서 "그것 팔아서…" 같은 얘기를 했다간 주위에서 불성실로 눈총 받기 십상이다. 최소한 일본 사람에겐 돈 버는 데 귀찮음이란 말이 안 된다. 사회가 고도화되고, 신분의 사다리는 치워지고, 갑자기 떼돈 벌기란 원래 어렵고, 사업에서 마진 자체가 줄어들어 작은 것도 무시할 수 없는 분위기가 됐기 때문일 것이다. 즉, "그것 팔아 뭐 해!"가 아니라 "그거라도 팔아야지" 이런 식이다.

일본이 내수가 건강하고 제조업 기반이 탄탄하고 부품 산업이 발달한 바탕에도 이런 인식이 있다.

일본에서 설계비 5천만 원짜리 단독주택 설계를 의뢰받은 적이 있다. 내가 일본 건축사가 아니다 보니 일본 건축사의 도움을 받을 수밖에 없어서 아는 건축가에게 타진해 보았다. 먹을 것 없는 작은 프로젝트인데, 한 분은 실시설계만 도와주고 한 분은 감리만 도와주실 수 있겠느냐고.

당연히 오케이! 받은 만큼만 일하면 되지 뭐가 문제?

조선 같으면?

"뭐 ×만 한 거 갖고 와서 개생색 내면서 같이 하자고? 안 하고 만다. 너나 먹어."

나의 우동 스승 히로타 상이 항상 하는 얘기가 있다. 좀 부지런만 하면 잘할 수 있는 간단한 주먹밥이나 덮밥을 아침에 가게앞에 내놓고 테이크아웃으로 팔려는 노력을 왜 안 하냐고.

물론 작은 돈이나마 되는 일은 나도 좋다. 그럼에도 '그거 팔아서…'라는 생각이 내 맘속에 먼저 있고, 직원 설득하고 움직여서 이런 아이디어를 실행에 옮기고 지속시킬 자신이 없다. 그거 몇 개나 판다고, 얼마나 남는다고 직원한테 아침부터 가욋일을 시켜? 스쿠루지 영감 같으니라고….

작은 것 같아도 당연히 해야 할 것을 한 다음 추가로 좀 더 하는, '귀찮은 그 한 가지'가 부가가치의 시작점이자 종점일 수 있다. 더 스스로 다그칠 일이다.

손님이 짜다면 짠 거다

식당을 가맹이나 위탁을 줘서 운영해 보면 항상 문제 되는 게 맛의 유지다. 물론 본점도 같은 문제를 안고 있다. 시작은 맛 문제고, 결과는 매출에 여지없이 나타난다.

그래서 직원 교육할 때 항상 묻는다.

"하루 300명 손님 중에 두 명이 '이 식당 너무 짜요' 하고 불평하고 돌아갔다. 어떻게 할까?"

"물 타 드려야죠."

"그럼, 나머지 298명에게는 물어봤냐?"

"…"

아마도 손님 중 280명은 불만 없이 잘 먹고 갔을 테고, 그중 50명쯤은 맛있다고 생각해서 다시 올 것이다. 나머지 20명은 좀 짜다 생각하고도 굳이 말을 안 했지만 아마 다시 오지 않을 것이고, 그중 2명이 불만을 얘기했을 것이다.

하루 2명 클레임 막기 위해 매번 물 10% 더 탄다고 하자. 그럼 원가도 줄고 스트레스 없이 일할 수 있다. 이 가게는 계속 갈 수 있을까?

아니다. 말한 2명 포함해 최대 20명의 클레임은 막았지만, 280명은 맛없게 먹고, 다시 오는 손님은 점점 줄어들 것이다.

음식점에서 파는 건 삼성전자 휴대폰과 다르다. 똑같은 음식이라도 어떤 손님은 맞다 하고 어떤 손님은 안 맞는, 그렇게 항상 갈리는 상품이 음식이다. 바로 여기서 주인 없이 이른바 '오토'로 돌리는 식당, 그리고 본사의 맛에 가치관과 믿음을 공유하지 않는 가맹점들의 문제가 생긴다. 큰소리 내는 하루 2명을 감당하기 싫은 것이다.

짜다고 클레임 넣는 손님에게는 물을 타 드릴 게 아니라, 간 안 한 다시(육수)를 따로 드리거나, 이미 다 드셨으면 "죄송합니다, 다음엔 미리 말씀 주시면 맛있는 따로육수 드릴게요” 하고 응대하는 게 정답이다. 그러지 않으면 언젠간 모두가 물 탄 음식을 먹게 된다.

“손님이 짜다면 짜다”라는 슬로건을 건 식당을 봤다. 이것을 “손님은 무조건 옳다”라고 해석하면 곤란하다. 그 손님에 맞게 해 드리려고 노력하면 되지, 그 말 한마디로 직원 마음대로 가게의 근본인 육수 가마를 건드리면 맛은 점점 없어지고 가게는 쇠퇴한다.

불친절한 식당 되는 비법

식당 하면서 손님들한테 불친절하다는 얘기를 듣는 지름길 중 하나는, 손님에게 꼭! 필요한 말만 하는 것이다.

이미 들어온 손님에게 “어서 오세요”, 착석한 손님에게 “주문 어떻게……?”라는 말은 사실 필요 없다. 음식 내고 “맛있게 드세요”, “반찬 안 부족하신가요?”도 안 해도 되는 말이다.

사실 거의 한 마디도 안 해도 된다. 손님이 필요한 말은 알아서 할 테니 응대만 하면 그만이다. 그러면 이 집은 삽시간에 대단히 불친절한 집으로 소문 날 것이다. 쉽지?

그래서 홀 서빙에게 맨 처음 가르치는 매너는 “말할 때는 눈을 마주칠 것, 웃을 것, 그릇을 정면으로 내려놓을 것”, 그리고 꼭 하나 덧붙이기를 “쓸데없는 말을 만들어 말을 걸 것”이다.

하지만 그게 말처럼 쉽지 않다. 정해진 몇 시간에 여러 바퀴 도는 밥집에서 몸도 바쁜데 이럴 겨를이 없다.

사실 집에서도 마찬가지 아닌가. 멋대가리 없는 남편이나 아빠가 되는 지름길은 꼭 필요한 말만 하는 것이다. “어서 와라, 늦었구나”, “요즘 무슨 음악 듣니?” 모두 쓸데없는 말이다. “지금 어디야?” “이

거 왜 짜?" "양말 어딨어?" 이런 꼭 필요한 말만 하고 산다면 예순 되기 전에 CJ곰탕, 오뚜기햇반을 룸메 삼아 가택연금되는 신세가 될 거라 자신한다.

사교적 대화술이란 불필요한 말을 어떻게 어색하지 않게 꺼내서 상대에게서 꼭 필요한 말을 유도하는 기술일지 모른다.

사장의 정위치

사장인 내가 가게에서 서서 일해야 하는 시간에, 맛을 내는 주방에서 일할까, 돈 받는 카운터에서 일할까?

답은— 손님들 다 드신 그릇을 주방 세척 라인에 정리해 넣고 짬 치우는 일을 한다.

왜? 고생하는 주방 직원에게 월급 주는 건 아깝지 않지만, 이런 일 시키고 시급 1만원이상을 주기가 너무 아까워서다.

사장이라고 해서 주방 일 2인분을 해낼 순 없지만, 시원찮은 시급 알바 일 2인분쯤은 거뜬히 할 수 있다. 주방 일을 대신하면 280만 원을 아끼고, 알바 일을 대신하면 480만 원을 아낀다. 이게 최저임금의 현실이다. 주인의 노동력보다 생산성 대비 알바 시급이 비싸다는.

진료하는 의사보다 간호사에게 생산성 대비 더 높은 시급을 줘야 한다면, 페이 닥터(월급 의사) 데리고 있는 원장들이 메스를 잡을까 거즈를 잡을까?

돈을 떠나서, 고급 인력은 더 중요한 일을 해야 한다고? 그렇게 해서는 살아남을 수 없는 세상이다.

식당 엘레지

식당, 알면 못 한다

10년 전 어느 간담회에서 이야기를 풀기 시작하려고 꺼낸 '외식업의 어려움' 얘기다. 복기해 보려니 그때보다 더하면 더했지 조금도 나아진 게 없다. 기억을 더듬어 첨삭하며 옮겨 본다.

외식업이 어렵다 어렵다고들 하지요. 보기를 들어 보겠습니다. 여기 스무 분이 모이셨는데, 여러분 한 끼 만족시키고 받을 수 있는 밥값이 일인당 7천 원이라고 하면 14만 원 매출이 됩니다. 세금 제하고 30%를 식자재비로 쓸 수 있다면 재료비 4만 원이네요. 이걸로 장 봐서 여러분 스무 분을 만족시켜 드리기가 쉬울까요?

업자가 사는 식자재는 훨씬 싸다고 알고 계시나요? 한국 식자재 비투비(B2B)는 마트 중심으로 바뀌어서, 업자라고 해도 마트 가격에 비해 고작 5~10% 싸고, 공산품은 대량이라서 조금 싼 정도입니다.

인건비도 30% 넘으면 손해 나니까 4만 원 안에서 해결해야 하는데, 시급이 1만 원이니까 음식 하나도 못 하는 알바 두 명 데리고 두 시간 안에 맛있게 다 만들고 서빙하고 다 치워야 합니다. 물론 일 시키는 제 인건비는 하나도 없고요. 7천 원짜리 한 끼 식사가 이렇게 어려운 겁니다.

7천 원 말고 두 배를 받으려면 식사가 아니라 요리가 돼야 하는데, 스무 분한테 28만 원 받고 그 가치를 인정받을 수 있는 식재료를 8만 원에 다 구입해야 합니다. 웬만한 고기 생선 야채, kg당 3만 원은 들지요? 고작 생수 한 병 반 무게 3kg를 사다가 요리 선수 두 명에 홀 직원 하나 두 시간 일 시켜서 인건비 8만 원에 막고, 이걸로 스무 분이 기대하는 돈값 하기가 쉬울까요? 어느 날 사모님들한테 "이따 집에 손님 스무 명 오는데, 밥만 먹고 갈 거야. 그래도 요리 수준은 돼야 하니까 8만 원 내로 장 봐~" 하고 카드 쥐어 드리면 어떤 일이 일어날까요?

이런 계산 해 보면, 외식업은 모르니까 시작하는 거지 알면 못 하는 겁니다. 그래서 인건비 안 나가는 일인 창업이 요즘 대세인 거죠. 남 줄 인건비 내가 갖고, 무서운 4대 보험 안 들고, 팔다 남은 식자재는 집에서 먹으면 되고.

그렇다. 식당, 알면 못 한다.

유니폼이 대접 못 받는 나라

장면 1.

정신없이 홀 서빙을 하다 보면 나도 모르게 마스크가 흘러내려 코 끝에 걸치기도 한다. 저~편에서 일행과 크게 웃고 떠들다 나와 눈이 마주친 여사님, 정색을 하고 눈꼬리를 치켜뜨고 삿대질한다.

"이봐요, 마스크 똑바로 쓰세요."

네, 아무렴요. 음식 들며 즐겁게 떠드는 양반의 침은 무균이고 소독약이고, 장사하는 상(商)것의 거친 숨은 오염원이고 바이러스지요.

장면 2.

대한민국에서 임대료가 가장 비싼 건물 지하에서 식당을 한다. 고층엔 SSG, 아시아나항공, 넷플릭스, 금호그룹 등 쟁쟁한 회사들이 입주해 있다. 그 회사들 임원이나 지하 식당 주인이나 이 빌딩에 임차인으로 들어온 입주자로서 지위는 똑같다. 심지어 평당 임대료는 지하 식당들이 더 높기도 하다.

내가 사장인 줄 뻔히 아는 청소 여사님이, 끌고 가던 대걸레를 번쩍 들고는

"아이 참, 저짝으로 돌아가랑께."

26층 태평양로펌의 수트 입은 변호사 양반한테도 저럴까?

장면 3.

지하 주차장에 세운 차에서 물건을 꺼내고 돌아오는 길이다. 뒤에 출차하는 차가 내 뒤에 붙는다. 가차없이 "빠앙!"

백 프로다. 무언의 "비켜 쉐꺄"다.

왜? 주방복 입고 있었거든. 일하는 상것이 양반님들 앞길을 막아서다니.

만약 수트 입었더라면?

"뽕" 하고 말거나 기다려 줬겠지.

일하는 유니폼 입고 대한민국에서 다녀 봐라. 인권? 평등? 제복과 유니폼이 무시당하는 나라, 이게 사농공상의 똥내를 털어내지 못한

후조선의 민낯이다. 민족성은 피가 만든 게 아니다.

진상 민원

상중에 백화점에서 부재중 전화가 여러 통 들어와 있었다. 뭔가 사고가 터졌구나 하고 리턴콜 했더니, 우리 가게에서 판 도시락에서 이물질이 발견됐다고 민원이 들어왔다는 것이다. 음식에 시퍼런 애벌레가 들어 있는 걸 하마터면 먹을 뻔했는데, 민원인은 그걸로 쇼크를 받아서 병원에 입원해야 한다는 것이었다. 임신 초기라서 놀라서 유산되면 책임져야 하고, 일단 병원부터 가겠으니 놀란 손해 보상하라고 백화점 고객 센터에서 난리를 쳤단다.

이런 경우 보통은 자동차 사고처럼 보험 처리한다. 정중히 사과하고, 모든 보상 다 해 드리겠다고 하고, 보상을 위해 진단서, 영수증 등 증빙 서류를 다 첨부해 주시면 보험사에서 드린다고 전한다. 그러면 대부분은 증빙이 불가능하거나 귀찮아 포기한다. 다만, 보상 요구액이 20만 원 이내이면 점포에서 상품권 등으로 처리한다.

하지만 요즘 소비자들은 음식에서 이물질이라도 나오면 '이 기회에 집 사나 보다' 한다. '나한테 왜 이런 횡재가!' 하며 조상님 은덕에 감사한다.

다시 사건으로 돌아가서 —

흥분한 민원인은 이물질 든 도시락을 백화점 고객 센터로 들고 와 직원 코앞에 들이대며 삿대질을 해 댔다고 한다. 직원이 보고 벌레인지 아닌지 불분명하다고 했더니 펄펄 뛰면서 임신부 피해자 코스프레를 하고 대기업 백화점의 역갑질 운운하며, 정신적 피해 배상에 징벌적 배상까지 들먹였다고 한다. 식품안전청 고발은 물론 국과수에 어떤 벌레인지 조사 보낸다고 겁줬다니, 전해 듣는 것만으로도 프로페셔널 블랙 컨슈머의 면모가 물씬한 게 아마 인터넷에서 보고 단단히 무장하고 온 듯했다.

할 수 없이 조사 기관에 이물질 성분 분석 의뢰를 보냈다. 검사비는 23만 원(부가세 별도).

나는 이물질로 감옥에 갈 것인가? 백화점 이미지 손해 책임지고 가게 망하고 한강으로 갈 것인가?

검사 결과 — 두두둥!

"검사 대상물은 식물성입니다."

고기에 마리네이드하기 위해 넣은 로즈마리 잎이었다.

국민들이 단단히 병들었다. 피해망상증이라는 불치병.

보건증과 외식 종사자 인권

외식업을 하며 여러 상처 받을 일이 있는데, 그중에서도 인권 침해적이고 모멸적인 것이 식품위생법 상의 '보건증(건강진단서)' 발급이다.

보건증은 보건소에서 받으며, 전 인원이 해마다 갱신해 받아야 한다. 이게 없으면 직원도 알바도 외식업 취업이 안 되고 가게는 영업 정지된다.

국민 보건을 위해 종사자들이 병을 옮기는 숙주가 돼서는 안 되니 예방 차원에서 실시하는 것은 원론적으로 옳지만, 문제는 검사 내용이다.

결핵이나 피부병 같은 항목엔 이의가 없다. 피검자들을 힘들게 하는 건 항문에서 검취하는 검사다. PCR 검사에서 코 찌르는 것 같은 길다란 면봉을 받아 화장실에 가서 자신의 항문을 찔러 검체를 묻혀 오는 것인데, 평소 긴 물건으로 거기를 찌르는 일이 익숙하지 않은 터라 여간 불편 불쾌한 것이 아니다. 해괴한 자세로 그짓을 하고 있 노라면 내가 사람인지 동물인지 모르게 되는, 인권의 밑바닥에 서 있 는 현타를 맞게 된다. '전염병을 예방할 수만 있다면…' 하며 당국의 방침에 따르지만, 수많은 사람들에게 그런 수치심까지 안겨 가며 할 검사인가 하는 생각도 없지 않다.

항문 검체 검사는 세균성 이질과 장티푸스를 방지하기 위한 것이 라고 한다. 그런데 세균성 이질은 일시적인 것이어서 1년에 한 번 하 는 검사가 의미 없다(역시 일시적인 성병의 경우 '특정 업종' 종사자에 한해 검사 수를 늘려서 하고 있다). 결국 오로지 장티푸스 때문에 외식업 종사자들 은 일 년에 한 번씩 그곳에 면봉을 박아야 한다는 말인데 —
식당에서 일하는 사람들이 대소변 보고 손에 똥오줌 묻힌 채 그냥 나와서 음식에 손 담근다는 의심에 기반한 강제라고 생각하면 정말 불쾌해진다.
염병이라고도 하는 장티푸스는 무증상 감염자가 대변을 통해 옮 기는 병이다. 우리나라는 1년에 200명 안팎 감염자가 발생하는데 대 부분 국내가 아니라 재래식 화장실에서 화장지 대신 손과 물로 뒤처 리를 하는 나라들을 여행하고 온 사람들을 통해, 그리고 국내에서 는 인분이 흘러들어 간 해변의 조개류 등을 생식해서 발병하니 식당 과 무관하다. 식당 종사자가 숙주가 될 수 있다면 가정에서 살림하는 사람들도 숙주가 될 수 있어야 하는데, 가정 내 감염 사례가 거의 없 는 걸로 봐도 이런 검사는 무의미하다고 생각한다. 이런 정책을 만든 사람들 자신은 구청보건소의 화장실에 쪼그리고 앉아 면봉으로 거길 쑤셔 보고 정한 것일까?

코로나로 감염에 대한 관심이 높아졌고, 그로 인해 자유와 인권을 제약하는 수많은 조치들에 무감각해졌다. 해외여행이 끊긴 2020년과 2021년의 '이놈의 염병' 발생 통계를 보면 식당이 숙주인지 아닌지 알게 될 것이다. 전세계 유래없는 이런 반인권적 제도는 하루빨리 개선됐으면 한다.

식당 말아먹는 비법

식당하기 전 20년 동안 건축 설계 인테리어 했고, 일찍 독립한 덕에 수많은 창업과 폐업을 옆에서 지켜봤고, 나 스스로도 대략 스무 번의 창업과 열두 번의 폐업을 경험했다. 이제 어떤 식당을 보면 흥할 식당인지 망할 식당인지는 좀 볼 수 있는 눈이 생겼다.

식당은 자본 사업도 아니고 실적이나 연줄도 중요하지 않다. 누가 오래 준비하고 몸을 갈아 넣느냐에다가 운을 좀 보태서 죽기도 하고 살기도 하는 그런 장사일 뿐이다.

식당 망하는 여섯 가지 비법을 소개한다. 거듭 말하는데, 식당에 한한 얘기다.

첫째, 개업 일주일쯤 앞두고 "이제 우리 바빠지면 못 다니니까 바람이나 쐬고 오자" 하고 없어지는 주인.

가족이나 애인을 위하는 애틋함은 이해하나, 식당은 6개월 안에 쇼부 난다. 성공이다 싶으면 그때 놀러 가면 되지, 미리 그것부터 챙기는 마음으로 성공한 꼴 못 봤다. 전투 나가면서 군가 불러야지, 〈고향의 봄〉 불러서 총질을 어찌 하나?

둘째, 개업하면 필요할 거라며 새 차 사는 주인. 사실 식당에 차는 별로 필요 없고, 있어 봐야 사업에 쓴다고 굴리면 금방 짐차 된다. 개업 자금도 모자란데 차에 박아 놓을 돈 있으면 재료비에 20%만 더 써 봐라. 그러면 대박 가능성 더 높아지고, 차는 그때 가서 좋은 차 사려면 사면 된다. 애인? 아무리 좋은 차로 꼬셔도 식당 주인이라고 하면 "오~" 하며 공짜로 얻어먹을 생각들만 하지, '그 이상'은 어림없다.

셋째, 마나님 고이 모셔 놓고 혼자 자학하며 피똥 싸는 주인, 그런 마누라가 개업 때 한번 친구들 몰고 와서 "와~" 하고 간 후로는 코빼기도 안 보이는 경우다. 식당은 그런 과시성 장사가 아니다. 가족부터 몸으로 안 도와주면 벌써 절반은 실패다. 가정 보호? 사랑이 먼저라고? 망해 봐라, 친정 들어가면 다행이고 여간해선 긴긴 밤 홀로 지새다 바람 나기 딱이다.

넷째, 인테리어 착공할 때까지 메뉴도 아직 못 정하고 공사 내내 업자와 삿대질하는 경우. 결국 인테리어 후져서 망했네 소리나 하면서, 전 재산 털고 멱살잡이 하며 꾸민 인테리어를 생돈 들여 도로 뜯게 되는 '원복의 저주'다. 대체 음식을 팔려는 건지 소품을 팔려는 건지 유료 화장실을 팔려는 건지, 내 방을 꾸미는 건지 무덤을 장식하는 건지.

다섯째, 시작 전이나 후나 주변 식당에서 뭘 얼마에 파는지도 모르고 나만 잘하면 된다고 생각하는 고지식한 주인이다. 사실은 내가 이런 경향인데, 이과나 전문직 출신들이 이런 경우가 많다. 내가 실패한 경우는 대부분 이게 패인이었다. 고객은 여럿 중에서 고른다. 나는 그 여럿 가운데 하나일 뿐이다. 어떻게든 주변과 차별화된 식당이 살아남기 쉽지, 내 철학만 갖고 버티다간 나도 모르는 새 내 식당이 제일 후지게 돼 버린다.

마지막 여섯째, 옆에서 좋은 소리만 하는 놈들 많으면 망한다. 자기도 창업한다며, 벤치마킹한다며 우리 가게에 계속 친구들 데려와 깔깔대며 공짜밥 먹는 예비 창업자들. 내가 밥 내고 술 내며 물어보는데 다들 잘 될 거라 얘기하지 망한다 하겠나? 독한 소리 하는 사람 곁에 두고 자주 보고, 그를 설득할 만큼 준비해야 한다. 내가 그런 독한 소리 할 수 있는 사람인데, 식당 창업하면서 내게 물어보고 준비하는 사람 없더라. 왜? 하지 말라고 할 것 같으니까.

식자재 이야기

닭고기

처음 한 식당이 야키도리 이자카야라서 닭 얘기를 언젠가 쓰고 싶었다.

일본에서 야키도리를 배우고, 배운 그대로 서울에서 구현할 가게를 계획하며 제일 먼저 벽에 부딪힌 것은 '비장탄'이라는 숯, 그리고 당연히 닭고기 문제였다. 비장탄은 미얀마에서 일본으로 수출하는 제품을 구해 해결했지만, 닭은 간단한 문제가 아니었다.

일본에서 배울 때 닭다리살 한 장은 크고 두꺼웠는데 한국에서는 작고 얇았다. 이유를 알아보니, 한국의 부분육 다리 살은 1.5kg짜리를 잡아 못 쓰는 부분을 제거한 마리당 1kg짜리 10호, 11호를 쓰고 있었다. 일본은 2.3~2.5kg의 닭을 잡아 1.5kg 이상의 상품(15~17호)을 가지고 부분육 발골을 하기 때문에 애초부터 다리의 크기부터 차이가 났다. 즉, 치킨집에 최적화된 우리나라 닭은 시장의 요구에 맞춰 1kg짜리 위주로 생산하고 있는 것이고, 그 크기의 닭에서 발골한 다리 살은 야키도리에 꽂았을 때 두껍고 볼륨 있고 주시한 고기 맛이 나오지 않는 것이었다.

그래서 백방을 수소문하다 닭의 크기는 포기하고, 오늘 새벽에 잡은 싱싱한 닭을 구해 저녁상에 올리는 데 집중하기로 하고, 꽂는 닭이 일본보다 얇은 대신 더 넓게 꽂은 결과 줄 서는 집을 만들게 되었다.

이런 닭고기 시장을 말할 때 꼭 조선의 양반들처럼 닭 키우는 사람들이나 장사하는 사람들의 모자란 직업 정신, 품질 향상보다 눈앞의 돈에만 집착하는 모습을 탓하는 사람들이 있다. 먹물, 이른바 사(士)가 농공상(農工商)을 가르치려는 것이다. 닭을 2.5kg으로 키워 내보내야 맛 좋고 상품성 좋다는 걸 누가 모르겠나? 원가 아끼려고, 우리 토종닭이 제맛인데 품종이 외래라서, 닭은 방목해야 맛있는데 돈만 밝혀 불쌍하게 좁은 데 가둬 길러서…. 닭 사육, 가공, 유통, 소비를 알지도 못하면서 훈수나 두는 조선 양반 모습 그대로다.

계육 산업은 큰 산업이다. 간단히 손가락질 하나로 큰 닭을 키워라, 토종닭을 키워라 할 수 있는 게 아니다. 닭의 크기는 소비자가 마리당 얼마를 낼 용의가 있느냐에 따라 결정된다. 한국은 프라이드치킨 시장이 발달한 나라다. 국민이 2만 원 치킨을 사 먹을 용의가 없고 나라가 나서서 BBQ 닭 값을 2만 원 이상 못 받게 하는데 어느 닭집이 1.5kg 닭을 튀겨 팔겠나? 닭뼈에 붉은 기만 어려도 주인을 살인범 보듯 잡아 죽이려 하는 소비자에게 어떻게 큰 드럼만 한 생닭다리를 15분씩 튀겨 내겠나?

그걸 다 극복한다 치자. 하림이 15호 닭을 사 주지 않는데 어느 양계장이 닭장을 다 고치고 몇 주를 더 사료 먹여 길러 큰 닭을 만들어 팔겠나? 조금 더 크게 키우려고 이리저리 기술적인 궁리를 하면 항생제니 살충제니 의심하며 물어뜯는데 어디 무서워서 새로운 시도를 해 볼 용기나 나겠나? 몇 주면 다 키워 내보내는 영계 삼계탕이 쟁반백숙보다 수천 배 많이 팔리는데 뭐 하러 큰 닭을 키워 팔겠나?

산업은 시장이 선택해 오랫동안 키워지고 진화한 생명체와 같다. 우리나라 양계장들은 그동안 10호 닭을 만들기에 최적화돼 왔기 때문에 그보다 더 키우려면 폐사율이 급속히 높아지고, 케이지 사이즈와 밀도를 조정하는 등의 노력을 해야 하기에, 다른 나라처럼 사료만 더 주면 500g 커지는 게 아니다. 그래도 시장이 15호를 원하기만 한다면야 투자를 통해 단기간에 충분히 극복할 수 있다.

2005~2015년 사이에 정부 규제로 시설 투자를 강제해 닭 값이 들쑥날쑥해지고, 조류독감(AI) 몇 번에 기존 도계업자와 유통업자들이 거의 다 망한 시기가 있었다. 그 후로 하림에 목을 매지 않으면 살아남을 수 없는 업계 생태계가 만들어졌다. 이제 누구 한 명의 의지와 정열로 좋은 닭고기를 생산해 내는 일은 거의 불가능하게 되었다.

굳이 또 비교하자면, 일본은 통닭이 아닌 부분육(부위별로 자르고 발골해 상품화한 고기)이 시장의 대부분을 차지하기에, 닭이 클수록 부분육으로 가공하는 데 손이 덜 가므로 생산성이 높아 당연히 적당히 큰 닭을 선호한다. 작은 닭다리 살 하나 바르나 큰 닭 바르나 손은 같이 가는데 한 시간에 만들어 내는 부분육은 1.5배 차이가 난다. 그래서 시장은 큰 닭을 원하고, 사육장에서는 그것에 최적화된 환경을 만들어 닭을 키운다. 게다가 크기가 적당한 염통, 간 등의 내장 부산물과 목살 등이 좋은 가격에 팔리니 작은 닭은 오히려 쓸모가 없다. 닭 한 마리에서 나오는 가슴살은 전체 고기 무게의 절반에 달하는데, 가슴살을 소비하지 않는 한국에서는 큰 닭을 키워 봐야 가슴살처치가 큰 문제로 남는다. 결국 한국이라는 시장의 선택은 1kg으로 닭으로 귀결되는 것이다.

품종 얘기는 더 웃긴다. 토종닭 하면 으레 마당에 방목하는 것을 떠올리고, 땅에서 지렁이 잡아먹고 종일 암탉 꽁무니를 쫓아다니며 껄떡질 운동해야 맛있다는 식의, 대청마루에서 곰방대 털던 얘기를 한다.

일본의 토종닭 지도리(地鳥)는 그렇게 만들어지지 않는다. 일본은 많은 연구를 거쳐 산업 규격을 통해 어떤 품종의 닭을 규정된 적절한 밀도로 키우면 그것을 지도리로 인정해 준다. 따라서 그 범위 내에서 사육장이 적당한 사료를 고르고 좋은 환경을 만들어 가격 경쟁력과 품질 경쟁력을 함께 갖춘다. 그래서 지도리라고 무턱대고 비싼 게 아니라 일반 닭 가격의 1.5배 이내지, 2~3배 받는 지도리는 시장에서 선택받지 못한다. 가게 입장에선 30% 비싼 지도리를 납품받아 아키타(秋田)현 히나이도리(比內鳥)를 쓴다고 내걸고 두 배 값을 받을 수 있으니 그런 토종닭 시장이 만들어지는 것이다.

한국에는 토종닭과 관련해 그런 시장에 맞는 산업 기준이 없으니 이 닭이 토종닭인지 평생 계란 까다 죽은 폐계인지 믿음이 없고, 부분육 시장이 발달해 있지 않아 20호쯤 크게 키워 일반 닭의 3~4배를 받으면 그건 제사상에나 올리지 통닭집이나 야키도리, 닭갈비집에서는 써 볼 엄두를 못 내는 것이다. 즉, 토종닭 부분육 시장 자체가 작고 다양화되어 있지 않으니 큰 토종닭을 키울 이유도 없고, 소비자는 관광지 개천가 천막 식당에서 닭 한 마리에 5만 원짜리 바가지를 썼다는 불만이 끊이지 않는 것이다.

키울 줄 모르고 요리할 줄 몰라 작은 닭을 파는 게 아니다. 국민이 선택한 시장이 그렇다는 것이다. 토종닭이 많이 보급되려면 2kg 생닭 한 마리에 2만 원 이상 하는 놓아먹인 닭을 보급하려 하기보다, 1.5kg 8천 원에 통닭, 부분육 등 다양하게 팔리는 시장이 만들어져야 하고, 소비자도 토종닭 치킨에 3만 원을 기꺼이 내고, 맛있는 토종닭 가슴살 요리도 제값 내고 즐기는 소비문화가 만들어져야지, 키우고 만들고 파는 사람들 탓한다고 되는 게 아니다.

그럼, 대안은 아주 없을까? 방법은 있지! 그게 말만으로 되는 일이 아니라 그렇지.

토종닭은 놓아기르고 지렁이 먹여야 한다는 조선시대 생각 걷어치우고, 일반 닭을 토종닭으로 속여 팔까 걱정해서 만드는 규제성 제도 대신, 품종 관리하고 적절한 밀도 유지하고 토종닭 특성에 맞는 사료만 지켜 주면 싸게 키울 수 있는 생산성 높은 토종닭에 인증을 해 주는 권장성 제도를 해 나가야 한다. 나라가 가격의 목을 잡는 정책 내려놓고, 제품만 좋으면 치킨 한 마리에 4만 원 받아도 괜찮게 보지만 말아 주면 누군가는 팔아 보다가 시장이 스스로 타협한 가격 저항으로 고품질의 부분육 시장이 저절로 열린다. 이왕 건강을 위해 돈 생각 않고 먹는 가슴살은 고품질 토종닭이 선택되도록 유도하면 재고 처리가 수월해져 닭갈비, 닭곰탕 집에 부분육으로 팔리게 할 수 있다.

그런데 이런 것은 생산자, 유통업자, 사업자, 소비자, 관청이 다 같은 생각을 가져야만 가능하다. 사농공상을 벗어나지 못하는 이 땅에서는 요원한지도 모르는데도 장사를 모르고 시장을 모르는 서생들이 혀를 끌끌 차며 꼰대질 하는 걸 보며, 삼성전자 오너 부회장을 법정에 세워놓고 훈계하던 법관이 떠오른다.

우거지와 멸치똥

가게에서 통배추를 하루에 몇 통 쓰는데, 속의 좋은 부분만 써야 하기에 매일 겉배추를 한 자루씩 버린다. 백화점은 음식물 쓰레기 처리비도 아깝고, 다른 지점 국밥에 그 배추의 우거지를 사용하기에, 며칠에 한 번씩 밤에 내가 삶는다.

직원들 시키면 되지 왜 그걸 사장이?

우거지(배추 겉잎)는 시장에 가면 식자재 회사에 말만 잘 하면 그냥도 얻을 수 있는 부산물이다. 재료비는 거의 제로이고, 오고 가는 물류비와 삶는 데 광열비 정도가 들어간다. 삶은 우거지 7~8kg을 만들려면 두 시간 정도 작업을 해야 한다. 직원 시켜서 만들면 인건비 2만 원이 덧붙으니 원가가 순식간에 2만 5천 원을 넘어간다. 그런데 공장에서 대량 생산해 포장까지 한 우거지는 7~8kg짜리가 2만 3천 원에 매일 아침 착착 배달된다. 내가 직원에게 급여 줘 가며 만들 하등의 이유가 없다. 조금만 오래 삶아도 물러지고, 깨끗이 다듬지 않으면 손님 불만이 나오는 이 짓을 직원에게 원망 들어가며 돈 써 가며 할 이유가 없는 것이다. 이왕 나오는 겉배추 버리기도 아깝지만 당연히 내가 신경 써서 삶는 게 더 맛있기도 하니 내가 밤에 남아 삶는다. 이게 시급 1만 원이 만든 세상의 진실이다.

우거지뿐인가. 멸치도 직원 시켜 다듬어 쓰는 것보다 일본산 고급 우르메를 쓰는 것이 오히려 싸진 세상이다.

우동 국물에 일부 쓰는 멸치는 1.5kg에 1만 원이다. 국산 멸치를 대체할 수 있는 재료는 일본산 우르메부시인데 1kg에 2만 5천 원이다. 얼핏 가격 차이가 엄청나니 당연히 국산을 쓸 것 같지만—

국산 멸치의 비린 맛과 쓴맛을 없애려면 멸치를 일일이 똥을 따고 불에 덖어야 한다. 시급 만 원 알바가 한 시간 반 일해야 1kg의 가공된 멸치가 얻어진다. 결국 국산 멸치의 원가는 kg당 2만 2천 원쯤 된다. 일본산보다 단돈 3천 원이라도 싸고 결과물이 같다면 어느 주인이든 국산을 쓸 것이다. 그러면 국내 수산업, 유통업, 서비스업이 연쇄적으로 부가가치를 창출한다. 이게 일자리 창출이 아닌가.

하지만 실상은 다르다. 나 같은 우매한 우동집 주인은 국산 멸치 쓰기를 포기하고 깨끗하게 포장해 가게까지 배달해 주는 일본산 우르메를 쓸 수밖에 없다.

왜? 서비스업 사장들이 흔히 하는 말로 사람 쓰기 어려워서다.

그 결과, 우리나라에서 창출돼야 할 고용과 부가가치는 그토록 미워하는 일본인들 먹여 살리는 데 돌아간다. 일개 우동 가게가 그럴진대 더 큰 업체, 더 더 큰 산업에서는 오죽할까.

광어

광어가 헐값이 된 것은 지난 정부 실정의 종합 선물 세트였다. 사람들이 광어 대신 연어를 찾아서만이 아니다.

광어는 도미에 비해 맛은 떨어지지만, 머리가 작고 내장이 적어 같은 무게를 사도 오로시(살뜨기)해서 회를 만들면 수율이 좋은 생선이다. 그래서 횟집에서 선호하니까 국민 횟감이 된 경우다.

그런데 인건비가 오르면서 연어가 광어를 이기게 됐다. 연어가 무게당 가격은 비싸도 한 마리 잡아 횟감으로 만드는 인건비가 덜 들고, 심지어 대량으로 오로시해서 진공 포장까지 해 가게로 착착 보내 준다. 그러니 광어 손질할 직원을 쓰느니 손질된 연어를 사서 쓰도록 시장이 바뀐 것이다. 광어를 제치고 연어가 국민 횟감이 된 혜택은 노르웨이나 칠레가 가져간다.

식당들은 살아남기 위해 인건비를 덜 쓰고 그 대신 공장의 반제품을 쓰는 데서 활로를 찾는다. 대도시에서 250만 원 받을 일자리를 변두리 공장의 200만 원짜리 외국인 일자리로 엿 바꿔 먹은 게 지난 정부였다.

양파

일본에서 유명한 요릿집을 하는 다나카(田中) 상이 한국의 생선 요리가 궁금하다기에, 어디를 모시고 가면 좋을까 고민되었다. 매운탕도 그렇고, 쌈 싸 먹는 조선식 막회도 좋은 소리를 못 들을 것 같았다.

그래서 찾아간 곳이 논현동에 위치한 갈치구이, 고등어조림, 간단한 사시미를 하는 식당이었다. 일본에서도 흔한 식재라서 식재보다 조리법과 맛이 화제가 되었는데, 다나카 상이 고등어조림을 맛보더니 고개를 갸우뚱했다.

"왜, 맛이 이상한가요?"

"맛은 있는데…."

그러면서도 연신 갸우뚱하는 게 궁금해 계속 캐물었더니,

"이 요리가 한국 사람들이 옛날부터 먹던 겁니까?"

"고등어, 무 같은 거야 옛날부터 먹던 거니까 그렇지 않을까요? 하긴, 고춧가루가 많이 들어갔는데 고추는 조선 후기에 들여왔으니 맵게 해 먹은 건 그때부터겠지요?"

"생선 요리에 양파 쓴 걸 처음 봐서요. 이 요리에 꼭 양파가 들어가야 하는 건지 모르겠군요. … 나도 생선 요리에 양파를 안 써 봐서 잘은 모르지만, 양파가 단맛을 내주긴 하지만 생선 맛에는 잘 안 맞는 것 같습니다. 나라면 양파는 안 넣고, 단맛이 정 필요하면 이왕 조금 넣는 설탕을 더 넣겠어요. 아무튼 아주 특이하군요."

곰곰 생각해 보니 정말 일본에서 생선 요리에 양파 쓰는 건 못 봤

다. 고기 요리엔 많이 쓰고 또 정말 적소에 잘 쓴다. 생선으로 살몬(연어) 마키 같은 데 넣기는 하지만 그건 어디까지나 캘리포니아 롤이 원조인 요즘 스타일이고….

그러다가 무릎을 탁 쳤다.

그렇다. 일본에서 양파를 먹게 된 건 메이지유신 이후다. 즉, 육식을 시작하고 개항하면서 서양 음식이 팔리게 된 이후다. 그전 옛날부터 전해 내려오는 생선 요리에는 양파를 쓰지 않았으니 지금도 넣지 않는다. 반면, 일본의 고기 요리는 대부분 외래 음식이고 근대 이후 음식이고, 따라서 고기 요리에는 자연히 양파를 엄청 많이 쓴다. 최근에는 양파를 캐러멜라이즈 한 소스류도 다방면에 걸쳐 쓰인다. 이게 그들의 방식이다. 양파가 건강에 좋고 원가도 싸고 자연스러운 단맛과 매력적인 탄 맛으로 쓰임새가 점점 많아져도, 전통적으로 내려오는 자신들의 음식에는 쓰지 않는 것 — 일본에서 양파는 아직도 '새로운 식재료'인 것이다.

그들은 그렇게 일본 음식과 외래 음식을 엄격히 구분한다. 우리의 불고기처럼 전통 음식이니 일제시대 음식이니 하는 원조 싸움이 애당초 없다. 메뉴 이름만 봐도, 자기네 음식이라 여기면 히라가나로, 외래 음식은 가타카나로 쓴다. 우동(うどん) 대 라멘(ラーメン), 스시(すし) 대 돈가스(豚カツ) 하는 식이다(물론 예외야 있겠지만). 히라가나로 쓴 음식에는 양파가 거의 안 들어가고 가타카나로 쓴 음식에는 많이 들어간다고 보면 틀림없다. 누가 애써 주장하지 않아도 전래 음식에는 양파를 쓰지 않는 전통을 이어 온다는 사실에 적잖이 놀랐다.

우리는? 고추는 조선 말에야 들어왔지만 이제는 어디든 다 들어가서 빨간색 아니면 한식이 아닐 정도다. 양파도 그렇다. 식당 하는 입장에서 생각해 보면 양파를 많이 쓰게 된 건 음식이 점점 달아진

탓도 있겠지만 부피 대비 원가가 가장 싼 식자재이기 때문이라고 생각한다. 뭔가 건더기를 더 넣어야겠다? 일단 양파! 이런 식이다. 그러니 된장찌개에도 청국장에도, 조림에도 닭도리탕에도 알탕에도 넣다가, 그 맛에 익숙해진 나머지 심지어 이젠 김치에 갈아 넣기까지 한다. 김치에 사이다 붓고 돼지고기에 팔각 넣으면서 한식의 비법인 양 자랑하는 방송을 보며 침 흘리는 국민 앞에, 세계에 알릴 우리 전통 음식이 대체 있기는 하나?

자취할 때 선배와 된장찌개에 양파를 넣느냐 마느냐로 도마 앞에서 싸우다 거의 칼부림 직전까지 간 일이 생각난다. 나도 엄마가 해주시던 옛날 음식에는 양파가 들어가지 않는다는 사실을 몸으로 기억하고 있었던 것이다.

꼭 넣어야 하는 재료는 비싸도 아낌없이 넣고, 넣지 말아야 하는 재료, 내가 요리 배울 때 넣지 않았던 재료는 아무리 싸도 넣지 않는 게 바른 요리다. 양파국이 된 한식의 장래가 걱정된다.

실파

실파는 한식에서든 일식에서든 맛을 내는 데 꽤 중요한 식재다. 이탈리아의 파슬리에 비견해도 좋을 매력 있는 식자재다. 대파와 목적하는 바는 같지만 맛은 분명히 구분돼서 대파와 같은 곳에 쓰지 않는다. 굳이 쓰는 기준을 정하라면, 내 경우 더운 음식에는 대파, 찬 음식에는 실파를 쓴다.

실파는 잘게 썰어 쓰는 경우가 많은데, 통으로 냉장고에 둬도 사흘이면 시들어 버리고 썰어 두면 하루만 지나도 못쓰게 돼서 전처리에 신경을 상당히 써야 하기 때문에 한식집에서는 잘 쓰지 않는다.

우동을 배울 때, 칼질 경력이 짧은 내가 실파채(萬能ネギみじん切り)를 써는 것을 히로타 씨가 보고는 "누가 썬 실파가 오래가는지 내기하자"고 제안하셨다.

"넵!"

내 칼 솜씨도 검사받을 겸, 재빨리 칼날을 세워 잘 썰어 히로타 씨가 썬 것과 함께 냉장고에 넣고 며칠간 써 보며 결과를 봤다. 결과는 내 것은 이틀, 스승 것은 사흘 쓸 수 있어서 사케 한 병을 바쳤다. 칼질 하나도 승부라는 걸 배웠다.

이 칼질 하나로 한일의 문화가 비교된다.

야채는 썰거나 가공할 때 나오는 즙이 스스로를 물러지게 만든다. 따라서 최대한 예리한 날로 누르지 말고 스치게 썰어 단면이 깨끗하고 즙이 나오지 않게 해서 보슬보슬한 채로 담아 둬야 더 오래 쓸 수 있다. 야채에 묻은 물도 영향이 큰데, 일본에서는 업소용 야채는 주문하기에 따라 씻지 않고 쓸 수 있게 처리되어 묶여 나오기에 그대로 썰면 더 싱싱하게 오래간다(업소에 따라 다를 수 있다). 물론 제일 좋은 것은 조금씩 그때그때 썰어 쓰는 것이지만, 업소 주방이 그렇게 돌아가는 곳이 아니다.

한국의 주방에서는 어디서 배운 것인지 몰라도 씻어서 물 묻은 채 대충 썰어 찬물에 헹구고 체에 받친 후 페이퍼 타월 위에 펼쳐 말려서 쓴다. 즙은 빠졌고 물에 헹궈 말렸으니 당연히 오래가지만, 실파의 맛은 어딘가 찾기 어려워진다. 칼질을 몇 년 해도 늘지 않고, 한 달만 일하면 어느새 목장갑 끼고 무나 고기나 다 똑같이 힘줘 썰어 버린다. 만들어 둔 지 오래돼 말라비틀어진 실파채에 클레임이라도 들어오면 그날부터 빼자고 하기 일쑤고, 그때 누군가가 "그거 넣어 봐야 맛도 별 차이 없다"고 맞장구라도 치면 식재료 리스트에서 슬그머니 빠지게 된다.

일본의 주방에서는 지난번 실파는 싱싱한 게 와서 더 좋았느니, 점장님이 썬 실파는 과연 오래간다느니, 칼을 자주 갈아야겠다느니, 가게 칼보다 개인 칼로 더 스치게 자르면 좋겠다느니 하는 대화가 오간다. 문제에 맞닥뜨리면 개인의 능력을 먼저 보니("실파채가 오래 못 가는 건 내 실력 탓이구나") 개인이 시간과 노력을 투자해 수련하고 역량을 키워 해결해 나가고, 그것이 개인과 회사의 실력으로 고스란히 쌓인다.

반면 한국은 그 문제는 문제를 받아든 내 탓이 아니라 문제 자체가 문제라서("실파채는 빨리 시드니까 식재료로 문제가 있구나") 묘수로 풀어 피해 가려 하고, 기막힌 방법을 빨리도 찾아내고, 그걸 노하우라며 뒷사람에게 전한다.

주방 밖에서는 한국 방식이 나을 때도 분명 있을 것이다. 하지만 적어도 주방 안에서 보면 한국 음식은 점점 매력을 잃어 가고 일본 음식은 점점 더 깊이를 더해 갈 것이다. 실파만 봐도 그렇다.

와라쿠 사람들

면장님 우리 면장님

건설 회사를 하다 실적이 쪼그라들어 돈벌이 삼아 신촌전화국 증축공사에 촉탁으로 현장소장을 할 때 일이다.

대형 크레인을 대로에 설치해야 돼서, 교통정리 할 현장 인부 한 사람을 용역 회사에서 불러 썼다. 나이 예순쯤 된 분이 와서 일했는데, 말귀를 잘 알아듣고 나름 성실했다.

일과를 잘 마치고 일당을 주는데,

"소장님, 내일 자재 들어오면 일단 길 쪽에 내려놔야 할 텐데, 아침에 다른 차들이 주차돼 있으면 곤란할 것 같으니 폐자재를 거기 좀 놔뒀다가 아침에 치우면서 새로 온 자재를 받는 게 좋을 것 같은데…. 제가 거기다 폐자재를 좀 놓고 갈까요?"

어잉? 일당 노가다가 그런 일머리가?

"그럼 반장님, 내일 딴 데 일 없으면 또 나오실래요?"

변 반장과 인연은 그렇게 시작되었다.

알고 보니 변 반장은 강남구청 건축과 공무원이었는데, 누굴 봐주다가 잘려서 개인 사업 하다 망하고 모친 병구완으로 남은 돈 다 쓰고 일당 일로 돌아선 것이었다. 그래서 현장 상황을 잘 알고 있는 거였다. 알아서 일도 잘하고 경험 상 전화국 반(¥)공무원들 생리도 잘 파악해서, 현장 살림을 맡기고 현장반장으로 둘이서 현장을 끝까지 잘 마무리했다.

겨울이 오고, 다시 다른 현장에 일당으로 돌아가게 하긴 좀 안돼서, 그때쯤 새로 시작한 내 건설 현장으로 옮겨 월급제로 일하게 해 주었다.

그렇게 겨울이 가고 봄이 와 마감 공사를 하고 있던 어느 일요일.

현장에선 타일 공정만 하고 있어서 변 반장에게 맡겨 놓고 집에서 쉬고 있는데, 오후 네 시쯤 전화가 왔다.

"사장님! 으… 숨을 못 쉬겠어요… 으…."

말을 더 못 잇고 전화가 끊겨져, 직감에 이 양반이 어디서 추락했구나 생각하고 119로 신고부터 하고 나도 정신없이 현장으로 갔다. 나와 동시에 구급차가 도착을 해서 그를 싣고 출발했다. 구급차 태울 때 도와준 타일반장에게 물어보니 추락은 아니고, 배를 붙잡고 계단에 쓰러져 있더란다.

서둘러 구급차를 뒤따라 간 곳은 영동세브란스병원. 변 반장은 다리를 오그리고 배를 붙잡고 신음하고 있었고, 여러 가지 검사가 차례로 예정되었다. 죽지는 않겠구나 안심하고 있는데 원무과에서 부른다.

"이 환자는 보험도 없고 주민등록도 말소돼서, 선생님이라도 보호자로 사인 안 하면 검사 못 합니다."

"현장에서 쓰러졌는데 산재 보험은 안 되나요?"

"현장 일로 다친 상황이 아니라서…."

급한 대로 내가 보호자 사인을 하고 검사를 진행했는데, 보험이 안 되니 검사비가 한 100만 원 나왔다. 결과는 급성복막염. 패혈증으로 진행될 수 있으니 당장 수술을 해야 하는데, 병실 없으니 나가라는 거였다.

"검사만 하고 나가라는 게 어딨어요? 검사나 받자고 설렁설렁 온 게 아니잖아요. 이 환자 나가면 죽는 것 아닌가요?"

그건 모르겠고, 아무튼 병실 없으니 나가란다.

"어디로요?"

자기들도 모르겠으니 우리보고 알아보란다. 아마 보험도 안 되고 보호자도 없으니 그러는 것이겠지만, 한시가 급하니 마냥 싸우고 있을 수만도 없었다. 119는 병원에 싣고는 와도 병원에서 실어 가지는 못하고 병원 앰뷸런스도 제공하지 못한다고 해서, 사설 앰뷸런스를 불러서 병원까지 알아봐 달라 했다.

멀지 않은, 야간에 여는 작은 병원을 섭외해서 그쪽 병원으로 달려가 눕혔다. 받아 온 달랑 두 장의 소견서를 건네며,

"이 환자, 검사 또 해야 하나요?"

"이 환자 증상은 우리 같으면 검사 필요 없어요. 딱 봐도 복막염이고, 이 정도 염증이면 수술부터 해요. 어차피 개복할 거니까 원인은 그때 보면 되고요."

(망할놈의 영동세브…) "그럼, 수술해 주세요."

"누구든지 치료비 보증해 주셔야 돼요."

"얼마나 나오는데요?"

"글쎄요… 단순한 복막염이면 보험 없이 200만 원 정도 나오는데, 열어 봐서 다른 큰 병이라도 나오면 얼마 나올지 저희도 몰라요."

"돈 없으면요?"

"집에 가셔야죠 뭐."

"그럼 죽잖아요."

"아마도…."

변 반장은 아들이 하나 있는데, 죽어도 아들한텐 전화 못 한다며 아픈 배를 그냥 움켜쥐고 침대에서 내려오려고 용을 썼다. 할 수 없이 집사람에게 전화를 했다.

"현장 인부 하나가 아파서 병원에 왔는데, 수술 보증 서라는데…."

집사람은 한참 말이 없다가, 한숨을 푹 쉬더니

"무슨 일이든 다 해도, 보증만은…."

그랬다. 난 빚이 많았다. 내가 누굴 살린다고 보증 서 줄 형편이 못 됐다. 게다가 변 반장은 민번도 없어 임금을 통장으로 받지도 못하니 엄밀히 말하면 고용 관계도 성립되지 않는, 법 바깥의 그냥 일당 노가다다. 배부터 열었다가 엄청난 질환이 나와서 중환자실 몇 달 들어가거나, 식물인간으로 몇 년 살기라도 한다면….

밖에 나가서 줄담배를 피우다 집어던지고 들어가 원무과 당직 과장에게 말했다.

"내 카드 한도가 300만 원인데, 쓸데없는 검사에 100만 쓰고 왔소. 저 ×같은 환자, 배 갈라 보고 딱 200까지만 쓰고 도로 덮어 주세요. 그다음은 ×팔, 자기 명대로 살든지 죽든지."

그렇게 해서 새벽 두 시에 그는 수술대에 올랐다. 다행히 단순 복막염이어서 200만 원어치 수술 받고 새 생명을 얻었다.

"고마워요, 소장님 덕에 살았어요."

일주일 뒤, 퇴원 수속을 하러 갔는데 하필 처음 온 날 당직 과장이 없었다.

"오늘 휴가신데요."

좀 싸게 해 달라고 하렸더니… 내가 운이 없네.

"얼마 내면 되죠??"

"지난번에 카드로 200만 원 내셨던데, 치료비랑 입원비 합해서 70만 원 나왔으니까 수납에 가셔서 정산 받으세요."

실상을 아는 과장이 없어서, 담당자가 으레 하듯 보험 처리를 한 것이었다. 정산을 받고 우사인 볼트보다 빠른 속도로 병실로 뛰어올라 가 반장 손을 잡고 "반장님! 뛰어요!" 하고 병원을 빠져나왔다. 하늘이 날 좀 봐주시는구나 생각했다.

그로부터 2년 후.

변 반장은 내가 수타면 만드는 법을 가르쳐, 면장(麵長)님으로 와라쿠 탄생의 주역이 되었다.

우동 스승 히로타 상에게 우동을 배우고 모자란 부분을 소바 스승에게 배운 후 귀국해서 제일 먼저 만난 사람이 변 반장이었다.

"반장님, 제가 건축 현장은 계속 안 하니까 반장님 일자리를 만들 수가 없어요. 제가 이제 우동을 하면 우동은 매일 만들어야 하니까, 저랑 우동 같이 밀면서 같이 우동 장인 안 해 볼래요? 땡볕에 안 서 있어도 되고, 추운 현장에서 떨지 않아도 돼요."

물론 오로지 그의 일자리를 위해 우동을 제안한 건 아니었다. 수타 우동을 순수하게 손으로만 다 민다고 하면, 건장한 청년 때부터 해 온 사람이 아닌 이상 하루 여섯 시간 일해서 70인분 이상 밀기 어렵다. 강남 임대료를 감당하려면 100인분 이상은 팔아야 하기 때문에, 둘이서 우동을 밀면 좋겠다고 생각한 거였다.

두 달 동안 매일 밀가루 5kg씩 버려 가며 나도 더 연습하고 그도 훈련시켜 내 수준에 근접하게 만들었다.

일본에서 백발 노인이 우동 미는 걸 보면 수십 년 우동만 민 장인이려니 생각들 하지만, 실상은 그렇지 않다. 소바와 달리 우동은 일본에서도 1천 엔 이상 못 받는 저부가가치 B구르메일 뿐이다. 그래서 일본에서도 퇴직한 노인들을 최저 시급 주면서 체력 감안해 하루 4~6시간씩 교대시켜 우동 제면을 시킨다는 걸 우동 스승에게 들었다. 하지만 한국에서는 노인이라도 하루 일당 4만 원으론 코웃음도 안 친다.

그렇게 해서 변 반장은 겉으로 보기엔 수십 년 면만 민… 말만 안 하면 일본에서 온 줄 아는… 면장님으로 다시 태어났다.

돌이켜 보면 변 반장이 변 면장으로 거듭나기까지 곡절이 많았다. 그의 시작은 험난하고 미약하였으나 그의 끝은 심히 창대… 했더라면 얼마나 좋았을까만, 그렇지 못했다. 이하, 우울한 얘기는 생략!

재기한 김 실장

10년 전 일이다. 가게 알바 한 명이, 자기가 회사 다닐 때 실장님인데 홀 서빙 알바로 소개해도 되냐고 물어 왔다. 나이가 서른일곱이래서 잠깐 고민하다가, 그 인생 스토리가 궁금도 해서 한번 와 보라고 했다.

청바지를 주로 디자인하는 중견 패션 업체의 디자인실장이었는데, 회사가 어려워져 그만두고 재취업이 안 돼서 동생과 피자집을 열었다가 망했다고 했다. 젊은 애들하고 똑같은 대우라도 괜찮다는데, 일단 성실해 보여서 같이 일하기로 했다.

과연 일은 열심히 하는데, 음식 센스가 떨어지는 걸 보니 피자집이 왜 망했는지 짐작이 갔다. 월급 때 보니 이미 신용 불량자라서 제 통장도 못 쓰고 있었다.

몇 달 지켜본 후,

"홀 서빙 알바 해 봐야 미래가 없으니, 안 맞아도 주방에 들어가 경력을 쌓으면 어떨까?"

몇 달간 열심히 일하기에 제면법도 가르치고, 그러면서 인생 얘기도 나누게 됐다.

"김 실장, 코앞만 보지 말고, 멀리 보고 당장 뭔가 시작하자. 정말로 진심으로 원하는 건 언젠가 이루어진다. 인생 한 방이라지만, 준비 안 된 한 방은 없다. 내가 도와줄게, 뭐든 당장 하자."

그날로 법무사를 주선해 파산 후 신용 회복 절차를 진행하고, 일본어 학원에 다니게 하고, 틈틈이 나의 '오래전 이야기'를 들려주었다. 회생 결정 받기까지 거의 1년 걸렸고, 탕감하고 남은 금액을 얼마간씩 갚으며 일본어 공부를 계속했다. 워낙 내성적이고 적극적이지 못해 일본말이 잘 늘지는 않았지만, 그러면서 한 3년 나를 열심히 도우며 다녔다.

어느 날,

"일본에 가고 싶은데… 제 나이에 괜찮을까요?"

"그럼, 가야지! 가서 일단 일본어 학교 다니면서 적응하고, 일본 식당에 소개해 줄 테니 가자!"

솔직히 일본 식당에 취직이 될지 장담은 못 했지만, 일단 건너가면 무슨 수든 생기리라 생각하고 용기를 갖게 했다.

퇴직금까지 톡톡 털어 후쿠오카(福岡)로 간 김 실장은 식당 알바를 하며 잘 적응했다. 1년 새 나도 두어 번 가서 만나 많은 얘기를 했다.

어느 해, 우리 직원들을 데리고 갔는데, 내 옆자리에 앉아 있던 김 실장이 술잔을 내려놓고 내 팔을 꼭 잡으며

"사장님! 저 이제 돈 다 갚고 신용불량 풀렸어요. 사장님 덕분입니

다. 그때 제게 그렇게 말씀 안 해 주셨으면 거기서 계속 그렇게 살았을 거예요. … 그리고 저 애인 생겼는데, 내일 점심에 같이 뵀으면 좋겠어요."

"잘했다, 잘했다…. 술이나 먹자. 내 덕은 무슨, 지가 여자 잘 꼬셔 놓고. 크하하하!"

다음 날, 과자를 사서 예쁘게 포장해 준비하고 커플을 기다리는데 내가 다 가슴이 두근두근하더라. 20대 중반인 여자 친구는 빵집에서 일하는 건전하고 소박한 예쁜 소녀였다(도둑놈!).

그렇게 즐거운 시간을 보내고 돌아왔는데, 연말에 소식이 왔다. 단출하게 현지에서 축복 속에 결혼식을 올렸고, 이제 비자도 해결돼서 더 이상 식당에서 일하지 않고 다시 패션 관련 회사에 들어갈 준비를 하고 있다고. 진심으로 둘의 행복을 기원했다.

만 원 장사꾼, 억 원 장사꾼

가로수길에서 야키도리 숯불 앞에 서서 땀 흘릴 적 얘기다.

가게가 어느 정도 자리 잡혀갈 무렵. 손님 빠지고 슬슬 마감 준비 들어가는 열한 시 반쯤, 일주일에 두세 번 항상 혼자 오는 손님이 있었다. 아사히 나마(生)를 딱 한 잔 시켜서 야키도리 두 꼬치랑 먹고 한 시간 만에 벌게진 얼굴로 계산하고 돌아가는 손님이었다. 손님을 잘 기억하지 못하고 가볍게 말 거는 매너도 못 갖춘 초보 점주였기에 한동안 눈인사만 나누며 몇 달이 지났다. 그날도 꼬치를 굽고 있는데 뒤에서 그가 먼저 말을 걸어왔다.

"사장님, 집중하시는 뒷모습이 좋아 보여요."

"아 네~ 고맙습니다. 원래 꼬마 때부터 불장난 좋아해서 이래 됐나 봐요. 불질 하고 있으면 아무 생각 안 나요~"

그렇게 말 트는 사이가 되었는데 —

알고 보니 그는 우리 가게보다 조금 바깥쪽에 있는 조그만 호프 집 주인이었다. 근처 압구정고를 나왔고 아우디 영업 사원 하다가 실적에 시달리는 게 싫어, 잘 알는 동네인 가로수길이 뜬다기에 퇴직금 모아서 가게를 열었다고 했다. 음식 할 줄 아는 건 없고 치킨에 노가리만 팔아도 아는 친구들만 자주 와 줘도 장사가 될 줄 알았는데 생각보다 손님이 없어 고전하고 있다고 했다.

그는 그렇게 늦은 시간에 찾아와 손님 흉도 보고 말 안 듣는 주방 아줌마 얘기도 하며 말할 상대 없는 장사에서 오는 외로움의 먼지를 털어놓고 갔다.

"저는 사장님 보면 너무 부러워요. 손님들이 다들 칭찬하고 가게도 신나고…. 우린 손님들이 맨날 툴툴대는데…. 저는 두 시든 세 시든 손님 갈 때까지 장사하고 싶은데 열한 시 넘어 손님 뚝 떨어지면 우울하고…… 그냥 집에 가기 싫어서 여기 오는 거예요. 그러다 보니 어떤 때는 여기 오고 싶어서 열한 시쯤엔 손님 안 오길 바라고 있더라니까요. 내가 ×발 미쳤지…."

약간은 여성스럽고 친절한 오카마 말투에 천연덕스럽게 욕을 섞어 쓰는 그의 말투는 아주 특별한 재미가 있었다.

천상 영업 사원인 그는 막내동생처럼 척 붙어 가게 얘기 말고도 이 얘기 저 얘기 수다를 떨다 가게가 끝날 때 함께 문을 닫고 돌아가고 했다.

그러더니 어느 날, 마누라랑 싸웠다면서 가게를 그만둬야겠다고 했다. 집에 도움도 안 되고 손님 없는 가게에 앉아 있으니 우울해서 안 되겠다고. 앞으로 뭐 할 거냐고 물으니,

"그래도 잘하던 거 해야죠. 차 파는 거요. 아우디 팔 때는 에이에스도 스트레스였는데, 토요타가 들어오면서 새로 영업 사원 많이 뽑는다고 해서 거기 가려구요. 고장도 안 난다니까 좋을 것 같아요."

그러고서 몇 달 그가 안 보였다. 궁금해서 그의 가게 앞을 지나며 보니 임대라고 써 붙인 게 권리금도 못 받고 그냥 문 닫은 것 같았다.

그러던 어느 날 그가 말쑥한 양복 차림으로 다시 찾아왔다.

"저, 분당 토요타에서 일해요. 취직해서 한잔 하러 왔어요."

밝아진 모습에 반갑고, 찾아와 준 게 또 고마웠다. 좋아진 기분에 그에게,

"나도 오래 탄 폭스바겐이 고장이 자주 나 짜증나요. 고장 안 나는 토요타 한 대 갖다줘요. 빨리 받을 수 있는 차가 뭐 있지?"

"진짜요? 사장님, 알에브이포 빨간색은 바로 돼요! 쪽팔리는지 그 색은 안 팔려요."

"그럼 바로 갖고 와요. 우리 누나도 차 바꾼다는데 토요타로 사라고 할게."

그렇게 주변에 엮고 엮어 토요타를 네 대 팔아 줬다. 내 차가 몇 cc인지, 휘발유인지 경유인지, 한 달에 얼마를 리스로 내야 하는지도 차를 받으며 알았다.

다시 몇 달 뒤, 그가 "사장니임~" 하며 들이닥쳤다.

"사장님! 저 토요타 전체에서 일등 먹었어요! 그리고 저 실장이에요!"

그날, 숯불 다이를 직원에게 맡기고 그가 처음으로 병으로 시킨 사케를 기분 좋게 마셨다.

그는 만 원짜리보다 수천만 원짜리 물건을 잘 파는 인재였다.

파리 우동집의 한국 청년

프랑스에서 7년 동안 우동집에서 일해 봤다는 청년이 입사 지원을 해 왔다. 이 정도 경력은 내가 감당이 안 될 것 같아 응답을 안 했더니 다시 이메일로 적극 대시하길래, 사람에 대한 호기심도 나고 해서 면접을 봤다.

'무일푼으로 도일하여 마이니치신문 장학생으로 신문 돌리며 핫토리 조리학교 졸업.'

이것만 해도 성실성과 인간성은 합격이다.

일본 비자가 해결 안 돼서, 파리로 파견하는 우동업체에 들어가 7년을 일했다고 했다. 그새 우리말도 어눌해질 정도로 니혼진화돼서 조선인 때가 하나도 남아 있지 않은 것도 맘에 들어서 무리하게 임용했다.

그런데… 한 달도 못 돼 그만두었다. 한마디로 일본인의 통제를 벗어나니 바로 조선인 '쿠세(癖)'가 나오더라. 남 탓을 버리지 못하는 알코올 중독자였다.

우리 사이는 해피엔딩에 실패했지만, 그 잠깐 동안 해 준 경험담에서 느낀 바가 있다. 파리의 미슐랭 레스토랑은 일본인 손에 돌아간다는 말이었다.

"아니, 왜?"

프렌치 파인 레스토랑의 요리들은 복잡한 레시피, 그리고 장시간 조리가 큰 매력이다. 그러지 않으면 미슐랭 등급을 유지하기 어려운데, 프랑스는 하루 7시간, 주당 35시간 노동에 법정 유급 휴가가 연 30일이다. 많은 식당들이 이 짧은 근무 시간으로 골머리를 앓는다. 하루 2교대 시키지 않고선 고급 레시피의 점심과 저녁 장사가 도저히 안 되는 것이다. 오랜 기간 노동법을 노동자 중심으로 운영해 와 칼질하다 말고 퇴근해 버린다든지 갑자기 안 나오면 땜질도 어려운 근로 문화라서, 어렵고 시간 걸리는 조리법은 점점 실현하기 어렵다고 했다.

그걸 단숨에 해결한 방법이 있었으니, 그게 일본인의 손이었다.

아닌 게 아니라 최근 파리 미슐랭 레스토랑의 뉴 노멀은 일본 요리다. 숙달된 일본인 셰프들은 여러 종류의 스탁을 쓰며 힘들어하지 않고, 생선을 잘 다루고 면을 다양하게 쓴다. 이게 프렌치와 만나서 극적인 발전을 보이는데, 이제 파리에서 사시미와 일본 식자재를 쓰지 않는 가게는 촌스러워 보일 정도라고 한다. 게다가 익숙하고 빠른 솜씨로 쳐 낸 생선은 비싼 시푸드 이미지를 충족시키며, 높은 생산성으로 고가임에도 가성비가 높다.

그런데 더 핵심적인 이유는 다른 데 있었다.

이 일본인 요리사들은 비자와 높은 급여만 챙겨 주면 하루 16시간을 마다 않고 일하는 데다가, 가게를 상대로 퇴직할 때 노동부에 신고한다든지 하는 일이 없어서 자연스럽게 그들이 주방의 중심을 장악하고 있다고 한다. 수셰프(세컨)가 16시간 일하는데 실력도 허접한 프랑스인들이 중간에 한 시간씩 쉬며 7시간 일하고 두 바퀴를 돌아 봐라. 누가 주방의 주인이 되나? 즉, 일본인이 없으면 파리 미슐랭 식당들은 다 문 닫아야 할 정도라고.

프랑스 요리가 일본인 특유의 직업 정신과 만나 전성기를 누리고 있는데도 프랑스인은 짧은 근무 시간 때문에 일본인에게서 조리 기술을 전수받지 못하고, 일본인들은 프랑스의 더 많은 조리법을 익히고 두 나라의 조리법이 융화된 요리 경험을 쌓고 본국으로 돌아가 각광을 받는다고 한다. 평판을 중시하고 일본인들끼리 유대가 잘 돼 있어 나갈 때도 아는 이에게 자리를 물려주고 나가니 가게에 문제가 생기는 일이 없어, 몇 명의 일본인을 두고 있는지가 가게의 실력으로 평가되기도 한다고 했다.

놀라웠다. 사회주의 정책이 한 나라의 식당과 찬란한 음식 문화까지 말아먹을 수 있다는 데 놀랐고, 세계로 뻗어 가는 일본인의 직업 정신에 놀랐다. 이제 도쿄의 프렌치가 파리 레스토랑을 우습게 아는 시대가 올 것이다. 사회주의 국가에서 문화를 꽃피우는 경우는 없다.

식육처리기능사

처음에는 내가 주방에 섰기 때문에 주방 직원은 경력 없는 사람을 뽑아 썼다. 가르치긴 쉬워도 생산성 높이기는 쉽지 않아 애로가 있었지만, 신참은 남의 주방에서 배운 나쁜 버릇, 이른바 '쿠세'가 없어 내 뜻대로 잘 따라 주는 이점이 있었다.

그렇게 뽑은 최 군은 건달기가 좀 있었는데, 사회에서 굴러먹은 바탕이 있는지라 일단 동기 부여를 해 주니 정말 열심히 일해 줬다. 스스로 배우고 갈고닦으려 했고 나도 최대한 많이 가르쳐서 2년 만에 2호점 실장으로 키워 냈는데, 끝내 버리지 못한 치명적인 단점이 하나 있었다. 폭력성이 있고 술버릇 나쁘고 여자 문제도 있어 주기적으로 문제를 일으킨 것이다. 다른 직원에게 폭언을 해 리더십에 문제, 술 먹고 다음 날 펑크 내기, 여자랑 헤어지면 며칠 잠수 타고…. 그런 일로 사표를 내고 거두기를 몇 번 하고 나니 이젠 붙잡기도 질려서, 어느 날 또 나가겠다고 하기에 더 붙잡지 않았다.

"나가면 뭐 하려고?"

"이제 알아봐야죠."

"너, 야키도리밖에 할 줄 아는 것 없고 경력 4년에 실장씩이나 하고서 니 성질머리에 다른 데 누구 밑엔 못 들어갈 텐데 어쩌냐?"

"사실은 하고 싶은 게 하나 있는데, 사장님이 좀 알아봐 주실 수 있어요?"

"뭔데?"

"정형사요."

"어렵지 않을까…. 함 알아는 봐 주마."

정형사, 일명 식육처리기능사는 쉽게 말해 발골과 정육 담당인데 정말 쓸만한 기술이다. 내가 아는 큰돈 버는 식육 가공 업체, 수입육 유통 업체, 대형 정육점이나 갈비집 주인들은 거의 모두 젊어서 그 기술로 시작해 일가를 이루었다. 한마디로 고기를 알면 돈이 되는 것이다.

마침 내 열 살 위 삼촌 한 분도 대학 나오고 서른 넘어 그 길로 달려서 단단한 인생을 만들어 놓으셨다. 내 전 직원인데 좀 가르쳐 주실 수 있느냐고 여쭸더니, 며칠 고민하시고서 연락이 왔다.

"식육처리기능사에는 두 가지 전혀 다른 기술 영역이 있다. 칼날을 새끼손가락 쪽으로 잡는 '발골' 기술과 칼날을 집게손가락 쪽으로 잡는 '정육' 기술이다. 소를 해체하는 기술은 고급 기술이지만 급여 받는 기술이고, 정육 코너에 고기를 상품성 있게 다시 분류해 자르고 잘 진열하는 정육 기술 감각까지 있어야 나중에 정육점이라도 차린다. 또 거기에다 소를 고르는 안목까지 따로 잘 배우면 그건 더 큰돈이 되는 기술이다. 그런데 그 두 가지를 다 가르치거나 배우는 곳은 찾기 어렵다. 소는 비싼 물건이다. 칼 한번 잘못 대면 상품이 망가져서 큰 손해를 내기 때문에 초보 직원에게 함부로 실습으로 던져 줄 수 없다. 젖소나 마구 잡는 공장에나 가야 빨리 배우는데, 거기 익숙해지면 고급 한우를 다루는 데서는 일해 보기도 어렵다. 그런 해체 기술만 배우다 보면 정육 기술은 배우기도 어렵고, 정육점에서도 한 덩이 몇십만 원 하는 고기를 연습 삼아 마구 썰게 해 주지도 않는다. 그래서 전통적으로 발골과 정육 기술은 친인척이 아니면 가르치기가 어려웠던 거다."

대략 이런 말씀 끝에,

"… 하지만 네 부탁이라면 들어줄 수는 있어. 그런데 발골 배우는 데만도 4~5년 걸리는 일이라서 이 업계는 도제 시스템이야. 그 친구는 들어와서 이삼 년은 내 일에 전혀 도움이 안 되기 때문에 월급 백만 원도 못 줘. 내 돈 들여 기술 가르쳐 놓으면 또 사오 년은 최소 월급 받으면서 나한테 봉사해 가며 나를 먹여 살려야 하는데, 달랑 이삼년 배우고 나가 버리면 내가 곤란해지는 거야. 그리고 최저 임금, 초과 근무, 주휴 수당, 퇴직금 같은 걸로 고발하고 나가지 않는다고 네가 보증할 수 있겠어? 그건 누구도 못 해, 요즘엔. 네 아들이라면 모를까. 네가 정 부탁하면 한번 생각은 해 보겠는데, 너도 잘 생각해 봐."

결론은, 도와주고는 싶었지만 그 친구가 내게 그 정도 신뢰는 주지 못했다.

요즘은 자격증 딸 수 있게 비싼 돈 받고 가르치는 학원이 있지만 그건 냉동 공장에서 일하는 공돌이 만드는 일이고, 정육 기술은 어디 정육점에 취직해서 따로 익혀야 한다. 그나마 요즘엔 소 반 짝 걸어 놓고 해체해 가며 파는 가게도 찾기 어렵다. 결국 최 군은 꿈을 접고 한정식집에 들어가 적응하며 살고 있다.

삼촌도 걱정하셨지만 이렇게 된 데는 최저 임금 1만 원과 52시간제가 크게 한몫 했다. 밥만 먹여 줘 가며 개인적으로 기술을 가르치고 제대로 배워 나오던 시절은 사라졌다. 스승 제자 간에 보증 세우고 혈서를 써도 소용없다.

기술을 떠나, 당장 유통도 문제다. 주 5일제가 정착되면서 금요일 잡은 고기도 월요일 등급을 받으니, 좋은 고기도 사흘밖에 유통이 안 돼 도살장도 해체 공장도 정육점도 엉망이 돼 버린 것이다. 사업자들이 힘든 만큼 청년들이 콧노래를 불러도 고작해야 제로섬인데, 사업자도 청년도 다 못살겠다는 마이너스섬 사회다.

훔쳐 가라

나는 주방 출신이 아니라서 큰돈을 들여 음식을 배워 왔다. 배우는 데는 인맥도 필요한데, 일본에서 인맥을 유지하는 데는 꽤 긴 시간에다 만만치 않은 비용이 들어간다. 기초 지식을 갖추기 위한 준비와 체제비 등으로도 경비가 많이 들어간다. 새로운 브랜드를 만들거나 메뉴 하나 추가할 때도 마찬가지다.

하지만 직원들은 음식을 배워 매일 똑같은 음식을 손님께 내기 때문에 그게 큰 노하우이고 배움이란 걸 실감하기 어렵다. 그래서 직원들은 일터에서 배운 레시피를 대수롭지 않게 여기기 쉽다.

어떤 레시피의 포인트와 배경, 왜 이런 조리법으로 해야 하는지 등을 알지 못하고 기계적으로 따라 하면 그건 별 의미 없는 지식일 뿐이다. 그래서 직원들에게는 언제든 일본 음식에 관해서 궁금한 게 있으면 물어보라고 하고, 수동적으로 레시피만 배우지 말고 학원비 대 줄 테니 일본어 학원부터 다니라고 한다.

좋은 사장 같지?

아니다.

우선, 아무도 내게 그런 질문을 하지 않는다.

공부도 하던 사람이 한다. 뭔가 궁금한 게 있어야 질문을 하고 공부를 할 게 아닌가. 내 말 듣고 학원 다닌 직원도 12년 동안 딱 한 사람 봤다.

직원들은 그래서 사장이 자신들에게 도움이 되는지를 모른다. 그러다 그만두고 딴 데 가서 소식도 없이 해 오던 레시피로 주먹구구 개업을 한 친구들은 얼마 안 가 실패 소식이 들린다.

있으면서 별로 친해질 기회도 없다가 어쩌다 회식이라도 하면 사장 옆에 앉아 복지 등 노동 불만 사항만 늘어놓으며 나에게 무언의 자아비판을 압박하던 직원이 있었다. 그가 가게를 관두고 오랜만에 연락을 해 왔다.

"사장님! 사장님이 만들던 소스 레시피 알려 주실 수 있어요? 저 거기서 오래 일했잖아요."

그이 말고도 이런 경우가 종종 있다. 바로 얼마 전에도 그랬다.

이럴 때 나는 어떻게 답할까?

"그래~", "안 돼!" 이렇게 답하지 않는다.

"훔쳐 가라~"

"네?"

"대가를 지불하고 가져갈 거 아니잖냐. 쉬운 말로 훔쳐 가는 것이니, 하고 싶은 대로 훔쳐 가라. 막지는 않겠다."

그렇게 답하지만, 말해 주는 않는 내용이 하나 있다. 나에게 가르쳐 준 분들은 그걸 쓰라고 가르쳐 준 것이지, 팔아먹으라고 가르쳐 주신 게 아니다. 내가 스스로 만든 것만이 내가 남에게 팔 권리가 있다.

말은 배움이라고 하지만 조금 물러서서 바라보면 절도인 게 많다. 특히 지식과 노하우에 관한 한 조선 사람들은 어디까지가 합법적인 배움이고 어디부터가 절도인 줄 모른다. 학교나 학원 외에, 남에게 배우면서 대가를 지불해 본 경험이 얼마나 있나? 그래서 새로운 것이 나올 수 없는 것이다. 기술 대국으로 올라선 나라의 불안한 뒷모습이다.

제면소1

8년 전 일이다.

취업 지원자 중에 나보다도 나이가 많아 제쳐놨던 K에게서 메일이 왔다. 정성스럽게 자신을 설명하고 열심히 일해 볼 테니 면접 한번 보게 해 달라는 것이었다. 그는 중학 때 부친의 선택에 의해 일본에 조기유학을 가 적당한 대학을 졸업하고 아르바이트로 하던 식당에 취직하여 셰프의 길을 걸은 사람이었다. 30초반까지 요코하마 쪽의 어느 우동 집 등에서 일을 하다가 기회가 닿아 한일 간의 섬유 수출입 사업을 하게 되어 큰돈을 벌었다고 했다. 그러다 섬유업계에 한일 무역이 대폭 줄어들며 사업이 어렵게 되고 사기까지 당해 사업기반을 잃은 후 정년까지 해 보겠다며 분당 수내동에 우동집을 차렸다고 했다. 그러다 2년 만에 가게를 닫게 되고 공백 기간을 거쳐 취업을 하려니 마음에 드는 가게가 없었는데 우리 가게라면 한번 해 보고 싶으니 뽑아 달라는 것이었다.

개업 후 실패한 사람을 직원으로 잘 쓰지 않는다. 그 이유는 사장이 되어 본 사람은 주인의식이 있어 잘할 것 같지만 실제로는 그렇지 않다. 자신의 주장을 굽히지 못하고 직원과 불화가 많은 데다가 써먹을 수 있는 경력의 일부인 그들의 주장은 실패의 잔존물일 뿐 별쓸모가 없어 기피하게 된다. 하지만 그가 일본인의 인성으로 열심히 일해 줄 것 같아 그런 선입견을 덮고 같이 일하기로 했다.

예상대로 말없이 성실했던 그는 덴뿌라에 아주 특별한 기술과 자만이 있었고 열심히 일해 줬다. 그렇게 두 달 쯤 일하다가 갑자기 사표를 냈다. 체력이 부치고 허리가 아파 도저히 못 하겠다는 것이었다. 전에 이 정도 일은 안 해봤냐고 하니 일본에서는 해 봤는데 자신이 할 때는 이만큼 바쁘지 않았고 다시 하려니 나이 탓인지 어렵다는 것이었다.

그렇게 그와 인연은 끊어지는 듯했다.

하지만 그의 성실성과 재능은 아깝다고 생각해 나중을 생각해 끝을 잘 마무리 지었다.

그때쯤 서초점과 스타필드 하남점을 하고 있던 때에 동대구 신세계점 입점 제의가 들어왔다. 세 점포를 운영하려면 각각 제면 담당 인원을 육성해 운영해야 했는데 그건 거의 불가능했다. 가르칠 수 있는 사람은 나뿐인데 제면이 가능하도록 2-3개월 동안 다 배우고 나면 그만두고 나가는 일이 계속 반복되었기에 세 점포에서 벌어지는 일을 다 감당할 수는 없었기 때문이었다.

그래서 직접 제면하는 우동집을 운영했던 경험이 있는 K에게 제안을 했다. 어차피 남의 가게 셰프는 못할 것이라면 제가 도와드릴 테니 제면소를 차리시라고, 제 장비와 노하우를 다 드릴 테니 3천만 원만 들여 공장을 차리시면 면 발주를 몰아 드리겠다고...그렇게 해서 K는 성남 상대원동에 자그마한 제면공장을 차리게 되었고 건축 부분을 도와드렸다.

허가가 나오자마자 매일 600인분의 우동이 발주되었다.

제면소인 우동공장을 하자고 할 때는 내가 쓸 우동만으로 사업을 하자는 것은 아니었다. 그에게도 꿈이 있었기에 공장운영이 지속 가능한 최소한의 매출을 만들어 드릴 테니 따로 우동 판매 영업도 하셔서 납품처를 많이 만들어 성장시키고 결국엔 와라쿠 이름을 단 생우동면이나 한국에 시장이 열리지 않은 반건면을 만들어 마트 매대에 올릴 수 있도록 사업을 펼쳐 보자는 게 서로가 공유한 비전이었다.

그런데 그는 내가 발주하는 면의 생산도 버거워했다. 돈이 많이 남지 않는다며 직원을 쓸 수 없다고 했고 와이프와 둘이 하는데 거의 공장에서 먹고 자며 해야 공장이 돌아가는지라 매출과 생산을 늘리려는 영업노력을 따로 하기 어렵다고 했다. 그렇다고 면 가격을 올려줄 수는 없었다. 어느 정도 올려줄 여지가 없는 것은 아니지만 최초에 책정된 단가는 내가 언제든 사 올 수 있는 같은 기계로 만드는 경쟁업소의 단가 그대로였기에 그보다 더 준다는 것은 그가 앞으로 가져야 할 경쟁력을 싹부터 자르는 것이라 그런 선택은 자기부정에 가까웠다.

어쨌든 그는 성실했기에 납품에 대해서는 약속을 잘 지켰고 남는 이익으로 생활하는데 지장은 없어 그런대로 제면소는 지속 가능했다. 문제는 그 후의 비전이 문제였다.

고용이라는 최소한의 투자를 해 경영자가 영업에 나설 수 있는 여유를 만들지 못해 내내 공장 안에 묶여 있었고 추가 매출을 올리지 못하니 고용을 더 늘리거나 자동화된 반건면 라인을 구축할 투자여건을 만들어내지 못했다. 이대로는 먹고는 살아도 사업화에는 실패해 언젠가는 문을 닫을지 모른다는 생각이 점점 나에게도 그에게도 엄습해 왔다.

그래서 나는 그가 몇 년 전에 실패했다는 우동집의 경영 상황을 그의 아내에게 물어봤다. K사장님은 성실하시고 요리감각도 있으신데 우동집이 왜 잘 안 된거죠?

그녀는 짧은 한숨을 폭 쉬더니 회상을 들려주었다.

"가게가 좀 컸어요. 40평쯤. 처음엔 잘 되었어요. 열심히 면을 직접 밀고 일본 현지 맛을 그대로 내니까 반응이 좋았죠. 직원들이 사장 뜻대로 따르지 못해 어려웠는데 고집이 워낙 세서 음식을 혼자 다 하다시피 했어요.

우동을 주문하면 그때부터 삶고 튀김도 바로바로 하고 그러니 우동 한 그릇에 30-40분 기다리는 게 반복되니 손님이 화내고 가시는 경우가 많았죠.

매출이 줄어드니 직원도 그만두게 하고 점심시간에만 딱 한번 손님이 몰려 꽉 차는데 혼자 40평 가게 손님을 쳐내기는 힘들고 제가 도와줘도 해결이 안 됐어요. 수내동 상권도 예전만 못해 저녁 장사도 잘 안되고... 그렇게 점점 매출이 더 줄어 버티다 2년 첨 임대계약 끝나고 접었어요. 아무도 그의 진심을 알아주지 않았어요."

나는 그 상황을 충분히 이해했지만 그의 실패의 원인은 손실을 감수하고라도 투자에 나서는 경영의지 부족이라는 생각이 들었다.

투자란 가게를 만들 때 던진 돈만이 투자는 아니다. 물론 인적투자 물적투자를 해서 잘 되라는 법은 없다. 어쩌면 그런 만용을 부리지 않았기에 그의 지금이 비교적 안전 할 수도 있다. 그렇다고 그런 그의 선택 또는 그의 자질이 잘못되었다고 비난 할 정도는 아니다. 그는 무척 강건하고 누구보다도 성실하고 비할 바 없이 신중했다. 하지만 그의 우동집 실패와 제면소 비전상실은 어딘가가 닮아 있었다.

일단 그에게 여유를 주기 위해 경쟁업체보다 면 가격은 올려줬고 그렇게 조금의 여유를 찾는 듯했다.

"사장님 조금 시간 내서 저와 일본에 제면 기계 알아보러 갈까요?" 유혹도 해 보았지만 시간도 돈도 없다며 다음으로 미뤘다. 그래서 혼자 건너가 우동스승 히로타상에게 부탁해 반건면 생산라인을 알아보고 상담해서 자료를 들고 와 전달도 했다.

그때 쯤 인천공항 입점제의가 들어왔다. 나 나름대로 계획도 있었지만 제대로 돌아가면 제면 생산량도 확 늘릴 수 있어 투자를 했다.

하필 내 인생의 최대 실수인 그 선택은 나와 모두를 블랙홀로 빨려 들어가게 했다. 인천공항점은 고질적인 승객부족과 공항 내 입지 문제를 해결하지 못하고 적자로 끌려가다 반일 불매운동으로 직격을 맞아 큰 상처를 남겼다.

하지만 제면량 자체는 늘어 월 발주량이 2,000만 원을 훌쩍 넘겼다. 나는 손해를 봐도 납품하는 제면소는 잘 돌아가야 하는데 거긴 거기대로 근로시간만 늘었지 변함없이 힘만 들어 했다.

그러다 어느 날 내 사정도 점점 나빠지고 있어서 이대로는 어렵겠다는 생각이 들어 어느 가을 K사장과 면담을 했다. "사장님 지금까지는 제가 어떻게든 밀어드리려고 해 여기까지 왔는데 내년은 어찌 될지 모르겠어요. 제 발주가 줄어도 공장을 계속 하실 수 있으면 하시되 지금처럼 제 발주가 매출 100%라면 지속이 어려울 수도 있으니 공장을 접는 것도 생각해 보세요. 그러면 사장님도 손해가 있겠지만 지금 결단 내리지 않으면 나중에는 저와 나쁘게 끝날 수도 있어요."

그는 또 한 번의 실패를 인정하고 싶지 않은 듯 생각보다 더 오래 번민했고 결국에는 다음 해 1월 공장을 철거했다. 그리고 1월 말 국내 첫 코로나 감염자가 확인되었다.

제면소2

이건 실패 성공에 대한 얘기가 아니다. 내가 꼭 이겨야만 하는 한 시즌에 대한 얘기이고 어렵게 이끌고 있는 한 게임의 7회말에 대한 얘기이다. 이닝을 잃어도 같이 뛴 선수 누군가는 승리투수가 되고 한 경기를 잃어도 누군가는 홈런과 타점을 챙긴다. 하지만 지울 수 없는 기억이 남았다.

다음 날이면 철거할 제면소에서 마지막 우동을 만드는 날이었다. 난 하루 종일 불안정했다. 내 책임도 피할 수 없는 것이라서 전화하기도 불편했지만, 오늘 그의 마음은 어떨까 생각하니 가만히 있을 수 없어 용기(?)를 내 공장을 찾았다.

공장 안에는 적막 속에 부부가 면을 포장하고 있었다. 그들의 뒷모습은 인사도 걸기에도 어렵게 무거웠다. '안녕'이라는 단어도 무색해서 질문으로 대신했다.

"...이게 마지막 면인가요? 내일 철거업자는 별 문제 없으세요?"

몇 질문을 했지만 고개만 끄덕일 뿐 같이 일하는 그의 아내는 고개를 돌리고 차를 내려는 듯 자리를 피하길래 이미 마셨다며 말리고 어두운 분위기를 털려고 이런저런 얘기를 혼자 한참 떠들었다.

K사장을 사무실 쪽으로 데리고 나와 사무적인 얘기로 마무리를 하고 나서 돌아가기 전에 유리창을 통해 공장 안을 마지막으로 들여다보는데 면을 정리하고 있던 그의 아내의 뒷모습이 눈에 들어왔다. 그때 이대로 발걸음을 돌릴 수 없다고 생각했다. 그래서 공장 안에 들어가 그녀의 등에 대고 말을 걸었다.

"그동안 애써주셨는데 죄송합니다. 사장님이나 저나 열심히 했는데 안되네요. 두 분 아직 건강하시고 성실하시니까 또 좋은 일이 있겠죠... 정말 죄송합니다."

그러자 그녀가 돌아서서 내 가슴에 고개를 묻고 울기 시작했다. 나도 왈칵 올라오는 울음을 참고 "미안해요... 미안해요..." 하고 그의 등을 두드렸다. 다 울고 난 그녀는 어떤 순간이 온 듯 밀가루 묻

은 앞치마로 얼굴을 정리하더니 억지로 평상의 얼굴을 만들고는,

"사장님 그동안 감사했습니다! 오세와니 나리마시타!!"

그리고 K사장에게 돌아와 함께 나를 배웅했다.

난 그들에게 큰 인생의 빚을 졌다.

그리고 1년 후 그는 동부이촌동 한강쇼핑 안에 10평짜리 한강초밥이라는 우동집을 다시 열었다는 소식을 전해 왔다. 오픈 후 몇 달 뒤에나 찾는데 그와 그의 아내는 밝고 가벼워 보였다. 코로나로 문 닫게 된 가게를 인수했는데 여기엔 자신의 존재감을 완전히 없앴다.

전에 하던 우동보다 쉽고 가볍게 해서 오픈 전 준비와 점심은 자신이 하고 일찍 퇴근하면 아내는 점심 서빙과 저녁 장사를 하며 운영하다가 이제는 둘이 점심만 충실히 하는데 잘 된다고 했다.

전에도 얘기했지만 그는 덴뿌라에 특별한 애정과 재능이 있고 나이 차이가 좀 있는 그녀가 큰 역할을 하고 있었다. 그에게 딱 맞는 우동집이었던 것이다.

그날 그와 오랜만에 와인 각 1병을 했다. 그는 내가 짊어진 빚을 그의 노력으로 스스로 탕감해 주었다.

그의 말년우동을 응원한다.

Bravo your Life!!

식당, 공간, 인간

돈키와 명동돈가스

명동돈가스는 30여 년 된 집이다.

대학 시절 아버지가 들려주신 얘기. 명동의 한 건달이 여자를 꼬셔 호텔에 데려갔다. 그날 그 대연각호텔에 화재가 나서 생사의 기로에 섰는데, 어느 한 일본 신혼부부를 구해 준 게 은혜 갚기로 이어져 일본에서 유명한 돈가스집의 기술과 자본을 받아 명동에 4층짜리 돈가스집을 열게 됐다는 것이다(사실이 아닐 수도 있다).

일본식 돈가스는 처음 소개되는 것인데도 처음부터 장사가 잘 됐고, 당시 기준으로 꽤 괜찮은 돈가스를 선보였기에 '사보텐'이 들어오기 전까지 나도 오랫동안 다닌 집이다.

얼마 전 '대연각 화재'를 검색하다가, 그 집에 돈가스의 비법을 전수했다는 '원조' 가게 정보를 우연히 알게 됐다.

도쿄 시나가와(品川)구 메구로(目黒)역 앞에 있는 '돈키(トンキ)'라는 돈가스집이었다.

가 보니, 무려 쇼와 14년(1939)에 개업한 노포인데 도쿄에서도 꽤 유명한 원조집답게 오후 다섯 시라는 애매한 시간에도 긴 줄이 늘어서 있었다. 들어가니 이름만 말하라고 하고 주문을 받아 둔다. 자리 나면 알려 줄 테니 뒷자리 아무 데나 앉아 있으라고.

"하잇!"

시원시원 대답부터 하고 보니, 내 앞에 기다리는 사람이 족히 100명은 돼 보이는데 내 얼굴을 기억한다고? 그리고 자리와 음식 나오는 시간을 맞춘다고? 믿을 수 없어!

그랬는데, 20분쯤 뒤 줄 선 사람들 얼굴을 주욱 둘러보더니 정확하게 나한테 와서 "미나미(南) 상! 이쪽으로요" 하고 안내하는 것이다. 자리에 앉으니 주문한 음식이 바로 나왔다. 정말로 나를 알아보고, 시간과 음식도 맞춘 것이다. 옛날 방식 그대로.

내가 시킨 음식은 로스가스였는데, 바로 튀겨서 내온 걸 분명히 봤는데 한입 먹어 보니 바삭하지가 않았다. 그 유명한 '십자썰기'도 가운데를 썬 게 아니었다.

'이게 뭐지? 설마 이게 원조?'

닥치고 먹어 보니 맛은 있다. 다만, 여태껏 먹어 본 돈가스와 다를 뿐이다. 빵가루는 왜 고운 마른 빵가루를 썼으며, 계란 물은 왜 두텁게 썼고, 십자썰기는 왜 센터가 아닐까….

거의 다 먹을 때쯤에야 머리를 망치로 얻어맞는 듯한 깨달음이 왔다.

'이거… 이거… 이거!'

그렇다. 그게 진짜 80년 전 맛이었던 것이다. 당시 사람들은 젖은 빵가루의 바삭함보다, 마른 빵가루 옷을 얇게 바르고 귀한 계란 물을 듬뿍 입혀 튀긴 게 좋았던 것이다. 냉장고가 보급되지 않은 시절이라 돼지고기도 요즘처럼 고온에 '겉바속촉'이 아니라 저온으로 오래 익혀 겉은 타지 않으면서 속까지 충분히 익도록 했다. 이런 방식은 요즘 같은 거친 생빵가루와 맞지 않는다. 당시론 고급이던 이 요리를 여섯 쪽으로 써는 건 호사였고, 열두 쪽으로 썰되 느끼하지 않도록 기름 쪽은 좀 크게, 살코기 쪽은 좀 작게 하던 방식을 지금까지도 고수하고 있었다. 레시피도 맛도 1930년대 개업할 때 그대로였던 것이다.

'쇼와 시대 모단갸루(모던걸)들의 사랑을 받은 돈가스는 이런 거였구나!'

타임머신을 타고 80년 전으로 돌아간 느낌이었다.

이 가게라고 트렌드를 몰랐을 리가 없다 수많은 사람들의 불만, 다른 가게는 이리이리한다더라 하는 소문이 안 들렸을 리 없다. 그런 세월을 지나면서도 개업 이래 가게를 사랑해 준 고객이 인정한 '그때 그 맛'을 변치 않게 그대로 나가고 있다는 데 소름이 돋았다. '이 가게 대단하다!'를 넘어, 일본 손님들이 존경스럽다는 생각까지 들었다.

지금 돈가스 하면 100% 생빵가루의 바삭함, 두꺼운 흑돼지의 부드러움, 고온의 깨끗한 기름이 만든 색이다. 그런데 '80년 전 맛 그대로'라는 미사여구 한마디 없어도 알아서 그때 그 맛을 기대하고 찾아오고, 불만 없이 그 맛을 즐기는 손님들이 이 집엔 있다. 20~30년 전 맛이라면 누군가가 기억하고 있을 수 있고, 어쩌면 만드는 사람이 아직 그대로일 수 있다. 하지만 70~80년 된 가게의 맛을 경험해 본 사람들은 이제 없다. 아무도 기억하지 못하는데도 그 맛을 지키고 유지한다는 것, 거기엔 '경영' 이상의 그 무엇이 있다.

일본인이라고 다 미식가는 아닐 것이다. 그들이라고 다 이 맛이 맘에 드는 것도 아닐 것이다. 그들은 그저 이 가게를 인정하고, 남들의 호평에 딴죽 걸지 않는 것이다. 그 바탕에는 존중하는 마음이 있다.

비판하고 싶은 마음이 들려다가도 '내가 감히…' 하며 자제하는 것. 일본은 존중과 존경심의 나라다.

다 먹고 나서 가게를 둘러보며, 주방에서 일하는 분들에게 90도 인사를 드리고 싶었다. 객석에서 조용히 먹고, 그 뒤에서 조용히 기다리는 분들에게도 엎드려 절하고 싶었다. 아무 말 없이 80년 노포를 응원하는 그들의 존경심에 저절로 존경심이 들었다.

그럼, 1980년대에 문을 연 명동돈가스는 원조 돈키돈가스의 맛을 구현했을까? 답부터 말하자면 '노'다.

명동돈가스는 1980년대 당시 유행한 도쿄의 돈가스 맛이다. 서울 한복판에서 당시 기준 50년 전의 맛을 구현할 이유가 없으니 전수할 필요도 없었을 것이다.

밑도 끝도 없이 원조 타령 하는 조선인들에게, "옛날 맛을 인정하고 즐길 자세는 돼 있습니까?" 하고 묻고 싶다.

내 젊음의 순대

1980년대 대학 신입생 시절, 누구나 그렇듯 처음엔 학식을 이용했다. 당시 일반 400원, 교수 특식 700원 하던 시절이라 음식이야 군대 짬밥보다 조금 나은 수준인 급식이었다.

한 2주쯤 지나니 동기생들은 하나둘씩 학교 앞 분식집으로 빠져나가기 시작했다. 혼밥 하기도 그렇고 해서 따라나서 먹어 보니, 지방 출신으로 집밥만 먹던 나한텐 음식들이 너무나 시시하더라.

하루는 학교 앞으로 다 같이 몰려 나가다가, 시답지 않은 분식에 700~800원 쓰기가 아까워 대열에서 이탈해서 학교 앞 동네를 둘러

보았다. 다 고만고만한 음식들이라서 안 들어가고 한참 걸어 내려가니 서교시장이라는 작은 시장이 나왔다. 골목 어귀부터 적당히 '비위생' 느낌이 나는 게 딱 내 스타일이었다. 시장 안 한 집, '경상도순대'라는 알루미늄 문짝을 달고 큰 솥을 걸고 찜틀 위에 순대와 머릿고기가 놓인, 아주 트래디셔널한 순대집이 있길래 들어갔다.

테이블은 네 개. 의외로 할머니가 아닌 새댁 같은 분이 반갑게 맞아 주어 한쪽 자리를 차지했다. 처음 오는 집에다 혼밥이라 뭘 주문할까 얼떨떨해 하는 사이에, 어떤 덩치 좋은 아재가 문을 박차고 들어온다. 머리에 수건을 묶고 작업복을 입은 게 노가다임에 틀림없다. 들어오자마자 500원 동전을 순대 찜틀 옆 타일 위에 엄지와 검지로 딱! 소리 나게 찍어 눌러 놓는다. 오~ 포스 작렬!

새댁(?) 주인이 힐끔 보더니, 휴지로 막아 놓은 소주병을 익숙하게 열어 '그라스고뿌'에 꼴꼴꼴 따라 부어 준다. 고뿌를 받자마자 아재가 숨도 쉬지 않고 3분의 2를 한 모금에 들이켜자, 새댁 주인이 돼지 머리 중에서 비계 부분을 쓰윽 썰어 소금을 푹 찍어서 건네니 사내는 한입에 받아 우물우물 먹고, 남은 소주를 맛있게 마시고, 소매로 입을 쓱 닦고는 "잘 먹었수~" 인사하고 휙 나가 버렸다.

캬~ 눈 깜짝할 새 눈앞에서 벌어진 '노가다 블루스'에 넋이 나간 나는 새댁 주인이 "뭐 하시게요?" 하고 묻는 말에 나도 모르게 "머릿고기요!" 하고 말았다. 새댁 주인은 웃으면서 "접시 머릿고기는 안주용이고, 점심에 혼자 먹기는 많으니 반 접시 해서 천 원에 드릴게요" 하며 반 접시 내주고, "식사도 해야 하니까…" 하며 국물에 밥도 조금 말아 주었다. 내친김에,

"소주 반 병도 팔아요?"

"학생 같은데 낮부터 술 먹지 마요."

그러면서 누군가 남겼을 소주병에서 한 잔을 따라 주었다.

경상도순대집과의 인연은 그렇게 시작되었다. 좀 다니다가 어느 날은 아줌마도 아닌데 이런 순대집을 어떻게 하게 되었냐고 물으니, 친정어머니가 경산인가에서 하시던 일인데 알려 주셔서 물려받아 하게 되었다고 했다.

학생 때는 일주일에 한 번 정도는 꼭 갔고, 근처 이대 다니던 누나도 불러 다니게 되고, 누나 결혼한 뒤에는 매형과 조카들도 안면을 트고 나 졸업한 뒤에도 가끔 가는 잘 아는 식당이 되었다.

그랬는데 이 새댁 주인이 중간에 무슨 바람이 불었는지, 1993년인가 홍대 앞이 조금 커질 때 횟집에 손을 댔다가 잘 안됐다. 그러고 나서 "역시 엄마가 물려주신 순대를 팔자로 알아야겠다"며 다시 홍대 앞에 박찬숙순대라는 이름을 걸고 다시 시작하여 성업을 이루었다.

오랜만에 딸이 순대가 먹고 싶다 해서 인사도 드릴 겸 조카와 찾아갔더니, 가는 길거리 풍경이 많이 바뀌어 불안불안하더니만 역시나, 가게가 없어진 게 아닌가! 또 한 사람 인연이 끊어진 건가 하며 낙담하고 포기하려다 검색을 해 보니 문래동에서 흔적이 포착됐다. 작은 희망을 안고 문래동까지 가 보니 바로 그 집!

젊었던 새댁은 아줌마가 됐지만, 오랜만에 만난 친척인 양 반가워해 주었고, 다행히 이쪽 건너와서 사위와 함께 잘하고 있다고 해서 기뻤다. 딸아이 나이쯤부터 다니던 식당을 딸아이 데리고 인사로 갈 수 있다니 난 참 행복한 사람이구나 하는 생각을 했다.

식당이란 밥만 파는 곳이 아니다.

열차집 곱창기름

1986년 여름의 일이다.

땀을 삐질삐질 흘리며 종로에서 교보문고를 찾아가다 어느 골목에서 코끝을 스치는 고소한 향기에 끌려 냄새를 따라갔다. 지금은 사라진 피맛길의 광화문쪽 입구에 있던 열차집.

외삼촌을 따라 가 본 적 있는 맛있는 녹두전 집이라서 아, 이 집에서 나는 냄새였구나 하고 반가웠다.

그런데 그 시간은 막걸리집이 열려 있을 시간이 아니었는데 맛있는 냄새가 날 리가 없다. 안을 들여다보니 역시 아직 오픈 전.

향기의 진원지는 가게 앞에 걸어 놓은 큰 솥이었다. 거기 한가득 소곱창이 끓으며 곱창 기름을 만들어 내고 있었다.

그때 알았다. 고소하고 바삭한 열차집의 녹두부침개 맛은 낮에 열심히 만든 곱창 기름에서 나온다는 것을.

이젠 곱창이 비싸져서 그런 기름을 쓸 수도 없지만, 건강에 나쁘다는 인식 때문에도 쓰려고 해도 곤란할 거다.

인기점이었던 열차집은 그 후 재개발로 골목 자체가 없어지며 폐점했지만, 재개발이 아니었어도 없어졌을 거다. 나야 재개발 직전까지도 다녔지만, 스물두 살 때도 마흔 살 때도 그 집 손님 중에서 내가 항상 제일 어렸다. 즉, 열차집의 맛은 할배들만의 오랜 맛이었던 거다.

가끔 곱창을 사다가 이렇게 기름을 내어 버터처럼 만들어 놓고 전을 부칠 때나 기름진 탕에 써 본다. 내과 선생님들이 보면 기겁할지 모르지만, 이 맛을 내는 건 이것뿐이다. 옛날 맛을 그리고 즐기기 위해서는 양보해야 하는 가치도 있다.

"나, 성공했어!"

1990년대 초, 설계사무소에 갓 들어가 무식하게 일할 때다.

거의 매일 야근에, 일주일에 하루 이틀은 철야를 했다. 그래야 되는 줄 알았다. 야근 수당이 따로 있는 것도 아니고 저녁 식대와 철야 간식비 정도나 더 받으면서, 한마디로 먹여만 주면 일을 하던 시절이었다. 덕분에 만 1년이 지나니 3천 평 이하 건물은 혼자 맡아 할 수 있을 정도가 됐다.

매일 철야가 이어지다 보니 철야 간식이래야 동네 구멍가게의 과자, 음료나 저녁에 미리 사 놓은 식어 빠진 떡볶이, 순대 수준이라 의욕이 떨어졌다. 다른 먹거리는 없을까 찾아보던 중, 회사가 있는 논현동에 테이블 4개짜리 작은 치킨집이 새로 문을 연 걸 알았다. 어느 날 퇴근길에 들러 먹어 보니 웬걸, 닭튀김이 이제까지와는 다른 맛이었다.

주인은 30대 중반에 다부진 인상이었고 곱상한 와이프와 같이 하는데, 유치원쯤 다니는 애들 둘이 집에 가자며 찡찡대는 가게 분위기. 이 계통 일은 처음인 듯했고 두 사람 다 고생 안 해 본 듯했다.

"닭튀김이 어떻게 이렇게 맛있어요?"

"두 번 튀기기 안 하고, 시간 걸려도 한번에 튀겨 내고, 기름 매일 갈아 주고…."

그날부터 철야 야식은 네 사람당 닭 한 마리로, 퇴근 후 한 잔은 이 집에서, 그렇게 한 1년 동안 닭 100마리쯤 학살했나 보다.

그러면서 좀 친해지게 돼서 물어보았다.

"치킨집에 안 어울리시는데 어쩌다가…?"

"공대 졸업하고 중소기업 다니다가 플라스틱 사출 공장을 인수해서 창업했는데, 몇 년 만에 쫄딱 망했어요. 빚을 갚으려면 취직해서 월급 받아 갖곤 답이 안 나와서, 주변에서 몇 사람이 조금씩 도와줘서 이 가게를 하게 됐어요.”

그러면서, 하루에 열 테이블 남짓한 매상에 튀김도 자기 입맛에 맞게 하다 보니 돈도 안 되고, 부부가 밤늦게까지 매달려 있으니 집안도 엉망이 돼서 걱정이란다.

“튀김은 조금 자신 있고, 가게 앞에 주차 공간으로 여유가 있으니 가게를 좀 넓혀서 점심에 기사 식당처럼 돈가스를 팔아 보면 어떨까 생각 중이에요.”

그래서 내 전공을 살려, 건축법에 저촉되지 않는 범위에서 테이블을 늘릴 방법을 알려 주고, 돈가스 소스도 같이 시식도 해 보고, 그러고서 얼마 뒤 치킨집은 ‘돈가스 기사 식당’으로 업종을 변경했다. 배운 사람들답게 소스에 월계수 잎 넣고, 우스터 소스 따로 제공하고, 풋고추는 무제한(아마도 최초) 등등 색다른 시도를 몇 가지 했는데 반응이 좋아서 그런대로 가게가 잘됐다.

그 뒤 내가 회사를 옮기게 돼서 이후로 이따금 인사차 가면 반가워해 주고, 매년 연하장 보내고 잡지 정기 구독을 선물로 보내는 사이로 지냈다.

일본에 가게 돼서 인사를 하러 들렀다.

“장사가 그럭저럭 되는데, 지하에 있는 큰 식당이 자기 자리를 인수하라네요. 지하로 들어가도 될지 모르겠어요.”

“그거 괜찮을 것 같은데요? 대신, 지금 하는 자리는 다른 식당에 주지 마세요.”

그리고 내 사정 상 연락이 끊겼다.

7~8년 뒤 한국에 돌아와 다른 설계 사무실에 다니면서 어느 날 그

근처를 지나며 보니 지하에 그 식당이 아직 있는 듯했다.

'잘되고 있을까…'

얼마 후 그 식당을 찾았다. 아직도 그분인지, 잘되고는 있는지 걱정을 안고.

점심시간 좀 지났는데도 사람이 꽤 많았고, 사장과 부인은 한눈에 보이지 않았다. 안쪽으로 자리를 잡으러 들어가다가, 좌식 테이블을 치우고 있던 사장과 눈이 딱 마주쳤다.

"어이! 남 형!"

사장은 맨발로 뛰어내려와, 답례할 틈도 없이 그 커다란 두 손으로 내 손을 꽉 잡았다.

"남 형! 나 성공했어!."

그 말에 가슴이 콱 막히며 눈물이 쏟아질 뻔했는데, 입에서는 "저, 돈가스 주세요"라는 말밖에 안 나왔다.

주방에서 부인도 뛰어나오고, 돈가스 한 접시 놓고 셋이 마주 앉아 그간의 이야기를 풀어 놓았다.

지하 식당이 넓어서 처음에 걱정했는데, 입소문이 나선지 그 뒤로 승승장구해서 하루에 돈가스 700그릇 파는 집이 됐고, 주 고객이 택시 기사들이라서 현금들을 내니까 정신없이 돈을 모아서 1년 만에 빚 다 갚고 그 뒤로는 아파트도 몇 채 샀단다. 나를 찾으려고 전 직장 사람들한테도 물어보고 수소문을 했지만 못 찾았는데 이렇게 찾아 줘 고맙다며 너무 좋아해 주었다. 나도 마치 내가 성공한 양 기분이 뿌듯하여 가슴 박찬 기분을 안고 인사하고 나오며, 인생이란 이런 맛에 사는 게 아닐까 하는 생각이 들었다.

그날의 감격은 지금도 내가 새로운 도전을 할 때마다 들춰보는 한 장면이 됐다.

나도 언젠가는 누군가의 손을 잡고 "나, 성공했어!" 할 수 있는 날을 꿈꾼다.

'가나돈까스' 얘기였다.

마장동 한우

처음 이자카야를 시작할 때, 고기 살 곳이 마땅치 않았다. 한 마리에 두 장 나오는 항정살을 사러 가면 "그거 떼어 주면 딴 건 어찌 파노?" 하며 쌩~한 소리나 듣기 쉬웠고, "치마살 500g만요" 하면 일반 소비자만도 못한 손 크기에 비웃음을 샀다. 고깃거리 골목에 들어서면 시선이 집중되는데, 몇 달째 다니다 보니 "저 양반 또 왔네", "누군가 했더니" 하는 분위기로 눈 마주치면 외려 그쪽이 고개를 돌리는 상황이 되었다.

한번은 장을 보고 배가 고파 입구의 순대집에서 작은 접시를 시켜서 먹었더니 순대 아줌마가,

"우린 사장님을 가방 아저씨라고 불러. 별 사는 것도 없이 손가방 메고 두리번거리고만 가길래 우리끼리, 저 사장은 장사 안 하게 생겼는데 얼마나 오나 보자면서 내기도 했지. 육 개월 못 다니고 망할 거라 했는데 용케 오래 다니데?"

아줌마들끼리 낄낄대며 날 입에 올린 것이 그닥 기분은 안 좋았지만, 그 말 안에는 칭찬이 51% 들어 있다는 것을 알아 그냥 끄덕이며 맛있게 먹었다. 거긴 그런 동네다. 프로만 쳐주는.

그러나 내가 다니는 그 정육점에 거래를 트게 된 계기가 있다.

아줌마는 항상 가게 앞에 나와 있었다. 나는 병적으로 호객을 싫어해서 아줌마가 보이면 더 멀리 3m쯤 돌아 피해 다녔다.

그런데 알고 보니 아줌마는 손님에 관심이 많았다. 누가 뭘 찾는지, 뭘 사 가는지 궁금해 안에 앉아 있을 수가 없다는 분이었다. 장사 마인드는 눈곱만큼도 없는 정골사 남편을 안에 박아 두고 그 골목의 '빠꼼이'로 평생을 길에서 서서 보낸 분이었다.

처음 한 장사가 좀 안정되니, 후쿠오카에서 먹었던 깨끗하게 숯불로 구운 돼지족발을 메뉴에 넣고 싶었다.

족이 아닌 사태를 붙여 왕족발이라는 이름으로 파는 한국 족발은 계피, 카라멜, 팔각으로 온통 싸구려 향신료 냄새 가득한 물건으로 변질돼 맛을 잃었다. 그에 비해 오키나와의 영향을 받은 우리 가게 규슈식 족발은 발 부분만 깨끗이 손질해 부드럽도록 삶은 후 숯불에 올려 굽는 요리로, 초기에 많은 마니아를 만들며 인기 메뉴로 자리 잡았다(직원들이 만들며 짜증을 하도 내서 이미 오래전에 접었다).

그 돼지족은 생물을 사서 우선 세로로 반을 쪼개기부터 해야 하는데, 족 장사들이 귀찮아 하고 심지어 팔지 않으려고도 했다. 그래서 살 때마다 동냥하듯 빌듯 사야 했는데, 하루는 그 정육점 아줌마가 족 흥정을 하는데 옆에 오더니,

"그 족 좋아 보이는데, 그거 사요. 자르는 건 우리 기계로 해 줄게."

"저… 거기서 파시는 한우는 저희는 거의 살 게 없는데요…."

"아유~ 괜찮아. 기계 쓰는 데 돈 드나. 그거 잘라 주면 이 족 아줌마도 쉽게 팔고 사장님도 편하면 그만이지."

이렇게, 고기는 사지도 않으면서 기계만 빌려 쓰는 거래가 몇 달 계속되었다. 그러다가,

"저… 새 메뉴를 하고 싶은데, 한우는 비싸고 수입은 사는 양이 적어서, 뭘 사야 할지 몰라서요."

이런 질문이 쌓여 갔다.

"아 그거, 미국산 요거 요거 써."

"여기서 안 파시잖아요."

"그거 아는 집에 얘기해서 좀 받아 놔 줄게."

"죄송한데… 안 얼린 국산 항정살 두 장만 파시면 안 돼요?", "얇게 썬 삼겹을 겹치지 않게 한 장 한 장 비닐 깔아 주시면 좋겠는데요."

이렇게 시작된 거래가 10년이 훨씬 넘었다.

놀란 것은 그분의 생활력. 일 년 365일 새벽부터 밤 열 시까지 그냥 그 길바닥에 항상 서 있었다. 물건 팔려고 길에 나오는 게 아니라, 그냥 일터가 그 길인 것이다. 손님이 궁금하고, 내 고기 자랑하고 싶고, 좁아터진 가게 안은 갑갑해서 나와, 장사하는 곳이 길이고 길이 직장이었던 것이다. 거기서 수십 년째 매일 웃는 얼굴로 서 있다는 게 존경스러웠다. 중간에 교통사고가 났어도 목발을 하고 나와 있었고, 장사를 해 보겠다는 아들을 세웠다가도 도로 뺏어 버리고 직접 나오지 않으면 참을 수 없는 분인 거다. 가게를 두 배로 늘려 아들과 함께 했다가 포기도 하고, 곱창 장사해 봤다가 그만두기도 하고, 다 때려치우고 식당 멋지게 하겠다며 뛰쳐나간 아들을 내가 말리려고 이태원으로 불러내 술 사 주며 겁줘 보기도 하고…. 그러는 사이 옆집은 두 번이나 망해 바뀌고, 안쪽 수입육 가게도 망해 나가고, 그렇게 그 집만 남아 나에게 마장동의 역사가 됐다.

난 이런 치열한 삶의 현장을 좋아하고 그런 장소에 삶을 바친 분들을 존경한다.

오늘도 길에 서 있을 '대은식품' 아줌마한테 한우 안심 300g을 사서 구우러 가야겠다. 육사시미거리가 좀 있으면 좋겠다.

식당의 정체성

믿을 만한 가정식 백반집 하나 직장 근처에 있으면 살가운 이모가 근처에 사는 것만큼 든든하다.

6년 전 일이다. 어느 오전, 8년째 잘 다니는 백반 집에 오랜만에 들르게 되었다. 들어서 보니 주인 아주머니가 안 보였지만, 가끔 안 계실 때도 늘 좋은 밥상을 받아 온 가게라서 별 생각 없이 "밥 하나요!"를 외쳤다.

이윽고 나온 밥상. 뭔가 싸~하다. 눈으로 봐서 달라진 건 없다. 반찬 개수도 같고 종류도 같다. 그런데 뭔가 싸~한 건 틀림없다. 일단 먹어 보자….

'음….'

모든 게 다 같은데, 아니 오히려 전보다 반찬의 양도 조금 늘었고 국도 건더기가 더 있는 것 같고 좋아진 것 같은데, 틀림없이 뭔가 달라졌다. 맘에 안 든다.

뭘까?

'난 나쁜 놈이다. 더 잘해 줬는데도 싫다니.'

스스로 별 트집을 다 잡는다 싶어 잠자코 먹는데, 묘한 기분이 가시지 않는다. 가게가 이상한 게 아니라, 내 기분이 이게 뭘까 고민하며 먹었다.

계산 마치고 밖으로 나와, 근처에 상주하는 발렛 주차 사장을 찾아갔다. 동네 사정은 이 사람이 제일 잘 안다.

"저 식당, 주인 바뀌었죠?"

"에? 왜? 아니야~ 우리도 지금 시켜 먹고 있는데? 똑같애~"

"에이 뭘…. 말해 봐요."

"응… 사실은… 그분, 허리가 아파서 안 나와. 그래도 일하는 이모들은 다 그대로라서 음식은 똑같애.”

“정말요? 아닌데…. 넘긴 거 맞죠?”

“허허…. 아파서 넘겼어. 총각들이 열심히 해. 근데 왜? 누가 그래?”

“아녜요, 여전히 맛있어요. 담에 봐요~”

내 입은 못 속인다. 그렇군, 바뀌었군.

곰곰 생각해 보았다. 무엇이 주인 바뀐 걸 눈치채게 만들었고, 무엇이 맘에 안 들었던 걸까?

답은 새로 인수한 주인의 개선 노력 속에 있었다. 양을 조금씩 늘렸지만, 덕분에 ‘다 먹고 또 달라고 해야 하나?’ 생각하게 만드는 아쉬움이 증발했다. 손으로 바른 김도 똑같이 내는데 기름과 소금이 줄었다. 일하는 이모에게 물으니 짜다고 하는 손님이 있어서 줄였다고 했다. 기름도 몸에 안 좋다며 줄이고(내 몸을 대신 걱정하지 말아 줘). 오뎅 반찬은 더 잘하려 했는지 양념이 더 들어간 탓에 다 먹지 못했다. 밥도 더 잘하겠다고 잡곡을 늘렸는데, 그러고 나니 순한 북엇국과 잘 맞지 않는다. 김치가 대단히 맛있는 집은 아니었어도 고춧가루 색은 예쁜 집이었는데 그것도 기성품으로 바뀌었다. 그럼 이 집 김치찌개는 끝이다. 그 집 최고의 매력인 무침이 오이로 나왔는데, 어제 무친 것이다. 물론 그래도 여느 집보단 맛있지만, 이 집은 원래 무침이 중간에 떨어지는 일은 있어도 전날 무친 것을 내는 법은 없었다.

이런 판단은 일하는 이모들이 하는 것이 아니다. 주인의 쓸데없는 고집에서 나오는 것이다. 그 집 백반의 가성비는 주인 아주머니 허릿값에서 나온 것이었다. 새 주인은 이 집의 최대 장점을 알아채지 못한 것이다.

물론 개선은 나쁜 게 아니다. 무엇이든 더 좋게 만들려는 노력은 칭찬받고 매상으로 보답 받아 마땅하다. 그런데 내가 말하고 싶은 건, 그게 다가 아니라는 거다.

어떤 집 음식의 정체성은 장점으로만 만들어지는 게 아니다. 단점과 장점이 어우러져 하나의 생물체처럼 탄생하는 것이다. 내가 그 집을 아꼈던 것은 맛있고 푸짐하고 집밥 같은 좋은 점 때문이기도 하지만, 그게 다는 아닌 것이다. 단점을 개선한다는 노력이 오히려 정체성을 무너뜨리게 된 것이다. 단점마저 마음에 넣어야 사랑이다. 지나고야 안다, 사랑이었구나….

미안하지만 이 가게는 아마 오래가지 못할 것이다. 6천 원 백반으로는 원가 한계에 있던 가게다. 비록 조금이지만 멋모르고 양 늘리면 수익 한계가 와서 어딘가 부실해도 부실해지게 돼 있다. 주방에서 일하던 주인 대신 주방 직원 하나 늘고, 동업 구조이니 수익 매력이 떨어져 급격히 정열 이탈이 될 것이다. 정열 이탈은 바로 고객 이탈로 이어진다. 권리금 주고 들어간 가게이니 투자 수익률이 머리를 맴돌 것이고, 그러느라 종업원에 의존한 맛이 언제 어떻게 달라지는지 눈치 못 채는 사이에 저 멀리 다른 데 가 있게 될 것이다.

그대로 인수해서 똑같은 음식 하고 더 노력하면 되겠지 하겠지만, 밥집 하나 만들어지는 게 계산대로 되는 게 아니다. 게다가 계산법도 모르지 않는가(누가 우리 가게에 이런 잣대를 들이대면 나도 피떡이 될 게 분명하다).

아쉬운 마음에 남에 가게에 표독한 소리를 내고 말았다.

내가 점쟁이는 아니지만, 1년 만에 다시 가 본 그 식당은 예상대로 주인이 또 바뀌어 있었다. 이유는 1년 전 예상한 그대로다. 오는 사람이 또 오는 것으로 먹고사는 동네 장사에서 평판을 잃으면 도리 없다. 두 번째 주인은 아마도 자신들이 무엇을 잘못했는지도 모른 채 떠나갔을 것이고, 세 번째 주인은 더더욱 아무것도 모를 것이다.

식당은 '어떻게'가 아니라 '누가'다. 나 스스로도 많은 반성을 하는 기회가 됐다.

소바 스승 고이케 상

몇 년을 별러 히로타 상에게서 우동을 배우기로 하고 스케줄을 잡았다.

그 가게에서 수년을 다니다 가게를 물려받는 노렌와케(暖簾分け) 방식도, 거액의 돈을 주고 노하우를 이전받는 방식도 아니었다. 스승이 알려 주는 내용을 군말 없이 받고, 모자라는 부분과 한국에서 현지화해 적용하는 부분은 내가 스스로 공부하고 연구해야 했다.

간토(關東)의 수타 우동면을 이해하려면 소바 제면법을 알아야겠다는 데 생각이 미쳤다. 마당발인 가와이 상에게 간토의 소바를 가르쳐 줄 분을 알아봐 달라고 했다. 그런 소개가 전화 한 통으로 되는 게 아니라서, 가와이 상은 일단 그쪽 지식이 해박하다는 우지하라(氏原) 상과 연결해 줬다.

후지와라 상은 기획자이면서 일본 전국 각지의 특산물과 소바를 링크한 응용 상품을 개발하고 보급하는 협회의 일을 맡고 있어서 그 방면에 발이 넓었다. 일본인에게 소바란 무엇인지, 소바의 세계는 무엇인지 진지하게 설명해 주고, 내 처지를 잘 이해하려고 애써 주었다. 소바리에로 활약하다 은퇴 후 저술과 소바 교육만 하고 계신다는 고이케(小池) 상을 소개하고 교육을 받을 수 있게 주선한 것도 그다. 가와이 상의 다른 지인 중 랜드스케이프 디자인(조경)을 하는 후지나미 (藤浪) 상의 도움을 받으라는 조언도 해 줬다. 소바 장사 할 때 일반인 소비자 입장에서 중요한 마인드를 알려 줄 거라는 귀띔이었다.

"소바를 배우는 것도 중요하지만, 어떤 소바가 맛있는 소바인지 아는 안목이 더 중요합니다. 배우는 시간보다 소바를 찾아다니며 즐기는 시간을 많이 가지세요."

그러면서 후지나미 상은 도쿄도(都) 내에서 여기는 꼭 가 보는 게 좋겠다고 자기가 생각하는 가게 몇 군데를 추천해 주었다. 그래서 소바를 배우는 동안 틈틈이 그가 소개해 준 가게와 내가 나름 알아보고 정한 가게들을 꾸준히 순례했다.

그가 알려 준 가게들은 과연 정말 맛있다고 느낄 만한 좋은 가게들이었고, 이런 맛은 내가 이 나이에 무슨 노력을 들여도 결국 달성할 수 없다는 벽을 느끼기에 충분할 정도로 존경스러운 맛을 내보이고 있었다.

일정을 다 소화하고 마지막 날, 가와이 상의 사무실에서 내가 민 소바면으로 시식회를 열었다. 아직 익숙하지 않은 솜씨라서 창피했지만, 도와준 일본인들에게 고마움도 표시하고 평가도 받고 싶었다.

이런저런 조언과 칭찬을 받으며 모임이 끝날 즈음, 후지나미 상이 내게 물었다.

"그동안 소바집은 많이 둘러봤나요?"

"네."

"그중에 남 상이 마음에 가장 드는 집이 어디였죠?"

바로 대답하기가 좀 곤란했다. 수련 기간 중 내가 가 보고 가장 맛있다고 생각한 집은, 제면 도구를 사러 갓파바시(合羽橋) 도구 거리를 가던 길에 우연히 본 집이었다. 보통 집이 아닐 듯싶어 문만 빼꼼 열고 보니 과연 안에 사람이 가득 차 있어서, 얼른 들어가 먹었다. 인터넷에서 검색해 찾은 집도 아니고 밖에 줄도 없는데 정말 맛이 있어 깜짝 놀랐다. 여러 집을 골라 소개해 준 정성을 생각하면 후지나미 상이 정해 준 가게들 중에서 "여기가 최고였습니다!"라고 대답해야 예의일 테지만, 눈치 없는 내 성격상 둘러댈 수는 없었다.

"후지나미 상이 소개해 주신 모든 집이 다 놀라웠습니다. 어느 한 집도 제가 감히 따라갈 수 없는 집이었죠. 그런데 실은, 제가 가장 맛있었다 하는 집은 따로 있는데, 거긴 그냥 우연히 들어간 집이라서 말씀드리기가…."

"가게 이름이 뭔데요?"

"이름이 어려워 잘 기억하기도 어려운데…. '나미키(並木)'라고 상호가 붙어 있고, 아사쿠사 가미나리몬(雷門) 근처였는데, 배고파서 들어간 집이라 그렇게 생각했을지도 모릅니다."

"뭐라구요? 혹시 그 집, 야부소바(藪蕎麦) 아닌가요? 나미키노 야부소바."

"네, 맞아요! 읽기 어려운 한자라 몰랐어요. 그렇게 읽는 거군요."

후지나미 상은 얼굴이 약간 일그러지고 숙연해지더니 말을 이었다.

"남 상, 그 집은요… 실은 제가 평생 소바 먹으러 다니던 중 도쿄에서 제일이나 제이 정도로 생각한 집입니다. 건물을 새로 지어 몰랐겠지만, 백 년 넘은 가게입니다[실제는 1730년 이전에 개업해 300년 가까이 됨]. 제가 그 집을 알려 드리지 않은 것은, 남 상이 혹시라도 바깥에 줄 길게 선 그 집에 갔다가 유명세에 선입견이 생겨 진짜 맛을 판단하기 어려울까 봐 말하지 않은 겁니다. 거기를 그냥 우연히 찾았다는 게 믿어지지 않는군요."

"예? 진짜요? 거기가 그렇게 유명한 집인가요? 저는 그저 갓파바시에 소바 봉 사러 간 길에 점심때를 놓쳐서 배고파서 들어간 집인데… 진짜 맛있어 죽을 뻔하긴 했어요."

"남 상, 남 상이 일본 소바를 배운다고 했을 때 사실 우리는 남 상의 맛에 대한 안목이나 기준을 의심했어요. 맛도 모르는 한국 사람이 그냥 기술만 배워서 한국에서 이게 일본 소바네 하며 팔 것도 걱정됐고요. 하지만 이제 알겠군요. 맛의 절대 기준이라는 것이 존재하고, 그것을 아는 사람 사이에서는 국경도 넘을 수 있다는 것을요."

"아아… 죄송합니다. 선생님의 소바 세계에 대한 도전같이 보여 드릴 말씀이 없군요. 제 경험은 그런 엄청난 세계에 대한 얘기가 아닙니다. 저는 그냥 맛있는 일본 소바가 부럽고, 그걸 이렇게 이어 가는 일본인이 존경스럽습니다. 저는 그저 소비자에 불과합니다."

이런 얘기로 파티가 화기애애하게 마무리되었다.

그 후로 고이케 상에게 배운 지식으로 만족하지 못해 다른 번성하는 소바 가게에 꽤 많은 돈을 지불하고 조금 더 소바를 배웠다.

다만, 그때 일로 나는 한국에서 감히 일본 소바를 재현하겠다는 생각을 접었다. 소바 몇 군데서 좀 배웠다고 흉내나 내며 가게에 자랑하며 메뉴로 올리는 건 그들의 소바 사랑에 흠집을 내는 일이라는 것을 알았기 때문이고, 소바에 대해 알면 알수록 넘지 못할 산이 있다는 것을 알게 되었기 때문이다. 대신 그 수련을 바탕으로 우동면에 집중해 지금까지 먹고살고 있고, 소바는 수타하지 않은 면으로 여름에만 창피함 속에 자랑 없이 겸손히 판다.

소바를 생각하면 고개가 숙여진다.

스승의 칼질

고이케 상에게 소바를 배우러 다닐 때 일이다.

후지나미 상이 추천해 준 소바집 중 한 군데를 시간을 내 가 보았다.

가운데 맷돌을 놓고 직접 제분부터 해서 내는 소바는 과연 최고의 맛이었다. 한 입 한 입 음미를 하며 공부하듯 감탄을 하며 먹고 나니,

'자~ 이 맛을 살려 언젠가는 이런 소바를 만들어 보자'

하는 의기충천의 마음이 되는 게 아니라,

'아… 나는 안 돼. 이젠 늦었어. 이건 넘기 어려운 거야. 안 되는 건 안 되는 거야.'

이런 자괴감에 빠졌다. 쉬운 게 아니라는 건 알았지만, 이게 기술 좀 배운다고 흉내 좀 열심히 낸다고, 재료를 모두 가져다 쓴다고 되는 게 아니라는 것을 갈수록 절감했기 때문이다. 그렇게 시식을 마치고, 밖에 나가 가게 전경이나 사진에 담으려고 하는데 —

'급모(急募).'

가게 밖에 붙은 모집 공고가 비로소 눈에 들어왔다.

'아… 여기도 견습이 필요하구나….'

순간, 세상이 멎고 머릿속은 요동쳤다.

'그래, 여기 들어가는 거야. 여기다 뼈를 묻고 한 십 년 소바만 미는 거야. 먹여만 주면, 소바만 밀게 해 주면 여기서 소바 인생을 사는 거야. 난 그거면 돼. 매일 소바만 만지게 해 주면 돼.'

미친 거였다. 당시 나이 마흔일곱에, 서울에 나 없으면 문 닫을 가게 두 개가 돌아가고 있었고, 노모와 처자식에 냥이 두 마리까지 부양해야 했다. 그런데 다 버리고 이 가게에서 소바나 밀다 생을 마감할 생각을 하며 소바집 앞에서 입술을 깨물고 있었다.

'그래, 우리, 도망가자!'

하며 손잡고 야반도주하는 사랑에 빠져 버린 것이다.

그렇게 무모하고 위험한 궁리를 하며 멍하니 남의 가게 앞에 얼마나 서 있었을까, 갑자기 뒤통수에 찬바람이 쌩 불면서 현타가 왔다.

'내가 미쳤지, 미쳤어. 어쩌자고…'

간신히 현실을 직시하고, 속으로 울음을 삼키며 눈물을 훔치며 '그녀'의 집앞에서 돌아서 뛰어왔지만, 그날의 그 번민을 지금도 잊을 수 없다. 생각만 해도 마음이 아파서 이후로 다시 그 집은 가지 않았다.

'모집'이라는 두 글자가 중년 남자를 잠시 로맨틱한 꿈에 빠져들게 한 그날 저녁, 잠깐이지만 나는 미쳤었다. 소바란 그런 것이다.

내 사랑 소바

소바 가루의 옅고 깊은 향기,

소바의 뽀얀 피부색,

뭐라고 표현할 수 없는 촉감,

자를 때의 소리는 마치 귓가에 누군가 속삭이는 느낌,

그리고 마지막에 입에 들어오는 황홀한 식감,

오감 모두를 잡아채는 오묘한 신비의 세계.

그리고 감히 엿보기에도 너무 높은 담장.

우동이 살림 잘하는 발목 굵은 마누라라면, 소바는 숨결만 닿아도 산화될 것 같은 탤런트 애인이랄까. 생각만 해도 가슴이 두근… 다리는 후들… 정신이 아득….

내가 겪은 소바 '그녀' 얘기다.

상상해 보라. 어느 따뜻한 겨울 아침, 깨끗이 정리된 고운 면판 위에 깊은 햇살이 가득 들고, 머리끝부터 발끝까지 흰 옷을 갖춰 입고 심지어 머릿결까지 하얗게 세 버린 작고 깡마른 소바리에 어르신과 복장과 얼굴은 물론 마음마저도 검은 한 사내가, 옥빛이 감도는 하얀 소바분을 사이에 두고 소바 그녀에 대해 이야기한다.

둘 사이에는 고운 소바분을 휘젓는 소리까지도 들릴 정도의 정적 뿐. 소바에 붓는 물의 냄새까지도 느낄 만한 긴장 속에서 신비한 소바의 향기를 놓치지 않는다.

소바리에는 평생을 두고 사랑한 소바의 추억을 낮은 목소리로 이야기하고, 검은 사내는 소바분을 만지작거리며 부러운 듯 그녀 이야기를 한 마디도 흘려듣지 않을 태세다.

살짝만 잘못 건드려도 영원히 지워지지 않을 상처를 입힐 것 같은, 넓고 얇게 민 그녀의 피부 위에 그녀를 다루는 매너와 스킬을 쏟아내고, 마지막에 곱게 접은 소바에 묵직한 칼날을 대는 순간—

세상의 모든 소리는 멈추고 오직 칼날이 소바를 지나가며 내는 사끄사끄 하는 소리와 칼이 도마를 치는 또각또각 소리뿐. 그 간격은 너무 규칙적이어서 소바가 사는 세상의 시간을 재는 시계가 마치 다른 세상의 시계같이 느껴진다.

덧가루 속에서 곱게 쓸어내린 그녀의 가는 머릿결 같은 소바가 형체를 드러내고, 곧고 반듯한 나무 상자에 안락하게 눕혀진다.

하얀 김 속에서 건져진 소바면은 얼음 같은 냉수에 씻겨 옷 대신 청결한 긴장을 입고, 순결하게 대나무발 자루에 눕는다.

두 사람이 마주 앉아 입에 댄 순간, 별 감탄사 없이 어찌할 바 모르는 미소만 나누며, 소바를 입에 넣을 때마다

"그렇죠?(そうだね〜)"

"그렇군요(そうですね)."

질문도 아닌 대답도 아닌 말만 서로 되풀이한다.

아름다움이란 —

오감의 기쁨이란 —

시간과 공간을 넘어 .인간을 이어 주는 것.

소바는 그냥 음식일 뿐이지만, 소바 만드는 일을 하다 보면 알 수 없게 영혼이 빠져드는 세계가 있다. 오감 모두에 깃드는 무엇인가가 있어서 한번 매료되면 빠져나오기 힘들다. 일본의 중년남 중에 이것에 미친 사람이 종종 있다.

나도 이 세계를 알려 주신 소바 스승 고이케 상께 감사한다.

우동과 국수

가로수길에 이자카야를 열고 공사 중이던 구기동 주택을 마무리하고나니 낮시간에 여유가 생겼는데 그때까지만 해도 점심 우동을 시작하기 전이었고 술 파는 저녁 장사만 했기 때문이었다.

자칫 밤낮이 바뀐 동네 건달 생활이 될까 봐 역삼동 스포월드에 스쿼시를 배우러 다녔다. 레슨 그룹은 대략 30초~40중반의 남녀로 4인 구성이었다. 마지막에 합류한 40대 초반의 여성이 눈에 띄었는데 엄청 성실하게 레슨을 받는 모습에 감동할 지경이었다. 어차피 건강을 위한 취미일 뿐인데 집중도가 마치 선수라도 되려는 듯 매 행동이 진검이었다.

그러고 보니 나이에 비해 탱탱한 피부와 바늘도 들어가지 않을 듯한 탄력 있는 몸매가 특별하다는 생각이 들어 물어봤더니 새벽에 나와 수영으로 수천 미터를 끊고 스쿼시를 하러 오는 건데 끝나면 웨이트를 하러 간다고 했다. 몸이 게으른 나에겐 상상 못할 경지의 자기관리였다.

그 후 레슨 멤버들과 친분이 쌓이고 모임도 만들어지고 그중에 나이 많은 내가 반장을 하게 되며 운동 후 다과나 저녁 모임도 몇 번 하며 그녀가 나와 같은 외식업 경영자라는 사실을 알게 되었고 그녀의 지난 길을 조금씩 듣게 되었다.

그녀는 2000년 초반부터 압구정 로데오에서 남편과 함께 이자카야를 운영했는데 이자카야 붐 덕에 큰 성공을 거두고 가게를 정리해 투자를 회수했다고 했다. 외식의 트렌드를 보는 시야가 아주 넓었고 제면과 제과에 대한 식견이 높아 그녀와 하는 대화는 내겐 수업과도 같은 느낌이었다. 이미 이자카야는 내리막이라는 그의 판단에 수긍하면서도 이제 막 그길로 들어선 내게 그의 판단은 내게 큰 자극이 되었기에 그렇게 1막을 끝낸 그가 가려고 하는 길이 궁금했다.

그녀는 다시 식당을 하겠다고 했다. 다만 이젠 인생 끝까지 할 수 있는 것을 찾고 있다고 했다. 그렇게 정한 것이 한식이었고, 홍천의 막국수였고, 수도권이었고, 땅값은 싸지만 집객이 좋은 곳이었고, 따라 하기 어려운 한옥 개조 매장이었고, 그렇게 열게 된 매장은 고기리 정원 막국수였다. 그녀는 김윤정 대표이다.

하던 일식이 아닌데? 한식이어야 오래간다.

입지는 어디로? 내 땅이 아니면 남 먹여 살리는 거다.

그런데 고옥을 빌려 개조? 이미 내 땅과 다름없는 좋은 조건의 장기 계약을 했다.

배워 온 메밀면에는 확신이 있나? 상품은 설득하기 나름이다.

이런 질문과 답에는 외식업에 대한 깊은 통찰이 들어있다는 것에 지금 다시 떠 올려봐도 무릎을 탁 치게 된다.

정원 막국수의 성공은 거의 신화에 가깝다. 아무것도 없던 고기리를 명소로 만들고, 막 먹던 C급 구루메 막국수를 일본 소바와 같이 A구루메로 만들고, 들기름 비빔면이라는 새로운 트렌드를 만든 그의 성공이 얼마나 빛났는지 내가 그녀의 전화번호를 알고 있다는 것만으로 그녀와 통화가 가능하다는 것만으로도 대형 백화점 MD에게 '정원을 데려오면 그 옆에 매장을 내 주겠다'라는 제안까지 받았을 정도였다.

그렇게 그녀는 그의 철저한 자기관리로 무장한 경영마인드로 한국 최고의 식당이 되는 길을 찾아 막국수를 만들게 되었고 그와 거의 같은 시기에 나는 우동의 길을 걷게 되었다.

나름 노력한 덕에 2010년대 중반 우동 붐이라는 것을 만들어내고 짧은 업력에도 달인이니 서울 2대 우동이니 전국 3대 우동이라는 타이틀을 얻기도 했지만 그녀를 절대로 따라 할 수 없는 것은 40대 초반에 이미 인생의 멋진 마무리를 위한 성공 계획을 착실히 실천한 그의 성실함과 혜안이다.

어느 프렌치 셰프의 좌절

12년 전 어느 날이다.

땀을 뻘뻘 흘리며 야키도리를 굽고 있는데, 스마트하게 생긴 젊은 손님이 말을 걸어 왔다.

"사장님, 멋있어 보여요~"

그와의 인연은 그렇게 시작되었다.

자주 올 때는 일주일에 두세 번, 적어도 한 달에 두세 번은 오면서 조금씩 말을 걸어 오며 서로 조금씩 알게 되었다.

그는 디자인 명문 뉴욕 프랫 대학을 졸업했으나, 궁중 요리를 하신 외할머니의 업을 잇고자 다시 뉴욕의 유명 요리 학교를 다니고, 르 코르동 블뢰(Le cordon bleu)까지 수학해 셰프의 엘리트 코스를 마치고 의욕에 가득 차 한국에서 개업을 준비하는 중이었다. 가게 오픈 준비에 관해 여러 가지를 물어 왔는데, 준비를 꽤 철저히 하는 듯하고 워낙 좋은 코스를 마친 사람이라 내가 많은 조언을 해 줄 것도 없었다. 다만, 너무 '오버'하지 않기를 바랐고, 항상 보면 친구들과 같이 와서 유쾌하게 떠들며 가게 얘기도 많이 하던데 그들의 얘기는 별 도움이 안 되니 좀 멀리하고 더 프로들에게 조언을 받으라고 일러 주었다.

로데오 쪽에 오픈하면 연락하기로 했는데, 그 뒤 소식을 듣지 못했다.

마침 내가 로데오 근처에 2호점을 준비하게 되어 로데오거리를 지나던 중, 그가 열었을 법한 레스토랑을 발견했다. 분명 그의 가게였다. 외부부터 디자인에 많은 공을 들인 흔적이며 그가 하고 싶어한 '프렌치와 한식의 조화'를 내건 멋진 레스토랑이었다.

그런데 오픈한 지 얼마 안 돼 보이는데 문이 닫혀 있었다. 초기 대응이 잘못된 탓일 거라 생각했다.

당시 로데오는 새로운 레스토랑의 무덤이었다. 객단가 높은 손님은 가로수길로 다 빠져나가고, 빈자리를 1만 5천 원짜리 손님이 채울 뿐인 곳이었다. 나도 거기서 고전을 면치 못해 고배를 마셨고, 그와 연락이 끊긴 채 몇 년이 흘렀다. 꼭 한번 만나고 싶었다. 왜 가게가 잘못된 것인지 물어보고 싶었고 다시 잘 재기하기를 바랐지만 그가 내 가게를 찾아오지 않는 한 연락할 방법도 없었다.

그렇게 5~6년이 흐르고, 나는 우동집으로 재기에 성공했다. 그리고 무엇에 홀려서인지 빵집을 하겠다고 쫓아다니던 중, 협력 회사인 대치동 어느 빵집에서 그곳 사장과 회의를 하고 있는데, 낯익은 사람이 빵을 사서 나가는 것이 언뜻 보였다. 그였다. 빵집 사장에게 그를 아느냐고 물으니, 근처 성당 다니는 분인데 일요일 저녁마다 빵을 사 가며 매너 있는 분이란다. 그가 장래성 있는 셰프라 얘기해 주니 놀라면서, 다음에 들르면 내 얘기를 하고 연락처를 받아 놓겠다고 했다. 그가 주로 무슨 빵을 사 가느냐 물으니 대답을 해 주는데 역시 빵맛을 아는구나 하는 생각이 들었다. 그 빵집은 명품 몇 가지를 보유한 가게였다

그러나 그의 연락처를 받지는 못했다. 내가 빵집 사업에서 별 재미 못 보고 그 무렵 접어 버려서 그 뒤로 그 빵집에 갈 일이 없어졌기 때문이다.

그리고 1년 뒤, 음식에 대한 글을 써 볼 요량으로 연습 삼아 페북을 시작했는데, 그가 내 포스트에 들어왔다. 어떤 루트인지 어느 페친을 타고 왔는지는 기억하지 못한다. 아무튼 페북을 통해 나도 그의 이름을 처음 알았고 그도 처음으로 내 이름을 알게 됐다. 반가웠지만 그간에 쌓인 사연을 말로 한번에 털어놓을 수 없어 조심스러웠다. 그도 그사이 큰 상처를 입었을 게 뻔했고, 나도 두 번의 실패와 세 번의 성공이 복잡하게 얽힌 상처투성이 승냥이의 모습이었기 때문이다.

그러다가 그가 어렵사리 다시 방배동에 가게를 연 것을 알고 찾아가 봤다. 어릴 적 친구 만난 듯 서로 반기며, 가게 문을 닫고 여러 병의 와인을 까고 그가 나만을 위해 만들어 주는 음식을 즐기며 7년 회포를 풀었다.

그렇게 지난날 못다 한 우정을 다시 쌓기라도 하듯 가게에 몇 번 더 가고, 내가 추천하는 다른 성공한 가게도 같이 가 보고, 가까운 페친들도 그 가게를 찾게 되었다.

그러나 새로 연 가게의 경영 상황이 그리 좋지 않은 것을 알기까지는 그리 오래 걸리지 않았다. 모든 음식을 손수 준비하고 하루도 빠짐없이 나와서 손님을 맞으면서도 체력이 못 받쳐 줄 것을 염려해 아침 일찍 운동도 하면서 건전하고 착실한 오너 셰프의 길을 걷는 그였지만, 시장은 그의 요리를 받아 주기 힘들었나 보다.

난데없이 그의 부고를 받았다. 온몸의 힘이 빠지고 넋이 나갔다. 믿지 못해 이리저리 알아봤지만 이미 돌이킬 수 없는 일이었다.

나의 포스트에 아직도 남아 있는 그의 마지막 댓글이 마음을 더 아프게 한다.

> 지금 제 현실.
> 임대계약은 다가오고
> 결실은 없고
> 옮기자니 돈은 없고
> 버텨야는데… 어떻게든.
> 과오를 반복하고 싶지 않고…
> 한숨이었는데
> 힘을 얻습니다.

그 얼마 전, 그해 10월 초의 열흘 연휴는 자영업 식당에게는 지옥이었다. 남은 며칠의 매상으로 월말에 식자재 대금과 임대료, 급여

등을 해결해야 하는데, 근근이 버티며 바둥대던 그에겐 치명타일 수밖에 없었을 테고 이 고비를 넘긴다 한들 다음 해 최저 임금 인상을 비롯한 비관적 전망들에 더는 용기를 낼 수 없었을 것이다.

한번 실패해 본 사람은 그다음 실패에서 더 큰 상처를 받기 마련이고, 두 번째 실패를 앞두고는 두려움이 훨씬 더 클 수밖에 없다. 그의 실패는 그의 잘못이나 판단 착오라기보다, 세계 최고 일류 요리를 한식에 접목시키려 끝까지 노력한 '미련함'에 있는지도 모른다.

하지만 나는 그의 노력을 지지한다. 일본 음식이나 흉내 내며 먹고사는 나는 그의 죽음 앞에 머리를 들 수가 없다. 더 이상 노력할 수도 없게 되어 안타까울 따름이지만, 그의 노력은 그가 만든 요리를 접한 사람들을 통해서 헛되지 않았다고 생각한다.

다시 한 번 그와 나눈 시간들을 떠올리며, 그를 가슴 깊이 추모한다.

마루젠 상, 시뇨르 몰토

5년 전쯤 일이다.

"요요기에 가게 되면 마루젠에 한번 다녀와 줘."

도쿄 출장을 앞두고 갑자기 엉뚱하게도 아내가 한 부탁이다.

마루젠(丸善)이라는 곳은 우나기(장어덮밥)를 전문으로 하는 식당인데, 도쿄에 살 때 종종 가던 곳이었다.

1995년 그 시절에 우린 여유롭지 못했다. 둘 다 일하고 배우느라 자주 보지도 못하던 연애 기간중에 그래도 음식 마니아인 우리가 즐겨 찾던 곳은 당연히 B급 구루메. 돈은 별로 없어도 라멘이며 가이텐스시며 카레며 유명한 집은 열심히 찾아 다녔지만 고급 요리들은 아니라서 남자인 내 입장으로는 어깨가 처져 있기 쉬웠는데, 어느 날 아내(당시 아직 여친)가 공돈이 생겼다며 맛있는 거 먹으러 가자고 했다.

일본 친구에게 물어보니 요요기역 앞 우나가 집이 맛있다고 해서 가 보았다. 폭이 좁고 긴 가게는 카운터석 앞에 작은 의자만 열 지어 있는 전형적인 노포 형태였고, 소문대로 손님이 넘쳐났다. 도시락 같은 벤토 상자에 한 마리분의 장어가 예쁘게 구워져 올려 나오는 우나추, 간결하면서 더없이 풍부한 맛, 먹을 것은 오로지 이것뿐이라는 느낌 때문에 더 맛있어 보였을까? 다레 묻은 밥풀 하나도 아까울 만큼 맛있게 먹고 나서 나중에 또 오기로 했는데, 그 약속은 지키지 못했다.

그러고서 15년도 더 지났는데 아내가 갑자기 그런 부탁을 한 것이다. 마침 내가 묵는 신주쿠 하얏트에서 그다지 먼 곳도 아니어서 일부러 점심시간을 비워 놓고 그곳을 찾았다.

귀국 직전에 몇 달 설계 알바를 하던 사무실도 근처라서 요요기역은 익숙한 곳이었는데도 세월 탓인지 왠지 거리가 낯설었다. 역에 내려 공중전화 건 장소, 그때 했던 대화들, 그리고 사건들만 머릿속에 휘리릭 지나가고…. 다시 정신을 가다듬고 마루젠 자리를 찾았는데 ―

없다.

가게가 없다. 이상하다, 여기가 아니었나? 분명 이 자리였는데… 2층에 돈가스집도 있었는데….

당황해 더 멀리까지 갔다가 다시 돌아오다가

'아! 저기였구나. 그럼 그렇지, 그 자리 그대로네. 아깐 왜 못 봤을까?'

문 앞에 서고는 더 깜짝 놀랐다.

문이 안 열린다. 가게가 닫혀 있다. 점심시간, 당연히 문 앞에 줄이

늘어서 있어야 할 시간이다. 숨을 가다듬고 보니 그제야 뭘 써붙인
게 눈에 들어온다.

손님께,
7월 말일부로 폐점하게 되었습니다.
긴 시간 대단히 감사했습니다.
마루젠 점주

간단한 폐점 인사다. 가게는 아직 그 자리에 있으나 죽은 것이었
다. 겨우 이틀 전이었다.

멍하게 넋 놓고 서 있다가 발길을 돌려 터덜터덜 걸어오자니 많은
생각이 들었다. 나는 물론 그 집 음식, 그 느낌은 기억하지만 단 한
번 간 마루젠의 주인은 기억하지 못한다. 당연히 그 주인도 나를 기
억하지 못할 것이다. 하지만 우리 부부에게 그 식당은 그저 밥 한 끼
먹은 곳이 아니었다. 우리가 함께한 시간과 공간과 사건을 담은 곳,
약속을 담은 곳이다. 마치 우리를 잘 기억할 것만 같은 지인 같은 느
낌이 들며 가게가 의인화되어 우리에게는 '마루젠 상'과도 같았던
것이다. 일본에 다시 오면 꼭 인사하러 오겠노라 약속하고 헤어진
'마루젠 상'을 어느 날 찾았더니 이틀 전에 돌아가셨다니….

내 과거의 … 카메라에 담았다.

그사이에도 수없이 도쿄를 다녀갔건만, 아내는 하필 이때 뜬금없
이 이 가게를 들러 보라 했던 것일까?

그 장소와 우리 사이에 어떤 '모조(Mojo)'가 존재해서 아니었을까?

그저 먹기 위한 공간이라는 한마디로 식당을 다 설명할 순 없다.
식당이라는 '공간' 안에는 그때 나와 함께한 '인간'과의 인생의 한순

간, 즉 '시간'이 있다. 공간, 인간, 시간이 있는 그곳에는 한갓 장소성 이상의 의미가 있다. 추억과 사건과 감동과 교류가 담긴 대상을 그냥 '장소'라고만 설명할 수 없는 이유다.

내 영혼을 구성하는 어떤 울림이나 파장의 결정이 백만 개쯤 있다면, 일생 다녀간 식당들 하나하나고 그중 하나들에 해당되어 결국 내 영혼을 구성하는 작지만 단단한 한 조각이 되는 것 아닐까?

낯선 문자를 하나 받았다. 아는 식당 하나가 문 닫는다는 안내였다.

주인은 전에 나의 가게에 몇 번 들러 말을 걸어 주고 하던 오너 셰프다. 내가 주방 출신이 아니다 보니 동종 업계 분들을 거의 알지 못하는데 그이는 내 입장을 잘 이해해 주어 그이 식당에도 가족과 여러 번 갔었다.

문 닫는다는 문자를 받고 5년 전 '마루젠 상의 부고'가 떠올랐다.

'다음 주면 끝이라니….'

'이분'(식당)의 임종을 보지 못하면 난 또다시 후회를 할 것 같다. 만남과 추억과 감동을 함께한 '이분'을 돌아가시기 전에 찾아 뵙고

"그동안 그런 공간과 인간과 시간을 함께해 주셔서 감사합니다. 또 다른 세상에서 멋지게 만나뵙길 바라요."

이런 얘기라도 하지 않으면 안 되겠다는 생각에, 약속도 없었지만 바로 예약을 넣었다. 혼자라도 와인 한 잔 놓고 마지막으로 가게 둘러보고 혼잣말로나마 인사를 하고 올 참이었다.

그날, 마침 오너 셰프가 있었다. 가게를 닫게 된 자초지종을 들으며 업계의 어려움도 공감하고 좋은 얘기도 많이 들었다.

그이가 물었다.

"닫는다는 가게에 혼자 오신 이유가…?"

"… 후회하지 않으려고요. '이분'을 그냥 떠나 보낼 수가 없더라고요. 고맙습니다. 이렇게 좋은 공간을 유지하시고, 마지막도 알려 주셔서."

그이는 말없이 나를 안아 주었다. 그때부터 살아온 인생 얘기로 와인 네 병을 땄다. 나만을 위한 맛있는 한 그릇을 받은 건 물론이다.

그이의 다음 도전에 힘찬 응원을 보낸다.

아, '돌아가신 그분' 이름은 몰토, '시뇨르(미스터) 몰토'였다.

마음을 짓다 건축 이야기

일본 건축

일본의 건축물은 왜 뛰어날까?

우리나라 설계비가 30년째 제자리인데, 그러면 건축주인 소비자는 설계비가 싸졌으니 좋을까?

설계비는 그대로지만 전에는 덜 지불하던 감리비가 설계비보다 더 들어간다.

공사 잘하기 위해 감리비는 당연하다 생각하겠지만, 우리나라의 감리비는 창조적인 활동의 대가로 지불되는 것이 아니다. 감리란 공사를 FM대로 하는지 감독하는 역할로 대부분이 기술자 인건비인데, 이게 실은 거의 품질 감리에 국한되는 것이 문제다. 즉, 건설사가 당연히 스스로 알아서 도면과 시방서에 지시 또는 표기된 대로 공사하면 되는 것을, 서로 믿지 못해 들이는 사회적 비용을 건축주 개인이 내는 것뿐이다. 식당에 비기면 종업원을 쓰는데 주방장이 음식 맛있게 만드는 데 애쓰는 게 아니라 캐셔가 돈 빼먹는지, 주방 직원이 재료를 막 쓰거나 나쁜 걸 넣는지 감시하느라 아무 일도 못하는 것과 같으니, 비싼 인건비만 쓸데없이 지불하는 격이다.

일본의 경우 현장의 감리 역할에 품질 감리 업무는 거의 없다고 해도 좋다. 시공사가 품질에 맞게 짓는 게 당연할뿐더러, 건설사가 품질 서류를 잘 갖추기 때문에 감리는 도면 등에 다 표기할 수 없는 부분을 현장이 대응할 수 있도록 디자인 감리 위주로 한다.

20여 년 전 일본에서 현장 감리 업무를 본 적이 있다.

오이타(大分)현에서 발주하는 공공시설이었다. 현상 설계에서 당선된 안을 설계 사무실에서 2명의 인원이 6개월 정도 투입되어 실시설계를 마쳤는데, 꼼꼼한 일본 시스템에 비해 의외로 도면은 우리나라의 반도 못 미치는 매수가 납품됐다. 지나치도록 꼼꼼한 일본 시스템이 왜 이럴까 의아했는데, 이유가 있었다.

우리나라는 실시설계 도면으로 모든 공사를 진행하기 때문에 제대로 된 설계라면 1/200 도면에서부터 1/10 도면까지 거의 시공도에 가까운 도면이 나간다. 반면 일본은 1/200~1/50 도면 정도로 일단 디자인은 끝난다. 그렇게 해도 문제가 없는 것은, 공사가 착수되면 그때 비로소 자재 선정이 대부분 이루어지기 때문에 그때 보다 상세한 도면을 위해 건축주의 비용 부담으로 현장 시공도가 따로 그려지기 때문이다. 건축가는 디자인에 충분한 시간을 써야지, 시공 상 일어나는 부실시공, 공사비 분쟁 등까지 대비해 도면을 그리는 쓸데없는 시간과 수고를 들일 필요가 없는 것이다.

시공도는 이미 디자인 설계한 건축가의 사무실이 아닌 시공사가 지정한 설계사가 담당해 건축 평면에 실제 공사될 자재 사이즈를 반영하고, 그 도면에 설비, 전기 등의 모든 정보를 넣은 함축된 도면을 다시 그린다. 아무것도 아닌 평범한 벽이 있다 하자. 우리나라 도면에는 아무리 자세한 설계도라도 굵은 선과 가는 선 네 줄이면 끝이다. 하지만 일본의 시공도 안에는 바탕에 들어가는 석고 보드의 사이즈에 맞춰 하지 스터드의 위치를 지정하고, 마감으로 붙는 자재의 분할을 지정하고, 그 벽에 묻을 콘센트의 위치와 보강 위치, 그 벽 안을 타고 올라갈 다른 파이프의 위치까지 표시된 도면이 그려진다. 현장의 감리는 그 도면을 검수하는 것이 주요 업무이고, 현장에서 원래 디자인이 충실히 실현되도록 디자인 관련 업무를 충실히 이행한다. 1년 반에 걸친 감리 기간에 3명의 고급 인력이 투입되었으니 연인원으로 환산했을 때 사무실에서보다 현장에서 무려 4배에 달하는 디자인 업무가 이루어진 셈이니 일본 건축물의 디자인 완성도가 높을 수밖에 없다. 일례로 창호 하나만 봐도 우리나라는 카탈로그 보고 고르면 그만이지만 일본에서는 감리 사무실에서 샘플 모델을 손으로 만들고 샘플 제작을 검토하고 하는 일을 몇 주씩도 했다.

건축사 업무를 할 때 이런 시스템을 도입해 보려고 많은 노력을 했지만 결과적으로 허사였다. 어느 건축주도 시공도를 만드는 데 따로 용역비를 지출하지 않으려 하고, 어느 시공사도 그 업무에 협조하기를 기피했다 도면이 자세할수록 시공사가 '지킬 것'이 많아지기 때문이다

이런 시스템이 마음대로 안 되자 내가 스스로 건물을 짓는 건설 시공 회사를 하게 되고, 설계 의도를 잘 반영하는 건물을 지으려 자뻑하는 바람에 ──

결국 (망했다. 2008년의 일이다.) 사업을 접고 설계업무로 돌아왔다.

이 나라에서는 분쟁을 막고 불신을 해소하는 데 용역비의 절반을 사용하지만, 저 나라에서는 좋은 건물을 만드는 데 용역비의 대부분을 충실히 다 사용한다. 어떤 건물이 좋은 결과를 낼지는 너무나 뻔하다.

함바집

한국의 건축 현장에는 으레 '함바'라는 현장 식당이 있다. 일제시대 때부터 쓰던 '한바(飯場)'에서 온 말인데, 광산 노동자나 오지 토목 현장 노가다(도가타土肩)들이 밥을 먹고 숙식하던 곳으로 요즘은 일본에서는 거의 안 쓰는 말이다.

밥에 목숨 거는 노비 근성인지, 우리나라는 거하게 밥은 잘 챙겨 먹어야 노가다 일도 할 수 있고, "먹자고 하는 짓인데…"라는 관용어까지 있어 잘 먹여 줘야 일하는 현장 문화가 있다. 육개장, 제육볶음, 닭도리탕, 뼈해장국 같은 묵직~한 기본 메뉴에 반찬 5종은 기본이고, 식혜나 수정과도 따로 주는 곳이 많다. 요즘은 좀 없어졌는데 점심을 먹고도 오후 3시쯤엔 막걸리까지 꼭 받아 줘야 현장이 돌아가던 시절도 있었다.

그럼, 일본 건설 현장에서는 무슨 밥을 먹을까? 호기심으로 들여다보자.

오래전이지만 설계사무실에서 규슈 오이타현의 야마쿠니(山國)라는 산골 오지에 감리 업무로 몇 달 파견돼 현장 경험을 했다. 한국에서도 현장 경력이 있는 나는 꽤 기대했다. 일본 건축 현장에서 밥 한번 푸짐하게 먹어 보겠구나 하며.

그런데 보통 일본 건설 현장에서는 식사를 제공하지 않는다. 자기 돈으로 사 먹어야 하는데, 여느 직장인처럼 현장 주변 식당에서 사 먹으려면 노가다 복장으로 가기가 꺼려져 보통 콘비니(편의점)에서 사 먹거나 현장에 오는 도시락 배달을 이용하는 경우가 많다. 그런데 내가 간 현장은 주변에 아무것도 없는 깡시골이라 현장 안에 함바같이 식당을 설치해 주고 아줌마 한 분이 식사를 준비해 주었다. 물론 밥값은 월급에서 깐다. 그래도 현장 아줌마가 해 주는 밥이라 기대를 안 할 수 없었다.

그리고 들어가 본 식당.

메뉴는 매일 끼니마다 바뀌지만 한두 가지, 그리고 밥은 '오카와리(お代わり)'로 더 먹어도 될 뿐 정말 가정식 식사 그대로였다.

일본 가정집에서는 대체 뭘 먹기에?

카레, 오무라이스, 어쩌다 우동, 덮밥 이런 거다.

밖에서는 거친 일을 하는 우악스런 노가다들이 현장 식당에 들어오니 줄 서서 하이라이스에 미소시루에 다꾸앙에 간단 샐러드를 식판에 받아 얌전히 먹는 착한 초등학생이 되고 만다. 야채를 골라내는 철근공 아저씨, 일본인이지만 생선을 싫어해 생선구이정식에 삐져서 컵라면 사러 나가는 벽돌공, 남은 반찬을 현장 근처에 나타나는 고양이 준다며 티슈에 싸 가지고 나가는 콘크리트 타설공⋯. 귀여운 일본 현장의 모습 한 조각이다.

노출 콘크리트

일본의 고도성장기를 이끌던 건축가들은 일반인들이 아니었다. 그들은 이른바 일본의 귀족 출신. 내가 알기로 이소자키 아라타(磯崎新), 마키, 구로가와 기쇼(黑川紀章)⋯ 이런 거장들은 예외 없이 그런 배경을 바탕으로 자신의 천재성을 마음껏 펼치고 그에 걸맞은 존경을 받아 왔다.

버블이 극에 달했을 때 일본의 건축계는 건축 기술 면에서나 마감 수준 면에서나 돈 아끼지 않고 할 수 있는 것을 다 했다. 경제적인 이유로 타협하지 않고, 이슈가 될 수 있다면 어떤 시도도 모두 용인되는 화려한 건축에 몰두했고, 외국의 유명 건축가들도 물 만난 것처럼 일본이라는 넓을 풀을 만끽하며 돈지랄하는 작품을 해 댔다. 마키가 디자인한 알루미늄 프레임은 일반인 건축가들은 써 볼 수도 없는 고가의 것이었고, 제네콘(5대 종합 건설사)들은 그런 디자인을 부추겨 고가의 건축물들을 지으며 오르는 수익에 탄성을 질러 댔다.

그런데 어느 날, 그런 귀족 천재들에 질렸는지 간토(關東) 건축계에 밀려왔던 간사이(關西) 건축계의 반격이었는지 언론이 한 남자를 주목했다.

고졸 권투 선수 출신 건축가.

건축 수업이라곤 받지도 않았고, 러시아 횡단 건축 여행이 수행의 다인 것처럼 보이는, 천민의 외모를 가진 헝그리 맨.

안도 다다오(安藤忠雄)였다.

그 시기에 모두 돈을 쏟아붓는 건축만을 한 것은 아니다. 그 틈에 안도는 미니멀하고 소박하지만 작품성에서 떨어지지 않는 건축으로 주목을 받았다. 화려한 풀코스 요리 곁에 놓은 눈에 띄지 않은 장인의 아마타이(옥돔) 스시 한 점이랄까.

안도의 전유물처럼 보이는 노출 콘크리트는 당시에도 특별한 공법은 아니었다. 공간과 마감 모두 노출 콘크리트에 어울리는 디자인을 적극적으로 한 것이다.

당시 일본에서 노출 콘크리트 공사는 특별한 공사가 아니라, 마감 피복 두께 좀 더 주고, 형틀 합판 신경 써 닦아 써 주고, 박리제 제대로 쓰고, 수정이 어려운 점을 감안해 바이브레이터 잘 쓰고, 마감에 기포 생기지 않게 타설 때 타설하는 위치 쫓아다니며 형틀에 고무망치질 해 주면 되는, 당연히 해야 할 일에 조금 더 신경 쓰는 그런 공사였다. 공사비도 마감이 따로 붙는 보통의 콘크리트에 비해 콘크리트 조금 더 들어가는 것, 합판 정리하는 것 등을 생각해서 20% 정도밖에 추가 원가를 더 쳐 주지 않았다.

그런 점에서 안도의 건축은 외부 마감에 드는 비용을 아끼고, 오사카 지역은 내부에 단열을 하지 않아도 되는 점에 착안해 노출면을 과감히 내부까지 끌어들여 인테리어 마감조차 필요 없게 하고, 심지어 화장실 내부에도 타일을 생략하기도 하고, 디테일이 필요한 창호 등의 개구부나 마감이 달라지는 부분에 몰딩 등의 부자재가 들어가지 않는 경제적인 건축 디자인을 펼쳤다.

시키는 대로 하는 일본. 돈 받으면 받은 값 하는 일본. 이런 일본의 문화는 설계, 감리, 시공에 이르는 당연한 약속들을 지켜 냈고, 결과적으로 안도를 시작으로 한 노출 콘크리트로 표현되는 수많은 미니멀 젠 스타일 건축 흐름을 만들어 낸 것이다.

반면 조선은 한참 지나 2000년대에도 일본을 본딴 노출 콘크리트 디자인을 하면 마감이 까다롭네, 형틀로 쓰는 합판이 비싸네, 재활용이 안 돼 돈이 많이 드네, 마감이 잘 안 나오면 고치는 값도 받아야 하네 하며 돈을 두세 배 받고도 제대로 못 해냈다. 심지어 나는 일본에서 현장을 경험하고 시공 방법을 지도하는 데도, 일본은 철판 형틀을 쓴다느니 특수 콘크리트를 쓴다느니 하며 주워들은 헛소문으로 나를 가르치려 하며 바가지를 씌우려 했다.

원래 어떤 콘크리트 공사에서도 형틀을 떼어 낼 때 깨끗하게 잘 나오게 하기 위해 바르는 박리제는 애초부터 제대로 써야 하고 지정된 것을 쓰도록 우리나라 표준 시방에도 써 있는 것이다. 그런데 노출이니 그 값을 더 달라는 식이다. 그럼 노출이 아니면 뭘 쓰느냐 물으면, 아예 안 쓰거나 중유를 바른다고 한다. "그럼 떼먹은 거네?" 하고 물으면, 안 쓰는 걸 기준으로 싸게 매긴 거니 쓰라고 하려면 추가로 달라는 논리다. 형틀에 쓰는 합판은 재활용을 못 하니 온전한 합판 값을 다 달라는 거다. 일본은 그렇게 깨끗한 마감을 하면서도 쓴 합판을 테두리를 잘라 내고 못을 뽑고 면을 닦아서 3번씩 쓴다고 하면, 거긴 거기고 그건 그거고….

안도와 같은 건축물이 나오는 것은 건축가의 천재성에도 기인하지만, 약속을 지키고 맡겨진 소임을 다하는 성실한 사회가 경제적인 건축과 작품성이라는 두 마리 토끼를 잡도록 기능하는 덕분이다. '싸게! 좋게!'를 원하면 사회 체질부터 바뀌어야 하는 이유가 여기 있다.

예전에 대전 둔산동에 오피스텔 기본설계를 해 준 건축주가 날 찾아왔다.

설계해 준 대로 짓지 않아 삐져서 연락도 안 하고 있었는데 나름 입면이 멋지게 나왔다고 평판이 좋다며 고맙다고 찾아온 것이다. 그러거나 말거나, 쳇!

유성 도안지구에 새로운 부지를 확보했으니 한 번 더 뛰어보자며 서류를 내밀었다.

지나간 세월이 주마등처럼 지나갔다.

유성의 hotel 500.

거의 20년 전 이 건축주가 들고 온 촌스런 모텔 하나를 인테리어를 도와주고 나니 이 건축주는 신축하자마자 최고 매출을 올린 후 바로 되팔아 한 방에 십몇억을 벌더니 그 후로 모텔 설계라면 나를 찾아와 괴롭혔다. 설계비를 많이 줄 마음은 없으니 합의가 안 이뤄져 대전의 설계 사무소에 설계를 시키고 그 설계를 다시 내가 바로 리모델링해 주겠다고 했다. 그렇게 그 건축주는 싸게 뽑은 건축 설계를 들고 와 내 손을 거쳐 그럴듯하게 짓고 되팔기 몇 번에 적지 않은 돈을 벌었다. 그렇게 난 대전에서 모텔 전문가 소리를 들었다. '현장 경험'이 많아서 바람둥이들의 마음을 가장 잘 이해하는 건축사라서 짓기만 하면 일 5회전이 가능하다나 어떻다나 하면서.

그러다 또 만난 게 이 hotel 500이라는 건이었다. 작은 부지에 뻔한 설계였는데, 하도 촌스럽게 입면을 뽑아 와서 그 자리에서 노출 콘크리트로 바꾸고 바깥쪽에서는 창문도 출입구도 보이지 않는 '음흉한' 설계로 바꿔 줬더니 대만족.

문제는 어떻게 공사하느냐였다. 건설사도 함께 하면서 설계비조차 아끼는 짠돌이 건축주에게 신축까지 해 줄 마음은 없어, 건설사는 알아서 물색해 오라 했다. 알아보니 이 정도 노출 콘크리트는 대전 업체는 못하고 서울 업체는 엄청난 단가를 말해서 답이 없단다.

원래 일본의 노출 콘크리트는 예산을 아끼기 위해 디자인한다. 조선에서는 정성 들여 뽑아야 하는 콘크리트를 정성을 다한다는 이유로 몇 배를 요구한다. 안도의 건물이 그렇지만 마감도 안 붙이는 건물이 더 비싼 건 말이 안 되지만 현실은 그렇다.

디자인해 놓은 것도 아깝고 발주도 못 할 디자인을 해 줬다는 소리도 듣기 싫어서 궁리를 했다.

규슈 오이타현 현장 감리 때 경험한 것만으로도 노출 콘크리트에는 자신이 있어서, 도와줄 테니 건축주에게 직접 건물을 싸게 지어 보라 했다. 독한 건축주라서 뛰어들었다. 형틀 목공 오야지에게 인건비를 120% 지급하고 필요 자재를 대 줄 테니 시키는 대로 하겠다는 약속을 받고 구조공사 계약을 시켰다. 요구한 건 간단했다.

콘크리트 강도는 240 이상을 쓸 것,

부속은 허락받은 것만 쓰고 형틀은 도면대로 와리를 나눌 것,

콘크리트 철근 피복에 쓰는 스페이서는 8cm 대신 10cm를 쓰고, 대신 콘크리트를 2cm 더 두껍게 칠 것,

형틀에 쓰는 합판은 닦아서 쓸 것,

박리제는 정품을 쓸 것,

타설 시 바이브레이터 확실히 조질 것,

타설 부분에 인부를 배치해 고무망치질을 할 것.

이건 어느 콘크리트 공사에서나 해야 하는, 원래 당연히 해야 하는 원칙이다. 이걸 돈을 더 주며 원칙을 지키라는 것이다. 더 잘하려면 슬럼프 값을 조정하고 유동성 첨가제를 넣는 방법이 있지만, 일본 수준을 바란 것은 아니니 이 선에서 타협.

그렇게 그 건축주는 한여름을 오야지 멱살 잡고 악을 쓰며 내가 시키는 대로 구조공사를 마쳤다.

결과는—

조선에서 가장 뛰어난 노출 건물이 가장 싸게 지어졌다. 내가 지은 것보다 잘 나왔다(난 현장에서 독한 면이 없다).

그렇게 지어진 모텔이 잘 운영되어 투자금을 회수했고 그 자금을 바탕으로 25층 규모의 오피스텔을 성공적으로 분양했고, 이번엔 430세대 2,000억 분양사업 그리고 700세대 5,000억 분양 사업을 차례로 하게 되었다.

실리콘 실란트

실리콘 실란트는 꿈의 소재일 수도 있다. 어디든 틈을 메꿔 주고, 쭉 짜서 발라 놓으면 하룻밤에 굳어 물도 막아 주니 얼마나 편한가.

일본에서 건물 현관 창호에 실리콘 공사를 시키니 네 사람이 왔다. 한 사람이 틈을 소지하고 백업재를 넣고 마스킹을 하면, 또 한 사람이 수십 개의 노즐 중에서 그 틈에 맞는 것을 골라 실리콘 튜브에 꽂고 알미늄 다이캐스팅으로 만들어진 기관총 모양의 멋진 건에 실리콘을 장착해 정성껏 실리콘을 짜 넣는다. 또 한 사람이 허리에 찬 도구 벨트에서 수십 개의 나이프 중 하나로 실리콘을 쫙 긁어 마감을 완성한다. 작업 중엔 항상 두 사람이 사다리를 양쪽에서 붙들고 한 사람은 주변 통행을 관리한다. 작업이 끝나자 마스킹을 깨끗이 제거하고 주변을 청소한 후 내 차보다 깨끗한 작업 차에 도구를 싣고 사라졌다.

조선에서 실리콘을 시키면 한 사람이 추리닝 차림으로 온다. 공구는 커터칼과 플라스틱 건 하나 달랑 들고 온다. 커터로 틈의 크기에 맞춰 플라스틱 노즐을 뚝 잘라 끼우고 실리콘을 짜 넣는데, 힘 조절과 속도 조절이라는 비전의 양대 기술로 어깨에 힘을 잔뜩 주고 한 방에 쭈~욱 짜 넣는다. "이 긴 구간을 한 번에 짜는 사람은 처음 봤지?" 하는 표정으로 날 힐끔 쳐다보며 으쓱한다. 주변의 비닐을 찾아 두리번거리다가 검지에 칭칭 감더니 침을 퉷 하고 발라 짜 넣은 실리콘 위를 쭈욱 문지른다. 번진 것은 맨손으로 닦아 주변 벽에 쓱쓱 닦는다. 뭐라고 하니 자기 바지에 닦으며 입이 댓 발 나온다. 남이 잘 붙여 놓은 대리석 벽은 나몰랑이다. 바닥에 비닐이며 자른 캡이며 쓰레기는 발로 툭 차고 돈 달라고 온다. 이런 쬐끄만 일로 온 건 특별히 온 거라는 말을 잊지 않고 하루 일당 다 받아서 돌아간다.

실리콘은 건축 자재의 공극을 메꿔 주는 소재이기에 꼭 필요하다. 그런데 단점이 있다. 알루미늄 창호나 외벽에 쓰는 알루미늄 패널은 불소수지 도장을 하는데, 이게 실리콘과 안 맞는다. 이온화 반응을 일으켜 박리되든지 오염을 부착시킨다. 또 석재에 쓰면 용재가 석재 공극에 흡수되고, 실리콘 면에 부착된 오염물이 번져 석재에 흡수되면 기름 먹은 것처럼 지저분해지는데 나중에 닦을 방법이 없다.

이런 핸디캡을 아는 일본은 실리콘을 최소한으로 쓰고, 이액형은 쓰지 않고, 겨울에는 시공하지 않는 등의 노력을 해 왔다. 그래도 한계가 있어 일본은 창호는 실리콘보다 고무 재질의 바킹 몰딩을 많이 사용한다. 꼭 맞게 시공하고 제작해 꽉 끼게 하는 디테일이다(자동차의 유리 프레임 같은).

이게 한국에서는 불가능하다. 정밀 시공이 안 되고, 공정별 책임 소재가 불분명하니 만날 쌈 판이 되게 돼 있다. 기껏 만들어 왔더니 앞 공정이 개판 치면 다 갖다 버려야 하는데 그 책임을 누가 지느냐 이런 식이다.

창호가 아닌 외벽에는 알루미늄을 절곡해 패널로 만들지 않고 좀 더 두꺼운 알루미늄을 플레이트로 만들어 틈을 막지 않고 그대로 오픈시키는 디테일을 많이 쓴다. 그런데 이런 디테일은 보이지 않는 바탕면이 잘 시공돼야 딱딱 들어맞고 누수, 단열 등의 하자가 없다.

잘 알지 않는가. 조선에서 안 보이는 부분을 어떻게 처리하는지.

또 다른 방법으로, 석재 같은 경우 현장에서 판을 하나하나 붙이지 않고 공장에서 프리캐스트 콘크리트에 붙여 10~20평방미터 정도 크기로 판을 만들어 큰 판을 붙이니 실란트 할 위치가 줄어든다.

한국에서는 물류비용이 많이 들고, 현장에서 하지의 정밀 시공이 안 돼 다시 만들다 화딱지 나서 다 때려 부순다.

결국 어쩔 수 없다. 조선의 건물은 실리콘 범벅이 된 땜빵 건물이 되고, 한겨울 지나면 외벽 조인트에 팻국물이 줄줄 흘러, 평생 모은 돈으로 번듯한 건물 가지려던 건축주는 자기 건물에 정나미가 떨어져 임대료나 올려 받다가 임자 만나면 바가지 씌워 팔 생각만 하게 된다.

건축주 잘못도 아니고, 설계자가 어찌할 수도 없었고, 시공자는 별 도리가 없었을 뿐이다. 잘 못한 사람은 하나도 없고 세상은 더러워진다.

사회 수준 탓이다. 내 몸은 왜 아플까 물으니 "체질 탓이오" 하는 격이다. 다른 나라에 다시 태어나기 전엔 방법이 없는 거다.

기초소재

일반인들이 잘 모르는 것 중 하나가 기초소재 가격이다. 철을 몇 톤, 플라스틱을 몇백 kg 이렇게 구매할 일이 없으니 당연하다.

우리나라 건축계에서는 잘 하지 않는 노력 중 하나인데, 디자인에는 노력을 아끼지 않고 소재에 드는 아끼는 노력에 대해 얘기하고 싶다.

녹이 슬지 않는 스테인리스강은 보통 철에 비해 얼마나 비쌀까?

일반인들은 "1.5배? 2배? 설마 그 이상?" 이렇게 대답한다.

아니다. 8~9배나 비싼 소재다. 주방 기구나 싱크 상판으로 흔하게 쓰이니 싸 보이지만, 스테인리스는 제강 분야에서도 고급 특수강으로서 부가가치가 상당히 높은 소재 되시겠다.

그래서 좀 두꺼운 스텐리스를 쓴 업무용 주방 기기 가격을 들으면 꽤 놀라기도 하는데, 보통 쓰는 나사못 하나도 철에 도금한 것에 비해 스텐 나사못은 그 소재의 원가만큼이나 단가 차이가 있다.

건축 자재로 쓰이는 스테인리스는 0.5~1.2mm 두께의 강판을 절곡 가공한 외부 창호용 유리 프레임이 흔히 쓰이고, 좀 더 고가의 건축에는 두께 5~10mm의 두꺼운 후판을 그대로 잘라 깨끗이 헤어라인이나 미러 가공해 계단의 손스침 디테일 등에 쓴다. 파이프 소재로 손잡이로 쓰기도 하고, 꽉찬 봉을 이용한 디테일로도 쓰이나 흔하지는 않다.

일본에서는 그런 스테인리스 후판이 일찍부터 대량 생산되고 소비됐다. 2~3cm 넘는 통판을 가공해 디테일뿐 아니라 구조재로도 쓰는 것을 보고 놀란 적도 많고, 대체 저런 건물의 평단가는 얼마나 나올까 추측도 되지 않는 건축물들을 버블 시기에 많이도 지어 댔다.

나리타의 제3 터미널은 저가 항공을 위해 철저하게 저가 건물을 지으려 한 노력이 돋보이는 건물이다. 전 같으면 당연히 썼어야 할 금속 부분에 스테인리스를 쓰지 않았고, 철골 구조를 디자인하는 데 도장 공정이 하나 더 붙어 공사 비용과 사후 관리 비용이 발생하지 않도록 용융 아연 도금해서 조립만 하고 끝낸다든지, 스텐이나 비싼 석공사를 했을 내부 인테리어 부분을 아연 도금 강판을 아주 정밀하고 깨끗하게 판금 가공 후 조립만 하는 방식으로 건축 원가를 낮추려는 노력이 느껴진다.

싸구려를 쓰면서 싸구려로 보이지 않으려면 그만큼 디테일에 고민과 센스를 녹여 넣어 완성도를 높여야만 한다. 아연 도금 강판, 즉 판금은 어찌 보면 그냥 옛날부터 쓰던 함석판이다. 굴뚝이나 접어만들고 불량 주택의 지붕으로나 쓰던 소재인데, 그것을 고오~급스럽게 쓸 수 있으려면 아연판이 운반이나 가공 도중 다치지 않게 조심스럽게 다루어 주는 물류가 필요하고, 판금 가공 공장에서도 예민하고 정확하게 보수가 필요 없게 가공해 주어 현장에서 정확히 조립만 하게 해 주는 정밀도가 필요하다.

주제에서 약간 벗어난 이야기인데, 이런 금속판(아연판, 동판, 징크판 등)을 가공해 멋진 지붕을 만들 수 있는 기술은 아시아에서 일본과 한국밖에 갖고 있지 못하다. 동남아나 중국에서도 멋진 석조 건물이나 비싼 유럽제 징크판이 거멀접기로 덮인 현대적 건물의 지붕은 일본 사람이 가서 만든다. 한국도 스스로 만들 수 있다. 왜일까? 식민지 시대 대표적 건물인 옛 국립박물관(조선총독부—중앙청)이나 지금 겨우 남아 있는 한국은행 건물을 지을 때 일본인들이 조선인을 무시하지 않고 기술을 가르쳤기 때문이다. 그 기술이 전해 내려오면서 그런 가공은 한국인 스스로 할 수 있게 된 것이다(잘난 YS가 버르장머리를 가르친다며 스스로 기술문화 유산을 생방송하며 폭파해 버렸다. '민'자만 붙으면 왜 그리 인간들이 교양과 염치가 없어지는지, 알다가도 모를 일이다).

다시 얘기를 제자리로 돌려, 아연 철판은 표면이 녹과 스크래치에 강해 건축 소재로서 기능적으로는 손색이 없지만, 잘라 낸 단면은 생철이 노출될 수밖에 없어서 그런 단면이 밖으로 노출되지 않고 접어서 말려 들어가게 하는 기술적 디자인이 필요하다. 깊게 관찰하면 이마를 탁 칠 만한 디테일이 여기저기 숨어 있어 경탄을 하게 되는 것이다.

또 외부에 쓰는 철골을 도장(페인트)을 쓰지 않고 부재를 통째로 아연 도금해 용접 없이 볼트 조립만 해야 하는데, 그 도금면이 하도 깨끗해 마치 무광으로 마감 처리한 스텐리스를 보는 듯해 감동스럽기까지 하다.

그럼, 지금 조선에서는 이런 게 가능할까?

음… 디자이너가 노력을 더 해서 소재 가격을 낮추는 디자인을 해 줘 봐야 건축주가 설계비를 더 줄 리 만무하고, 시공자도 소재 가격은 낮아지지만 잘 만들려면 가공비가 더 들어 오히려 돈이 더 든다며 디자이너의 노력을 개묵살할 것이 너무나 뻔해서 이런 시도조차 관객 없는 팬터마임이 되고 말 것이다.

바쁜 가운데도 일본 오가며 그런 감동을 느끼는 게 나의 행복이다. 그럼에도 그런 경지까지 가 보지 못하고 건축에서 멀어진 것을 생각하면, 마치 꼭 결혼하고 싶었던 애인을 배경이 안 맞아 포기하고 끝까지 애절함으로 남은 무엇 같은 기분이 든다.

2013년에 다시 지어진 도쿄 미나토(港)구의 주일 대한민국 대사관은 한국의 전통미보다는 현대적 시각으로 설계됐는데, 외벽 자재로 징크(아연판)를 선택했다. 아시아에서 지붕 판금 기술을 가지고 있는 나라는 일본과 한국뿐이라는 것을 생각하면 나름 의미 있는 선택이었는데, 내구성 기준에 적합한 국내 생산품이 없어 어쩔 수 없이 스페인산을 국내로 수입한 다음 일본으로 재수출해 시공했다(내가 일본 판금 회사에 수출해서…). 다행히 유럽과 자유무역협정(FTA)이 돼 있어 가능했고, 그런 협정 자체도 제도유산이라면 유산일 수 있으나, 국내에서만 생산되고 소비되는 대체 자재를 추천할 수 없다는 게 안타까웠다.

지붕 판금 기술은 식민지 시대에 일본인에게서 배워 이어져 내려오는 오래된 전통 기술인데, 난로 연통이나 접어 만들고 싸구려 함석지붕이나 물홈통을 만들며 명맥이 이어져 왔지만, 그 기술조차 가지고 있는 나라는 서구를 제외하면 몇 나라 되지 않는다. 판금 지붕을 선호하는 중국조차도 시공은 일본인에게 의뢰하는 고급 기술이돼 버렸는데, 한국에서는 후대에 배우려는 사람이 없어 거의 기술이 끊어져 가고 있다. 서울역이나 한국은행의 멋진 지붕을 나중에 리뉴얼할 때는 안타깝게도 일본인 기술자를 불러 해야 할 상황이 올지도 모른다.

아리타와 이화벽돌

일본 도자기의 본고장 규슈 아리타(有田)에 있는 후카가와도자기공장(深川製磁)의 '차이나(본차이나) 온 더 파크'라는 기념 시설 주지관(忠次館)은 후카가와 주지(深川忠次) 씨가 1900년 파리 박람회에서 금상을 수상한 작품 대화병(大花瓶) 등을 전시하기 위해 공장 한쪽에 지어졌다.

일본에서 쓰기 어려운 붉은 벽돌을 쓰며, 도자기 굽는 회사의 안목으로 가장 좋은 붉은 벽돌을 찾은 끝에 한국의 이화벽돌의 제품을 수입해 기념관을 지었다. 수입 건축 자재가 이미 시장이 형성돼 수입되는 것이 아니라, 단 하나의 프로젝트를 위해 중량물인 건자재를 들여와 쓰는 게 얼마나 어려운 일인지는 짐작이 갈 것이다.

이탈리아 타일 대리석만이 최고의 재료가 아니다.

이화벽돌은 세계가 인정하는 좋은 품질의 벽돌을 생산하면서도 국내에서는 저가 벽돌과 건설사들의 연쇄 부도의 칼을 맞아 일찌감치 도산했다. 이제 품질을 내세울 수 없는 이름만의 평범한 회사가 되었다.

도쿄 시부야의 도큐(東急)백화점 뒤쪽은 쇼토(松濤)라는 최고의 부촌 주택가다.

시부야 구립미술관인 쇼토미술관은 현대 건축물임에도 공공시설로서 공공성, 역사성을 고려해 현대적 이미지의 석조 건물로 설계됐다. 외장재는 화강석을 썼는데, 세계에서 가장 멋진 화강석을 찾은 끝에 한국의 문경석 중 붉은색을 띠는 홍운석을 수입해 사용했는데, 얇게 가공된 판석만 사용한 것이 아니라 석조의 아름다움을 극대화할 수 있는 통석들을 아낌없이 써서 지었다.

이탈리아 타일 대리석만이 최고의 재료가 아니다.

한국의 화강석 문경석은 오르는 인건비와 중국산 저가 화강석의 공세를 이기지 못하고 돌광산 자체가 사라져 버렸다.

사라진 조선총독부 건물은 조선인 건축 설계자가 처음으로 참가해 지은 서양식 근대 건축물이었고, 신축에 조선인 기술자들도 신축에 대거 참가해 조선인의 자긍심을 높이는 데 큰 역할을 했다. 그 건물의 입구 로비 바닥을 장식한 대리석 모자이크는 한반도 전역에서 나오는 최고의 대리석을 조각조각 모아 당시대 아시아에서는 구현할 수 없는 가장 아름다운 건축 장식품으로 만들어 냈다(국내산 대리석은 이미 오래전에 채굴, 유통망, 시장이 사라졌다).

그것을 좌파 출신 대통령 김영삼이 정치적인 이유로 반일 감정을 불사르며 생방송으로 폭파시켜 버렸다. 국내에는 제대로 된 사진조차 없는데, 폭파 전 그 중요성을 알고 있던 일본인들이 사전에 자료로 남겼고 시사잡지 〈아에라(AERA)〉에 실리면서 널리 알려졌다. 포클레인으로 뽀갠 잔해는 상암동 쓰레기처리장에 버려졌고 그 위로 100m가 넘는 쓰레기 산이 생겼다.

최고의 것을 만든다고? 뭐가 최고인지는 알기는 하나? 남아 있던 것도 지키지 못하는데 새것은 무슨 의미가 있나? 삼성의 미래가 벽돌, 화강석, 대리석 같은 돌덩이와 같아지는 데는 얼마 걸리지 않는다.

도쿄 올림픽 메인 스타디움

고인이 된 아베 내각은 도쿄 올림픽을 유치하며 큰 꿈을 품었다. 유례없이 성대한 올림픽으로 치르고 싶었다. 그래서 스타디움 설계를 국제 입찰에 붙였고, 그 이벤트도 붐업에 일조할 수 있기를 바랐기에 유력한 낙찰 후보였던 안도 다다오 씨에게 심사위원장을 맡겼다. 안도는 그만 좀 해먹으라는 눈치를 알아챈 듯 자기 작품 포기하고 못 이기는 척 심사위원장직을 받아들였다.

그래서 뽑힌 건축가가 21세기 초를 주름잡은 가장 핫한 천재 건축가 자하 하디드(1950~2016)다. 동대문디자인플라자(DDP) 설계한 그 여자다. 어느 나라나 어느 부자나 그의 작품 갖기를 바라니 어찌 보면 당연한 결정이었으나, 안타깝게도 내가 보기에도 진부했다. '존경의 나라' 일본이다 보니 그녀의 명성을 이기지 못한 듯했다.

나만 그런 생각 갖는 게 아니었는지, 잡음들이 들려오기 시작했다. 일본 건축계의 기득권에서부터 슬슬 비난이 터져 나왔는데, 일본에서 가장 존경받는 마키 후미히코, 이토 도요(伊東豊雄)를 필두로, 급기야 이소자키까지, "후손에 대한 망신이자 기념비적 실수"라는 강도 높은 비난에 잡음이 일파만파로 퍼졌다. 하디드의 이름값에 주눅 들어 한마디도 못 하던 건축계가 마키의 한마디에 떼로 달려들어 침을 튀긴 것이다.

결국은 심사를 한 안도에게 화살이 돌아갔다. 사실 안도는 세계적으로(특히 한국에서) 아무리 유명해다 해도 일본 건축계에서는 비주류다. 버블로 건축 일이 넘쳐나 주체를 못 하던 1980년대, 도쿄대·교토대 출신 아니면 건축가 명함도 못 내밀고 하다못해 도쿄예대나 와세다 줄이라도 있어야 하던 건축계 카르텔에 식상한 일부 언론과 문화계가 근본도 백도 없는 고졸 권투 선수 출신 안도 다다오를 키워 준 것은 건축 기득권에 대한 일종의 작은 문화 쿠데타였고, 안도는 그 수혜자였다. 귀족 명문가, 명문대 출신이 아닌 안도의 유럽 건축을 향한 시베리아 철도 여행이야말로 언론이 애타게 찾던 스토리텔링이었던 것이다.

그런 그가 말년에 이미지에 타격을 입게 됐으니, 내심 억울할 일이었다. 작품 포기하라 하고 심사 맡길 땐 언제고… 차라리 안 한다 하고 내가 작품 낼걸….

작품성만 가지고 때리려니 근거가 부족했는지, 이번엔 건설업계까지 합세해 악담을 퍼부었다. 자하 하디드의 안대로라면 공사 난이도 때문에 공사 예산이 두 배를 넘기고도 올림픽 개막 때까지 공사가 안 끝날 수 있다는 등의 소문들이 끝없이 들려왔다.

사실 그녀의 작품을 제대로 구현하려면 시간 두 배, 건설비 세 배쯤 당연하게 생각해야 한다. 그런 사례가 이전에 수두룩했다.

자하 하디드는 해체주의 첫 세대다. 또 그녀의 '이즘'은 다들 "아, 난 저렇게는 못 해" 하기에 그녀에서 시작해 그녀에서 끝났다. 직선, 면, 공간을 해체하는 건축을 하는데 반듯한 철골 한 줄, 판판한 베니어 한 판도 어디 한 군데 그냥 쓰기 머쓱한 디자인을 뿌려 대니, 쫓아가며 실시설계 하는 팀은 물론 건설계도 안 하고 싶은 디자인이 나오면 뱉을 마음으로 부른 견적이 덥석 발주로 이어지는 일이 빈번하니 건축비가 늘어나는 건 당연했다. 일본은 그런 예측 불가능성을 참아 낼 심성이 아니다.

그 이전 동대문 DDP가 참고가 됐을 것이다. 명품을 갖고 싶었던 오세훈 당시 시장이 겁도 없이 지름신에 씌어 덥석 잡은 자하 하디드. 그건 페라가모 로퍼 수준이 아니었다. 공기 연장은 당연, 결국 2,300억 예산이 3,400억으로 불어 끝났다. 그것도 브레이크를 잡아

세운 게 아니라 차단벽을 세워 막았다. 그나마 한국이니 가능한 일이었다. 어려운 디테일 디밀면,

"여기서 이러시면 안 됩니다. 이건 돈 많은 고향 아랍에서 하시죠."

"시장님 임기 전에 안 끝내면 오픈 때 못 부를지 모른답니다."

"앙~ 난 몰라, 몰라. 그냥 내일 공구리 타설할껴."

"저 사람, 디자인 할 시간 주면 ×나 어려운 디테일 보내온다. 팩스 꺼 놔! 메일 확인하지 마!"

그렇게 적당히 어르고 적당히 달래 하디드가 만족 못 한 채 건물을 막 밀어붙여 공사를 강행하는데, 황당하게도 그걸 치적 삼으려던 오 시장이 급식 식판을 스스로 뒤집어쓰고 사임하고 만다.

아베가 그런 소문을 들었을지는 알 길 없지만, 일 제대로 못한다는 비난을 견디기 싫은 일본 정부는 결국 하디드와의 계약을 철회한다. 개선안까지 내면서 집착을 감추지 않던 하디드는 소송까지 거론하며 일본을 맹비난하다 포기한다.

그녀도 어쩔 수 없었을 것이다. 일본은 세상 모든 건축가들이 꿈꾸는 무대다. 자국에서 실현하기 어려운 디자인과 디테일들을 물건 잘 만드는 산업과 장인 정신이 어떤 어려운 공법이든 착착 지원해 주며 완성해 주기 때문이다. 그런 발주자를 상대로 분란을 일으켰다간 일본 시장에서 다시는 안 불러 줄 수도 있다. 하지만 속으로 스트레스가 심했는지, 얼마 안 가 심장마비로 죽어 버린다.

황당한 일이었다. 문제는, 일본에게는 남은 시간이 별로 없다는 것이다. 당장 건축가를 선정해 알아서 해 달라고 하는 수밖에 없는 스케줄이고, 고인이 된 하디드에게 지불된 설계비까지 아껴 줘야 하는 설계안을 받아야 한다. 그래서 일본에서 가장 핫하다는 구마 겐고(隈研吾)에게 부탁을 한다. 하필이면 그는 하디드를 제일 거칠게 비난한

건축가였으니, 무덤 속의 하디드가 분통이 터져 벌떡 일어나고도 남을 일이었다. 안도 님께 따져 봐야 "아, 나도 생긴 거 없이 욕만 처먹었어~"

그러니 할 때 잘하지.

좋은 건축 작품은 바른 요구에서 나온다. '빨리, 싸게' 같은 후조선식 마인드로는 천하의 구마한테서도 어디서 본 듯한 디자인밖에 못 얻는다. "이런 거 달라며?"

그렇게 완성된 도쿄 올림픽 메인 스타디움은, 눈높이엔 개인차가 있겠지만 가서 보면 충분히 감동스러운 작품이다. 물론 그의 다른 작품에 비해서는 처진다. 어쨌건 예산과 시간과 타협해 천신만고 끝에 기념비적인 건축물을 냈으나 —

이를 어쩌나, 코로나로 올림픽이 연기돼 버린다. 설계자를 변경한 가장 큰 이유가 시간 여유가 없다는 것이었는데, 결과는 시간이 더 있었다는 것이다. 추가 공사비? 올림픽이 연기되며 날려 버린 헛돈에 비하면 껌 반쪽 값이다. 차라리 하디드 최초 안대로 밀어붙였더라면 문화자산으로라도 남을 수 있었다.

자하 하디드는 다른 건축가에 비하면 요절한 편이다. 그의 작품은 아마도 세계의 미래유산으로 남을 가능성이 높은데, 일본은 남들은 가질 수 없는 그의 최고이자 마지막인 유작을 가질 기회를 잃었다.

자하 하디드의 작품은 더 이상 세상에 나오지 않는다. 한국은 그놈의 썩은 정치 바람 덕에 무리해서나마 그의 작품을 가지는 행운을 얻었다. 천만다행인 건, 오 시장 다음 박원순 시장이 DDP를 방치해 준 덕에 꾸역꾸역 완공까지 보았다는 것이다. 만일 한국 건축계가 밀어붙이지 않고 세월아 네월아 하며 꾸물거리고 있었더라면 3천억에 입맛 다신 박 시장이 땅속 돌덩이를 유구라고 해서라도 스톱시키고 300여 진보 문화단체들의 예산 뷔페 파티를 시전하셨을 텐데 이 얼마나 다행인가 가슴을 쓸어내린다.

굳이 비교할 대상은 아니지만, 구마의 스타디움보다는 하디드의 DDP가 더 명품이라고 나는 생각한다. 올림픽 스타디움 조감이 제로 모양이라서 관객 제로의 운명을 타고 났다고 생각하는 토템 샤먼의 나라 후조선 백성들에게, 모양이 워낙 요상해 뭐 갖다 붙일 상징성 없는 디자인 덕에 트집 잡히지 않으신 하디드 님께 무한 감사를 올리며 오늘도 빈 잔 올리고 명복을 빌었다.

(구마 님~ 개인적으로는 스타디움 좋아해요! 다음에 가면 건너편 미쓰이가든호텔 바에 앉아 칵테일 홀짝이며 제대로 즐겨 볼게요~)

반 시게루

건축가 반 시게루(坂茂) 씨와의 짧은 인연이 떠올라 한 페이지 써 본다.

벌써 20여 년 전.

명동을 주름잡던 헤어디자이너 그레이스 리 할머니에게서 회사로 연락이 왔다.

우리가 싸게 지어 준 상가 건물을 팔았는데, 가격을 잘 받아서 논현동에 땅을 샀으니 그것 좀 도와달라고.

오호라, 우리한테 그리 짜게 굴더니 능력 있네? 하며 한 걸음 들어가 보니, 당시 청담동 땅을 매집하던 싸이 모(母)에게 팔았다는 것이었다.

힐탑호텔 건너 블록 골목 안인데, 다세대 지을 땅으로는 크고 빌라 짓기엔 좁은 땅이었다. 임대 잘 나갈 조금 큰 원룸과 1층에 자신이 운영할 식당을 요구해서, 대략 규모 검토해 주고 배치를 잡아 주고 다음 진행을 하려 했는데, 얼마 뒤 연락이 왔다. 하와이 왔다갔다 하는 자기 딸이 일본의 유명한 건축가와 우연히 알게 됐는데, 엄마가 서울에 집을 짓는다고 하니 서울에서 작품 하고 싶다고 해서 자기 건물을 디자인 시키고 싶은데 같이 해 줄 수 있냐고.

주택 한 채 그거, 설계비 얼마 주지도 않을 거면서 유명 작가와 나눠 먹으라고? 회사는 그냥 접으려고 했는데, 대표건축사에게 내가 관심 있으니 조금 진행해 보자고 했다.

그 일본 건축가가 반 시게루였다. 당시 친한파 건축가로 이슈가 될 만한 작품들을 세계 곳곳에 뿌리고 다니고 있었고, 그와 함께 하는 작업은 내게도 공부가 될 것 같아 회사에 부담을 주지 않는 조건으로 내 책상 위로 가져왔다.

그런데 그레이스 리 씨의 요구 조건은 아주아주 세속적인 것이었다. 용적률 이빠이, 주차 최소한, 건축비 최소, 센스 있게 지어 월세 옆집보다 10만 원 더 받게.

그건 잘못은 아니지만 해외 작가가 만족시켜 줄 과제가 아니었고, 지난번 프로젝트에서 디자인을 위해서는 단 한 평의 면적도 양보하지 않던 그의 자세를 익히 알기에 프로젝트의 앞길이 험난해 보였다. 그리고 그때쯤 제품 디자인에 일본인 디자이너 이나미(印南) 씨를 소개했다가 한국인에게 뒤통수를 맞은 적이 있어 조심스럽기도 했다.

반 상과 첫 만남이 이뤄졌고, 요구 사항이 전달되고, 한국의 규제와 법규를 알려 줬다. 최대 면적을 다 확보하면서도 강남에서 특별한 주거라는 명제가 쉽지 않아 반 상이라고 별 뾰족한 수가 없지 않을까 했는데, 돌아간 그는 정말 특별한 획기적인 대안을 들고 왔다. 각 세대를 복층으로 구성하는데, 현관이 아래층에 있는 형식이 아니라 위층에서 들어가는 디자인이었다.

캬~ 이런 수가 있었구나!

들어보니 넘어야 할 산이 많았다. 용적률 다 못 채우는 것에 건축주는 못마땅해 했고, 건축법에서도 애매한 부분이 있고, 소방에서도 피난로 인정에 어려움이 있어 보였다. 입주자는 대부분 '업소 언니'일 텐데 새벽에 꽐라 돼서 집에 들어가면 힐 벗고 그대로 아래층으로 롤링 스톤이 되는 그림이 머릿속에 그려졌다(사람은 아는 만큼만 보인다). 무엇보다, 건축주가 상상하는 건축비로 감당할 수준이 아닐 것 같은데 반 상은 골판지나 화장지 지관으로도 집을 짓는 도사님이라고 생각하는 것이 더 문제였다.

숙제만 잔뜩 짊어진 두 번째 회의를 하고 나서 반 상에게 물었다.

"설계 계약은 하셨습니까?"

아직 못 했다고 대답하는 그의 얼굴은 열정과 호기심에 가득한 어린아이의 상기된 표정이었다.

"여기(한국)서 그러시면 안 됩니다. 반 상 디자인이 그대로 받아들여질 가능성도 그리 높지 않지만, 프로젝트가 쥬도한파(中途半端)되면 디자인비도 못 받고 끝날 수 있어서, 우린 이 시점 이후로는 설계계약을 하고 진행하겠습니다. 반 상도 계약을 하시지요."

파토를 놓으려고 한 게 아니라, 외국 설계자와 일할 땐 고액의 설계 계약금이라도 나가야 그 돈이 아까워서라도 그의 디자인을 받아들이는 조선의 분위기를 전달하려 한 것이었다. 300여 평에 불과한 다세대 설계비를 그레이스 리가 생각하는 건 잘해야 3천만 원인데,

기본설계비를 그에게 떼어준다고 하면 천만 원이고, 그가 특별히 얹어 준다고 해야 천만 원쯤일 텐데, 반 상 정도면 최소 5천만 원 정도는 받아야 진행이 될 듯싶었다.

나는 그의 디자인이 받아들여진다면 회사에서 욕을 먹어도 내가 몸으로 때운다 생각하고, 2천 정도만 받아도 그가 얼마를 받든 진행할 용의가 있었기에, 프로젝트가 무사히 진행되려면 빨리 그가 도장을 찍어야 한다고 믿었다. 늦으면 늦을수록 그는 이용만 당하고, 그가 건넨 도면은 강남을 떠돌다 어느 허가방 사무실에서 수행할 가능성이 높았다. 그건 결과적으로도 건축주에게도 도움이 되지 않는 것이었다.

그랬더니 그가 그레이스 리와 어떤 얘기를 했는지, 다음 회의의 스케줄을 받지 못했다. 여기서 내 특유의 오지랖이 발동을 했다. 그의 작품은 어떤 환경에서 어떻게 이루어지나 궁금했다.

그래서 항공권을 끊고 도쿄 세타가야(世田谷)구에 있는 그의 사무실을 찾아갔다. 반 상에게 미리 연락하지 않고 사무실의 책임자와 통화하고 쳐들어갔다.

사무실은 소형의 일본 설계 사무실이 그렇듯이 아틀리에처럼 꾸려져 있고 실장 밑에 직원 2~3명 정도 규모였다. 실무자에게 서울의 프로젝트 상황을 알고 있는지 묻고, 계약을 하지 않으면 어떤 상황이 될 수 있는지 설명했다. 그랬더니 실장이 크게 한숨을 쉬었다. 매번 그런 일이 많고, 반 상은 세계를 돌며 골아픈 프로젝트를 가져오는데 다 해결은 안 되고 일이 끝마무리가 안 된다며 푸념을 했다. 돌아보니 스태프들은 지쳐 보였다.

그래서 돌직구로 물었다. 실례지만 월급은 제대로 제때 나오냐고.

말하기 곤란하다고 했다.

그의 민낯을 까려는 게 아니다. 그렇게 어렵게 작품 하는 세계가 그 세계다. 정열과 작품 욕심이 없으면 절대로 할 수 없는 것이다.

당시만 해도 그는 신예였다. 기라성 같은 세계적 건축가가 즐비한 일본, 그리고 60세 넘지 않으면 중견 소리도 듣기 힘든 일본이다. 귀족 출신도 아니고 도쿄대·교토대도 아닌 미국 유학 배경만으로는 건축가로 성장하기 정말 어려운 세계에서 마이너리티 건축, 환경 건축 등 매스컴의 주목을 받을 수 있는 이슈라면 가리지 않고 달려들던, 말 그대로 뼛속까지 작가였던 것이다.

그 사무실의 분위기를 대략 파악한 나는 더더욱 그를 존경하는 마음이 생겼고, 그가 한국에서 다치지 않기를 바랐다. 그래서 실장에게, 반 상에게 내가 다녀갔다고 전하고, 계약을 반드시 하시고, 한국에서 설계 파트너를 제외하고 클라이언트하고만 소통해 진행했다간 손실을 볼 수 있다고 전해 달라고 하고 왔다.

그래서 그 땅은 어떻게 되었냐고?

내가 우려한 대로 그냥 뻔한 건물 짓고 끝났다.

반 상에게 위로와 유감과 존경을 모두 보내고 싶었다.

하지만 그 후로 예상대로 그는 건축계 노벨상이라고 하는 프리츠커상을 타고, 파리와 뉴욕에 지점을 둔 세계적 건축가가 됐고, 한국에서 좋은 작품도 여럿 완성시켰다. 돌이켜 보면, 어쩌면 한국에서 겪었을 그런 불합리조차도 개의치 않는 작가성이 그를 그런 반열에 올려놓지 않았나 생각한다.

공짜와 부실은 절친

공짜는 누구도 고마워하지 않는다. 심지어 누가 준 것인지조차 모른다면 더 말할 것 없다(그래서 무상 복지가 문제인 거다).

10여 년 전, 건설과 인테리어를 턴키로 일해 줄 때다. 방송국 관계자로부터 연락이 왔다. '러브하우스'에 출연하겠냐는 거다. 일약 유명해져서 일이 넘치게 들어와 회사가 단박에 열 배로 커질 수 있는 기회라고 했다.

조건은?

공사에 들어가는 공사비는 방송에서 1천만 원 정도 지원하고, 나머지 공사비는 모두 출연 회사 부담.

출연료는?

약간 있으나… 받으시게요?

계산해 보니 회당 3천만 원 정도 직접비가 더 들어가는데, 우리가 해야 할 부분은 어찌어찌 한다고 해도, 건축 공사의 대부분은 하도급 업체가 하는데 그 업체가 무상은 아니어도 원가로 봉사한다는 게 무리였다.

그럼, 내가 유명세를 타기 위해 투자해야 한다는 건데, 까짓것 10회만 나가도 유명해지고 일이 밀려온다는데야 3억 정도 선투자할 수도 있겠다 싶었다.

그러나 ― 그러나 ―

보통 건축은 5년 정도는 하자 안 나게 노력한다. 인테리어는 1~2년이 고작이다. 내가 건축 감각으로 상업 시설 인테리어를 해 줬기에 하자가 안 나지, 그냥 인테리어 업자 감각으로 했으면 항상 하자 시비에 분쟁이 그칠 날이 없는 게 업계 현실이다.

그런데, 공짜로 지어 달라는 집은 어떻게 지어 줄까?

3개월이다.

결국 TV 나가는 걸 사양했다. 그런 집을 지을 수는 없었다. 디자인도 쓰는 사람을 생각하는 것 같지만 잘 살펴보면 TV에 예쁘게 나오게만 만들 수밖에 없다. 협찬 받는 자재는 홍보가 목적이지 사용자를 위해 선택된 것도 아니다. 어디든 미장이나 목공으로 대충 모양 만들어 시트나 도배로 때우고, 도장도 하도도 없이 에나멜로 붓칠이 끝이다. TV에 출연해 "고맙습니다"를 연발한 입주자 입장에서 나중에 문제가 생겨도 하자 불만을 얘기할 수도 없고, 만들어 준 사람에게 따져 봐야 공짜가 그렇지 말이 많다는 말밖에 더 듣겠는가.

업자들은 돈 주는 사람과 실제 쓰는 사람이 다른 일, 즉 발주자와 사용자가 다른 일을 좋아한다. 왜? 뒷말이 없기 때문에.

그런데, 공짜다. 당연히 부실이 되고 받은 사람은 고마워하지도 않는 일이 반복된다.

무상 복지야말로 이것과 뭐가 다를까? 주는 사람은 국민이고, 집행하는 곳은 관청이고, 받는 사람은 누가 주는지도 모르고 받는 공짜다. 제대로 쓰임새 있게 집행이 될까? 고마워하며 재활과 갱생에 힘쓸까?

기사에 나오는 사람들처럼, 다음 공짜를 향해 메뚜기질을 할 뿐이다.

타일과 조립식 욕실

한국의 욕실은 타일 마감이 거의 진리다. 멋진 이태리 타일로 장식되고 유럽 수입 위생 도기가 설치된 욕실은 주생활의 격을 결정짓는 척도가 되기도 한다.

그런데 타일 마감의 욕실은 하자도 많이 나기에, 일본 건축의 욕실 마감을 슬쩍 보게 된다.

일본의 보통 만숀(맨션)에는 조립식 욕실이 많이 채용된다. 바닥 벽 천정이 각각 한 판씩 6판으로 미리 제작되어 현장에서 문짝 욕조로 조립되는 형식인데, 이 조립식 욕조는 각 부재의 수가 적어 기본 방수만 하면 하자 요인이 줄어들고 공정, 공기, 공사비 모두가 획기적으로 줄어들 수 있기에 임대나 분양되는 대부분의 일본 주택에 조립식이 사용된다.

또한 화장실이 따로 설계되는 경우가 많아 '세면+파우더룸, 독립 화장실, 샤워룸+욕조(욕실)' 이렇게 구분된 설계가 비교적 고급스런 욕실 구성이 된다.

한국에서도 20여 년 전에 삼성 계열 건설사들이 한때 이 조립식 욕실을 시도했고, 다른 건설사들도 여러 번 적용을 시도하고 관련 회사도 만들어졌지만 모두 폐업했다. 그 이유를 찾다 보면 한국건설업계의 아픈 곳이 보인다.

조립식 욕실 업체가 설계대로 자재를 준비해 현장에 가면 현장 조건이 자재와 맞는 곳이 없다. 아파트의 수백 수천 개 욕실이 약속과다 다른 것이다. 사이즈뿐만 아니라 수전의 높이, 배수구의 위치 등 설계대로 딱딱 맞아야 조립식의 의미가 있는데, 현장 상황에 맞추려하다 보면 이건 공장에서 일보다 현장에서 일이 더 많아지는 상황이 번번이 일어난다.

특히 '가네', 이른바 골조의 직각이 잘 안 맞는 경우가 많은데, 직각이 조금이라도 안 맞으면 서로 마주 보는 벽판이 사이즈가 달라지며 특히 바닥판과 천장판이 네모반듯하지 못하고 사다리꼴이나 마름모꼴이 되니 현장에선 큰 문제가 된다. 벽판을 만들어 갔는데

10cm가 틀리면 쪼가리 판이라도 붙일 텐데, 직각이 안 맞아 한쪽이 2cm 모자라고 한쪽은 1cm가 모자라니 자르고 붙이고 다시 만들어 오고, 와서도 욕조랑 안 맞고 세면기 수전 높이가 안 맞고 변기 하수 구멍이 어긋나니 미치고 환장하는 것이다.

그래서 하도급을 받은 조립식 욕실 전문 업체에서 원도급인 현장 사무실에 따질 수 있는데, 선공정이 도면대로 시공 안 돼 효율에 문제가 있다고 따지면 "그건 당신들이 현장 실측을 제대로 하고 맞춰 오셔야지~" 하는 핀잔을 들을 뿐이니 욕실 500개를 수주하면 3천개의 판이 모두 다른 치수로 제작되다시피 하게 돼 "아 ×발 그냥 타일로 가자" 이렇게 된 것이다.

한국 건설 현장에선 선공정의 잘못을 후공정이 그대로 받아 군말 없이 끝내고 또 그로 인해 생긴 하자를 다음 공정으로 미루는 악습이 결국 아파트 준공 후 하자 신고 몇만 건이라는 갈등을 끝없이 양산하는 건축 문화를 만들어 냈다.

타일은 이른바 습식 공법으로, 선진 공법과 거리가 멀다. 약속대로 판 몇 개 들고 가 조립 딱딱 하고 조인트만 몰딩이나 실리콘 작업하고 끝내면 일도 쉽고 나중에 방수 하자도 적어 몇 년 뒤 문제가 생겨도 쉽게 보수가 될 수 있는 것이다.

선공정과 후공정 사이에 치수와 각도라는 건축에서 가장 기본적인 서로의 약속이 지켜지는 것이 너무나 당연하지만, 그것이 이행되지 않으면 후공정은 선공정을 탓하게 되고 후공정은 손실이 생기고 그에 따라 분쟁이 일어나 건식 조립이라는 선진 공법을 쓸 수 없게 된 것이 한국 건축의 현실이다

손바닥만 한 욕실도 그러니, 일본의 대형 건축물 외장으로 흔

히 쓰는 프리캐스트 콘크리트 타일/그래나이트(precast concrete tile / granite. 공장에서 콘크리트에 타일이나 석재를 붙여 현장에서 조립하는 방식)도 1970~80년대까지 시도하다가(구 삼성 사옥, 한국은행 신관), 물류비까지 늘어나며 포기하게 된 것이다.

물론 조립식 욕실 시스템 바스(unit bath)보다야 고급 이테리 타일 붙인 욕실이 더 고급이니 소비자 입장에서 불만일 건 없다. 하지만 건설 현장 인건비가 일본을 추월해 타일공 일당이 40만 원에 달하는 지금, 같은 주거 수준일 때 일본보다 더 저렴하게 짓고 싶어도 현장 생산성을 높일 수 없고 하자 분쟁이 줄지 않는 타일에만 한정돼선 곤란한 것이다. 한국 아파트가 낫다, 일본 만숀이 낫다의 문제가 아니라, 서로 기본 약속을 잘 지켜 효율을 높인 일본 건설 현장의 장점이 있다면 배워 쓰는 것이 옳다고 생각한다. 약속대로 착착 진행되는 시스템을 두고 언제까지 한국인의 주특기인 '임기응변'과 '싸우면서 일하자' 의식에 의존할 것인가.

우동, 건축 그리고 일본

III

일본, 일본인

첫 만남

난생 처음 만난 일본인

초등학교 5학년에 관악부에 들어갔다.

2학년 때 바이올린을 시작했는데, 독보를 배우지 못한 채 선생님의 야단에 주눅 들어 곡을 외워 버리고 운지만 익힌 연주를 계속하니 실력이 늘 리 없었다. 좋아하는 미술만 하고 싶은데 학교 방침 상 매일 해야 하는 악기 시간이 고역이라는 것을 눈치챈 담임선생님이 호른이라는 비인기 금관악기를 손에 쥐여 관악부로 넣어 주고, '도레미'와 '딴따 따안~'부터 다시 배우며 음악에 재미를 붙였다.

관악부는 그렇게 부적응한 남학생들을 모아 꾸려졌는데, 그런 남학생들을 기악부 지도교사 선생님이 예쁘게 봐 줄 리 없었다. 음악을 전공하지 않은 6·25 때 군악대 출신인 선생님에게 대충 배워 온 아이들은 예쁜 여학생만 좋아하는 음흉한 교사의 미움을 받으며 합주를 했는데, 솔로가 많은 트럼펫이나 엇박자를 내면 티가 많이 나는 트롬본 맡은 학생이 특히 야단을 많이 맞았다. 오케스트라가 아닌 보이스카우트 행사에 따로 관악부만 나가면 신이 나서 연주를 했지만, 다시 기악부만 돌아오면 주눅이 들고 했다.

그러다 자매결연을 맺은 일본 지방의 중학교 밴드와 합동 연주를 하는 행사가 계획됐다. 그때 처음으로 비슷한 나이의 외국 학생을 봤다. 물론 일어도 영어도 안 될 나이라서 전혀 소통은 안 됐지만 밝고 명랑한 모습에 멋진 연주를 하는 일본 중학생은 너무 멋있어 보였다.

연주 행사 전날, 부자 나라 학교답게 대전에서 제일 크다는 중앙관광호텔의 스카이라운지에서 전야제가 열렸다. 우린 선생님과 학교 관계자 어른들 행사에 따라가는 것으로 알았다. 그런데 식장 앞에서 내 가슴에 영어로 'Brass'와 내 이름을 쓴 명찰을 붙여 주고 입장시키며 박수를 쳐 주는 것이었다. 어린이를 어른들 행사의 들러리 재롱잔치 어린이 광대가 아닌, 진정한 파티의 주인공으로 삼아 주는 행사는 처음이었다. 거기에 무제한으로 놓인 음식, 통역을 붙여 아이들 하나하나 인터뷰를 하며 축제 분위기를 내 주는 행사에 잔뜩 흥분이 됐다.

통역하는 분에게 내가 물었다.

"여기 이름표에 영어는 무슨 뜻인가요?"

관악이라고 알려 주셨다. 그리고 한 일본인이 내게 와 브라스 중 어떤 악기를 하냐고 묻길래 호른이라고 했더니 "소학교 5학년에 호른이라니 대단하다"며 칭찬해 주셨다.

다음 날 연주를 어찌 했는지는 잘 기억이 안 난다. 〈피가로의 결혼〉 도입부 호른 솔로를 놓쳐 버리는 실수를 한 정도? 오히려 전날 그 일본 어른의 따뜻한 미소를 잊을 수 없다. 연주 하며 혼날 일만 있었던 내게 뿌듯함을 심어 준 밤이었다.

국민소득 1,000불에 불과한 후진국 시골에서 개최된 국제 행사였고, 그것이 내가 처음 겪은 일본, 일본인이었다. 나라를 빼앗았던 나라에 대한 반일 감정도, 못사는 나라 한국에 대한 혐한도 없이, 서로를 호기심 어린 호감을 가진 학생과 기특하게 여겨 주는 어른들의 아름다운 시간들만 있었을 뿐이다.

2021년 코로나로 어려운 시기에 일본에서 전 인류의 스포츠 제전이 열렸다. 코로나를 극복해 가는 인류의 새로운 도전과 평화가 상징이 될 잔치였다. 난 도쿄 올림픽이 44년 전 내 기억 속의 문화 행사처럼 아름답게 치러지기를 빌었다.

그러나 우린 이미 시작도 하기 전에 독도, 방사능, 대통령 방일, 욱일기, 임진왜란 등 할 수 있는 모든 수단을 써서 잔치에 재를 뿌리며 양쪽 국민들 마음을 더럽혀 놨다. 출전하는 선수들도 무슨 눈치 보듯 슬금슬금 건너갔고, 가서도 나름대로 정성껏 준비해 대접하는 음식을 발로 차고 싸간 벤또나 까먹게 만들었다. 그 전 동계 올림픽 땐 북한 데려다 통일 쇼 벌이며 정치로 오염시키더니, 하계에선 아주 작정을 하고 반일로 독립투쟁 쇼를 한 것이다. 방송도 반일 쇼를 하느라 이번엔 어떤 종목 어떤 선수가 유망한지도 알릴 시간이 모자랄 정도라 올림픽 특수나 붐은 기대하기 어려웠다.

전 세계 어떤 나라가 잔칫집에다 대고 그런 짓을 하나? 그러고도 이웃 나라라는 말을 할 수 있나? 아주 치가 떨리게 지긋지긋한 기억이 되고 말았다.

야마조 센세이

2004년쯤이다. 일본에서 돌아와 재정착을 한 지도 7년이 넘어가니 일본어를 점점 잊어버리게 됐다. 당시 인터넷은 돼도 휴대폰으로 일본 매체를 보는 것도 아니고 일어 공부 앱이 있는 것도 아니고 일본 드라마를 찾아서 보기도 쉽지 않을 때인데, 말할 기회가 없으니 어쩌다 일본에 출장 가 지인이라도 만나면 "남 상 일본어 이상해졌네" 하며 놀림 받곤 했다.

그래서 원어민 선생을 찾았다. 이왕이면 여자 선생님으로(출석률을 높이기 위해).

학원에서는 찾을 수 없었는데 논현동 회사 근처 강남 YMCA에 운동하러 간 길에 보니 주부 일어회화반이 있더라. 3~4명 그룹으로 하는 고급반이고 오후 3시 강좌라서 정말 주부들만 등록할 수 있었다. 강사 이름도 과연 여자 선생님! 꿈에 그리던 야시시한 일본어 선생님을 연상하며 등록을 했다.

등록 전에 레벨 테스트를 해야 한다기에 4층 강당 옆 안내반은 장소로 갔다. 강당 무대 옆의 출연자 대기실이었다. 텅 빈 넓은 강당을 가로질러 가는데 고요한 강당에 내 발소리만 쩌렁쩌렁 울렸다. 문패도 안 붙은 무대 옆 쪽문이 나왔다.

'이런 데서 강의를? 살인 나도 모를 이 안에 아름다운 일본인 센세이가 나를 면접한다고?'

노크를 하니 기척이 있어 들어갔다. 어두운 실내엔 온갖 잡화와 집기들이 빈틈없이 가득했고 가운데 테이블이 하나 놓여 있고 끝에 앉은 선생님이 나를 맞았다.

야마조(山城) 센세이, 92세(당시).

해방하고 한국에 눌러앉은 일본인 미망인이었다. 150cm쯤의 키에 백발을 하고 차분한 목소리, 왠지 모를 고귀함과 위엄.

몇 가지 질문에 답하고 내놓은 교재를 읽는데, 오래전 소설이라 더듬더듬 읽었더니 "그 정도면 괜찮으니 다음 주 수업에 들어오라" 하셨다.

실망(?)은 컸지만 알 수 없는 호기심에 수업이 기다려졌다.

다음 주에 가니 3명의 50대 아줌마들이 신입 학생을 맞아 주는데, 이분들은 이 수업을 15년째 하고 있다고 했다. 마치 종교 모임 같았다. 그분들은 회화는 좀 달렸지만 독해는 N1 백분율 85점인 형편없는 내가 따라가기 어려운 수준이었다. 한 명씩 돌아가며 간식을 싸 오고 센세이는 오차(お茶)를 내오고, 〈기미노나와(君の名は)〉라는 1950년대 라디오 방송극본을 정성스럽게 한 시간 읽어 내려가는 수업을 1년쯤 다니며 선생님과 수강생들에 대해 차츰 알아가게 됐다.

야마조 센세이에겐 큰 자랑이 있었다. 대한민국에서 받은 문화훈장이었다.

1911년생인 센세이는 일본에서 조선인 남자를 만나 조선에 정착했고 아들 둘 딸 하나를 두었는데 아이들의 국적을 지키기 위해 독립한 한국에 남았다. 온갖 멸시를 잘 이겨 내며 살았는데 전쟁 때 남편을 잃고 아이들을 홀몸으로 키웠다.

전후에는 반일 감정이 더 심해서 국내에서 일본어를 배울 수 있는 교육기관이 없었는데, 일본에서 제대로 교육받은 자신은 일어 교육이 가능해 종로 YMCA에 일어 강좌를 열고 그것으로 어려운 생계를 이어 갔고, 1960년대 들어 바뀐 분위기와 한일 국교정상화 이후 늘어난 일어 교육기관에 제자들을 보내며 50년간 한일 국교에 이바지한 공을 인정받아 훈장을 받게 됐다는 스토리였다. 자식들을 잘 키웠고 자신도 알뜰하게 살며 투자 기회도 잃지 않아 타워팰리스에 각기 가까운 동에 입주해 가깝게 살고 있었는데, 놀라운 것은 세 명의 아줌마 학생들도 지역 주민이더라는.

센세이는 자신을 인정해 준 한국을 사랑했다. 일주일에 단 한 시간뿐인 강의를 위해 YMCA는 강당 옆에 종신 조건으로 그만의 공간을 내주었고, 그 다섯 평 강의실 안에는 한국 민화며 전통 공예며 한국과 일본에서 받은 선물 등 92년 인생의 추억들이 가득했다.

한번은 강의실이 너무 어두침침한데 고령의 센세이가 글을 읽기에도 무리라서 "등을 좀 더 켜면 안 될까요?" 물으니, 저저 빌려준 YMCA에 면목이 없고 염치없게 전기를 마구 쓸 수 없으니 이대로가 편하다고 하셨다.

난 그 후 일이 바빠져 계속 다니지 못했는데 몇 년 뒤 강의는 못 하시지만 건강하시다는 소식을 들은 게 마지막이다.

센세이가 가장 존경하는 인물은 자신의 외삼촌이었다.

외삼촌은 오케스트라 지휘자였다. 한번은 몇 해 전 손엽서를 보내 왔다며 내게 보여 주셨다. 띄엄띄엄 기억나는 내용은, 바른 글씨로,

주변 덕분에 나는 하고 싶은 일만 하고 싶은 대로 살았으니
행복하다. 그래서 모두에게 고맙다.
난 이제 돌아가니 슬퍼 말아라.

그러고선 일주일 후 자다가 돌아가셨다고.

야마조 센세이도 그렇게 돌아가셨길 바란다.

당시 센세이에게 선물 받은 찻잔을 보며, 한일 관계를 내내 걱정하며 한국인을 좋아하시던, 92세에도 말을 가르치던 일본 할머니를 기려 본다.

우린 이미 잊은 듯하지만, 현해탄을 사이에 두고 이어 온 수천 년 한일 관계에서 반도와 섬이 적대관계였던 시기는 극히 일부였다. 특정 세력의 단 몇 년 집권 기간이 국내정치용으로 적대감을 조장하고

농락해서는 안 되는 오랜 우호의 역사가 있다는 걸 잊어서는 안 된다.

사과와 인정

여러 해 전, 홍대 앞에서 일본 식당을 열겠다는 후배가 도움을 청해 왔다. 제대로 해보겠다며 일본 현지에서 지인을 소개받아 음식을 배워 왔고 설계도 일본 현지에서 해 왔는데, 공사할 업체 소개와 함께 일본인 설계자와의 커뮤니케이션을 도와달라는 것이었다. 어차피 도와줘야 할 사이였고 일본 설계물에 흥미도 있고 해서 적극 개입해 도와줬다. 대가 조건은 없이 이 프로젝트에 관련된 분들을 모두 소개해 달라는 조건만 붙였다.

음식을 가르쳐 줬다는 분은 후쿠오카에서 오신 다나카(田中) 상이라는 분이었는데, 한국을 좋아해서 자주 왕래했고 후배에게 조건 없이 거의 1년간 음식을 물려줬다 해서 어떤 분인지 궁금했다. 꽤 지명도 있는 이자카야를 하며 일본정식집(定食屋)과 미즈타키(水炊き屋), 카레집 등 목 좋은 곳에서 다양한 식당을 성공적으로 하고 있는 존경스런 요리인이었다.

현지에서 해 온 설계는 도면만으로는 한국의 현장에 적용하는 데 많은 어려움이 있다. 용어는 물론 자재와 소재가 달라 많은 부분을 재조정해야 하는데, 설계 의도를 파악하지 못하고 전달이 잘못되면 애초에 계획했던 디자인과 아주 다른 결과가 나오기 쉽다. 예를 들어 삼나무(스기杉) 원목을 쓰도록 설계된 칸막이는 일본에서는 싼 목재를 원목으로 쓰는 것이 경제적 설계이지만 한국에서는 일본산 스기 원목이 고가의 설계가 된다. 그래서 MDF라는 합성 목재에 무늬목 비닐계 시트로 대신해야 공사비를 맞출 수 있는데, 결과물은 당연히 너무 차이 나고 복잡한 디테일은 시트 붙이는 인건비를 과다하게 투입하게 돼 결국 돈은 돈대로 쓰고 결과는 조잡해지고 만다. 그런 식으로 모든 자재와 디테일을 변경해 가며 시공자와 발주자 양쪽을 설득하는 일은 자칫 양쪽에서 오해를 사기 쉬운 어려운 일이었다.

어찌어찌 공사가 끝나고 본격 일본식 정식집이 개업하게 됐고 후쿠오카에서 다나카 상도 왔다. 인사를 하고 그동안 있었던 일과 나의 역할을 전달하고 내 식당에도 스태프들과 함께 초대하며 어느 정도 관계를 트게 되어, 나름 이 프로젝트에 들인 노력을 인맥이라는 대가로 받게 되어 스스로 만족이 되었다.

그러다 후배가 개업한 지 한 달쯤 됐을 때 다나카 상으로 부터 직접 전화가 왔다. 내게 도움을 청하는데, 그가 도와준 그 식당의 주인 조(趙) 상이 일본어가 모자라 자신과 오해를 풀려 해도 설명이 안 되니 남 상이 도와달라는 것이었다.

'이크, 뭔가 일이 터졌구나…'

그러마 하고 본점으로 달려갔다. 가면서, 언젠간 일어날 일이 이제 벌어진 것 아닐까 생각했다. 그건 일본의 요리인이 자신의 음식을 아무 조건 없이 가르쳐 준다는 게 쉽게 수긍이 가는 일이 아니었기 때문이다. 아니, 오히려 나라면 제값을 주고 배우는 게 낫지, "우덜 사이에…" 이러면서 배워 오는 노하우는 언젠가 오해를 만들어 내고야 만다는 막연한 불안감을 처음부터 갖고 있었다.

내 주선으로 약속을 한 날, 과연 둘은 불편한 얼굴로 내 가게로 왔다.

다나카 상의 얘기.

"나는 조 상의 성실함을 믿고 아무 조건 없이 음식을 전해 줬다. 한국에 제대로 된 일본 음식만 실현하면 된다고 생각했다. 다만, 내 음식을 알려 줬지만 내 이름을 걸 수는 없으니 이름은 같은 이름을 그대로 쓰지 않되 변형해서 쓸 수 는 있게 배려해 줬다. 그런데 조 상은 나에게 알리지도 않고 우리 다나카다의 한국 분점이라고 써서 광고 를 했다. 그러지 말라고 한 달이나 얘기했건만 거두지 않는 것으로 보아 일부러 그러는 것 같다. 이건 나를 배신한 거다. 난 사과를 받아 야겠다."

후배의 얘기.

"조건 없이 도와줘서 성공적으로 개업하게 된 데 감사한다. 한국 분점이라고 한 것은 단순히 실수다. 메뉴판 디자이너에게 전달이 잘 못된 것인데 그걸 일부러 그렇게 썼다고 하는 것은 누명을 쓰는 일 같아서 오히려 내가 더 황당하다. 일부러 그런 게 아니라서 사과할 수 없다."

한국인과 일본인 사이에 종종 일어나는 일이다.

한국인, 아니 조선인의 큰 잘못 중 하나는, 선의로 한 일이나 의도 적이지 않은 행동은 결과적으로 상대에게 손해를 끼쳤다 해도 책임 지지 않으려 하는 점이다. 이것을 일본인은 전혀 이해하지 못한다. 나 도 마찬가지였다. 더구나 무상으로 준 선의에 대한 예의는 무한의 책 임을 가져야 한다고 생각하는 나는 후배의 대답에 화가 났다. 그래서 당신이 뭘 잘못한 것인지 알려 줬지만 그는 전혀 물러서지 않았다.

다나카 상은 두 가지를 요구했다.

"자신의 잘못을 인정하라. 그리고 사과하라."

미토메루(認める事)와 아야마루(謝る事) ― 일본인에게 정말 중요 한 두 가지 언어다. 인정하지 않는 사과는 의미가 없으며, 사과하지 않는 인정은 헛말이라 생각하는 것이다. 그런데 후배는 자신의 행동 은 실수라며 인정하지 않으니 사과하지 못하고, 말로는 미안하게 됐

다면서도 마음속으로는 실수에 불과하다고 인정하지 않는 비겁함을 보이고 있었다. 그러면서 일본인 입장에서만 말하고 자신을 변호하지 못한다며 나를 원망했다.

꽤 오랫동안 후배를 설득하다가 울컥한 나는 다나카 상 앞에 무릎을 꿇었다.

"다나카 상, 죄송합니다. 내가 대신 사과할 수 있게 해 주십시오. 조 상의 행동은 보통의 한국인의 마음입니다. 제가 후배인 조 상을 잘못 가르쳤다고 생각하고 제 탓으로 해 주십시오. 메뉴판 변경과 앞으로 그런 일이 없도록 하는 일은 제가 잘 타일러 마무리하겠습니다. 하지만 조 상이 스스로 잘못을 인정하고 사과하도록 하는 일은 제가 못 하겠습니다. 일본인과 한국인을 잘 아는 중간의 제 입장에서는 다나카 상의 요구가 합당하다고 생각합니다만, 조 상은 부당하다는 생각을 거둘 마음이 없습니다."

갑작스런 내 행동에 둘 다 당황해 나를 일으켜 세웠지만, 나는 후배의 행동이 너무나 창피하고 싫었다. 한국인에게 흔한 이런 사고방식을 그냥 한국인이라 그런 것이니 한국인인 내가 대신 사과하고 재발 방지 약속으로 끝내 줬으면 하는 마음뿐이었다.

나의 진심을 이해한 다나카 상은 그 정도에서 화를 거두었다. 하지만 나는 후배의 내면을 알게 됐다. 우리 안에 아직 남아 있는 조선인의 마음 말이다.

이 일로 후배와는 멀어졌고 다나카 상과는 가까워졌지만, 씁쓸한 기억 속에 그들 둘 다 내게는 피하고만 싶은 관계가 됐고, 한일 간에 사과를 둘러싼 분쟁이 일어날 때마다 떠올리는 사건이 되고 말았다.

과거사와 관련해 일본의 사과를 받고 싶다면, 자료와 연구를 통해 인정하게 만들면 되고, 그래야만 한다. 반대로 한국식으로 "그땐 그럴 수밖에 없었다"든가 "일부러 그런 건 아니었다"는 식의 사과를 일본은 하지 않는다.

오히려 한국인은 의도적이고 계획적인 행위에 대한 반성과 사과는 오히려 용서하지 않는 마음이 있다는 것을 스스로도 모르기 때문에 한일 간의 사과논쟁은 절대로 끝날수 없다

오미아게

일본에서 음식점을 직영해 성공한 지인을 방문해서 특별한 배려를 기대하는 것은 민폐에 가깝다는 생각을 한다. 필사적이라 해야 할까, 일에 집중해 있는 상태이고, 나를 잘 안다고 나만 특별히 더 잘해 줄 수 없는 사정이라서다. 영업 중에 우리 자리에 와서 담소를 해 준다든지, 메뉴에 없는 특별식을 바란다는 것은 어불성설에 가깝다.

그런데 다나카(田中) 상은 후쿠오카점이든 도쿄점이든 찾아가면 일부러 틈을 내 그런 대접을 해 주어서, 어떨 때는 미리 알리고 가기가 미안할 정도였다.

그분의 실력과 성품을 존경하기에 어떻게든 잦은 접촉을 해 보려고 애쓰던 때다. 어느 해는 방문이 뜸했던지라, 오추겐(お中元, 추석 전 여름 인사로 음식이나 특산물을 주고받는 것)으로 뭔가를 선물하고 싶었다. 그래서 한국 음식 중에서 골라 항공으로 보내고 싶었는데, 아무리 찾아봐도 마땅한 게 없더라. 비슷한 음식은 일본이 더 맛있고, 한국의 맛을 찾으면 포장이 엉망이고, 폼 좀 나는 건 시시한 음식이고….

찾다 찾다, 일본에서 구하기 어렵겠지 생각하고 그때쯤 처음 시중에 돌기 시작한 포장 삼계탕을 여름 보양식으로 보내기로 했다. 슈

퍼에서 파는 기성 브랜드의 공장 제품은 보내기가 뭣해서 더 알아보니, 홍대 앞 백년삼계탕이 포장으로 팔고 있기에 그것을 준비해 항공우편으로 보내 드렸다.

일본인은 보통 그런 토산품을 선물로 받으면 간단한 엽서라도 꼭 답장이 온다. 그런 인사를 받자고 보낸 게 아니라서 나는 잊고 있었는데, 몇 주 후에 내 앞으로 소포가 왔다. 선물을 보냈는데 다시 선물이 왔으니 반갑기도 했지만, 한편으로는 아직 우리 사이는 똔똔으로 정리해야 하는 것이라 선언하는 것이어서 묘한 기분도 들었다.

소포를 열어 보고, 나는 그분에게 나란 어느 정도 위치에 있는지 알게 되었다.

그분에게 나는 그냥 꼬마였다. 한국에서 일본 음식점 몇 개 한답시고 가끔 찾아와 감히 친한 척 설레발을 떨면 안 되는, 그런 거리감을 가져야 하는 사이라는 것을 음식이 말해 주고 있었다.

직접 만든 쓰케모노에 유즈코쇼(柚子胡椒), 그리고 그 지역 반찬 특산물을 바리바리 싸서, 정성껏 쓴 편지와 자신만의 특별한 포장으로 모양내서 보낸 답신에 한마디로 기가 팍 죽고 말았다.

'아~ 이분은 올려다봐야지, 까불며 눈 맞출 분이 아니구나!'

한마디로 정성과 실력은 따라갈 수 없다는 것을 한 수 알려 주어 스스로 겸손하게 만든 그의 오미아게에 고개를 떨구고, '착하게 살자, 열심히 살자' 마음먹었다. 그러면서 그에 대한 존경심은 손톱만큼도 줄어들지 않았으니 그분의 가르침은 실로 큰 것이었다. 그분을 진짜 가까이 하고 싶으면 내가 어서 실력을 쌓아야겠다며 나를 다그치게 된 계기가 되었다.

선물로 싸가지를 가르치는 '한 수'가 있었다.

신(神)은 디테일 안에

도쿄 출장을 갔다가 현지에 사업차 나가 있는 지인을 만났는데, 도쿄에 좋은 식당을 알려 주겠다고 하고 오랜만에 아자부에 있는 다나카다(田中田)에 함께 가기로 했다.

그 식당 주인이 앞에 소개한 다나카 상인데, 10년 가까이 알고 지내며 나에겐 존경하는 요리인이 됐다. 도쿄에 분점을 낸 뒤로 내가 자꾸 가면 오히려 신경 쓰이게 하는 게 아닌가 할 정도로 너무 잘됐기에 몇 년간 연락을 못 하고 있었는데, 코로나로 가게는 어찌 됐는지 궁금하기도 했다.

인기점이니 예약은 해야길래 전화를 했더니, 가게가 이사를 했단다. 엥? 일본에선 흔치 않은 일이다. 무슨 일이 있었을까?

나무(ナム, 南)라는 이름으로 예약을 하며 혹시 다나카 상이 가게에 요즘 나오시는지 물었다. 기본적으로는 가게에 서지 않으신다는 대답에 알겠다고만 하고 끊었다. 그리고 예약 당일 지인과 함께 가게에 들렀다.

그의 가게의 특징은 후쿠오카 본점부터 메뉴에 가격이 써 있지 않다는 것이다. 모든 가격이 시가이고, 요리 이름 보고 시키고 알아서 만족시켜 준다는 무서운(?) 시스템인데, 워낙 고퀄 음식이 나오니 마지막 계산할 때 아닥하게 되는 그런 특이한 식당 운영 방침을 고수하고 있었다. 세계에서 가장 식재 수준이 높다는 쓰키치(築地)의 해산물도 개무시하며 자신의 본점이 있는 후쿠오카의 어시장 물건을 특송으로 받아 사용하는데, 태평양 어류보다 현해탄 어류가 훨씬 맛있다는 소신에서 비롯된 것이었다.

그가 도쿄에 성공적으로 분점을 오픈하고 도쿄와 후쿠오카는 어떻게 다르냐는 내 질문에 답한 것이 생각난다.

"도쿄 사람들, 놀라워. 도쿄진이 그리 돈이 많은지 몰랐어. 우리 가게는 메뉴에 가격이 없기 때문에 누구나 예산을 생각하며 비싼 식재 요리를 하나 시키면 식사는 좀 싸 보이는 것, 술도 좀 저렴하게 이런 식으로 조정해 먹는 게 보통인데, 도쿄에 오니까 사람들이 비싼 거 좋은 거 맛있는 것만 착착착 시켜. 계산할 때 보면 나도 우리 가게가 이렇게 비싼가 놀랄 정도라니까."

그렇게 성공적으로 가게를 운영해 갔었다. 그런데 코로나의 여파를 어떻게 넘겼을까 걱정했는데, 이사한 가게에 가 보곤 깜짝 놀랐다. 지하 점포는 지상 1, 2층으로 면적은 두 배로 커졌고 더 고급스러워졌다. 좌석에 안내 받아 메뉴를 펼쳐 보니 시스템은 전과 같고 고급 사케가 더 는 듯했다. 주문을 하고, 같이 간 지인과 즐거운 술자리를 하고 있는데 —

딱! 다나카 씨가 우리 자리에 왔다. 깜짝 놀라 반가워하니 "예약에 이름이 있길래 와 봤지" 하며 자연스레 합석이 됐다. 예약 받은 직원이 그에게 보고를 했을 터이다.

얘기를 들으니 그의 가게는 크게 번창했다. 그사이 도쿄에만 다섯 개의 점포가 전개됐다. 코로나에도 가게를 열었는데 주변이 보조금 받고 다 닫는 바람에 오히려 장사가 잘돼 문제가 없었고 코로나에도 실적이 좋으니 정부가 보증으로 담보를 서 줘서 저금리로 4억 엔을 자꾸 꿔 가라 해서 가게를 늘렸는데 다 잘된다고.

이사한 이유를 물으니, 점포 인테리어를 보수해야 했는데 두 달 쉴 때 매상이 아깝기도 하고 잘되니 늘려야 하기도 했고 좋은 위치에 물건이 있기도 해서 늘려 옮겼다고 했다. 역시 그는 대가였던 것이다. 코로나에 진창을 구르며 징징대기나 했던 내가 창피하고 반성이 됐다.

좋은 저녁을 하고 나올 때 계산을 보니 예산 디자인(?) 안 하고 먹은 탓인지 뜨악할 금액이 나왔는데, 동행이 좋은 분과 같이하게 돼 고맙다며 선뜻 부담해 주셨다.

그 가게는 이른바 '도쿄에서 가장 비싼 이자카야'로 이름난 곳이다. 오랜만이기도 했고 다나카 상이 기분이 좋은지 인근에 오픈한 자신만의 프라이빗 바에 데려가 마저 대접을 해 주었다.

며칠 뒤 우동 스승 히로타 상을 만났을 때 다나카 상을 만난 얘기를 했더니,

"정말? 그이랑 같이 마셨다고?"

"그분 아세요?"

"티브이 여기저기도 나와, 초유메이다요(超有名だよ, 초유명인이야)!"

음… 그렇군. 난 그가 그리 될 줄 알았어, 하며 그의 세계를 생각해 봤다. 그가 얼마나 독한 고다와리(こだわり, 집념)가 있는지 알 수 있는 얘기를 들은 적 있기 때문이다. 그의 가게 인테리어를 맡아 한 디자이너 얘기다.

"훌륭하신 다나카 상이 일을 계속 맡기시니 좋겠어요"

그는 고개가 까우뚱하며 대답을 머뭇거렸다. 이유는, 그는 테이블 치수조차 기성품에 만족하지 않는다. 여기 테이블은 730, 이 복도는 820, 주방 싱크는 610, 이런 식이다 테이블 옆벽의 오염까지 신경 쓰고 테이블에 놓일 간장 병 치수까지 다 계산에 넣지 않으면 일이 진행이 안 된다. 그의 일을 하는 동안은 지옥이다. 그가 해산물을 오래 거래한 후쿠오카 생선집에서 항공편으로 날라 오는 이유, 예약 이름 하나에도 보고하는 매니저를 둔 이유, JAL이 그에게 기내식 자문을 받으며 천만 엔씩 지불하는 이유, 그런 게 다 그가 성공한 이유들인

것이다.

신은 디테일 안에 계신다(神様はディテールの中に居る).

도쿄 밥집, 서울 밥집

왜 도쿄가 더 쌀까.

일본이 물가 수준에 비해 음식 값이 싼 편이긴 하다. 그래도 그렇지 어떻게 도쿄 밥집보다 서울 밥집이 더 비싸냐는 질문을 자주 받는다. 소득 수준도 그렇고 임대료만 해도 도쿄가 더 비쌀 텐데, 서울이 조금이라도 싸야 하는 것 아니냐는 말이다.

생산성 탓이다.

식당에 웬 생산성?

한국의 제조업 생산성은 최고 레벨에 가깝다. 전체 생산성을 서비스업이 까먹고 있어서 나라 전체의 생산성이 높아지지 않아 더 높은 소득을 획득하지 못해서 그렇지.

사회의 보편적 생산성은 회식 한번 하고 "다음 주부터 우리 열심히 잘해 보자", "먼저 월급 좀 더 줘 봐, 그러면 함 잘해 볼게" 해서 만들어지는 게 아니다.

제조업과 달리 계량하기 어려운 서비스업의 생산성은 어떻게 실현될까?

결론부터 말하면, '민도+사회 시스템'이다.

서비스 현장에서 민도란 국민성에서 나오는 보편적인 근무 자세를 말한다.

도쿄와 서울의 식당 인건비는 한국이 앞서 있다. 최저 시급 알바비는 식대, 보험료, 주휴 합해 1,000엔 정도로 같은 수준이고, 주방 인건비는 5년차 기준 도쿄가 24만 엔, 서울은 280만 원이다.

그런데 서울에서 알바는 10시 출근 시키면 10시에 나와서 옷 갈아입고 준비해서 자리에 서면 10시 15분이다. 천 번 잔소리를 해도 수시로 핸드폰질이고, 손님만 없으면 수다 삼매경에, 일을 찾아서 하질 않는다. 법정 휴식 시간에는 밖으로 나가 놀다 온다. 다시 돌아와도 집중하지 못한다. 한마디로 돈값을 못 한다.

도쿄에서는 10시 출근이면 10시 5분 전에 모든 준비 끝내고 스탠딩이다. 근무 중 핸드폰은 소지조차 못 하고, 식사는 무급 휴게 시간에 제 돈으로 먹어야 하며, 법정 휴게 시간에도 자리 이탈하지 못하게 하고 심지어 창고에 가두기도 한다.

쉽게 말해 10만 엔(100만 원) 매출 올리는 데 도쿄에서는 홀 직원이 3명이면 되고 손님 불만이 없는데, 서울에서는 4명 쓰고 매일 클레임이 나온다. 주인 잘못도 있지만, 어려서부터 듣고 자라 온 사회 교육, 가정 교육을 통해서 기본적으로 갖춘 직업 의식 자체가 너무 차이 나기 때문에 회사에서 일부러 엄한 교육을 하지 않으면 생산성을 높이기 어렵다. 그리고 그런 '빡쎈' 직장은 직원 이직률이 높아 지속되기 어렵다.

사회 시스템은?

요즘 대부분의 식당은 식자재를 전문 업체에서 공급받는다. 도쿄에서는 매일 같은 시각에 딱 정해진 양이 정확한 품질로 온다. 예를 들어 파 1kg을 주문하면 쓰기 좋은 흰 부분이 많도록 흙을 돋워 키운 파가 딱 정해진 사이즈로 네 뿌리가 오고, 무는 매일 거의 같은 사이즈로 깨끗이 정리돼 오고, 고기는 판매용 1.8kg에 직원 교육용 0.5kg, 하면 그대로 온다. 소포장마다 날짜와 필요 정보가 다 써 있어 당장 쓰지 않을 것은 그대로 넣어 놓아도 관리상 문제가 없다. 계산만 잘하면 정말 그날 쓸 것만 딱 오기 때문에 씻을 필요도 없이 받는 대로 전처리 해서 밥상에 올리니 신선하고 맛있을 수밖에 없다. 물에 불릴 필요 없는 세척 야채는 씻지 않고 그대로 써서 더 맛이 있다. 벌레? 잔류 농약? 그건 납품 회사 책임이지 식당이 걱정할 일이 아니니 믿고 쓴다. 더 비싼 세척 야채를 또 씻는 게 되레 생산성을 저해한다. 냉장고에 재고가 없으니 위생 문제 없고, 장사 끝나면 냉장고가 텅텅 비니 매일 속까지 싹싹 닦을 수 있고, 절약한 냉장고 면적만큼 임대료 싸지고, 재고 관리에 인력 낭비 안 하니 생산성이 높을 수밖에. 딱 먹을 양만 나가고 추가 반찬은 돈을 받으니까 손님상에서 나오는 '짬'이 없으니 처리 비용이 적게 든다. 음식 만들며 나오는 짬은 따로 모으도록 해서 사장이 매일 그 통을 살피며 쓸데없이 버리는 건 없나 검사해 대니 직원들도 재료 효율을 높이려 애쓴다. 사회가 안정되어 있어 월별, 주별, 일별로 예상 매출에서 크게 벗어나지 않으니 재고와 인력 관리가 용이하다.

반면 서울에서는 작은 가게가 작은 양을 주문하면 배송 못 한다고 하니 한번에 2~3일치를 시켜야 하는데(물론 우린 매일 받는다), 파가 세 단 남을 텐데 씻어 놓으면 처져 버리니 흙 묻은 채 냉장고에 처박힌다. 많이 받아 놓은 생고기는 재고 관리가 어려우니 영하 1도 정도의 가냉동으로 관리하고, 잎채소는 벌레나 농약이 걱정되니 물에 오래 담가 잘 씻어 사용해야 한다. 쓰고 남은 것 따로 담고 태그 붙이고 유효 기간 기입해 관리하는 것도 큰일이다. 냉장고는 선입선출이 철칙이니 바깥에 있는 걸 내놓고 깊숙이 있는 것을 꺼내고 하다 보면 콜드 체인은 끊기고, 늘 냉장고가 그득하니 냉장고 청소는 단골 잔소리거리다. 매일 물건 들어올 때 정리하고 끝나고 또 정리 시키고 청소 시키는 데만 인건비의 5분의 1은 날아간다. 재고 중 시든 것들은 버려야 하고, 반찬이 공짜라고 달라는 대로 줘서 버리는 짬이 많으니 잔반 처리 인건비와 음식 쓰레기 비용이 많은데, 손님 입에 들어가지 않는 식자재에 돈을 쓰는 셈이니 그런 낭비가 없다(우리 가게는 비싸서 그런지 손님들이 싹싹 드신다). 걸핏하면 큰 뉴스 터져 갑자기 손님 확 줄고, 정치인이 나와서 미세먼지 설레발이라도 치면 그날 받아 놓은 식자재와 전준비는 쓰레기가 된다. 그렇게 정치가 말아먹는 생산성은 가늠하기조차 어렵다.

얘기할 게 더 많지만, 이상만 보더라도 일본은 식재료비 35%에 인건비 20%를 들여서 이익을 보는데, 조선은 식재료비 25%에 인건비 35%를 들여 손해 보는 가게가 된다.

자, 어느 가게가 더 맛있는 가게일까? 어느 가게가 더 오래갈까? 어느 나라에 더 많은 관광객이 방문할까?

음식 값이 역전된 이유

도쿄 식당의 1인당 티슈 사용량은 1.5매인데, 서울은 6매. 난 여기서 시작한다고 생각한다.

도쿄는 세트가 아니면 무료 반찬이 없고, 한국은 반찬은 무한 리필. 그 덕에 생기는 많은 음식물 처리비에 매월 수십만 원을 써야 한다.

도쿄에서는 알바 한 명이 8테이블을 담당하지만, 서울에선 5테이블을 넘기기 어렵다.

도쿄의 주방직은 일 15시간씩 6일이 허다하지만, 서울은 이제 일 11시간에 주 5일 아니면 직원 못 구한다.

도쿄 식당 초임은 22만 엔, 서울은 260만 원.

직원 1인당 월 매출은 도쿄 110만 엔, 서울 700만 원.

서울 알바는 무조건 4대 보험 공제, 도쿄는 선택.

서울은 주휴 수당과 퇴직금 의무, 도쿄는 노사 협의 가능.

도쿄는 손님들이 현금만 쓰니까 카드 수수료 부담이 없는데, 서울은 카드 사용 손님이 95%.

도쿄는 식자재 원가가 서울보다 높지만 비싼 술을 팔아 남길 수 있는 구조인데, 서울은 소주, 소주, 소주.

도쿄는 디저트 판매 비율이 높은데, 서울은 디저트는 옆 커피숍에서.

인기 업소일 경우 도쿄는 체류 시간 상한선을 지정할 수 있지만, 서울에서 그랬다간 "어쭈, 망해 볼래?"

도쿄는 예약 후 노쇼가 없는데, 서울은 노쇼 비율 약 10%.

임대료는 도쿄가 서울의 1.5배이지만 좌석 밀도가 높다.

도쿄의 식자재 유통 시스템은 업소 납품 중심, 서울은 마트 중심.

도쿄에서 1천 엔 넘는 식사는 대부분 부가세 별도라서, 가격표 상 서울보다 싸 보인다.

마지막으로, 제일 큰 이유는 ―

한국 사회의 반기업 정서이다. 가격은 사장이 정하지 기업을 미워하는 정부가 정하는 것이 아니다.

왜 일본 밥이 더 맛있을까

같은 쌀밥의 민족인데 왜 일본 밥이 더 맛있을까?

조선인들은 씨(품종) 탓만 한다. 정말 그런지 보자.

첫째, 같은 아키바레(秋晴れ), 고시히카리(こしひかり), 히토메보레(一目惚れ)라도 일본 벼가 낟알 자체가 굵고 단단하게 잘 키웠다. 얼핏 20% 이상은 커 보인다.

둘째, 유통은 단일 품종 위주로 품질에 따라 잘 구분해서 하고, 보관할 때는 저온 저장하는 등 온습도 관리를 철저히 하고, 팔기 전 정미부터 많은 신경을 쓴다.

셋째, 잘 키웠기 때문에 완전한 정미를 100% 해도 쌀알이 여전히 크고 부서지지 않아 쌀 품질이 좋다(우리나라는 적당히 정미해 무게를 속이고 그런 준현미를 백미라고 파니 압력솥에 밥을 해야 한다).

넷째, 쌀이 좋으니 밥 할 때 불릴 필요 없고, 솥에 올리기 전에 정말 열심히 박박 씻는다(시키는 대로 하는 게 일본인이다).

다섯째, 밥물을 손등 담가 적당히 재지 않고 누구나 계량해서 밥을 한다(쌀 대 물이 1 대 1 또는 1 대 1.1).

여섯째, 조선에서는 10만 원짜리 쿠쿠 업소용 밥솥으로 밥을 해놓고 밥통째 보온해 두거나 밥공기에 옮겨 담아 온장고나 아이스박스에 넣어 보관하는데, 일본에서는 100만 원짜리 업소용 조지루시(象印) 밥솥에 밥을 하고, 밥이 되면 전용 보온 자(jar)에 퍼 옮겨 보관하며, 손님에게 나갈 때 보실보실 퍼서 낸다.

이렇게, 농민이 다르고 업자가 다르고 요리사가 다르다. 어떻게 하느냐가 아니라 누가 하느냐로 밥맛이 달라지는 것이다.

벼 종자 탓하지 말자. 열심히 만들고 잘 관리하고 정성껏 서비스해서 돈값 하고 제값 받는 '국민 종자' 탓이다.

사람 먼저 vs 음식 먼저

왜 같은 음식도 도쿄 가서 먹으면 서울에서보다 맛있을까?

수십 가지 이유가 있겠지만, 확실한 이유만 몇 가지 들어 본다.

첫째, 식자재 수준이 다르다.

기초 소재부터 다르다. 한국의 가장 좋은 계란은 일본의 가장 싼 계란보다 못하다. 빵집 등에 공급되는 계란은 말할 것도 없다. 계란 노른자의 진한 노란색이며 농후한 맛, 흰자가 만드는 거품의 단단함이 도저히 비교 불가다. 계란을 삶아 보면 노른자가 가운데 있어야 싱싱한 건데, 국산은 거의 다 편심이다. 이러니 같은 레시피로 계란말이 하나를 해도 때깔부터 다른 것이다. 게다가 일본 식당에서는 이왕이면 더 맛있는 계란을 골라 쓰려고 하고, 비싸게 산 계란은 홍보에 적극 활용해 50엔이라도 더 받으려고 노력한다. 조선에서는 그런 노력이 허사이고, 계란 비싼 거 쓴다고 설레발이라도 떨었다간 좋은 것 쓰는 게 당연한 것 아니냐며 역풍을 맞는다.

우유의 질, 밀가루 수준, 설탕의 종류, 쌀의 수준, 장류의 수준, 조미료의 다양성, 물엿이나 초의 수준, 소금의 맛, 야채의 싱싱함, 냉동 제품의 온도 준수 등등등 말할 것도 없다.

둘째, 식당의 수준에 따라 재료의 취급도 다르다.

A구루메 식당. 일반인이 살 수 있는 재료보다 더 좋은 것을 구해 쓰는 식당이다. 수준에 맞는 재료들을 쉽게 고르고 구할 수 있고, 가치를 인정받아 제값에 비싸게 낼 수 있다.

B구루메 식당. 일반인이 구입하는 수준과 같거나 떨어지는 재료를 업자 가격으로 싸게 구하는 대신, 조리 기술을 최대한 발휘해 핸

디캡을 극복한다.

한국의 경우, 주재료 외 부재료는 일부러 더 좋은 것을 구하기도 어렵지만, 조금만 등급 높은 걸 쓰려 해도 시장이 형성돼 있지 않다 보니 바가지 수준의 비용을 지불해야 한다. 재료의 질에 따른 가격 선택의 폭이 좁다. 식재료 유통이 마트 중심으로 재편돼서 이제는 식당용 식자재들이 이마트보다 별로 싸지도 않다. 같은 B구루메 수준이라도 대량으로 저렴하게 쓰는 식자재의 수준이 두 나라에서 달라도 너무 다르다.

좋은 식재료로 간 잘 맞춰 바로바로 만들어 센스 있게 내면 뭐든 맛있다. 그런데 소재부터 자신이 없으니 자꾸 뭘 넣어서 잡내를 잡네, 비린내와 느끼함을 누르네, 웰빙이랍시고 한약재를 넣네, 비법으로 얼마 동안 숙성시키네(사실은 썩히는 거다) 떠들고, 그런 걸 노하우라며 방송하고, 그래서 혹시 떠도 몇 년 못 가 문 닫는다.

셋째, 온도.

음식은 온도가 무엇보다 중요하다. 손님께 낼 때 온도는 말할 것도 없고, 조리 중에도 온도 관리가 중요하다. 이런 온도 관리는 재료 원가에 반영되는 것도 아니고 인건비에도 영향이 거의 없는, 말 그대로 정성인데, 정성이야말로 음식의 기본 중 기본 아닌가.

건축 경력이 있고 아직 외식업에 초보이고 내 눈에 딱 띄는 중요한 것 하나만 말해 보겠다.

도쿄의 보통 주방에는 수전(수도꼭지)에 온수가 연결되어 있지 않다(정말? 하고 놀라려나).

조리 과정에서 50도 안팎의 급탕 온수는 한마디로 불필요하다. 아니, 조리에 써서는 안 된다. 생선이나 야채를 씻을 때는 되도록 찬물을 써야 하고, 물을 데울 때도 보일러를 통과하지 않은 생수돗물을 쓰는 것이 맞고, 미온수도 온도 재 가며 따로 불에 데워 써야 한다. 보일러를 데워 적당히 찬물을 섞어 쓰는 방식이 허용되지 않으니 주방 설계 시공할 때부터 수전은 냉수 수전 하나뿐, 급탕 수전이 애초에 없다. 당연히 급탕에 들어가는 공사비와 관리비가 절감되고, 수전이 단순하니 고장 나는 일도 적다.

나의 우동 스승 히로타 상이 내가 한국에 연 식당을 확인하러 서울에 와서 보고 부러워한 게 하나 있다. 우동을 씻을 때는 찬물에 헹궈야 하는데, 서울 물이 도쿄보다 차가워 부럽다는 것이었다. 이 부분은 자신도 어찌하기 어렵다며(도쿄는 동결 심도가 서울보다 낮아 수도관이 30cm쯤 얕게 묻히기 때문에 여름에는 수돗물이 미지근하다). 음식을 만드는 데 물의 온도는 이렇게 중요한 것이다.

거꾸로, 퇴식구의 세척 싱크나 홀에서 컵 등을 세척하는 싱크대에는 냉수 수전이 설치돼 있지 않다. 컵 같은 유리 기구는 손의 유분과 음식의 기름기나 비린내 등을 제거하기 위해 무조건 온수로 세척해야 하는데, 이 온도가 보일러에서 45~50도로 데워져 나오니 따로 냉수 수전 없이 급탕 온수 수전만 설치한다.

그러면 어떤 일이 벌어질까?

주방에서 야채를 씻을 때, 겨울엔 손이 얼어 터지게 차갑고, 홀에서 생맥주 컵을 닦을 때는 손이 삶아지듯이 뜨겁다. 음식에는 좋지만 사람의 근무 조건에는 맞지 않는다.

일본인들의 생각은 어떨까?

식당이란 음식을 만드는 곳이고, 식당 종업원은 음식과 손님을 위해 존재한다. 상품과 서비스가 당연히 우선이고, 일하는 손이 뜨겁고 차가운 것에는 불만이 없다(물론 손님이 쓰는 화장실 등엔 당연히 온냉수가

다 설치된다).

한국에서는 겨울에 찬물에 맨손 담가 야채 씻고 뜨거운 물에 맨손으로 컵 씻으라는 얘기를 하는 것만으로도 인정머리 없는 나쁜 사장이 된다. 사람이 먼저지 상추가 먼저냐, 스쿠루지 같은 놈. 직원의 절반이 1년 내 그만두고 알바의 평균 근무 기간은 두 달인 한국에서, 직원의 자발적 직업 의식에 의존해 되도록 차게 써라, 되도록 뜨겁게 써라 하는 읍소를 쉼 없이 할 수 있을 뿐, 더 맛있는 음식을 위해 강제하기가 원천적으로 불가능하다는 얘기다.

한 가지 덧붙이면, 한국식 온냉수 수전에는 으레 샤워 겸용 꼭지가 붙어 나오는데, 원래 주방에서는 샤워 수전은 못 쓰게 해야 한다. 미세한 물방울이 비산되어 세척 시엔 세제를 공중에 뿌리게 되고, 음식 맛의 교차 오염을 유발하기 때문이다. 그래서 직통수 수전만 쓰라고 해도, 빨리 편하게 쓰려고 물 받을 때 말고 세척할 때는 99.9999% 샤워 수전들을 쓴다. 식당 싱크는 내 몸 씻는 데가 아니다. 제 맘대로 하지 말고 정해진 룰대로 음식과 그릇을 위해 샤워 쓰지 말라고 해 봐야, 사장 자기가 씻는 것도 아닌데 쓸데없는 잔소리나 한다며 나쁜 사장 소리 듣는다.

알바뿐만 아니라 경력 많은 실장 누구도 여기 동의해 주지 않더라. 나도 처음엔 이걸로 종일 싸우고 이걸 이유로 해고도 해 봤지만, 5년 만에 포기하고 말았다. 사장 나쁜놈 소리를 5년 이상은 못 듣겠더라. 내 음식이 초심을 잃은 건 그때부터다. 그 수돗물 온도 하나 사수하지 못하고 나니, 그다음부턴 어느 것도 고집 피우고 직원에게 잔소리하기 어려워지더라.

결론. 도쿄는 음식이 먼저고, 서울은 사람이 먼저다. 이제 왜 도쿄 식당이 더 맛있을 수밖에 없는지 감이 잡히나?

아무리 애써 봐도 극복할 수 없는 벽이 있는데, 그게 나라의 수준이다. 이런 게 다 외식 산업의 인프라다. 농업 경쟁력, 유통 경쟁력, 똑똑한 소비자 수준, 이런 것들이 높아서 도쿄가 더 맛있는 것이지, 식당 경영의 문제만이 아니다. 라멘 국물, 국밥 국물에 그 나라가 녹아 있는 것이다.

음식 맛도 양극화

일본의 음식이 맛없어졌다. 지난 몇 년 사이에 뭔가 달라졌다 생각했는데, 이젠 말할 수 있다.

다 맛없어진 게 아니라, 서민들의 점심값에 해당하는 600~900엔 사이의 음식이 허접해진 거다. 비싼 음식들은 여전히 대단하고, 아주 싼 음식도 건장하다.

서민들의 B급 구루메만 맛이 없어진 이유는 무엇일까?

급여가 20년째 오르지 않는 초장기 디플레 사회에서 직장인들의 점심값은 오를 수가 없다. 20년간 무엇이 원가를 압박했나 물으니, 소비세가 5% 올랐고, 임대료가 조금 올랐고, 에너지 비용, 통신비, 교통 물류비가 올랐다고 한다. 대략 15~20%의 원가 부담이 늘어난 것으로 보인다. 그 정도면 맛에 큰 타격을 받거나 많은 가게들이 무너지기에 충분하다.

가공품 쓰지 않고 손으로 맛을 내던 가게는 750엔 받던 음식을 900엔에 팔아야 하는데, 손님은 그 가격에 가게에 들어오지 않는다. 결국 그 정도 원가를 흡수하려면 체인점으로 투항하는 수밖에 없다. 체인점이 늘고, 중간 가공품이 늘어나고, 원가 부담을 인건비에서 상

쇄하려 하니 맛이 없어지는 것이다.

도쿄 시내에서 수타 우동을 찾기 어렵고 가게에서 손수 우리는 진한 국물의 라멘집을 찾기 어려워진 건 어제오늘의 일이 아니다. 서민 음식의 수익이 서민에게 돌아가지 않고 거대 자본에 돌아간 결과, 수익을 맛으로 보답하는 선순환은 이제 영영 돌아오지 않게 되었다. 거대 자본 탓이 아니다. 소비자의 선택이다.

日本の皆さん＾＾

消費税が上がってから日本のランチがおいしくなくなりました。

ご存知ですか。

일본의 점심이 맛없어진 이유를 일본인과 얘기하다가 새로운 관점을 얻게 되었다.

문 체인점이 늘어나서 맛없어진 거죠?

답 아닙니다. 정보화에 따른 양극화(일본에서는 '격차시대格差時代'라고 함)에 원인이 있죠. 자신의 기술로, 손으로 만들던 음식을 내던 가게는 정보화에 밀리죠. 사람들은 정보를 쉽게 얻을 수 있고 대량 물류와 중간 가공품을 무기로 싸게 파는 대형 체인점에 가게 됩니다. 체인점의 이익은 서민에게 돌아가는 것이 아니라 거대 자본에게 돌아가죠. 만족할 만한 소비 정보를 소자본 자영업자가 제공하기엔 어려움이 많습니다. 신뢰 문제까지로 가면 격차는 더 커지죠. 전에는 서민들이 많이 가는 맛집의 이익이 그것을 판매하는 이웃 서민에게 돌아가서 서로 먹고살았던 것이, 이제는 서민들이 대기업이나 거대 자본 거부

하고 싶지만 결국 그들을 먹여 살리는 구조가 되었습니다. 양
극화의 원인은 서민들의 소비 패턴 변화에 의한 것이지 가진
자의 횡포가 아닙니다.

서민들이 한 손에 가벼운 핸드폰을 들고, 또 한 손에 가벼워진 지
갑을 들고 서민 음식을 외면해 서민들의 경제 순환을 막아 버린 것
이다. 우린 대기업을 욕하지만, 내 아파트 분양 받을 땐 자이, 아이파
크, 래미안을 원하고, 근처 맛집보다 계절밥상, 올반을 가고, 재래시
장보다 이마트를 가고, 동네 빵집보다 파리바게트를 간다.

신뢰와 정보가 돈이 되는 사회에서 서민들은 서로를 도울 길이 없
다. 남 탓할 게 아니다.

료칸의 힘

일본 식문화의 가장 큰 힘은 지방 곳곳에 있는 숙박 시설들에서
나온다고 생각한다.

수만 개의 숙박 시설들이 저녁 식사와 아침 식사를 포함한 플랜을
제공하는데, 꼭 온천의 전통 료칸이 아니더라도 그런 서비스를 제공
하는 시설은 작은 호텔, 펜션 임대 별장 등 행태도 다양하다.

패키지 여행이 아닌 경우 지방에 놀러 가면 의외로 갈 만한 지역
식당이 없어 곤란한 경우가 많은데, 그것은 그 지역의 숙박 시설들이
거의 식사 제공을 비즈니스 모델로 하고 있기 때문이다. 특급 호텔
들을 제외하면 많은 숙박 시설이 숙박뿐만 아니라 식사를 기본으로
예약을 받는 경우가 많고, 식사가 제공되지 않는 시설들은 오히려 시
설과 서비스가 좋지 않은 경우가 많다.

이런 방식이 숙박업을 관광 산업의 일부로 잘 유지되도록 하는 기능을 한다.

예를 들어 시설이 낡은 곳은 손님 유치가 어렵다. 하지만 그 시설은 이미 감가상각이 끝나서 시설 투자를 회수할 이유가 없어졌기 때문에 식사나 침구 등에 집중을 하면 손님을 계속 유치할수 있다. 질 좋고 저렴한 식사로 가성비를 추구하는 손님을 잡고, 또는 시설은 오래됐어도 온천을 중시하는 손님을 위해서는 노천탕에 힘쓰고 대절 온천을 운영하든지 하는 방법으로 오래된 고즈넉한 숙박 시설의 장점을 살릴 수 있다.

특히 식사의 수준이 놀랍다. 보통 1박에 저녁 식사와 아침 식사를 포함해 1인 1만~3만 엔대가 많은데, 고급 료칸은 5만 엔까지도 한다. 1만 엔대라도 싸구려 음식이라는 느낌은 받은 적 없고 가격 대비 훌륭하다는 생각이 항상 들게 제공받았다.

료칸의 저녁은 대개 일본 연회식(가이세키) 스타일로 하고, 소규모 호텔이나 펜션은 양식 코스를 주로 한다. 가이세키는 방으로 가져다주느냐 지정 장소에 모여 먹느냐에 따라 가격대가 달라진다. 아침은 뷔페 스타일로 하는 경우가 많다. 작은 시설은 주방에서 적은 인원이 음식을 준비하는데 시골 어느 작은 료칸을 가도 그 가격에 실망시키지 않는 음식이 나온다. 방 몇 개 안 되는 펜션 같은 데서는 주인이 직접 조리를 해서 내오기도 하는데 전문 요리의 맛은 아니라도 정말 가정식이라는 기분이 나는 집밥을 내준다. 시설이 좀 되는 온천의 료칸들은 이 시골에서 조리사도 구하기 쉽지 않을 텐데 매일 밤과 아침 이런 음식을 하루도 빠지지 않고 만든다니 운영자나 근로자나 모두 존경스럽다. 그 지방에 맞는 식재와 그 집 사정에 맞는, 자신들이 잘할 수 있는 음식임이 느껴진다. 혹 단체 투어로 가신 분들이 실망하는 경우가 있으나 그것은 한국의 여행 에이전시 탓이지 그 집 탓이 아니라고 나는 믿는다.

맛집, 멋집

백년가게의 비밀

도쿄에 맛집 하면 가격대별로 층층이 너무 많지만, 내 생각을 바꾼 가게가 있다.

지나가다 다레(タレ) 냄새가 너무 좋아 우연히 들른 집.

들어가 보니 메이지 43년(1910)이라… 110년 된 집이더라. 지요다구(千代田區), 분쿄구(文京區) 이런 동네서 70년 이상 집은 구석구석에 있다(70년이 돼야 3대다). 보통 백년가게 하면 엄청 줄 서고 손님 꽉꽉 차고 화려한 맛에 잘난 주인의 미소가 넘치는 집을 떠올릴 것이다. 살아남았음이 실력으로 입증되고 오래됐음을 내걸고 있으니 당연히 대박이겠지?

아니다. 그렇지 않은 집이 많다. 큰돈을 버는 것이 아니라, 앞으로도 100년을 갈 수 있는 그냥 안정적인 집이다. 이들은 식당을 열고 밥을 해 내고, 손님은 계속 들락날락하며 바뀐다. 바뀌지 않는 건 음식뿐.

이시바시(石ばし) 우나기(鰻, 장어)집.

이 집은 예약하고 들어서면 40~60분 기다려야 먹는다. 손님 회전

따위는 관심도 없는 듯하다. 주문받으면 장어의 배를 여는 것부터 시작이다. 열고, 꽂고, 굽고, 찌고, 식히고, 또 굽는다.

맛? 그렇게나 대단하냐고?

이 정도 장어집은 많을 것이다. 경쟁이나 비교란 무의미하다. 이시바시 우나기는 이시바시의 맛이다. 그것뿐이다.

줄 서다 줄이 없어지면 다시 줄을 세우기 위해 고객의 취향을 살피고 눈치를 봐서 가격을 조정하고 메뉴를 바꾸는 그런 타협이 존재하지 않는 식당. 40년 만에 다시 와 봤다는 손님의 후기가 달린 곳. 20년 뒤에 가도 그대로 거기 있을 곳.

멋지지 아니한가.

타협하지 않는 유리창

가게 쇼윈도에 어린아이 손자국이 있어 지우다 몇 해 전 일이 생각났다.

도쿄에서 페친인 애플의 최 박사와 만날 약속을 했다. 첫 만남이라 장소를 어찌할까 하다가, 내가 좋아하는 간다의 '야부소바'라는 집을 택했다.

내가 좀 일찍 도착해서 가게 입구 처마 밑에서 어슬렁거리다가 가게 안을 들여다보다가 최 박사가 오는 것도 모르고 넋을 놓고 있었다. 급히 정신을 차리고 가게 안에 들어가며 인사를 하고, 같이 맛있게 소바를 먹었다. 최 박사가 물었다.

"어떠세요, 여기 소바?"

"도쿄에서 가장 깨끗한 유리를 가진 집이네요."

"네?"

"이렇게 유리 청소를 완벽하게 한 집은 처음 봤어요. 그렇다면 음식 맛은 말할 것도 없지요."

그 집의 유리창은 깊은 처마 밑에 있어서 원천적으로 빗자국이 나지 않는 구조다. 한번 닦아 놓으면 깨끗함이 오래갈 만도 한데, 청소 상태를 자세히 살펴보니 매일매일 닦아서 도시의 흔한 먼지 한 톨조차 허락하지 않는 정도의 청결함이었다. 누군지 몰라도 "유리 닦는 건 내가 최고다", "이 유리만큼은 더 이상 깨끗이 닦을 수 없다" 하는 생각 없이는 나올 수 없는 수준이었다.

그 집의 실력은 소바 제면이나 쓰케쓰유(付げつゆ)의 맛 이전에, 가장 허접한 일을 하는 직원조차 자신이 맡은 일을 최선으로 하는 데서 나오는 것이다. 그러니 음식 맛은 물론, 일흔이 다 돼 보이는 서빙 아줌마들의 극진함 하며 재료, 인테리어까지 모두 도쿄 바닥에서 최고의 서비스를 하고 있는 것이다. 천 엔 남짓한 값에!

맛만 좋으면 다소 불친절해도 되고, 역사가 깊으면 위생이 좀 떨어져도 되고(오히려 더 맛있고), 유명세를 타면 자리가 불편해도 손님은 줄을 서니 괜찮다가 아니라, 지금 내가 손에 잡고 있는 게 칼이든 쟁반이든 빗자루든 최고의 실력 발휘를 하는 것이니, 누가 장인이고 누가 달인인지가 중요하지 않다. 면 잘 써는 사람이 오리고기 살점이라고 대충 썰 리 없고, 40평 남짓한 가게에서 유리창 닦는 사람, 컵 닦는 사람을 따로 고용했을 리 없으니 유리 잘 닦는 그 사람이 손님 응대도 최선으로 하고 있음에 틀림없다.

장인의 가게라면 그 장인의 손으로 만든 것 아니면 진짜가 아니라고 하고, 혹시라도 그 장인이 안 보이면 변했네, 달라졌네 하는 세상이다. 그러나 어떤 제품도 요리도 서비스도 누구 하나의 최선만으론

이룰 수 없다. 그런 줄 알면서 내 가게에선 통솔도 못 하고 혼자 길길이 뛰며 유리부터 닦을 수밖에 없는 내 모습을 투영해 보면 낯이 뜨거워져서 숨고 싶어진다.

대를 이은 사케

술만 잘 만들면 대를 이을 수 있을까?

일본에서는 각 지방마다 니혼슈(日本酒, 그냥 사케라 하자)나 간장을 만드는 조그만 회사들이 자신의 이름을 걸고 자신의 지자케(地酒)을 몇십 년, 몇백 년째 만들면서 양조장의 전통을 이어 간다. 우리는 그런 전통을 부러워한다.

'지방마다 지자케를 발굴, 육성하고 그런 문화를 즐기는…'

기사나 탐방 글에 흔히 나오는 구절이다. 그게 가능한 이유를 생각해 보았나? 그런 물음에 앞서, 공장 하나를 문 닫지 않고 직원을 먹여 살리며 업을 이어 가는 게 얼마나 고단하고 지난한 일인지 사람들은 알기나 하는 걸까? 격동하는 시장, 무서운 경쟁 사회에서 조그만 공장에서 만든 브랜드 하나가 살아남아 대를 물리는 일은 절대 쉬운 일이 아니다. 일본이라고 그게 쉬웠을까? 열심히만 한다고 될까? 지자체가 도와준다고 될까? 약간은 맞는 말인데, 진짜 이유를 아는 사람은 거의 없는 것 같다. 심지어 일본인들도 사실 잘 모르고, 나도 그에 대해 들은 지 얼마 되지 않았다.

일본의 사케 공장인 사카구라(酒藏)는 일 년 내내 자신의 제품만 만들거라 생각하지만, 그렇지 않다.

전통 제법으로 만드는 사케는 지난해 햅쌀을 가지고 한겨울 1월부터 만들어 봄쯤이면 모든 과정이 끝난다. 그럼 사케 공장은 그 나머지 기간엔 문을 닫나?

여기 그 비밀이 있다.

옛날 니가타(新潟)현의 사케가 유명해진 것은 쌀이 좋아서이기도 하지만, 사케를 만들던 유명 양조장에서 일하던 장인들이 자기네 공장에 일이 없을 때 전국 각지에 일하러 나가 양조법을 전파하면서부터라고도 한다.

일본에는 5대 오테(大手), 10대 오테 메이커라는 양조장들이 있다. 문자 그대로 '큰손'이다. 겟케이칸(月桂冠), 하쿠쓰루(白鶴), 기쿠마사무네(菊正宗), 오제키(大關)…. 모두 몇백 년 전통을 가지고 자신들의 기술과 제법을 가진 명(名)주조장이다. 이런 큰 주조장이 시골의 작은 주조장으로부터 사케의 원료인 양조주를 납품받는다는 사실은 별로 알려져 있지 않다.

전국적으로 이름을 날리는 유명 사케가 아닌 이상 일 년 내내 제품을 일정하게 생산하고, 재고를 유지하고, 납품하고 유통시키는 게 얼마나 어려운 일인지 모른다. 몇 달 걸려 술 한 번 만들면 얼마나 팔릴지 모르고 가장 좋은 시기를 지나면 품질 유지하기도 어려운데 고용과 장비를 유지하는 게 가능할까? 그런 작은 양조장은 자신의 꿈을 담은 자신만의 사케를 집중해서 만드는 시기를 지나면, 싼값에 사케 원료를 열심히 만들어 큰 회사에 납품한다. 낮은 가격에도 두말 않고, 먹고살 수 있게만 해 준다면 '갑의 레시피'에 따라 '갑의 술'을 얼마든지 납품한다. 단, '큰손' 갑의 공장이 요구하는 품질과 가격을 완전히 준수하고 비밀 유지도 한다.

왜? 그것을 해야만 직원 월급을 줄 수 있고 내 공장이 굴러가게 할 수 있다. 또 그래야만 내 공장의 꿈이 담긴, 내 부모가 물려준 내 사케를 내년에도 후년에도 끊어지지 않고 생산하고, 언젠가 인정을 받아 명사케가 될 날을 기대할 수 있는 것이다. 그러다 한번 히트해서 명사케의 반열에 오르면 그때부터는 '큰손'에게 납품하지 않고 자기네 제품만 만들며 업을 유지하는 꿈을 이루게 된다.

반면, 갑은 수익이 되는 싼 사케의 많은 수요에 맞추어 공장을 늘리고 고용을 늘리느라 생산성에 골머리를 썩지 않으면서도 매출을 유지하고, 또 자신들만의 최고급 사케를 계속 만들면서도 다양한 제품군을 유지할 수 있다.

갑과 을의 서로의 필요에 따라 만들어진 이 전통은 몇백 년 동안 이어져 온 시스템이다. 을은 부품이나 원재료만 만드는 게 아니라 한편으로 자신의 브랜드를 붙인 완제품을 만들면서도 갑에게 원재료나 반제품 또는 OEM 제품을 만들어 다른 을과의 경쟁 속에서 공급을 하니, 최소한의 경상 경비를 벌어 유지하면서도 갑의 제품의 품질은 더 좋아지고 을은 점점 생산성이 높아진다. 이런 짓을 대를 이어서 하는 것이다. 놀랍지 않은가!

갑도 비밀이고 을도 비밀이고, 세무서도 입 다물어 주고 기자들도 쑤시지 않고 알아도 말하지 않는, 공공연하진 않지만 한 발짝만 안으로 들어가면 알 수 있는, 비밀이지만 알고도 서로 모른 척해 주는 착한 비밀이다. 이런 시스템은 같은 양조 제품인 간장, 된장 등 업계에도 똑같이 적용돼 이어져 내려온다.

우리나라의 갑 같으면 자신에게 납품하는 을의 고유 제품이 백화점 매대에 버젓이 올라 갑과 경쟁하고, 더 고급이라는 이유로 더 비싼 값을 받는 것을 용인할까? 매대에 못 올리게 방해를 하거나, 납품 못 하게 씨를 말리거나, 독점 공급하다 갑자기 끊어 망하게 한 후 경매로 공장을 인수하거나 하지 않을까?

깃코만(キッコーマン), 히가시마루(東丸), 야마사, 산지루시(三印)….

우리 가게가 납품받는 OEM 간장도 자신만의 자랑스런 간장을 만들 수 있는 일본 어딘가의 공장에서, 이름도 알 수 없는 한국의 어느 우동 가게를 위해 갑에게 납품하고, 그 '큰손'은 우리에게 그 제품을 납품하고 있는 것이다. 더 확대해 보면, 100% 납품만으로 브랜드를 유지하는 유니클로의 품질 유지 방식도 이런 전통에서 기인한 것이라고 생각한다. 자신들의 방식을 세계로 확대한 결과인 것이다.

이런 전통은 자본주의, 시장경제, 자유경쟁 이런 말만으로는 설명이 되지 않는다. 매대의 많은 종류의 사케를 보며 "와~" 하고, 이자카야에서 어쩌다 준마이다이긴조(純米大吟醸)를 마셔 보고 "크~" 한다고 배워지는 게 아니다.

우리나라 막걸리 양조장이 붐이 꺼진 후 망해 나가고, 전통주는 이어지기 어렵고, 쌀 청주를 만드는 회사도 거의 사라져 가고, 우리만의 발효 균주도 갖지 못한 것을 비난하기 앞서, 이런 업을 이어 가면서 먹고사는 게 얼마나 고단한 일인지를 생각해 봐야 한다. 이런 오묘한 사회 시스템을 모르면서 상생을 외치고 대기업을 규제해 봐야 헛짓이다.

에도 시대에 만들어진 자생적 시장경제는 600년 이상 이어 내려온 체제이자 거대한 문화이다. 그들을 따라가기 위해 이 사회는 훨씬 더 겸손해져야 하고, 더 많은 공부를 하고 더 많은 경험을 거친 후라야 자본주의와 시장경제를 말할 자격이 있다.

시골 빵집

시골 깡촌 허허벌판에 오로지 빵만을 만드는 가게를 유지한다는 것의 어려움을 아는 나는, 이런 빵집은 일단 맛보다 존경심으로 먹으러 들어가 본다.

이런 베이커리 하나가 300엔짜리 바게트, 200엔짜리 크루아상과 조리빵을 그날그날 만들어 모두 소진하고 먹고살려면 직원 없이 사장이 4~5시에 출근해 세 가지 반죽을 매일 쳐야 하고, 매출 생각에 데코케이크나 쿠키류를 만들려는 욕심을 현명함으로 절제하는 단호함을 갖춰야 하고, 주변에 기본 빵을 좋은 가격에 납품받아 줄 장사 잘되는 료칸(旅館)이나 펜션 층이 두텁게 자리 잡고 있어야 하고, 일주일에 한두 번 이 빵을 위해 20~30분을 운전해서 사러 오는 지역 소비자 층이 있어야 하고, 당연히 이 모두를 맛으로 만족시킬 만한 실력과 자신감을 갖춰야 하는 것은 물론이고, 게다가 만든 빵을 매장에서 알바 대신 잘 팔아 줄 나이든 마누라랑 사이가 좋아야 한다.

빵 배운 지 얼마 안 된 새내기가 부모 돈 받아 용감하게 멋 부리며 시작했다면 진즉 망했을 터라, 이런 가게는 도대체 어떤 분이 할까 복잡한 마음에 문을 열고 들어가 봤다. 과연 머리가 하얗게 센 베이커가 안에서 부지런히 오브닝을 하고 넉넉한 아줌마가 가게를 지키고 있더라. 맛을 보곤, 관리하기 어려운 요란한 발효종을 쓰지 않으면서도 풍미 있는 빵을 만들어 내는 균형감에 감동했다.

흔한 탄수화물 다루는 직을 업으로 만드는 어려운 일을 그들은 참 잘도 해낸다. 국내에는 이런 빵집 찾기는 어렵고, 냉동 생지 쓰는 빠리바게뜨가 창궐하는 이유가 이 빵 안에 다 들어 있다.

쇼유라멘

페친 한 분이 쇼유라멘(醬油ラーメン, 간장 맛)에 대해 물으셔서 답글을 달아 봤다.

라멘의 역사까지 들먹이자면 너무 길고, 보통 알려져 있기로 규슈는 돈코츠라멘(닭뼈, 돼지뼈 국물), 홋카이도는 미소라멘(닭 육수), 도쿄 간토는 쇼유라멘(닭 육수)이라고들 한다.

도쿄의 쇼유라멘은 애초에 야타이라멘(리어카 라멘)이 주류였다고 한다. 술 한잔 하고 들어가는 길에 역 앞에 있는 야타이라멘에서 해장을 하던 거다.

그런데 라멘은 원래 중국 면이다. 당연히 도쿄의 중화요리집들이 닭 국물도 잘 내고 면도 잘 다루니 라멘도 잘 만들었다. 하지만 도쿄인이 기대하는, 싸고 늦은 시간에도 먹을 수 있는 라멘은 요리를 많이 팔아야 하는 중식당에게는 주력 상품으로 팔기 안 좋았을 것이다. 라멘 전문 중국집이 생겨나지 않은 이유라 생각한다.

1980년대 후반부터는 일본 전국에 규슈발 돈코츠라멘이 유행하기 시작해서 도쿄에도 라멘 전문점들이 생겨나기 시작한다. 그러다 보니 야타이라멘은 사라지고, 진한 국물 맛의 돈코츠라멘에 밀려 쇼유라멘도 점점 자취를 감추고 잘하는 중국집 메뉴의 일부로나 남아 있었던 게 20년 전 일이다. 돈코츠라멘은 국물을 대량 가공하는 조리 공정 때문에 일개 식당이 따라가기 어려워 체인점에 점령당하고, 그보다 저렴하다고 인식되는 쇼유라멘의 입지는 더욱 줄어들었다.

도쿄에서 맛있는 쇼유라멘을 꽤 찾아봤다. 어렵사리 내가 원하는 쇼유라멘 맛을 찾을 수 있었다. 에도가와바시 신가(江戸川橋新雅). 과연 중화가 기본인 밥집이었다. 잘 낸 국물에 너무 나대지 않은 간장 맛이다. 물론 푸짐한 고명이 라멘집답다. 중심 지역이지만 일부러 찾아가긴 어려운 뒷길에서 할아버지가 며느리 같은 분과 지쳐 보이는 직원 데리고 하는데, 문 닫을 때까지 적당한 길이의 줄이 늘 있고 며느리(?)의 미소가 안정되어 있더라. 식당 안 한켠에 제단을 모셨는데, 아마 이 가게에서 일하다 돌아가신 할머니일 것 같은데 물어보지는 못했다.

매력 잃는 한국 시장

저무는 현지화 시대

일본 외식 브랜드가 우리나라에 들어올 때, 현지 방식 그대로 해서 살아남은 경우는 거의 없다.

거기에도 또 몇 가지 유형이 있다.

하나는 그대로 못하니 중간에 포기하고 나자빠진 경우다. 음식은 사람이 만든다. 재료를 최대한 현지와 같게 해도 조선인 손만 닿으면 자기들 편한 대로 바꿔 놓는다. 같은 음식이 아닌 거다. 일본인 주방 장들은 조선인들의 근무 태도를 전혀 이해하지 못하니, 6개월쯤 하면 질려서 "알아서들 해 봐라, 난 모르겠다" 하며 도망가 버린다.

또 하나는 그대로 했더니 처음엔 먹히다가 조선인들이 싫어하게 된 경우다. 소문 타면 "그래 얼마나 잘하나 한번 보자" 하고 와서 먹어 보고 "어쭈?" 하지만 다시는 안 온다. 현지 맛을 즐기러 와서는 자신들 입맛에 안 맞는다고 "짜네, 비리네, 안 익었네, 거기 별것 없다"며 외면하는 경우다. 어쨌건 '일본 현지 그대로'는 금물이다. 좋은 말로는 현지화 실패이고, 나쁜 말로는 씨도 안 먹히는 것이다.

그래서 아예 처음부터 현지화라는 좋은 명분으로 소비자 니즈를 바탕으로 한 한국형 일식으로 승부하는 경우도 있다. 결론은, 처음부터 조선인들에게 무시당해 망한다.

식당만 그런 게 아니더라. 일본 자본과 기술로 무장하고 한국에 들어온 일본계 제조업이 다 그렇게 자빠져 나갔다. 이제는 서비스업이 그렇게 낙인 찍혀, 일본 프랜차이즈는 아예 들어오려고 안 한다.

투자가 중요한데, 그럼 이제 뭘로 꼬셔서 투자하게 해야 할까? 내 눈엔 없어 보인다.

발 빼는 상사들

조선의 일반인들이 잘 모르는 게 있는데, 일본의 제조업 기업들이 한국의 기업들과 무역 거래를 할 때 직거래를 할까?

일본의 유통 구조를 미국이 1980년대부터 끈질기게 요구해 바꾸려 했지만, 일본은 바꾸지 않았다. 에도 시대부터 이어져 온 토착 시장경제가 그 바탕에 있다. 수익과 함께 책임을 나누는 시스템이 몇백 년 내려오고 있는 것이다.

일본은 대리점이나 대행사, 상사를 통하지 않으면 물건을 팔지 않는다. 에이전시가 가지고 있는 시장과 신뢰를 바탕으로 생산을 하고 수금을 하고, 은행 신용에도 쓴다. 예를 들어 우리는 일반인도 방산 시장 가면 업자들이 쓰는 벽지를 살 수 있지만, 일본은 벽지 한 롤 사려 해도 대리점을 통해야 하고, 업자 소개가 없으면 팔지를 않는다. 가격? 당연히 공개하지도 않는다.

B2C도 그렇지만 B2B도 폐쇄적으로 닫혀 있는데, 유통망이라는 시장을 가진 상사들은 생산자들을 보호하고 보증하는 역할까지 한다. 생산자는 상사를 믿고 물건을 생산만 하면 상사가 재고도 어느 정

도 책임져 주고, 수금 걱정 안 하게 자신들의 자금으로 돌려 주고, 새로운 판로도 개척해 주는 공생 관계를 몇백 년째 유지해 온 것이다.

한때 날렸던 삼성물산이니 ㈜대우가 한국에선 쪼그라들었지만 일본의 미쓰이물산, 이토추, 마루베니가 건재한 이유는 그런 기업 문화를 바탕으로 상사들이 세계 유통망을 꽉 잡고 있기 때문이다.

일본 상사들은 일본 제품을 한국에 보내 주는 데도 관여를 하지만, 한국 제품을 일본과 세계에 팔아 주는 데도 많은 역할을 했다. 생산자가 물건을 안 판다고 해도 상사를 설득하면 제품을 손에 넣을 수 있었다.

2019년의 노 재팬 이후 상사들이 어떤 역할을 할지, 혹시라도 한국 공격의 주체가 될지 알 수 없지만, 그들이 가진 실력은 분명 우리에겐 공포의 무기가 될 수 있다. 일본과 무역으로 이런 식으로 싸우면 일본 시장 상대로 팔고 사는 것만이 문제가 되는 게 아니라 일본이 갖고 있는 세계 유통망, 즉 시장의 일부를 잃게 된다. 사업을 해 본 사람은 그 유통망의 중요함을 뼈저리게 느낄 것이다.

한국은 기업이 관료를 이기지 못하지만, 일본은 관료보다 기업이 우선이다. 규제를 완화하기 위해 관료를 찾아가기보다 힘센 기업들이 움직이게 쫓아가야 하는데, 이쑤시개 하나 팔아 보지 못한 정부가 그런 감각이 있는지? 문제를 해결하려면 일본의 공무원을 만날 게 아니라 일본 상사들을 찾아가야 하는데, 징용공 판결 이후로 일본의 많은 상사들이 한국에서 철수했다니 말이다.

마루가메 철수

마루가메(丸龜) 우동 철수가 외식업을 좀 아는 분들 사이에 화제가 되고 있다.

정식 명칭은 사누키 가마아게 우동 마루가메제면(讚岐釜揚げうどん 丸龜製麵)으로, 하나마루(花丸) 우동과 함께 일본 우동 프랜차이즈의 최강자이다. 냉동 면을 쓰는 하나마루와 달리 점내 제면이 강점으로 일본 내에 1천 곳 이상의 점포를 운영하면서 폐점률이 극히 낮은 우수 브랜드다. 해외에도 성공적으로 진출해 잘 운영되고 있는데, 나도 우동을 시작한 2012년 홍대 앞에 지점을 내면서 한국에 즉석 제면 우동의 붐을 만드는 데 마루가메가 함께했기에 특별한 동종업계 의식을 가졌던 브랜드다.

초기 점포들이 매출에 비해 흑자가 나지 않아 규모의 경제를 이루기 위해 크게 점포를 늘리다가 계속 적자가 늘어나자 적자 점포를 폐점시키며 자구책을 찾았으나, 결국 코로나의 절벽을 넘지 못하고 브랜드를 포기하게 됐다. 10년 내내 고생만 하다 결국 철수하게 되어, 절대 망하지 않는다는 잇푸도라멘(一風堂ラーメン) 철수 기록과 함께 "한국은 일본 외식 프랜차이즈의 무덤"이라는 속설을 재확인해 주었다.

마루가메는 임대료와 인건비 상승으로 수타우동이 사라진 대도시 주요 상권에 多加水 제면이 가능한 콤팩트한 사누키식 제면기를 도입하고 제면에 들어가는 인건비를 셀프 서비스로 커버하며 크게 성장했기에, 마루가메 자신만의 콘셉트를 살리지 않으면 망할 수밖에 없다고 생각했다.

몇 개 점포를 초기에 가 봤는데, 꽤 장사가 잘되는 신주쿠 니시구치(西口) 점은 제면 담당, 튀김 담당, 카운터 이렇게 단 세 명이 담당하는 것에 비해 서울의 명동점은 제면 외에 주방 2명, 홀 서빙 2명에

뒷짐 지고 계산만 하는 점장으로 운영되고 있어 좀 문제가 있겠다 싶었다. 기준 인건비는 급격히 상승한 데 비해 주방의 생산성은 떨어지고, 셀프라고 해도 고객에 손이 많이 가는 국민성 탓에 매출 대비 인건비를 전혀 줄일 수 없었다.

우동은 튀김이 생명인데 마루가메 튀김은 미리 튀겨 진열하고 좀 식어도 국물에 적셔 먹으면 여전히 맛있는 방식이 인건비를 줄이는 도구였다. 그러나 한국에서는 튀김을 국물에 적셔 먹는 데 저항이 있다. 그래서 텐푸라의 튀김 정도를 오버쿡 해서 한국 치킨처럼 딱딱한 딥 프라이드가 되도록 해 국물에 적셔도 되게 했지만, 원래 맛을 잃어 아딸 튀김과 다를 바 없어져 버렸다.

제면 직원 한 명은 제면을 하며 면도 삶고 시간 나는 대로 튀김도 해 줘야 돌아가는데, 한 사람이 한 점포의 제면조차 다 감당하기 어려운 게 한국의 생산성이다. 도쿄에서는 월 23만 엔짜리 초급 직원 (알바도 가능) 한 명이 할 일을 서울에서는 월 260만 원에 1.5인이 일하는 생산성이 된 것이다.

마루가메는 싼 290엔 기본 가마아게 우동에 카페테리아 식으로 튀김이나 반찬을 얹다 보면 600엔이 넘어가게 되어 객단가를 채우는 방식인데, 이 콘셉트를 한국인에 이해시키기 어려웠다. 내가 줄 서서 내가 집어다 먹는데 반찬도 안 주고 이것저것 먹을 만하게 고르면 결국 "× 나 비싼 우동!"이라고 삐지게 되는 것이다.

마루카메 우동 안에 이렇게 한국 외식의 문제점이 다 들어 있다.

해외 진출에는 파트너사가 중요한데, 마루가메의 한국 첫 점포 진출 때 파트너사는 인테리어 회사로 외식은 모르는 회사였다. 여기에 일본 본사와 중간 다리 역할을 한 인물이 점포 권리금을 두 배로 부르고 뒤로 챙긴 데다가, 현지 기업은 본업을 살려 점포 인테리어에 무지막지한 예산을 책정하고 일본 본사에 한마디로 뽕을 뽑는 바람에 한 점포 하는 데 일본의 3배가 넘는 엄청난 예산을 써 버리고 말았다.

그것이 선례가 되어 2, 3호점 전개에도 점포당 개설비가 크게 들어가니 아무리 운영을 잘해도 투자비 회수 플랜이 서질 않아 결국 일본 본사는 오래전에 본사 직영을 포기하고 흑자 점포 위주로 한국 법인 위탁운영을 하다가 이번에 끝이 났다.

그나마 본전이라도 찾으려고 4개 직영점을 25억에 사 가라며 나에게 딜이 왔는데 나는 물론 불가능했고 타 기업에도 소개해 줄 수 없었다. 한국의 외식업 M&A는 문재인 정부 들어 죽었다는 것을 일본 업계는 아직 실감하지 못하는 듯했다.

해외의 유수 브랜드들이 한국에만 오면 너덜너덜 쥐어 터지고 맞고 돌아가는 현실은 국뽕 국수주의자들에겐 즐거운 일일지 몰라도, 그런 브랜드 하나 먹여 살리지 못하는 경제는 자신이 어디가 아픈지 모르는 중병 환자 경제라고 생각한다.

외식업은 해외 투자가 쉬운 업종이다. 그런 업종도 투자 받아 못 키우는 실력이라면 제조, 금융, 유통, 서비스 어느 것도 해외 투자는 받기 어렵다.

우동 안에 국가 경제가 들어 있다.

음식의 국적

김치

한국 음식 하면 첫손 꼽는 게 김치다.

김치란 무엇인가? 사전적 의미로는,

> [명사] 소금에 절인 배추나 무 따위를 고춧가루, 파, 마늘 따
> 위의 양념에 버무린 뒤 발효를 시킨 음식.

인데, 이런 종류의 음식은 세계 거의 어디서든 찾을 수 있다.

그럼 김치와 중국의 신치 파오차이(辛奇泡菜), 일본의 하쿠사이(白菜, 백채), 쓰케모노(漬物)의 유의미한 차이는?

보통 '절임+발효'를 내세우는데, 소금에만 절인 야채도 특별히 김치 양념 하지 않아도 유산균이 번식하고 발효가 된다. 다만, 우린 그 신맛이 좋아서 먹지만 다른 나라 사람들은 그다지 좋아하지 않기 때문에 그 전에 먹을 뿐이다.

절인 야채에 다시 양념을 하는 것이 그럼 차이일까? 그것은 그저 조리법에 지나지 않을 수 있다.

'김치'를 세계문화유산이라 떠들었다가 유네스코의 주의를 먹고 '김장문화'로 정정하게 된 데는 이런 이유가 있다.

야채를 소금에 절여 잡균을 제거하고, 미생물 조정을 본 동물성 단백질(젓갈)을 넣고, 다양한 양념을 넣는 것까지는 다른 나라에도 비슷한 예가 있을 수 있다. 내 생각엔 그때 쌀풀이나 밀가루풀을 함께 넣는 게 포인트다.

빵을 만들다가 '탕종법(湯種法)'이라는 걸 알게 됐다. 반죽을 발효시킬 때 이스트를 활성화시키기 위해 당을 넣는 대신에 탄수화물을 알파화시켜 이스트 먹이로 제공함으로써 발효를 촉진하고 보다 자연스런 맛을 내 주는 발효법이다. 일본이 원조네 싱가포르가 먼저네, 중국이 옛날부터 쓰던 거네 하며 자기들끼리 원조 다툼을 하는 방식이다.

탕종법은 빵 생지 안에 기포를 만들기 위해 쓰는 것이지만, 우리나라선 야채의 보관과 상미를 위해 오래전부터 김치 만들 때 당연히 쓰였다. 탄수화물을 끓여서 소독한 먹이를 주어 유산균을 번식시키고, 유산균이 만든 젖산은 다른 세균의 번식을 막아 야채를 오래 두고 먹을 수 있게 하고 특유의 산미를 느끼게 해 주는, 아주 고도의 과학적 조리법이다.

이 탕종법을 이용한 야채 발효법이야말로 우리나라 김치만의 방식이라고 생각한다.

그럼 쌀풀을 안 넣는 김치는 김치가 아닌가? 누구도 그렇게 생각하지는 않는다. 그렇게 만들지 않은 김치도 여태 먹어 왔고, 오히려 풀을 안 넣어야 상큼하고 맛있다는 조리법도 있으니까.

일본의 김치 공장을 경험한 후배 얘기다. 왜 일본 김치는 한국과 맛이 다른가 물어보았더니, 배추가 무르지 않도록 소금절임 하지 않고 양념의 간만으로 김치를 만들기 때문이라더라는 것이다. 물론 쌀풀도 없이.

이럴 때 "그건 김치가 아니지!"라고 반박할 수 있는 근거가 있어야겠는데, '우리만의 창조적 특징'을 주장한 바 없으니 할 말이 없는 것 아닐까? 연구도 더 필요하겠지만, 주장을 세울 논리도 잘 다듬어야 할 것이다.

이도 저도 다 김치이면 우리 김치는 밖에서 보았을 땐 아무것도 아닌 그저 야채절임이거나 중국의 파오차이의 아류에 불과할 수 있다. '야채를 소금에 절인 후 쌀풀을 쑤어 숙성된 젓갈과 함께 각종 양념을 넣어 발효시킨 야채절임'이 가장 우리나라 김치의 특징에 가깝다고 개인적으로 생각한다. 탕종법과 다른 발효법 용어도 개발하고, 그 발효법에 의한 김치를 정의로 내세우되, 그 외의 김치는 'ㅇㅇ발효 생략한 깔끔한 김치' 또는 전통 조리법을 바꾼 유니크한 김치로 표현한다 해서 우리 김치의 폭이 쪼그라들고 위상이 흔들리지는 않을 듯하다.

불고기

불고기가 먼저라느니 야키니쿠가 먼저라느니 하는 국뽕에 전 소리가 들려 짜증 나는데, 나는 그것에 전혀 관심도 없지만, 설사 불고기가 나중이라 해도 자존심 상하지 않고 먼저라 해도 자랑스럽지도 않다.

하지만 한 가지는 얘기하고 싶다.

일본은 육식이 1872년까지 금지됐다가 어느 날 갑자기 날을 정해 권장으로 돌아선 나라다. 그렇다고 민간에서 고기를 전혀 먹지 않은 건 아니다. 다만, 상업이 발달했어도 고기를 유통시키지 않으니 식당 음식으로 존재하지 않았을 뿐이다. 그래서 대부분의 육식 요리는 외래 음식으로 치부됐고, 그런 음식 이름은 틀림없이 가타카나로 쓴다. 슬그머니 자기들 전통 음식으로 포장하는 국뽕질은 안 하는 나라다. 후조선처럼 남의 나라에서 온 걸 인정하면 열등감 작렬해 쪽 팔려 하고 무조건 어거지 원조 주장을 해야 먹히는 비이성의 나라는 아니라는 얘기다.

면식의 경우 우동(うどん), 소바(蕎麦)는 히라가나나 한자로 쓰지만 중국에서 온 라면은 정확히 라멘(ラーメン)이라 쓰고, 짬뽕(チャンポン)도 마찬가지다. 한국에서 유래한 명란젓은 지금도 멘타이라는 한국 이름으로 쓰고, 김치(キムチ) 비빔밥(ビビパ) 찌개냄비(チゲ鍋) 곱창(コプチャン) 등도 다 마찬가지다. 커틀렛에서 온 돈까스(豚カツ), 햄버거에서 온 함박(ハンバーグ) 등이 모두 그렇고, 심지어 한국식 불고기는 'プルコギ'로 쓴다. 다만, 스키야키는 1600년대부터 이미 먹던 음식이라는 기록이 남아 있고, 샤브샤브는 중국의 훠궈가 기원이지만 전후에 상점에서 의태어로 만든 신조어라서 히라가나로 쓴다.

야키니쿠는? 어디서나 '燒き肉'로 쓰기에 적어도 조선의 불고기를 가져다 이름 붙였다는 말에는 전혀 동의할 수 없다. 더구나 우리나라에서 구멍 뚫린 모자 모양 철판에 고기를 굽는 불고기는 1960년대가 기원이고, 거기에 하는 양념은 스키야키를 팔던 1910년대 명월관이 원조로 알고 있다. 참고로 불고기는 조선의 국간장으로는 못 만든다. 왜간장만이 맛을 낸다. 거기서 원조 타령이 무슨 의미가 있나?

우리밀

농산물을 농민의 문제로 보고 답을 구하려니 답이 없다.

농업도 제조, 유통, 서비스와 긴밀하게 연결된 산업의 일부일 뿐이고, 정부가 개입할수록 경쟁력을 잃고 마는 분야다.

밀가루는 쌀과 달라서, 제분이라는 공정을 거쳐야 소비할 수 있다. 조선은 상품화된 밀가루가 없던 나라였기 때문에 수천 년 동안 밀가루를 써 온 중국이나 그것을 들여와 번성한 상업에 잘 활용해 온 일본과 달리 문화적, 산업적 배경이 전혀 없었다. '밀의 가루'는 있었어도 글루텐이 생성되어 국수가 되고 발효가 되어 기포를 잡는 빵을 만드는 '밀가루'는 없었다. 일제시대에에 들어온 밀가루와 전쟁 후 미국의 무상 원조 밀가루로 싸구려 분식 문화가 시작됐을 뿐이다.

밀가루를 용도에 따라 박력, 중력, 강력분으로 가공하는 것은 큰 기술이다. 쌀 정미하듯 그냥 빻기만 하면 되는 기술이 아니다. 밀이 글루텐 함량과 수분 함량 등의 품질 기준을 맞춘 좋은 품질의 밀가루로 되기 위해서는 원밀 자체의 품질이 일정하게 보장되는 농업 기술이 우선돼야 한다.

우리가 먹는 대부분의 밀가루가 호주산인 것은 그저 땅 넓고 기후가 좋아 씨만 막 뿌리면 저절로 자라는 복 받은 나라의 공짜 산물이라서 싸니까 막 수입해서 그런 줄들 아는데, 그렇지 않다. 품질이 일정한 원밀이 가격 경쟁력까지 갖춰 나오니 우리나라의 제분 회사들이 모자란 제분 기술로도 적당히 쓸 만한 밀가루가 나오기 때문이다.

일본은 밀농사와 제분 산업의 역사가 오래되어 밀가루 산업에 대한 기술력이 세계 최고 수준이다. 이미 에도 시대에 가정에서 우동을 해 먹을 수 있었고, 개항과 함께 포르투갈에서 들어온 빵 문화가 꽃피울 수 있었던 것은 그 전에 이미 제분 기술을 가지고 있었기 때문이다.

우리밀의 명맥(이것도 조금 의심이 가지만)을 살려 밀을 재배해서 식량 자급을 이루는 게 국방 상으로도 중요하다고 하는데, 그건 그렇다 치자. 기껏 키운 밀이 시장에서 도태되면 산업으로 살릴 수가 없다. 그럼 포기하면 그만일까?

일본의 사례를 보면 홋카이도나 시코쿠 지방에서 나오는 일본산 밀가루는 시장에서 제값을 받고 잘 팔려 나간다. 애국심 때문에 팔리는 게 아니고, 경쟁력이 있기 때문이다. 품질 관리 제대로 해서 재배한 밀이 제분 기술과 만나서 적정한 가격을 형성하면 어느 지방 밀을 쓴다는 것을 내세우지 않아도 호주산 밀에서는 얻을 수 없는 풍미가 있기 때문에 두 배 정도 비싸도 섞어서라도 쓴다.

밀가루 품질은 중요한 것이라서, 면을 만드는 데는 풍미뿐이지만 제빵에서는 조금이라도 품질이 떨어지면 빵 자체가 제대로 나오지가 않는다. 그런 걸 모르고서 "우리 것이 좋은데 왜 안 쓰는지 모르겠다"고 고개를 가우뚱거려 봐야 문제는 해결되지 않는다.

그렇다고 땅 넓은 부자 나라와는 애초부터 상대가 되지 않는다며 지레 팔자 탓하는 것도 옳지 않다. 전북 농민에게 호주의 땅을 무상으로 준다고 그런 밀이 나오지 않고, 횡성 한우 농가에 호주의 백만 평을 준다고 팔 만한 소가 나오는 게 아니다. 일본 소바를 만들기 위해 일본 내에서는 일본 각 지방의 소바분을 쓰지만, 조금 저렴한 집에서는 중국산 소바분을 쓰지 평창산 소바분을 쓰지 않는 것은 혐한 탓이 아니라 품질과 가격 탓이다. 네 배나 비싸면서 품질은 보장되지 않는 원밀을 사서 두 배도 못 받고 파는 우리밀 제분에 제분 회사들이 애써서 제품을 개발할 이유가 없다.

정부의 지원을 받는 농협이 수매를 비싸게 해다가 공기업과 다름

없는 공장에서 기술 우위도 없이 만들어 내는 밀가루가 시장의 외면을 받고, 제분 기술을 가진 큰 기업에서 그걸 사다가 OEM으로나 파는 우리밀 밀가루가 아직 살아 있는 것은 그나마 정부 지원 탓이다.

나도 처음에 비싸게 팔 수 있는 프리미엄 우동을 만들기 위해 우리밀을 몇 종 구해서 우리나라 물까지 사다가 일본에 가져가 우동 스승과 우리우동 만들기를 시도한 적이 있다. 여러 번의 시도 끝에 얻은 결론은, 우리밀 밀가루는 일본산은 물론 호주산에도 미치지 못하는 품질이라는 것이었다. 맛없는 줄 뻔히 알면서 우리 것이라고 비싸게 팔 수는 없는 노릇 아닌가.

우리밀은 수입 밀과 달리 방부제와 농약을 거의 쓰지 않아 안전한 먹거리라고? 검증도 안 된 개사기 치지 말고, 쌀도 100% 정미하지도 않으면서 백미라고 파는 사기질 좀 하지 말고, 정직하게 생산성과 품질에 전념해 좋은 제품을 만들고 난 다음 애국 마케팅을 해야지, 밑도 끝도 없이 남 탓, 국민 탓, 나라 탓, 외국 탓만 해서는 우리밀의 미래는 없다.

맛있는 바게트를 얻기 위해 프랑스 밀가루를 쓰고 맛있는 면을 얻기 위해 일본의 밀가루를 사서 쓰게 되는 것은 식문화가 선도하면서 선진화된 생산과 유통 산업이 뒷받침해 주었기 때문이지, 국민이 애국심에 사 처먹고 나라가 비싸게 수매해 달라고 악을 써서 이룩한 게 아니다.

앙빵

노 재팬 불매 운동을 하면서도 생활 속에 스며 있는 일본의 영향력이 커서 대체 뭘 사고 사지 말아야 할지 고민하는 불쌍한 조선 영혼들을 위한 한 가지 조각지식.

"단팥빵 먹지 마! 크림빵, 소보로빵 그런 거 다 먹지 마!"

"히익! 빵은 유럽에서 온 거 아니던가요?"

파리 가 봐라. 앙꼬빵이 있더냐.

빵은 포르투갈 사람들이 16세기에 일본에 전해 줬다. 하지만 일본 사람들은 이미 발전돼 있던 밀 제분 기술과 술 발효 기술을 이용해 서양 빵을 자기네 것으로 만들었다. 오늘날 이른바 단과자빵(甘菓子 パン, sweet dough bread)은 일본의 독창적인 빵 문화로 전 세계가 인정한다. 이스트만으로 만드는 프랑스계 빵, 그 빵에 올리브유를 듬뿍 넣은 생지로 만드는 이탈리아계 빵과 달리, 애초부터 가게에서 팔려고 만든 생지, 즉 밀가루 반죽에 우유, 설탕 등을 넣어(유럽 사람들이 보기엔 쓸데없이) 이스트가 당분을 먹이로 삼아 발효해 더 부드럽고 영양가 있게 만들어진 빵을 만든 거다.

특히 그런 생지 안에 팥이나 고구마 등을 넣어 함께 발효시켜 구운 앙빵(앙꼬빵)은 유럽에는는 없던 혁신적인 빵 문화였다. 이스트를 구하기 어려운 점에 착안해 술의 발효종을 넣기도 하고, 속에 다른 내용물을 넣기도 하고 얹기도 하며 일본만의 가게용 빵 문화를 발전시켰다. 자신만의 도우를 가지고 있는 나라가 전 세계 몇 나라나 되나 생각해 보자.

앙빵은 1874년 기무라야(木村屋)가 원조인 것으로 알려져 있지만, 대중적으로 널리 알려진 것은 청일전쟁 때다. 당시 군사들의 영양 공급을 위해 고민하던 군부가 소화 잘 되고 칼로리 높은 단팥을 배급하고자 했지만, 알다시피 단팥은 실온에서 하루면 쉬어 버린다. 그런데 처음부터 생지 안에 넣은 팥은 고온에 구워지며 멸균이 되고 겉의

빵이라는 보호막이 산소를 차단해 며칠이 지나도 변질되지 않아, 대량으로 만들어 군사에게 보급할 수 있었다(휴대성을 더 확보해 배낭에 넣도록 한 건빵乾パン은 더 앞선 1842년에 군사용으로 개발돼 실전에는 역시 청일전쟁 때 배급됐다). 2차대전 때 미군에게 허쉬 초콜릿이 있었다면 일본군에겐 앙빵이 있었다. 이렇게 앙빵을 맛있게 먹고 고향에 돌아간 어린 병사들이 그 맛을 기억해 전국에 많은 앙빵 집이 생기게 된 것이다.

조선을 빼앗긴 계기가 된 청일전쟁, 그리고 그 전쟁에 큰 역할을 한 앙빵. 그걸 생각하면 그 빵이 목에 넘어가냐?

소비는 산업을 만들고 문화를 발전시킨다. 그것을 사네 마네 하며 정치화하고 무기화하는 어떤 시도도 옳지 않다고 생각한다. 아니, 옳고 그름을 떠나 소비자의 무지를 이용해 그 소비자를 정치적으로 이용해 먹는 것밖에 안 된다고 생각한다. 먹는 걸로 장난치지 말라는 조상님들의 가르침 새겨듣고, 위장 옆에 뇌를 가져다 놓지 말자. 머리가 복잡하면 맛도 없고 소화도 안 된다.

나는 일본이 무섭다

순천 다꾸앙, 공주 알밤, 무주 와사비

나이 든 일본인에게 20여 년 전부터 들은 얘기다.

"다꾸앙(澤庵)은 순천에서 나는 조선무로 담은 게 최고지."

"알밤(아마구리 甘栗)은 공주에서 나는 벌레 먹은 작은 땡밤이 최고야."

"나마와사비(生わさび)는 반딧불이 사는 무주 계곡에서 키운 게 일본의 어떤 것보다 나아."

"참외는 옛날에는 일본에도 있었는데 이젠 한국에서밖에 일본참외 맛을 볼 수가 없어. 옛날 맛 참외가 한국에는 있었는데."

이 품목들은 한국에서 일본으로 수출해 본 적도 없는 것들이다. 그런데 일본인들이 이런 것을 어떻게 아냐고?

일제시대에 이미 생태와 식생에 맞는 특산품에 대한 연구와 조사가 끝나 있었던 거다. 과일이나 채소의 전국적 유통이라곤 생각도 못 하던 시절이었기에 조선 땅에 시장 자체가 형성되지 않았지만, 특산물로 키워서 일본에 공급해 수익을 만들려는 노력이 이런 데이터를 만들었고, 그때 그것을 맛본 일본인들 사이에 구전으로 전해 내려오는 것이다(그래서 당시 쌀 수탈이니 하는 말을 나는 믿지 않는다).

1905년 일본이 제작한 〈한국실업지도〉를 보자.

이미 합병 전에 이런 조사가 끝났던 것이고, 이 지도는 〈대동여지도〉와 겨우 60년 차이밖에 나지 않는다.

극일? 일본은 우리 자신보다 우리를 더 잘 알고 있다. 만일 일본에 대해 우리가 그들보다 더 잘 알 수 있게 된다면 그때 마음껏 일본을 능멸하자.

이쯤이야

일본에 사는 페친 한 분이 한국인이 일본에서 살기 어려워하는 점을 써 주었다.

나도, 긴 경험은 아니지만 느낀 것 하나.

일하면서 '이건 괜찮겠지~' 하는 부분이 있다면 100% 지적당한다는 것이다. 꼭 누군가가 '요놈은 틀림없이 이건 슬쩍 넘어갈 거야' 하면서 24시간 나만 지키고 있는 것 같은 기분이랄까.

예를 들면 출퇴근 카드. 야근하다 일 끝내고 퇴근하며 카드 찍으려고 보니 야근 인정 시간에 살짝 모자라 보여서, 화장실 다녀오고 옷 다 갈아입고 찍었다. 어김없이 주의가 들어온다.

바닥에 생수를 살짝 엎질렀는데, '깨끗한 물이니 괜찮겠지' 하면 바로 지적이다.

아무튼 조선에서 타성이 된 마인드로 은근슬쩍… 어물쩍… 이 정도쯤… 어때 뭐… 괜찮겠지… 모르겠지… 나 하나쯤… 슬그머니….

100%라고 해도 과언이 아니게 누군가가 다 보고 있다는 것.

그럼, 일본인은 내내 조선인만 눈 부라리고 지키나? 아니다. 그들은 사람의 본성을 똑바로 바라볼 뿐이다. 의심하는 것이 아니라, 이를테면 인성이 태만해서 나쁘다는 식이 아니라, 너무나 당연한 것들을 당연하기 때문에 체크하는 게 일상이 돼 있는 것이다. '사람은 순간적으로 이러이러하게 행동할 수 있고, 이것을 관리하는 것이 나의 책무다'라고 생각하니, 누구라도 슬쩍 넘어가기라도 하면 바로 알아차린다. 모두가 그런 훈련이 돼 있어 모두가 잘 지키니, 튀는 건 여지없이 눈에 뜬다. 군대 내무반에 일렬로 줄 맞춰 잘 개어 쌓은 모포 중에 조금 삐뚜로 놓인 게 있으면 한눈에 보이는 것과 같은 이치다.

지키지 않는 사람은 자신이 예외인 걸 어떻게 남들이 귀신같이 지적하는지 알기 어렵다. 그 사회에 적응하고 살아 봐야 비로소 나도 철저해지고, 삐져나온 인성에 엄해지고, 그 열에서 벗어나면 스스로가 불안해진다.

일본 제조업의 탁월함은 여기서 나온다. 모두 예외 없이 정해진 대로 지키는 힘. 이런 것에 적응 잘하는 사람은 일본에서 살기 쉽고, 그렇지 않은 사람은 견디기 어렵다.

저성장을 숙명처럼

어느 도쿄 출장에서, 미리 예정된 것은 아니었지만 외식업에 대해 잘 아는 설계 기획자의 자문이 필요하다고 해서, 롯데타워를 기본설계한 오쿠노(奧野)라는 설계 사무실에서 회의를 가졌다.

전부터 잘 알던 회사라서 격식을 차릴 건 없는 자리였다. 피차 바쁘니 사무실로 와서 식사 같이 하면서 회의 하자고 해서 점심시간에 갔다. 설계실 직원 4명 중 3명은 집에서 싸 온 도시락, 나머지 한 명이 우리 일행 3명에 자신 몫까지 4인분을 사 와서, 함께 먹으며 외식업에 대한 얘기며 한국의 사정에 대해 가벼운 대담 형식의 대화를 가졌다.

그 직원들은 모두 20년 전부터 같은 자리에 같은 모습으로 있고, 하는 일도 그때와 다를 바 없다. 다들 나와 동년배이거나 윗사람들이니 설계실 직원 4명 모두 경력 20~30년은 기본으로 되는 셈이다. 막내인 10여 년 전 신입 사원이 아직도 막내인데 대머리가 다 됐다. 나중에 물으니 월급도 20년 전에 비해 별로 오르지 않았다고 한다. 직급을 전보다 높게 나눠 갖긴 했지만 대우가 나아진 건 없단다. 5명이 하던 업무를 실력들이 늘어서 4명이 할 수 있어 그만큼 더 나눠 갖는 정도지, 경력에 따라 급여가 오르지는 않았단다. 큰 변화라면 원래 사장이던 오쿠보 씨가 고령으로 2선으로 물러나고 직원 중 하나가 사장을 맡았는데, 자기가 잘나서가 아니라 '편의상' 그렇게 했다고. 도시락을 먹으며 시간을 쪼개고, 경비를 아끼고, 변함없는 자세로 최선을 다해 일하는 모습에서 '일본의 힘'을 새삼 느꼈다.

저성장을 숙명으로 알고 사회적 합의를 이뤄 내지 않으면 언젠간 불평불만으로 스스로 폭발해 버릴지 모르는 한국의 모습이 그 위에 네거티브로 투영되었다. 우리나라도 저성장을 한 방에 뒤집을 좋은 세월은 다시 오지 않는다. 디플레를 20년 경험한 일본처럼 효율을 높여 실력을 쌓고, 적은 돈 아끼고 서로 도와 회사 살려 가며 오래 일하는 수밖에 없다.

고령화 사회를 몸으로 읽다

오사카의 뉴오타니호텔은 오사카성이 한눈에 들어오는 입지 좋은 특급 호텔이다. 1986년 버블의 한가운데 지어져 시설 수준과 서비스는 최고였다고 한다.

처음 갔던 1999년만 해도 분위기 좋았다. 북적거리는 사람들, 세련된 수많은 직원들의 빈틈없는 서비스….

그 10년 후쯤, 호텔의 상황을 보고 사회의 고령화가 무엇인지 깊이 깨닫고 우리나라도 이런 고령 사회가 올 때 이 상황을 이해할 수 있을까 생각할 기회가 됐다.

호텔에 도착하면 벨보이가 택시 문을 열어 준다. 30대 중반에 잘생기고 영어도 매끈해 인상에 남았다.

짐을 맡기고 체크인을 한 다음 짐을 방으로 부탁하려고 콘시어지를 찾으니, 아까 벨보이가 캐리어를 끌고 방까지 따라온다.

시내에 나가 식사를 하고 돌아와 방에서 한잔 더 하려고 룸서비스를 부탁하니 또 그 청년이다. 그때까진 '열심히 여기저기서 일하네~'하고만 생각했다.

이튿날 조식에 나가 커피를 부탁하니 또 어제 그 청년이 밝게 인사하며 응대한다. 그제야 주변이 눈에 들어왔다. 어제 콘시어지 상황도 돌이켜봤다. 그 청년을 감독하는 50대 중반의 허옇거나 까진 머리 부장급들이 지긋한 눈으로 청년을 관리 감독하는 게 보였다. 여기저기 몇 명씩. 조식 부페에만 직접 서빙을 맡지 않는 간부가 두 명이나 서 있었다. 500실 넘는 특급 호텔에서 몸으로 하는 일은 몇 명이 도맡아 하고 있는 것이었다.

이게 고령화 사회의 고용이다.

경기는 점점 나빠지고 호텔은 매출을 늘릴 방법이 없다. 신입은 들어온 지 몇 년 됐고 중견 간부는 나갈 줄을 모른다. 신입이 몇 년 지나 중간 관리자로서 해야 할 일을 나이든 이들이 그대로 가지고 올라가고, 몸으로 해야 할 일만 그대~로 남아 막내가 다 받아 해야 하는데, 그 막내가 입사 10년차다. 일본은 호봉이란 게 없어 직급이 오르지 않으면 연봉이 오르지 않는 체계인데 디플레로 금액은 정체여서 급여를 더 받으려면 잔업을 해야 하니 야간 룸서비스 일까지 해야 하는 거다.

알다시피 호텔은 각 부서의 일 분담이 정확하고 각자 나름의 전문성도 있다. 그런데 이젠 그게 무의미하다. 경력 10년 된 공채 사원이 룸에 가방이나 들어다 주는데 서비스를 오죽 잘할까. 반면, 50대 중반의 부장급 책임자들은 각 위치에서 팔장 낀 채 꼼짝도 않고 눈만 부라린다. 손님 클레임 등엔 정확히 매뉴얼대로 잘 대응한다. 물론 후속 조치는 젊은 사원 몫이다.

호텔이 사는 방법은 하나다. 부장들의 일을 쪼개 파트타임으로 바꾸고, 그 인건비 절약분만큼 신입을 뽑는 것이다. 부장을 파트타임으로 바꾸지 못하면 새 인원은 알바밖에 못쓴다는 것을 알지만, 똑똑한 일본도 인정상 부장을 자르지 못하는 거다.

갓파바시의 주방 기기 도매상과 10년 넘게 거래하는데, 직원 중 처음 당시 유일하게 이메일을 볼 수 있던 하마다는 군(君)이라 불렸다. 주문한 기기를 낑낑대며 차에 실어 준 것도 하마다 군이었다.

지금 가면 그 하마다 군이 머리가 다 까졌다. 이젠 군으로 부를 수 없는 나이지만 어색한지 거기 할배들은 아직도 다 "군!" 하고 부른다. 그 역시 밑에 직원이 없다.

50대 이후에 해당하는 직능군을 대대적으로 손보지 않고선 고령 사회에서 젊은 사람들의 고용 문제를 개선할 수 없다. 그나마 일본은 퇴직을 미루는 대신 시급제로 바꾸고 근무 시간을 줄일 수 있도록 사회 분위기도 돌아가고 법도 맞추어져 있다.

불편한 진실이지만, 우동집에서 머리 하얀 '달인'이 우동을 밀고 있다면 그는 우리의 상상과 다르게 몇십 년 된 우동 장인이 아니다. 작년에 공무원 정년하고 석 달 교육 받아서 하루 네 시간만 우동 밀고 8만~9만 엔 받아 연금 10만 엔 보태 생활하는 사람일 가능성이 높다.

우리나라 중년도 정신 차려야 한다. 나이 먹으면 머리로 일하려 하겠지만, 권모술수가 통하는 정치판에서라면 모를까 실업(實業) 사회엔 몸으로 일할 자리밖에 안 남는다. 그것을 받아들이고, 일을 쪼개 하루 4~6시간 노동 시장에 나서야 한다.

하지만 후조선인들이 몇 시간 일하고 한 달 80만~100만 원 받는 일은 흔쾌히 하려 들지 않는다. 어찌어찌 조정해서 일 시켜 보면 젊은 친구들과 싸우고 다 나가더라. 직업 재교육이 중요한 게 아니라 정신교육부터 다시 시키지 않으면 오래 일하지 못한다.

기업의 어깨를 가볍게 해 줘야 손짐이라도 더 드는 법이다. 일 쪼개기는 일단 퇴직시킨 후 시급 직원으로 다시 뽑는 정도의 개혁 아니고선 해결할 수 없다.

평생 변변한 직장 가져 보지 못한 정치인, 잘릴 걱정 해 본 적 없는 공무원, 투쟁밖에 모르는 노조 간부가 외유성출장으로 일본이나 휘익~ 둘러봐서 좋은 정책을 낼 수 없다. 고령화 사회의 고용 문제는 머리가 아니라 몸으로 생각해야 한다.

고다와리, 자신과의 약속

고다와리라는 말이 있다. 무척 많이 쓰이는 말인데, 이 말처럼 일본의 정신을 잘 함축한 단어는 없다고 생각한다. 사전적으로는 구애된다는 뜻인데, 딱히 맞는 단어가 한국어나 영어에는 없는 것 같다.

음식을 업으로 하다 보니 더 많이 접하게 되는 단어여서, 일하면서 수도 없이 되뇌다 어느 순간 이 단어가 주는 깊은 뜻을 알게 됐다.

고다와리는 직인(職人, 전문인)이 자신과 한 약속이다. 요즘은 상업적으로 너무 흔하게 쓰여 "혼토(진짜)?" 하고 의심하게 되는 경우도 많지만, 예를 들어 어느 식당에 붙여 놓기를,

> 저희 집의 고다와리
> 소스는 직접 만듭니다.
> 오늘 만든 것만을 드리는 것을 원칙으로 합니다.
> 후쿠시마산 최고의 아귀만을 엄선해 사용합니다.

이런 식으로 쓴다. 사전적 의미는 이런 약속에 스스로 구애받는다는 것이고, 속뜻은 "내 자존심을 걸고 이 장사를 하면서, 나에게 걸고 지키려는 약속은 이런 것입니다"라는 말이다.

약속 중 제일 지키기 어려운 게 자기 자신과 한 약속이다. 누구나 자신에게 한 약속을 지킨다면 약속 시간에 늦는 사람, 원치 않으면서 뚱뚱한 사람, 가족력도 없는데 당뇨로 고생하는 사람, 처자식 굶기거나 패는 사람은 이 세상에 존재하지 않을 거다. 자신과의 약속은 지키려다가도 순간 잊고, 스스로 타협하고, 그러다 어느덧 무시하게 되는 게 인지상정이다. 이것을 남에게 내보이며 "저 자신과 한 약속이니 틀림없이 지킵니다"라고 공언을 하니, 얼마나 믿음이 가는 사람

이고 미더운 가게인가.

하지만 저 고다와리는 손님이 좋아할 만한 것 중 대표로 몇 줄 쓴 것이지, 실상은 하루 종일 머릿속을 맴도는 자신과의 수도 없는 싸움 자체가 일이다. 아무리 바빠도 반죽은 하루에 몇 번을 해야지, 표고는 꼭 이렇게 잘라 써야지, 대파의 파란 부분은 다 버려야지, 면은 삶고 나서 30분 지나면 버려야지, 튀김은 꼭 얼음물을 써야지… 이 중 하나쯤 안 지킨다고 해서 음식이 안 되는 건 아니지만, 이걸 모두 지킬 때 비로소 제대로 된 음식이 되니 작은 행동에서부터 큰 결정까지 이런 일들의 끝없는 반복이 되는 것이다. 어찌 보면 뛰어난 맛집의 핵심은 비장의 레시피가 아니라 그 집의 고다와리의 집합에 있다 해도 틀리지 않다. 거기에다 주인의 고다와리를 직원들도 모두 반드시 따라야 하는 룰로 만들고 지키도록 하는 건 또 얼마나 어렵겠는가.

이런 멋진 말을 만들어 낸 일본 사회, 그것을 가게에 걸고 지키는 가게, 그걸 믿고 찾아 주는 손님이 만드는 일본의 일상에 절로 존경심이 드는 것은 그게 얼마나 어려운 일인지를 알기 때문이다.

"폐 끼치지 마"

늦은 저녁이었다.

야마노테(山手)선 전차 안은 좌석이 군데군데 비어 있는 정도였다.

왼쪽 건너편 구석 좌석에 세 남자가 자리를 잡았다. 복장을 보아 복장이 건축 노가다들이었다. 거나하게 취해 거친 말을 하고 있었다. 젊은 30대 두 사람은 앉고, 쉰쯤 돼 보이는 사람은 서 있었는데, 선 이와 앉아 있는 사내 중 하나와 말싸움이 시작됐다.

그러더니 느닷없이 큰소리가 들렸다.

"미안합니다 한마디면 되잖아, 이 자식(あやまれば、いいんだよ! この
ヤロ!)"

말이 끝나기 무섭게 서 있던 사내가 앉아 있는 사내의 아구창을
주먹으로 날리더니 다시 무릎으로 머리를 가격하고 두 손으로 제압
했다. 보통 싸움 실력이 아니었다. 오히려 덩치 좋은 젊은 친구가 대
들어 보려 했지만 꿇려앉힌 채 거친 말만 뱉었다.

저 친구가 일어났다간 싸움이 커질 판. 옆에 앉은 사내가 "야마테
(그만둬)! 야마테!" 하며 말렸지만 이미 맞은 놈이나 기선을 제압한
놈이나 물러설 기세 없이 막무가내였다. 버둥대고 제압하며 거친 숨
소리가 열차 안에 가득 찼을 때, 말리던 사내가 딱 한마디 덧붙였다.

"에에~ 메이와쿠(민폐)라고(ええ~こりゃ迷惑なんだよ)!"

그 한마디에 엉켜 붙어 있던 두 사람은 얼어붙었다. 그런 채로 다
음 역에 열차가 서자 서 있던 사내는 무릎 꿇린 친구의 멱살을 잡고
차 밖으로 끌어냈다. 차 안에서는 민폐가 되니 플랫폼에서 조질 모
양이었다. 마침 나도 내려야 하는 역이어서(정말이다) 따라 내렸다. 내
리기 무섭게 어찌 알았는지(누군가 신고한 듯) 역내 경찰 둘이 호루라기
를 불며 뛰어왔다. 세 사내는 각각 다른 방향으로 순식간에 튀어 달
아났다.

얼떨결에 목격한 싸움이었지만 큰 경험이었다. 그런 격한 싸움에
도 '메이와쿠(迷惑)'라는 한마디로 싸움이 멈추다니.

남에게 폐를 끼쳐서는 안 된다는 정신은 일본인에겐 거의 종교에
가깝다. 말하자면 민폐 탈레반이다. 어릴 때부터 집에서 학교에서 사
회에서 귀에서 피가 나도록 듣고 야쿠자도 장사꾼도 선생도 스님도

인간이라면 모두 지켜야 하는 것이다. 숨 막힐 정도로 '메이와쿠'를 언제나 어디서나 의식하고 산다.

예절이고 도덕이고 법이고 매너고 다 필요 없다.

"폐 끼치지 말아라."

이게 일본 정신의 기초다.

그런 정신은 어디서 오는 걸까? 민족성 탓? 그렇게 쉽게 규정해 버리고 나면 우리에게 남는 건 뭘까?

NHK 방송에서 수십 년째 하는 아침 방송 중 〈이나이 이나이(나 없다 없다)〉라는 유아 프로그램이 있다. 방송이 끝날 때쯤 아이들이 동물 캐릭터와 함께 음악에 맞춰 율동과 체조를 하는데, 가사 중에 "구루구루토칸" 하며 모두 바닥을 네 발로 기어가는 부분이 있어 서로 엉덩이나 머리를 부딪치기도 한다. 그럴 때 "엉덩이와 엉덩이가 부딪히네, 고멘(미안)!" 하며 사과하는 매너를 매일 가르치더라.

가정에서 사회에서 아주 어릴 때부터 가르치는 사과의 매너가 결국 성인이 된 후 남에게 폐를 끼치면 안 된다는 사회 규범을 만든 것 아닐까?

"일이라고요!"

오랜 친구 중에 삼성전자를 거쳐 오라클 코리아의 넘버 2가 된 입지전적 인물이 있다. 학벌도 영어도 달리는데 1990년대의 삼성전자 국제영업팀에서 어떻게 그런 실적을 올려 미국 회사에 스카웃될 수 있는지 궁금했다. 그의 대답은

"인도든 호주든 똑같아. 태권도 영어로 설득하다가, 계약이 성사될지 말지 마지막 선택의 순간, 딱 맞는 타이밍에 이 말을 해 주는 거야.

'Mr. (Mrs) @#$%&! This is business!'

그 말이면 누구라도 밑도 끝도 없이 용감해져서 눈빛이 달라지고 얼굴이 상기되더라고. 그러고 나면 'Yesss!' 하고 사인하는 거야."

처음 일본을 접했을 때, TV의 심야 버라이어티 쇼에서 여성 출연자의 상의를 벗기는 걸 보고 놀란 게 있다.

그런 쇼에서 값싼 AV걸들이 스토리에 맞춰 어느 순간 가슴을 드러내는 것은 그러려고 나왔으니까 어찌 보면 당연하지만, 그렇다고 아무렇지도 않게 훌떡 벗어 버리면 그건 쇼답지 않다.

그럴 때 AV걸이 벗을까 말까 하는 긴장감을 짐짓 보이려고 하는 행동이 있다. 절대로 벗을 일 없는 고급진 여성 MC를 의식하는 모습을 보이는 것이다. '쟤는 안 벗는데 왜 나는…' 하는 얼굴로.

그럴 때 그 얇팍한 천 조각을 단칼에 걷어 치워 버리는 남자 MC의 한마디 —

"○○짱, 고레와 시고토다요(○○ちゃん, これは仕事だよ, 이건 그냥 일이야)!"

그렇다. 그냥 일일 뿐이다. 도덕도 체면도 자존심도 그 무엇도 무시하고 넘을 수 있는 '내 일', 밥벌이 말이다. 일의 숭고함을 알고, 어느 순간이든 승부를 걸어야 하고, 그 속에 나를 갈아 넣어야 겨우 조그만 성과가 만들어지는 엄중한 세계를 한마디로 응축한 말이다.

단 한 팀 예약을 위해

일본에 스키 여행을 갔을 때 일이다.

그해는 유난히 첫눈이 늦어, 12월 중순이 다 돼 가는데도 나가노

(長野)나 니가타(新潟)의 스키장들이 오픈을 계속 뒤로 미루고 있었다. 나가노 스키장에 진작 예약을 했는데 위약금을 물기도 아깝고 며칠 사이에 눈이 온다는 소식도 있어서, 설마 하며 예약대로 가기로 마음먹었다.

예약일 며칠 전, 예약한 숙소에서 메일이 왔다. 리프트권을 포함한 예약인 걸 보니 스키를 위해 오시는 손님 같은데, 아직 스키장이 안 열었으니 취소하셔도 위약금 없게 해 드린다는 내용이었다.

하지만 어쩌랴, 우린 서울 출발이어서 이미 항공권을 어찌할 수도 없었다. 설마 출발일까지 눈이 안 올까 했는데 정말로 예약 전날까지 스키장이 열지 않는 상황에 부딪쳤다. 그래서 전날 메일을 보냈다.

"날씨 탓인데 이제 와서 위약금 없이 취소 안 되겠죠? 리프트권이 소용없으면 예약된 가격은 어떻게 되는 거죠?"

위약금은 어쩔 수 없다는 답과 함께, 오신다면 1인당 약 1,500엔 깎아 주겠다고 답신이 왔다 보통 리프트권이 4천 엔 이상 하는데 할인 폭이 작은 건 아마 이 업소가 리프트권을 확보하는 원가이려니 했지만, 생각보다 적은 할인 폭에 석식 조식 포함한 2인 숙박료 2만 4천 엔이 2만 1천 엔이 됐다.

눈 없는 이른 겨울 오후에 도착한 나가노의 별장지는 말 그대로 귀신이라도 나올 듯 썰렁한 폐허였다. 지붕과 나무에 한가득 눈이 쌓인 아름다운 설경은 눈이 만든 세계였지, 그들의 생활 터전은 나가노 올림픽 이후 오랜 시간 낡고 바랜 관광 미라였다. 이번 여행은 뭔가 불길하다는 느낌이 본능적으로 엄습해 왔다.

어렵게 찾아간 프티호텔이라는 조금 큰 펜션의 외관은 사진과 달랐다. 밤에 가면 모를 뻔했는데 칠은 벗겨지고 녹이 나고, 안에 등 켜진 곳은 로비뿐, 마치 귀곡산장을 연상케 했다.

내가 일본 숙박은 그다지 실패한 적 없고 나름의 선정 기준으로 삼는 몇 가지 팁에 따르면 이 숙박은 괜찮은 곳이어야 했다. 사진이야 20년 전 나가노 올림픽 때 찍은 듯했으니 시설은 어쩔 수 없다고 해도, 시설 관리가 이 정도면 서비스도 우려스러웠다.

펜션으로 객실 수가 너무 적은 곳은 수지타산이 안 맞아 서비스 질에 문제가 있을 수 있기 때문에 15실 이상 중에서 고른 것인데, 이 펜션은 분명 오늘 예약이 거의 없어 보였다. 전면에 주인 차와 관리용 차만 서 있고 부설 주차장은 텅 비어 있었기 때문이다.

반쯤 체념하고, "아무도 없잖아" 하며 차를 부설 주차장에 세우지 않고 전면 하역장이라는 곳에 세우고 안으로 들어갔다.

현관에 실내용 슬리퍼 두 컬레가 가지런히 놓여 있었다. 정말 우리뿐이구나….

"스미마셍~"

중년의 남자가 라운지에 딸린 주방 쪽에서 나오길래

"아노… 구루마(차량)…."

"아 괜찮습니다. 거기 세우셔도 돼요."

역시 우리뿐이었다. 하지만 이쪽 사정을 미리 헤아리다니 범피는 아닌 듯했다.

방명록에 사인하고 짐을 들고 방으로 가며 둘러본 시설은 우려대로 악 소리 날 정도였다. 오래된 카펫 냄새, 목조 계단은 삐걱거렸고 복도 천장 조명은 구식 형광등이었다. 방문은 페인트가 벗겨져 있었고, 쬐끄만 열쇠로 따고 들어간 방은 좁고 낡았다. 욕실 어메니티는 부족했고 냉장고도 없이 작은 TV 하나, 슬쩍 열어 본 옷장엔 담요 두 장뿐. 대실망하고 여기서 탈출해야 하나 잠시 생각하다 단념하고,

린넨도 부족한 듯해 따지러 프론트로 내려갔다.

주인을 부르니 역시나, 주방에서 뛰어나온다.

"타월이 없는데…."

옷장 안에 더 있단다. 그리고 아래층 온천탕은 두 군데인데 대절 온천이어서 독탕으로 언제든 이용할 수 있는데, 다만 방에 있는 타월은 가져가야 한다고 알려 준다(음, 좋군).

방에 돌아가서 보니 옷장 아래 준비된 유카타(浴衣)는 풀 먹여 빳빳이 다려 놓았고, 허리끈은 정식으로 잘 묶여 있고, 겉옷 하오리(羽織)도 단정하고 깨끗했다. 준비된 오차와 아마이모노(甘物)는 비싸 보이지는 않지만 나름 좋은 걸 골라 났다.

좀 미안했다. 시설이 후지다는 생각만으로 화가 난 나머지 이곳의 준비를 폄하고 무시한 건 아닌지. 그래도 모처럼의 여행에 이런 방은 근심에 가까웠다.

펜션에서 할 일도 없고 해서 차를 가지고 나가 스키 도시 하쿠바(白馬村)을 드라이브했다. 예약한 저녁시간이 되어 펜션으로 돌아와 식탁에 앉아서는 걱정부터 했다.

우려대로 식당에 테이블이 세팅된 것은 우리뿐. 저 아저씨가 만들어 온 음식은 정상일 가능성이 희박했다. 다만, 라운지에 우리를 위해 미리 피워 둔 벽난로의 활활 타는 장작과 테이블 위에 꽂아 놓은 작은 들꽃 생화를 보며 '둘을 위해 일부러 이렇게?' 하는 생각을 하는 사이, 에피타이저가 나왔다.

'엥? 이건 보통이 아니다….'

이어 수프와 야채 접시, 그리고 빵이 나왔다.

처음엔 '애 좀 썼네~' 했다. 그런데 보면 볼수록 이건 한 테이블 두 사람을 위해 준비할 수 있는 요리가 아니었다. 기교를 부리지는 않앉으나 할 수 있는 조리를 다한 음식이었다. 육류는 그렇다 치고 생선과 루콜라, 크레송, 미트잎 등의 특수 야채는 시골 레스토랑이 한 테이블을 위해 쓸 수 있는 것이 아니다. 생선 두 점을 위해 한 마리를 다 잡아야 하고, 국물 두 그릇을 위해 다시물을 내려야 하고, 이 고기 요리를 내리면 오후 내내 준비해야 하며, 이 싱싱한 야채는 오늘 주말이 지나면 한 팩을 다 버려야 한다는 것을 직업 상 나는 알고 있었다. 주방에서 열심히 우리를 위해 준비하는 주인은 열 테이블 준비와 한 테이블 준비가 다르지 않다는 것을 온몸으로, 자기 지갑으로 우리에게 보여 주고 있었다. 종업원인지 마누라인지 모를 아줌마는 멀리서 이곳을 지켜보며 수십 번을 오가며 서빙을 하고 음식에 대해 소박하고 수줍게 일일이 설명을 해 주었다.

음식은 맛있었다. 특히 야채는 최고였다(나가노, 니가타 등 신슈信州 지역은 어딜 가도 야채 요리는 끝내준다). 양식이지만 일본인의 자세가 가득 담긴 요리였다.

마지막 디저트를 먹고 있는데 아줌마가 벽난로에 열심히 장작을 새로 넣는다. 이것 또한 쉽지 않은 일이다. 바로 10분 후 우리 식사가 끝나면 여기 라운지엔 아무도 없을 텐데, 여기 일하는 두 사람은 자기들은 아주 두꺼운 무장으로 일하는 생(省)에너지족이면서 우리가 앉아 있는 시간의 끝까지 처음과 똑같은 실내 온도와 운치를 지키려 한결같은 행동을 보여 준 것이다.

나라면 이렇게 할 수 있었을까? 빵은 냉동 빵을 굽고, 루콜라 대신 오래가는 양상추를 쓰고, 셔벗 대신 패밀리마트 아이스크림을 쓰고, 식사 중엔 복도 불을 꺼 두지 않았을까?

몇 번이고 맞 인사를 하고 온천으로 갔다. 역시 오로지 두 사람의 선택을 위해 두 개의 대절 온천에 온천물을 가득 받아 깨끗이 준비해 두었다.

"오늘은 부득이 한 곳만 오픈했습니다. 미리 시간을 예약해 주시면 준비하겠습니다."

이렇게 써 붙이고 일해도 아무 지장 없을 텐데도, 손님이 꽉 찬 날이나 한 팀밖에 없는 날이나 한결같은 서비스를 준비한 모습에 감동하지 않을 수 없었다.

다음 날 아침 식사도 미안할 정도로 나온 건 당연했다.

열한 시에 체크아웃을 하고 인사를 하고 나왔다가 놓고 온 게 있나 바로 다시 들어가니 벌써 아줌마는 객실을 열심히 청소 중이었고, 현관에는 슬리퍼가 달랑 세 켤레 가지런히 정돈돼 있었다. 들어갈 때와 나올 때 마음이 달랐던 우리가 부끄러웠다.

한마디로 우리의 숙박은 그들에겐 손해다. 난방비 안 나온다. 인건비 손해다. 그리고 우리 예약을 취소시키려면 충분히 기회도 있었다.

하지만 그들은 약속대로 모든 것을 그대로 이행했다. 어떤 계산도 타협도 잔대가리도 끼어들지 않았다. 정해진 그대로 최선을 다하는 모습에 감동을 넘어, 감사를 넘어 나를 반성하게 했다.

대파와 극일

요즘 같은 지식 사회에서 보통의 일본인은 보통의 한국인과 비교해 얼마만큼의 지식을 더 또는 덜 가지고 있을까?

건축과 음식업을 통해 내가 접해 본 일본의 평균 전문인들과 나를 저울에 달았을 때 나는 지적으로 항상 달렸다.

일상생활에서 쓰는 단어 개수는 양국이 비슷해 보인다. 고등학교 졸업한 보통 일본인은 한자 2,800자 정도를 읽고 쓴다. 직업의 전문 영역으로 들어가면 분야마다 자신들이 개발한 수없이 많은 세분화된 전문 용어들이 있는데, 우리가 상상하는 이상으로 세분화되고 정비돼 있다. 그게 산업의 역사이고 유산이다

예를 들어 우린 식당 주방에서 쓰는 대파의 종류가 2~3가지에 불과한데 일본은 훨씬 많은 종류를 다루며 더 다양한 절단법 명칭을 가지고 있다.

한국에선 탕파썰기, 어슷썰기 정도.

반면 일본 주방에서 대파 써는 법(長ネギの切り方), 하면 기본적으로

刻みネギ(小口切り)/斜め切り(笹切り)/斜め薄切り/筒切り(輪切り)/みじん切り/白髪ネギ(千切り)/細切り/ぶつ切り/角切り/縦割り/短冊きり/飾り切り

이 정도 커팅 방법을 숙지하고 있고(중국도 9종류 정도) 소재마다 가공법마다 전문 용어가 잘 발달해 있다. 거기다 생산 산지에 대한 지식까지 더하면 그걸 손이 아닌 머리로만 익히는데도 꽤 기간이 걸릴 양의 지식이 된다.

건축 현장에서 쓰는 용어도 물론 어마어마하게 많다. 우리도 일제 시대부터 써온 야리기리(やり切り), 데나오시(手直し), 미즈모리(水準) 등에다 마감을 뜻하는 야키쓰께(燒き付け), 우치바나시(打ち放し) 등, 단어 하나로 공정의 의미를 알게 하는 용어가 한가득이다.

그럼 한국인은 영어라도 일본인보다 더 잘 알까? 내가 보기엔 꼭 그렇지만도 않다. 우린 일본인의 영어 발음을 비웃지만 원어민이 들으면 콩글리시나 장글리시나 거기서 거기다. 오히려 같은 교육 수준이라면 일본인 쪽이 더 쉬운 영어를 더 쉽게 쓰는 것 같다. 한국인이 머리에 영어 지식을 더 갖고 있다고 판단할 근거가 없는 것이다.

기억의 양이 다냐고? 기억 덜하는 대신 더 나은 게 있다고?

의대 공부를 다 하고도 수백 가지 와인을 다 기억하고 수천 곡의 음악을 다 외우는 의사에 비해 양식 30가지와 증빙 서류 10가지를 달달 외어 월급 받는 동사무소 직원이 머릿속이 가벼워 연산이 빠르고 사회생활에서 더 좋은 역할을 할 것이라 생각하지 않는다. 한자, 영어 등으로 된 기초 단어나 전문 용어는 그냥 도큐먼트 텍스트가 아니다. 그건 마치 프로그램 속의 명령어와도 같다. 주방에서 주방장이 "그거, 센기리(千切り, 채썰기)" 하면 그건 커팅 방법과 사이즈와 보관 방법까지 다 포함한 명령어다. 명령어 20개로 만들어진 프로그램과 200개로 만들어진 프로그램은 할 수 있는 일의 양과 질이 차이 날 수밖에 없다.

한자는 필요 없다고 내다버리고, 전문 용어는 여러 나라에서 조각으로 빌려다 써 어원도 의미도 모르고 쓰고, 더 이상 조어는 할 줄 모르니 국민의 지적 능력이 세대를 거치며 더 조악해진다. 그래서 대학 이름에 목매다가도 더 배울 것 없는지 그리들 외국 나가고, 직업을 가지고도 몇 년씩이나 돼도 지식이 더 심화되지 못하고 거기서 거기인 한계에 부딪쳐 전문성 포기하고 관리직으로나 가는 건지 모르겠다.

보통 일본의 전문직은 한 자리에서 20년은 해야 부장 소리 듣고, 그러면 정말로 전문인이 된다. 우리가 같은 경력 갖고 맞짱떴다간 지식에서 단번에 밀리고 만다.

무조건 극일을 한다며 왜놈이라 무시하는 자세는 개인들에게도 도움이 되지 않는다. 그런 지식 사회가 쉽게 만들어지지도 않지만, 상대를 우습게 알아서는 그걸 타고 넘을 수도 없다.

대파 썰다 별일 다 생각해 봤다.

우리 가족 한일관계사

시작은 흑역사

할아버지는 여러 번 사업 실패 끝에 전쟁 후 농약 공장으로 성공하셨다. 식민지 시절 농고에서 배운 과학 영농과 일어 실력을 바탕으로 일본에서 분말형 농약 원재료를 수입해 수화제로 물에 타 뿌릴 수 있는 농약을 개발해 성공했다.

사업 초기부터 물에 타는 기술 획득에 아버지가 관여하며 부자 간 동업처럼 사업을 했다. 일본 교육을 받은 할아버지와 그 교육을 받지 못한 아버지는 늘 사이가 좋지 않았다. 그런 사업 구조에서 큰 사건이 터졌다.

당시 농약 장사는 농민이라는 최종 소비자를 상대하려면 농약을 겨울부터 팔아 가을 추수 끝나고 다시 겨울이 돼서야 판매 대금을 받는 원시적 상거래 관행으로 항상 자금 압박에 시달렸다. 설상가상으로 1970년대 초에 사채 금리가 끝없이 올라 벌어도 따라가지 못하는 상황이 돼서 사업이 어려워지자, 농협에 납품하는 라인을 뚫어 한번에 많은 양을 공급해야 하기에 많은 양의 수입을 해야 했다.

부산에서 다급한 전화가 걸려 왔다. 화학 약품이 세관에서 통관이 안 되는데, 연락해 온 곳이 세관이 아니라 정보부라는 것이었다. 상무로 실무를 담당하던 외삼촌이 부산에 가 보니 일본에서 수입해 도착한 컨테이너에 실린 약품의 원산지가 독일로 돼 있는데, 깡통에 떡하니 바이엘 마크 아래 원산지로 '메이드 인 DDR(동독)'이 찍혀 있었던 것이다. 냉전 하 박정희 정권이었기에 적성국인 공산국에서 밀수한 제품으로 모두 반품시키는 것은 물론, 대표이사는 처벌을 받아야 한다는 것이었다.

일주일 내 해결하지 않으면 회사는 망하고 할아버지는 감옥에 가야하는 극한상황.

수입선인 일본상사(미쓰비시三菱)에 연락하니, 삼국 무역을 하는 입장에서 전혀 문제없다는 것이었다. 전에는 서독에서 수입해 일본을 거쳐 공급했는데 이번엔 수입사가 동독에서 구해다가 홍콩을 거쳐 납품했을 뿐이라고. 한국에선 보안법에 걸리니 해결을 해 줘야 한다고 하니, 그런 규정은 한국의 사정일 뿐 계약에 그런 규정이 없으니 손해를 책임질 수 없다는 자세였다.

꼼짝없이 손 털고 망하게 생긴 절체절명의 순간, 아버지는 조선 사람다운 해결 방식을 택했다.

일본 종합상사의 담당 과장을 서울로 불러들였다. 그리고 명동 사보이호텔 객실로 찾아갔다.

한바탕 책임 공방이 벌어지고, 과장이 자신은 어쩔 수 없다고 하자 아버지는 허리춤에서 준비한 권총을 꺼내 과장의 머리에 총구를 박았다. 당장 요구하는 서류를 만들어 보내지 않으면 여기서 둘 다 죽는다며. 일본인 과장이 기겁을 하고 덜덜 떨며 전화기를 붙들고 여기저기 전화를 했더니, 가짜 수입 서류를 만들고 일본 회사 인쇄 라벨을 만들어 다음 날 비행기편으로 보냈다. 그걸 들고 정보부를 무마하고 세관을 설득하고, 밤에 컨테이너에 들어가 라벨 갈아 붙이기를 해 무사히 통관시켰다.

진짜 문제는 그다음이었다. 돌아간 과장이 가만있을 리 없었다. 거래가 끊어졌다.

대체 수입선이 없으니 제품은 포기하면 그만이지만, 농협에 납품하기로 한 물량을 맞출 수가 없게 됐다. 아버지는 역시 조선식 해법으로, '살기 위한 타협'을 해 제품 함량을 낮춰 물량을 맞추고 위기를 모면했다. 다들 반대했으나 당시 업계에선 흔한 일로, 농협 납품하면서 다들 그리 하니 양심의 가책도 없었다.

여기까지는 아버지의 승리.

수입이 끊어진 이유를 추궁하던 할아버지는 거래가 끊기고 함량을 속인 것을 알고는 노발대발해 아들을 죽여 버린다고 사냥용 엽총을 들고 펄펄 뛰셨다(권총 들이댄 사건은 우리도 사건 20여 년 뒤에야 알았다). 아버지는 그때 그러지 않았더라면 이미 회사는 망했을 테니 어쩔 수 없었다고 항변했다.

할아버지는 일본 교육을 받은 분이셨다. 아들을 도저히 이해할 수 없었다. 그래서 아버지 회사가 자금 압박을 받을 때도 도와주지 않다가, 구석에 몰리자 회사를 정리해 당시 대기업이었던 동양화학에 헐값에 팔아 버리셨다. 그렇게 사업 하려면 하지 말라는 것이었다. 그 뒤로 아버지는 평생 하던 농약 사업에 손도 못 대게 되셨다.

나는 일본인으로 태어난 할아버지나 조선인으로 교육 받은 아버지나 다 이해한다. 아버지처럼 살면 안 되지만, 할아버지처럼 살기가 이 땅에서 쉽지 않다는 걸 안다. 그래서 난 조선인으로 태어나 일본의 영향을 받아 똑바로 서는 대한민국인이 되려는 노력을 매일 한다.

임기응변을 잘한다고 위기에 강하다는 권모술수의 달인, 남 탓하고 남의 돈 가져다 잘 뿌려 준비된 경제 대통령감이라는 후보와, 법과 원칙을 지키고 꼼수를 부리지 않겠다는 후보 —

조선 대 대한민국의 대결이 번번이 있을 때, 당신은 어느 나라의 손을 들어 주겠는가?

일본 교육 3대

어릴 적 기억에 할아버지와 아버지는 항상 사이가 좋지 않았다. 사업을 같이 하셨기에 나쁠 수밖에 없는 부자 간 정도로만 생각했는데, 나도 나이가 들고 세상 물정을 좀 더 알게 되니 생각이 달라졌다.

할아버지는 1917년생, 박정희와 동갑이다. 유학과 풍수로 가산을 탕진한 집안의 막내아들이었는데, 형들 따라 서당에 보내다 이게 아니다 싶은 증조할아버지께서 막내는 다시 머리를 깎여 열 살 넘어 소학교를 보냈다. 그제야 공부다운 공부를 한 할아버지는 열심히 노력해 시골 명문 예산중에 들어가 고등교육을 마치고 일본 JA의 전신인 수리조합에 취직해 근대인이 되었다.

아버지는 1937년생으로 취학 연령이 됐을 때 해방을 맞고 부여 은산소학교와 난리통에 부여와 서울을 오가며 중동고와 동국대를 졸업하셨다.

즉, 할아버지는 태어날 때부터 일본 국민으로서 일본이 세운 명문고에서 일본인들과 함께 일본 교사한테서 온전한 식민지 교육을 받은 분이다. 유도를 배웠고 풍금 정도는 칠 줄 알며 당연히 일어에 능통했고, 고교에서 농업을 전공해 과학 영농을 배워 20대에 농업 지도를 하셨다. 반면 아버지는 일본인 교사는 본 적 없고 운동도 배워

본 적 없이 마라톤을 운동 삼았고, 미술·음악에 완전 무식했고, 공부를 썩 잘하지 못해 외국어에도 젬병이었다. 그래도 대졸이었다.

정식 일본 교육을 받은 할아버지는 그런 아들이 항상 못마땅했다. 원칙을 어기고 편법이나 묘수(사실은 꼼수)로 일을 해결하는 아들의 방식과, 일본 교육대로 원칙만 강조하고 약속대로만 고집하는 사람인 할아버지는 사사건건 대립했다. 내 기억에 두 분이 같이 밥상에 앉으신 걸 보지 못했다. 밥상을 아래 위층에서 따로 받았고, 제사에도 따로 갔고, 내가 스물세 살 때 딱 한 번 성묘를 3대가 같이 갔는데 묘에 가는 길에 밥 먹는 문제로 대판 싸우셨다.

아버지를 고쳐 보려고 대학은 일본으로 유학을 보내려고 했지만, 25살에 할아버지와 동업한 사업이 잘되자 돈맛을 본 아버지는 유학을 가지 않고 친구가 하숙하던 세탁소집의 재수하던 예쁜 딸에 빠져 반대하던 결혼을 하고 눌러앉았다. 일본인과 다름없던 할아버지는 조선 사람 아버지를 돌아가실 때까지 이해하지 못하셨다.

아버지는 달랐다. 무슨 일이든 폭력을 써서라도 해결했고, 중학부터 저항부터 배워 4·19에 참가한 게 큰 훈장이었고, 시민정신은 규격 이하였다. 아버지가 잘못된 게 아니라 그게 해방 후 한반도 남쪽에서 사는 방법이었다. 아버지는 할아버지에게 이제 일본식은 통하지 않는다고 따지고 들었고 할아버지는 아버지에게 그 따위로 살지 말라고 매번 무시했다.

한 집안 안에 이런 대립이 있고, 지금 한국에서 번번이 가치관의 대립이 일어나는 배경에 교육의 단절이 있다. 일본 교사들이 도입하고 유지하던 식민지 교육이 해방 후 연결되지 않아, 지식은 한국 교사들이 어찌어찌 가르쳤지만 가치관과 시민관은 제대로 가르칠 수 없었다. 거기에 반공 교육만 주입하니 오히려 저항성만 키웠다. 이미 1970년대부터 그 부작용은 커져 갔고, 지금 대한민국의 많은 문제점들은 여기서 출발한다고 생각한다.

식민지 35년은 딱 한 세대 남짓, 교육이 연결되기도 끊기기에도 애매한 기간이다. 그래서 이제 좀 대한민국 같다가도 결국은 번번이 조선으로 돌아가고 있는 것이다. 우린 조선 근성 잡는 항생제를 먹다가 말았다.

반면 남북 분단은 70년 이상으로 두 세대를 넘었다. 북한은 이미 같은 민족이라고 할 수도 없고, 합쳐 봐야 엄청난 가치관 갈등을 겪을 게 뻔하다. 북조선 인민은 절대로 자유 민주 시민이 될 수 없다. 목숨을 걸고 탈출한 사람들을 제외하고 말이다. 그들은 잘못된 탕약을 너무 오래 먹었다.

대한민국 발전의 힘은 일본이 남기고 간 인프라나 적산 자산뿐만 아니라 식민지 교육과 그것이 남긴 인적 자산에서도 나왔다고 생각한다. 그 교육을 받은 사람들, 박정희 이병철 정주영 구인회 박두병 박태준 이런 리더들이 일본 교육을 받았고 그대로 살았다. 그들이 태어난 고장의 풍수 덕이라고 한심한 무당 소리 하는 사람도 있던데, 그들의 공통점은 그 시대 그 지역의 같은 교육을 받았다는 것이다. 1950년대 일본의 성장과 1970년대 한국의 성장 모두 같은 교육에 뿌리를 두고 있다. 일본을 한때 G2로 만든 교육, 그리고 최빈국 한국을 단시간에 무역 대국으로 만든 교육 자산이다.

그때 그 교육으로 모든 국민들이 열심히 배우고 근면하고 절약하고 법을 지키고 나라를 지키는 교육을 받지 않고, 조선을 이은 전제 국가 대한제국의 교육을 받았더라면 지금의 대한민국이 가능했을까? 해방 후 35년은 그 교육의 흔적으로 1980년까지 겨우 나라 틀을 만들었지만, 그 후 도입된 민주화 교육 35년으로 가치관이 다시 갈팡질팡하고 있다. 과연 지금 한국의 교육은 나라의 미래를 온전히 책임질 수 있을까?

겨울 산을 기어서

"겨울 산을 기어서 넘었다(冬の山を這って越えた)."

영화 〈레버넌트: 죽음에서 돌아온 자〉의 대사다.

코로나 사태가 진정되고 다시 일본에 입국이 가능하게 되어 우동 스승 히로타 상을 만나고 왔다.

이번 출장의 가장 큰 목적은 그동안 서로 통행이 막혀 중단됐던 투자에 얽힌 정산 문제였다. 히로타 상의 투자금 중 절반은 다행히 코로나 전에 반제했다. 인천공항점 손실 때 갚은 것이라서 그 이상 여력이 없었다. 이번에 정산 보러 가기 전에, 설계비로 번 돈으로 그 나머지 중의 또 일부를 미리 송금했다.

오랜만이라며 반가워하는 스승과 가벼운 대화를 나눈 후, 일 얘기로 들어가려고 영화 대사를 읊었다.

"겨울 산을 기어서 넘었습니다."

"코로나로 힘들었지? 하지만 인천공항점을 그 직전에 끝낸 게 얼마나 다행이야. 내가 그리 반대했는데 말이지."

"그건 충분히 후회하고 반성도 하고 있습니다. 어려운 기간을 보내고 나니, 언제든 약속을 지키지 못할 사정이 또 생길 수 있겠다는 두려움이 생겨, 되도록 할 수 있을 때 정산을 해야겠다고 생각했습니다. 코로나 기간 동안 한국에선 일본 정도의 지원금도 없고 보고해 왔던 대로 매출도 줄었기에 계속되는 적자로 많은 것을 잃었습니다. 원금은 당연히 교섭의 대상이 아니기에 미리 보내 드렸고, 그동안 쌓인 배당금에 대해 말씀 드리러 왔습니다."

"그건 잘 받았어. 어려운 시기에 보내 줘서 대단하다 생각했어."

"그런데요, 히로타 상께서는 이 서류로 보시면 지금까지 배당으로 목표한 이익을 보셨다고 생각합니다. 코로나 기간중 저희는 엄청난 적자를 계속 봤지만 히로타 상과의 계약은 이익 근거가 아니라 매출 근거이기에 금액은 적어도 배당금이 계속 쌓여 온 겁니다. 그 금액 말씀을 드리기 전에, 원금에 대한 신뢰를 보여 드리러 지난번에 송금해 드린 것입니다. 저는 큰 손실을 봤는데 히로타 상은 이 돈에 대해 어떻게 생각하시는지 듣고 싶었습니다."

잠시 생각하던 히로타 상은 팔장을 끼고 의자에 등을 기대며 말했다.

"됐어 됐어, 그 돈 지불하든 지불하지 않든 남 상 좋을 대로 해(いいよ、いい。払わなくても払っても南さんの考えでいいよ)."

상당히 놀랐지만, 내게 공을 넘긴 것이기에 침착하게 대꾸했다.

"저는 그런 인간은 아닙니다. 입만 가지고 히로타 상께 교섭 따위 할 사람이 아니기에, 이렇게 제가 할 수 있는 최선의 금액을 모두 가지고 왔습니다."

그러면서 현금 다발을 내밀었다.

"저는 준비해 왔으니 저의 사정을 생각해 히로타 상께서 정해 주십시오."

"아냐, 이렇게는 필요 없어. (오래 침묵…) 자, 다 알았어. 이만하면 됐으니 남 상이 주고 싶은 만큼 놓고 나머지 가져가. 다 가져가도 상관

없어. 정말이야."

"정말입니까! 그렇게 말씀해 주시니 고맙습니다. 하지만 이렇게 하겠습니다. 드리려 갖고 온 금액의 절반으로 정산을 보겠습니다. 그리고 나머지 금액은 앞으로 수익에 대한 배당을 미리 다 드린 것으로 해 주시면 고맙겠습니다. 그것으로 저는 큰 도움이 됩니다. 정말 고맙습니다."

그렇게 봉투를 건네고 히로타 상과 두 손을 잡고 끝냈다. 그는 손으로 정성껏 정산 내용을 종이에 써 줬다.

모든 얘기가 끝나고 난 후 그는 기분이 좋은 듯 가족들을 다 불러내 기억에 남을 저녁을 함께했다. 배기 팬도 없고 에어컨도 안 켜 주는 오래된 곱창구이(호루몬야키ホルモン燒き) 집에서 꽉 찬 연기 속에 깔깔대며 마시고 3차까지 더 가며 취하도록 마셨다.

그는 내가 죽어도 도망가지 않을 거라는 신뢰를 갖게 되었을 것이고 나는, 그가 나를 죽게는 놔두지 않을 거라는 믿음을 갖게 된 것이다. 이렇게 사람은 믿음으로 거친 내일을 산다.

두 사람 간의 이런 타협은 한국인과 일본인 사이에서 좀처럼 이루어지기 어렵다는 것을 안다. 만일 일본인인 그가 계약의 원칙만을 고집하며 이쪽 입장을 배려해 주지 않았더라면 그냥 계약대로 돈이 오가고 나면 결국 아무것도 남지 않았을 것이다. 하지만 일본인인 그는 나에게 한국인처럼 굴었다. '그래도...하지만……' 이런 것이 통하는 그런 것 말이다.

반면에 나는 한국에서처럼 다짜고짜 사정사정하고 떼쓰기보다 최소한의 것을 지키고 원칙대로 할 각오로 그를 이해시키려고 했으니 어찌 보면 그의 눈에는 일본인처럼 굴었는지 모른다. 그는 일본인이지만 한국에 한 발짝 다가서고 나는 일본에 한 걸음 들어서는 매너로 서로에게 상처를 남기지 않는 결과가 만들어졌다.

징용공을 둘러싼 한일 간의 역사 갈등은 결국 전범기업의 보상에 대한 압류와 강제집행 예고까지 가며 한일무역분쟁까지 치달았다. 히로타상과 나의 담판처럼 서로에게 한 발짝 다가가 푸는 것은 두 나라 사이에서는 안되는 것일까?

그날 히로타상의 가족들과 저녁식사를 하며 같은 한국인이자 히로타상을 내게 소개한 선배에 대한 얘기가 나왔다. 코로나가 끝나고도 막혀 있던 무비자 방문이 원상으로 돌아가지 못해 일본에 오고 싶어도 비자가 없어 오지 못하는 선배의 어린 아들에 대한 얘기였다.

선배의 아들이 일본에 오고 싶어 하는데 비자 문제를 히로타상이 도와달라는 부탁을 받았다고 했다. 그래서 해 주시게요? 하고 물었더니,

"해 줘야지. 난 그 아이를 좋아해. 일본도 좋아하고 일본어도 열심히 공부하고 스시도 좋아하고 지난번 도쿄올림픽 때는 자원봉사로 와 주기도 했잖아."

히로타상의 부인은 해결되지 않은 돈 문제도 있어 그와 그의 가족 문제에 있어 부정적이었기에 그래도 괜찮냐며 다시 물었더니 히로타상의 대답은 단호했다.

"그건 그렇지 않아. 나와 그 아이 아버지 문제는 다른 문제이고, 지나간 일이야. 아버지 문제로 그 아이가 오고 싶다는 걸 그렇게 할 수는 없어. 우린 죽으면 그만이지만 그런 문제를 내 아들과 그 아이에게 물려줄 수는 없어."

나는 히로타상의 그 말에 숙연해졌다.

맞다. 우린 지나간 역사문제로 우리 아이들에게 원한을 유산으로 물려줄 수는 없다. 적어도 우리 세대에서 지난 과거를 정리하고 미래로 가는 길은 가해가 되었든 피해가 되었던 어느 한 쪽이라도 그 지겨운 끈을 끊어버릴 결단이 필요하다 느꼈다.

역사의 문제든 정치의 문제든, 국가 간의 문제나 개인 간의 문제나 감정을 내세워 원한을 쌓는다면 우리 다음 세대는 어두운 면만을 유산으로 받아 들 것이다.

취해 호텔로 돌아오며, 한편으로는 '사나이들의 세계'란 이런 것인가 생각해 봤다. 인정을 봐주고 배려를 받고 하는 의리의 세계를 넘어 신뢰를 바탕으로 한 승부, 이런 것 말이다. 가까우면서도 늘 존경스러운 스승 히로타 상이지만, 그날 담판이 끝날 때쯤엔 허리 속 골수까지 아픈 듯 끊어질 듯했다. 내겐 나름대로 꽤 긴장한 승부였던 것이다.

"히로타상, 그렇게 힘들었어도 지난해까지 우동을 백만 그릇을 팔았습니다."

"정말 남상 대단해. 내가 우동을 가르친 보람이 있어. 이백만 삼백만까지 가자고!"

둘은 겨울산을 넘어 앞에 펼쳐진 큰 강을 바라보는 기분이 되었다.

우동, 건축 그리고 일본

초판 1쇄 발행   2022년 12월 12일
초판 3쇄 인쇄   2023년 5월 22일

지은이   남택
펴낸이   안병훈
펴낸곳   도서출판 기파랑
등 록   2004. 12. 27 제300-2004-204호
주 소   서울시 종로구 대학로8가길 56 동숭빌딩 301호   우편번호 03086
전 화   02-763-8996(편집부) 02-3288-0077(영업마케팅부)
팩 스   02-763-8936
이메일   info@guiparang.com
홈페이지   www.guiparang.com

ISBN 978-89-6523-542-2   03810